Madeleine Wickham

Reizende Gäste

Roman

Aus dem Englischen
von Heidi Lichtblau

GOLDMANN

Die Originalausgabe erschien 1998
unter dem Titel »The Gatecrasher«
bei Black Swan Books, Transworld Publishers Ltd., London

Umwelthinweis:
Alle bedruckten Materialien dieses Taschenbuches
sind chlorfrei und umweltschonend.

Deutsche Erstveröffentlichung 5/99

Umschlaggestaltung: Design Team München
Umschlagfoto: Attard
Satz: Uhl + Massopust, Aalen
Druck: Elsnerdruck, Berlin
Verlagsnummer: 44148
Lektorat: Maria Dürig
Redaktion: Petra Zimmermann
Herstellung: Katharina Storz/HN
Made in Germany
ISBN 3-442-44148-X

1 3 5 7 9 10 8 6 4 2

1

Fleur Daxeny zog die Nase kraus. Sie biß sich auf die Lippen, neigte den Kopf zur Seite und betrachtete sich eine Weile schweigend im Spiegel. Dann lachte sie hell auf.

»Mir fällt die Wahl so schwer!« rief sie. »Sie sind alle umwerfend!«

Die Verkäuferin von »Take Hat!« tauschte müde Blicke mit dem nervösen jungen Haarstylisten aus, der in der Ecke auf einem vergoldeten Schemel saß. Vor einer halben Stunde war der Friseur in Fleurs Hotelsuite eingetroffen und hatte seitdem darauf gewartet, mit seiner Arbeit beginnen zu können. Die Verkäuferin fragte sich unterdessen, ob sie ihre Zeit hier nicht vollends vergeudete.

»Der mit dem Schleier gefällt mir«, meinte Fleur unvermittelt und griff nach einer kleinen Kreation aus schwarzem Satin und zartem Tüll. »Ist der nicht elegant?«

»Sehr elegant«, bestätigte die Verkäuferin und konnte gerade noch rechtzeitig herbeieilen, um einen schwarzen Seidenhut, den Fleur achtlos auf den Boden werfen wollte, auffangen zu können.

»Sehr!« echote der Haarstylist in der Ecke. Heimlich spähte er auf seine Uhr. In vierzig Minuten mußte er wieder unten im Salon sein. Trevor wäre gar nicht entzückt. Vielleicht sollte er unten anrufen und die Situation erklären. Vielleicht …

»Gut!« sagte Fleur. »Ich habe meine Wahl getroffen.« Sie schob den Schleier hoch und strahlte in die Runde. »Heute trage ich diesen hier.«

»Eine sehr kluge Entscheidung.« Die Verkäuferin klang erleichtert. »Der Hut ist bezaubernd.«

»Wenn Sie die anderen fünf also bitte für mich verpacken könnten...« Fleur lächelte ihr Spiegelbild geheimnisvoll an und zog den dunklen Seidenschleier wieder vor das Gesicht. Die Frau von »Take Hat!« starrte sie mit offenem Mund an.

»Sie wollen alle kaufen?«

»Aber natürlich. Ich kann mich zwischen ihnen nicht entscheiden. Sie sind einfach alle zu schön!« Fleur drehte sich zu dem Haarstylisten. »Nun, mein Lieber. Haben Sie eine Idee, welche Frisur gut zu diesem Hut passen würde?« Der junge Mann erwiderte ihren Blick und spürte, wie er langsam rot anlief.

»Oh! Ja! Ich denke schon. Ich meine...« Aber Fleur hatte sich schon abgewandt.

»Wenn Sie es bitte auf meine Hotelrechnung setzen könnten. Das geht doch, oder?«

»Aber natürlich, Madam«, erwiderte die Verkäuferin beflissen. »Als Hotelgast stehen Ihnen auf alle unsere Preise fünfzehn Prozent Ermäßigung zu.«

»Was immer.« Fleur gähnte verhalten. »Hauptsache, es kann alles auf die Rechnung gesetzt werden.«

»Ich werde das sofort für Sie erledigen.«

»Gut.« Während die Verkäuferin aus dem Raum eilte, wandte Fleur sich um und schenkte dem jungen Haarstylisten ein hinreißendes Lächeln. »Jetzt gehöre ich ganz Ihnen!«

Ihre tiefe, melodiöse Stimme klang merkwürdig akzentfrei. Der Friseur vermeinte, auch einen leichten Spott herauszuhören, und er errötete zart, als er zu ihr herüberkam. Er stellte sich hinter sie, faßte ihr Haar mit einer Hand zusammen und ließ es in einer schweren, rotgoldenen Bewegung wieder fallen.

»Ihr Haar ist in einem sehr guten Zustand«, meinte er unbeholfen.

»Ja, nicht wahr?« erwiderte Fleur selbstgefällig. »Ich hatte immer gutes Haar. Und eine gute Haut natürlich.« Sie schob ihren Hotelbademantel leicht zur Seite und rieb die Wange zärtlich an der blassen, samtigen Haut ihrer Schulter. »Für wie alt würden Sie mich schätzen?« fügte sie unvermittelt hinzu.

»Ich möchte nicht … ich würde nicht …«, verhaspelte sich der junge Mann.

»Ich bin vierzig«, sagte Fleur träge. Sie schloß die Augen. »Vierzig«, wiederholte sie, als würde sie meditieren. »Da kommt man ins Grübeln, finden Sie nicht?«

»Sie sehen nicht …«, begann der Haarstylist mit linkischer Höflichkeit. Fleur öffnete ein funkelndes, katzengrünes Auge.

»Ich sehe nicht wie vierzig aus? Wie alt denn dann?«

Verlegen erwiderte der Haarstylist ihren Blick. Er öffnete den Mund, schloß ihn dann aber wieder. In Wahrheit, dachte er plötzlich, konnte man diese Frau gar keinem Alter zuordnen. Sie wirkte alterslos, klassenlos, unbestimmbar. Als sich ihre Blicke trafen, erfüllte ihn ein freudiger Schauer; eine jähe Gewißheit, daß dieser Augenblick irgendwie bedeutsam war. Seine Hände zitterten leicht, er ergriff ihr flammendrotes Haar und ließ es durch die Finger gleiten.

»Sie sehen so alt aus, wie Sie aussehen«, flüsterte er heiser. »Zahlen kommen da nicht ins Spiel.«

»Süß!« meinte Fleur darauf nur. »Und nun, Schätzchen, wie wär's, wenn Sie mir ein Glas Champagner bestellen würden, bevor Sie mit dem Frisieren beginnen?«

Etwas enttäuscht ließ der Stylist die Hände sinken und ging gehorsam zum Telefon. Während er wählte, ging die Tür auf, und die Frau von »Take Hat!« trat mit einem Stapel Hutschachteln wieder ein. »So, da wären wir«, rief sie atemlos aus. »Wenn Sie hier bitte einfach nur unterschreiben würden...«

»Ein Glas Champagner, bitte«, sagte der Stylist. »Zimmer 301.«

»Ich habe mich gefragt«, wandte sich die Verkäuferin vorsichtig an Fleur, »ob Sie wirklich alle sechs Hüte in Schwarz wollen? Momentan sind einige tolle Farben aktuell.« Sie tippte sich nachdenklich gegen die Zähne. »Es gibt da ein bezauberndes Smaragdgrün, das zu ihrem Haar einfach umwerfend aussehen müßte...«

»Schwarz«, erwiderte Fleur entschieden. »Ich bin nur an Schwarz interessiert.«

Eine Stunde darauf betrachtete Fleur sich im Spiegel, lächelte und nickte. Sie war mit einem schlichten schwarzen Kostüm angetan, das maßgeschneidert war. An ihren Beinen schimmerten hauchdünne schwarze Strümpfe; die Füße steckten in diskreten schwarzen Schuhen. Das Haar war zu einem beispielhaften Nackenknoten zusammengefaßt, zu dem der kleine schwarze Hut vortrefflich paßte.

Die lachsfarbene Seide unter ihrer Kostümjacke bildete den einzigen Farbtupfer. Fleur trug aus Prinzip stets etwas Farbe, egal wie düster die Bekleidung oder der Anlaß waren. Unter lauter trübseligen schwarzen Kostümen würde ein winziger lachsfarbener Sprenkel den Blick unbewußt auf sie lenken. Die Leute würden sie bemerken, ohne den Grund dafür genau zu kennen. Und genauso sollte es sein.

Noch immer in ihr Spiegelbild vertieft, zog Fleur den Tüllschleier über das Gesicht. Der selbstgefällige Ausdruck wich einer tiefen, unergründlichen Trauer. Eine Weile starrte sie sich wortlos an. Sie nahm ihre schwarze, lederne Ospreytasche und hielt sie unauffällig an ihre Seite. Einige Male nickte sie und beobachtete, wie der Schleier geheimnisvolle Schatten auf ihr blasses Gesicht warf.

Dann klingelte plötzlich das Telefon und holte Fleur in die Wirklichkeit zurück.

»Hallo?«

»Fleur, wo hast du gesteckt? Ich habe versucht, dich anzurufen.« Die tiefe griechische Stimme war unverkennbar. Fleur runzelte irritiert die Stirn.

»Sakis! Liebling, ich bin ein bißchen in Eile…«

»Wo willst du denn hin?«

»Nirgends Bestimmtes. Nur zum Shopping.«

»Warum denn das? Ich habe dir doch in Paris Kleider gekauft.«

»Das weiß ich, Schatz. Aber ich wollte dich heute abend mit etwas Neuem überraschen«, gurrte sie mit überzeugender Zärtlichkeit in das Telefon. »Etwas Elegantes, Aufreizendes…« Mit einem Mal hatte sie eine Eingebung. »Und weißt du, Sakis«, fügte sie behutsam hinzu, »ich habe mich gefragt, ob es nicht eine gute Idee wäre, in bar zu bezahlen, damit ich einen guten Preis bekomme. Ich kann vom Hotel aus doch Geld abheben, oder? Von deinem Konto?«

»Einen gewissen Betrag schon. Ich glaube, bis zu zehntausend Pfund.«

»Ich brauche nicht *annähernd* soviel!« lachte sie amüsiert. »Ich brauche nur genug für ein Ensemble! Also maximal fünfhundert.«

»Und wenn du es gekauft hast, kehrst du geradewegs ins Hotel zurück!«

»Aber natürlich, Schatz.«

»Dein ›natürlich‹ kenne ich schon. Aber diesmal darfst du nicht zu spät kommen, Fleur. Hast du verstanden? Keine Verspätung!« bellte er in militärischem Befehlston heraus, und Fleur fuhr in stummer Verärgerung zusammen. »Es ist alles schon geregelt. Leonidas wird dich um drei Uhr abholen. Der Helikopter fliegt um vier Uhr los. Unsere Gäste kommen um sieben. Du mußt fertig sein, um sie zu begrüßen. Ich möchte nicht, daß du wieder zu spät bist wie das letzte Mal. Das war... das war ungehörig. Hörst du überhaupt zu? Fleur?«

»Aber natürlich höre ich zu! Oh, da klopft jemand. Ich schaue mal schnell, wer es ist...« Sie wartete ein paar Sekunden und legte dann entschlossen den Hörer auf. Eine Minute später hob sie ihn wieder ab.

»Hallo? Könnten Sie bitte jemanden für mein Gepäck raufschicken?«

Unten im Hotelfoyer ging es ruhig zu. Die Frau von »Take Hat!« sah Fleur an der Boutique vorbeigehen und winkte ihr zu, aber Fleur bemerkte sie gar nicht.

»Ich würde gern auschecken«, sagte sie, sobald sie die Rezeption erreicht hatte. »Und Geld abheben. Das Konto läuft unter dem Namen von Sakis Papandreous.«

»Ah ja.« Die schicke, blonde Empfangsdame blickte kurz auf ihren Computer und lächelte Fleur dann freundlich an. »Wieviel hätten Sie denn gern?« Fleur strahlte zurück.

»Zehntausend Pfund. Und könnten Sie mir bitte zwei Taxis bestellen?« Die Frau schaute überrascht auf.

»Zwei?«

»Eines für mich, eines für mein Gepäck. Mein Gepäck geht nach Chelsea.« Unter ihrem Tüllschleier senkte sie den Blick. »Ich muß zu einem Gedenkgottesdienst.«

»O je, das tut mir leid.« Die Frau reichte Fleur die Hotelrechnung, die mehrere Seiten umfaßte. »Jemand Nahestehendes?«

»Noch nicht.« Fleur unterschrieb die Rechnung, ohne sich die Mühe zu machen, sie nachzuprüfen. Sie sah zu, wie die Kassiererin dicke Geldbündel abzählte und dann in zwei

Briefumschläge steckte. Sie nahm sie geradezu zärtlich entgegen, verstaute sie in ihrer Ospreytasche und verschloß diese wieder. »Aber man weiß ja nie.«

Richard Favour saß mit geschlossenen Augen in der ersten Bankreihe der St. Anselmkirche und lauschte den Geräuschen der Menschen, die allmählich die Kirche füllten – gedämpftes Flüstern und Schlurfen, das Klacken von Absätzen auf dem Fliesenboden und »Jesu, Joy of Man's Desiring«, das leise auf der Orgel gespielt wurde.

Er hatte »Jesu, Joy of Man's Desiring« immer gehaßt; der Organist hatte es bei ihrem Treffen vor drei Wochen vorgeschlagen, nachdem offensichtlich geworden war, daß Richard sich nicht an ein einziges Orgelstück erinnern konnte, das Emily besonders gefallen hatte. Es hatte betretenes Schweigen geherrscht, während Richard sich vergebens das Hirn zermartert hatte, bevor der Organist taktvoll gemurmelt hatte: »›Jesu, Joy of Man's Desiring‹ ist immer sehr beliebt ...«, und Richard erleichtert zugestimmt hatte.

Nun runzelte er unzufrieden die Stirn. Gewiß hätte er sich etwas Persönlicheres ausdenken können als diese schwülstige, allzu beliebte Melodie. Als ausgesprochene Musikliebhaberin war Emily immer gern in Konzerte gegangen, sofern es ihr Gesundheitszustand zuließ. Hatte sie sich denn nie einmal mit leuchtenden Augen zu ihm gewandt und gesagt: »Ich liebe dieses Stück, du nicht auch?« Er kniff die Augen zusammen und versuchte sich zu erinnern. Aber das einzige Bild, das vor seinem inneren Auge erschien, war das von Emily, wie sie mit trübem Blick im Bett lag, fahl, schwach und geduldig. Schuldgefühle überkamen ihn. Wieso hatte er seine Frau nie nach ihrer Lieblingsmusik gefragt? In dreiunddreißig Ehejahren hatte er sich nie danach erkundigt. Und nun war es zu spät. Er würde es nie mehr erfahren.

Müde rieb er sich die Stirn und sah auf das Gottesdienstprogramm auf seinem Schoß nieder. Dort prangten die Worte: *Gedenkgottesdienst und Dankgebet für das Leben von Emily Milicent Favour.* Einfache schwarze Beschriftung, schlichte weiße Karte. Er hatte sich allen Versuchen von seiten der Drucker widersetzt, Karten mit so beliebten Dingen wie Silberumrandung oder geprägten Engeln zu verwenden. Dem hätte Emily, dachte er, zugestimmt. Zumindest... hoffte er das.

Richard hatte mehrere Ehejahre dazu gebraucht zu begreifen, daß er seine Frau nicht sehr gut kannte, und etliche mehr, bis ihm kam, daß das nie der Fall sein würde. Anfangs war ihre heitere Entrücktheit etwas gewesen, das ihn zusammen mit dem blassen hübschen Gesicht und der adretten, knabenhaften Figur, die sie so entschlossen verborgen hielt wie ihre innersten Gedanken, angezogen hatte. Je geheimnisvoller sie sich gegeben hatte, desto unwiderstehlicher hatte sie auf Richard gewirkt; dem Hochzeitstag hatte er mit einer Sehnsucht entgegengefiebert, die an Verzweiflung grenzte. Endlich, hatte er gedacht, würden er und Emily einander offenbaren können. Er hatte sich danach verzehrt, nicht nur ihren Körper, sondern auch ihre Gedankenwelt zu erforschen, ihre Person; ihre intimsten Ängste und Träume zu ergründen; ihr lebenslanger Seelengefährte zu werden.

Ihre Hochzeit fand an einem strahlenden, stürmischen Tag in einem kleinen Dorf in Kent statt. Emily hatte die ganze Zeit gelassen und heiter gewirkt; Richard war davon ausgegangen, daß sie ihre freudige Erregung, die in ihr bestimmt genauso loderte wie in ihm, einfach besser verbergen konnte – eine Erregung, die beim ihm stärker geworden war, als der Tag voranschritt und ihr Leben zu zweit näher rückte.

Nun schloß er die Augen und erinnerte sich an die ersten prickelnden Sekunden, als sich die Tür hinter dem Träger geschlossen hatte und er zum erstenmal mit seiner Frau in der Hotelsuite in dem Eastbourner Hotel allein war. Er starrte sie an, während sie mit den üblichen glatten, präzisen Bewegungen ihren Hut abnahm. Halb sehnte er sich, daß sie das dumme Ding hinunterwerfen und in seine Arme eilen würde, und halb, daß dieses köstliche, ungewisse Warten nie enden möge. Es hatte den Eindruck gemacht, als würde Emily den Augenblick ihres Zusammenkommens absichtlich verzögern und ihn mit ihrer kühlen, geistesabwesenden Art necken, als würde sie genau wissen, was ihm durch den Kopf ging.

Dann, endlich, hatte sie sich umgewandt und seinen Blick erwidert. Er hatte tief Luft geholt, unsicher, wo er am besten begann; welche seiner angestauten Gedanken er zuerst loswerden sollte. Und sie hatte ihn mit ihren entrückten blauen Augen direkt angesehen und gefragt: »Wann gibt es Abendessen?«

Selbst da hatte er noch geglaubt, sie würde ihn foppen. Er dachte, sie würde absichtlich das Gefühl der Vorfreude verlängern, mit Bedacht ihre Empfindungen zurückhalten, bis sie nicht mehr länger beherrschbar waren, bis sie seinen in einem riesigen Strom entgegenfluten würden. So hatte er geduldig und angesichts ihrer augenscheinlichen Selbstkontrolle ehrfürchtig gewartet. Auf den Strom gewartet; den Einbruch des Wassers; die Tränen und die Hingabe.

Aber dazu war es nie gekommen. Emilys Liebe zu ihm hatte sich nie in mehr als einem bedächtigen Tröpfeln einer nachsichtigen Zuneigung offenbart; auf jede Zärtlichkeit, jede seiner vertraulichen Mitteilungen hatte sie mit dem gleichen lauwarmen Interesse reagiert. Seinen Versuchen, eine kräftige Reaktion in ihr hervorzurufen, war zunächst mit Unverständnis, dann, als er heftiger wurde, mit einem fast ängstlichen Widerstand begegnet worden.

Schließlich hatte er es aufgegeben. Und allmählich, fast unmerklich, hatte sich seine Liebe zu ihr zu wandeln begonnen. Mit den Jahren hatten seine Gefühle aufgehört, wie eine heiße, nasse Flutwelle auf der Oberfläche seiner Seele zu branden, und waren zu etwas Festem, Trockenem und Vernünftigem erstarrt. Auch Richard hatte sich gewandelt. Er hatte gelernt, seine Meinung für sich zu behalten und seine Gedanken leidenschaftslos zu sammeln. Er hatte gelernt zu lächeln, wenn er eigentlich strahlen wollte, mit der Zunge zu schnalzen, wenn er vor Frustration am liebsten geschrien hätte; sich und seine törichten Gedanken so weit es ging in Schranken zu halten.

Nun, als er auf den Beginn des Gedenkgottesdienstes wartete, pries er Emily für diese Lektionen in Selbstbeherrschung. Denn ohne sie wären ihm unkontrolliert die Tränen über die Wangen geströmt, und er hätte das Gesicht in den Händen, die jetzt ruhig das Programm hielten, vergraben und wäre von seiner Verzweiflung überwältigt worden.

Bei Fleurs Ankunft war die Kirche fast voll. Sie blieb einige Augenblicke hinten stehen und nahm die Gesichter, Bekleidungen und Stimmen vor ihr in sich auf; taxierte die Qualität der Blumenarrangements; überblickte die Kirchenbänke nach jemandem, der aufsehen und sie erkennen könnte.

Doch die Leute waren ihr samt und sonders unbekannt. Männer in langweiligen Anzügen; Damen mit einfallslosen Hüten. Leise Zweifel beschlichen Fleur. Hatte Johnny da möglicherweise den falschen Riecher gehabt? War bei dieser farblosen Menschenmenge wirklich Geld im Spiel?

»Hätten Sie gern ein Programm?« Sie blickte auf und sah, wie ein langbeiniger Mann über den Marmorboden auf sie zukam. »Es geht gleich los«, fügte er mit einem Stirnrunzeln hinzu.

»Natürlich«, murmelte Fleur. Sie hielt ihm ihre blasse, parfümierte Hand entgegen. »Fleur Daxeny. Freut mich … Tut mir leid, ich habe Ihren Namen vergessen …«

»Lambert.«

»Lambert. Ja, natürlich. Jetzt erinnere ich mich.« Sie hielt inne und blickte ihm ins Gesicht, auf dem noch das arrogante Stirnrunzeln zu sehen war. »Sie sind der Gescheite.«

»So könnte man's wohl ausdrücken«, erwiderte Lambert achselzuckend.

Gescheit oder sexy, dachte Fleur. Eins davon wollen die Männer immer sein – oder beides. Wieder musterte sie Lambert. Seine Gesichtszüge wirkten feist und schwammig, so daß er selbst in entspanntem Zustand eine Grimasse zu schneiden schien. Belassen wir es besser bei gescheit, dachte sie bei sich.

»Tja, dann setze ich mich wohl besser«, meinte sie. »Sicher sehen wir uns später noch.«

»Hier hinten ist jede Menge Platz«, rief Lambert ihr nach. Doch Fleur schien ihn nicht zu hören. Mit feierlicher Miene und ganz in das Gottesdienstprogramm vertieft, bahnte sie sich rasch den Weg nach vorn.

»Verzeihen Sie.« Bei der drittvordersten Reihe blieb sie stehen. »Ist hier noch ein Platz frei? Hinten geht's etwas eng zu.«

Gelassen stand sie da, während die zehn Leute auf der Kirchenbank zusammenrückten, und nahm mit einer eleganten Bewegung Platz. Einen Augenblick senkte sie den Kopf und blickte dann mit einem strengen, tapferen Ausdruck wieder auf.

»Arme Emily«, sagte sie. »Arme, liebe Emily.«

»Wer war das?« flüsterte Philippa Chester ihrem Mann zu, als er sich wieder neben sie setzte.

»Keine Ahnung«, meinte Lambert. »Eine Freundin deiner Mutter, nehme ich an. Sie schien alles über mich zu wissen.«

»Ich kann mich gar nicht an sie erinnern. Wie heißt sie?«

»Fleur. Fleur Irgendwas.«

»Fleur? Noch nie gehört.«

»Vielleicht sind sie zusammen auf die Schule gegangen oder so.«

»O ja«, erwiderte Philippa. »Das könnte sein. Wie diese andere. Joan. Erinnerst du dich? Die, die uns aus heiterem Himmel besuchen kam?«

»Nein.«

»Doch, tust du. *Joan.* Sie hat Mummy diese scheußliche Glasschüssel geschenkt.« Philippa schielte wieder zu Fleur hinüber. »Bloß, daß die da zu jung aussieht. Ihr Hut gefällt mir. Ich wünschte, ich könnte auch solche kleinen Hüte tragen. Aber mein Kopf ist zu groß. Oder mein Haar paßt nicht. Oder sonst irgendwas.«

Sie verstummte. Lambert starrte auf ein Blatt Papier und murmelte etwas. Philippa schaute sich wieder in der Kirche um. So viele Menschen. Alle wegen ihrer Mummy. Um ein Haar wäre sie in Tränen ausgebrochen.

»Sieht mein Hut gut aus?« fragte sie unvermittelt.

»Ja, großartig«, erwiderte Lambert, ohne aufzusehen.

»Er hat ein Heidengeld gekostet. Ich konnte den Preis gar nicht fassen. Aber dann, als ich den Hut heute morgen aufsetzte, da dachte ich ...«

»Philippa!« zischte Lambert. »Kannst du bitte still sein? Ich muß an meine Rede denken!«

»O ja, ja natürlich mußt du das.«

Gedemütigt senkte Philippa die Lider. Wieder einmal ging ihr ein Stich durchs Herz. Sie hatte niemand gebeten, eine Rede zu halten. Lambert hielt eine und ihr kleine Bruder Antony auch, aber sie mußte mit ihrem Hut nur ruhig dasitzen. Und selbst das konnte sie nicht sonderlich gut.

»Wenn ich sterbe«, sagte sie unvermittelt, »dann möchte

ich, daß bei meinem Gedenkgottesdienst *jeder* eine Rede hält. Du, Antony, Gillian und alle unsere Kinder…«

»Falls wir welche haben«, versetzte Lambert, ohne aufzublicken.

»Falls wir welche haben«, echote Philippa grämlich. Sie starrte auf das Meer schwarzer Hüte. »Möglicherweise sterbe ich, bevor wir Kinder haben, das könnte doch sein? Ich meine, wir wissen ja nicht, wann wir sterben, oder? Morgen könnte ich tot sein.« Überwältigt von der Vorstellung, wie sie, umgeben von weinenden Trauernden, blaß, wächsern und romantisch im Sarg lag, hielt sie inne, den Tränen nahe. »Morgen könnte ich tot sein. Und dann wäre es…«

»Jetzt halt den Mund!« Lambert legte das Schriftstück beiseite. Unauffällig griff er nach Philippas fleischiger Wade. »Du redest Unsinn!« murmelte er. »Was tust du?«

Philippa schwieg. Lamberts Griff wurde allmählich fester, und plötzlich zwickte er sie so boshaft, daß sie nach Luft schnappte.

»Ich rede Unsinn«, erklärte sie mit schneller, leiser Stimme.

»Braves Mädchen.« Lambert ließ sie los. »So, jetzt setz dich gerade hin und reiß dich zusammen.«

»Es tut mir leid«, meinte Philippa atemlos. »Es ist nur alles ein bißchen… überwältigend. Diese vielen Leute. Ich wußte gar nicht, daß Mummy so viele Freunde hatte.«

»Deine Mutter war eine sehr beliebte Dame. Alle haben sie gemocht.«

Und mich mag niemand, hätte Philippa am liebsten erwidert. Aber statt dessen fummelte sie hilflos an ihrem Hut und zog ein paar dünne Haarlocken unter dem strengen schwarzen Hutrand hervor, so daß sie, als sie sich zum ersten Kirchenlied erhob, noch schlimmer aussah als zuvor.

2

»The day thou gavest, Lord, is ended«, sang Fleur. Sie zwang sich dazu, in das Gesangbuch hinabzusehen und vorzugeben, daß sie die Worte las. Als ob sie sie nicht im Schlaf beherrschen würde; als ob sie sie nicht bei unzähligen Begräbnissen und Gedenkgottesdiensten gesungen hätte. Warum suchten die Leute für Trauerfeiern immer dieselben langweiligen Lieder aus? War ihnen denn nicht klar, wie öde das die Dinge für jemanden machte, der regelmäßig ungebeten in Beerdigungen hereinplatzte?

In die erste Beerdigung war Fleur rein zufällig hereingeschneit. Eines trüben Morgens war sie eine kleinere Seitenstraße in Kensington entlanggeschlendert und hatte überlegt, ob sie vielleicht einen Job in einer teuren Kunstgalerie bekommen könnte, als sie eine Gesellschaft eleganter Leute auf dem Bürgersteig vor einer kleinen, aber bedeutenden Kirche herumstehen sah. Als sie sie erreicht hatte, hatte sie aus reiner Neugier den Schritt verlangsamt und war dann stehengeblieben. Sie hatte dagestanden, nicht ganz in der Gruppe, aber auch nicht ganz außerhalb, und so vielen Gesprächen wie möglich gelauscht. Als sie hörte, daß von Treuhandvermögen, Familiendiamanten und schottischen Inseln die Rede war, war ihr allmählich klar geworden, daß diese Leute Geld hatten. Und wie!

Dann war der Nieselregen plötzlich zu einem Wolkenbruch angeschwollen, und wie ein Amselschwarm, der losfliegt, hatten die Leute auf dem Bürgersteig unisono fünfundzwanzig Regenschirme aufgespannt. Es war Fleur als das Natürlichste auf der Welt vorgekommen, sich einen gütig wirkenden, älteren Herrn auszusuchen, ihm unverbindlich in die Augen zu sehen und dann mit einem dankbaren Lächeln unter den Schutz seines exklusiven Schirms aus schwarzer Seide zu schlüpfen. Es war nicht einfach gewesen, sich über den Regen, die Gespräche der anderen und den Verkehr hinweg zu unterhalten, und so hatten sie einander einfach nur angelächelt und genickt. Als der Chor mit der Probe fertig war und die Kirchentüren geöffnet wurden, da war es, als wären sie bereits alte Freunde. Er hatte sie in die Kirche geleitet und ihr ein Gottesdienstprogramm gereicht, und beide hatten sie weiter hinten zusammen Platz genommen.

»Besonders gut habe ich Benjy ja nicht gekannt«, hatte ihr der ältere Herr beim Niedersetzen anvertraut. »Aber er war ein guter Freund meiner verstorbenen Frau.«

»Er war ein Freund meines Vaters«, hatte Fleur erwidert und rasch auf das Gottesdienstprogramm gespäht, um sich den Namen »Benjamin St. John Gregory« einzuprägen. »Ich selbst habe ihn gar nicht gekannt. Aber es ist doch schön, Respekt zu zeigen.«

»Da stimme ich Ihnen zu.« Der Mann strahlte sie an und streckte ihr die Hand entgegen. »Darf ich mich vorstellen. Ich heiße Maurice Snowfield.«

Drei Monate war sie mit Maurice Snowfield zusammengewesen. Ganz so reich, wie Fleur es sich erhofft hatte, war er zwar nicht, und seine sanfte, geistesabwesende Art hatte sie fast zum Wahnsinn getrieben. Aber als sie sein Haus in Wiltshire verließ, da hatte sie ihm genug Geld abgeknöpft, um im voraus zwei Schulsemester ihrer Tochter Zara bezahlen zu können, und verfügte über eine brandneue Garderobe schwarzer Kostüme.

»... till all thy creatures own thy sway.« In der Kirche raschelte es, als alle ihre Liederbücher schlossen, Platz nahmen und das Programm konsultierten. Fleur nahm die Gelegenheit wahr, um ihre Handtasche zu öffnen und einen Blick auf den kleinen Zeitungsausschnitt zu werfen, den Johnny ihr geschickt hatte. Darauf wurde der Gedenkgottesdienst für Emily Favour am 20. April in der St. Anselmkirche angekündigt. »Ein guter Tip«, hatte Johnny gekritzelt. »Richard Favour, sehr reich, sehr ruhig.«

Fleur spähte zur vordersten Reihe. Sie konnte den Mann mit dem schwammigen Gesicht sehen, der die erste Rede gehalten hatte, und neben ihm eine unscheinbare blonde Frau mit einem gräßlichen Hut. Außerdem saß dort ein Junge im Teenageralter und eine ältere Frau mit einem sogar noch entsetzlicheren Hut... Fleurs Blick wanderte rasch weiter und hielt dann inne. Am anderen Ende der Kirchenbank saß ein unauffälliger, ergrauender Mann. Er saß vorgebeugt, die Schultern hochgezogen, den Kopf auf die Banklehne vor ihm gelegt.

Eine Weile beäugte sie ihn kritisch. Nein, er heuchelte nicht nur – er hatte seine Frau geliebt. Er vermißte sie. Und, nach seiner Körpersprache zu urteilen, sprach er mit seiner Familie nicht darüber.

Was die Dinge sehr vereinfachte. Die wahrhaft Betrübten waren die leichtesten Angriffsziele – die Männer, die sich nicht vorstellen konnten, sich je wieder zu verlieben; die ihren verstorbenen Ehefrauen ewige Treue schworen. Nach Fleurs Erfahrung bedeutete das einzig, daß sie, wenn sie sich in sie verliebten, überzeugt davon waren, daß es die wahre Liebe sein müsse.

Man hatte Richard gefragt, ob er die Lobrede halten wolle.

»Sie müssen ja daran gewöhnt sein, Reden zu halten«, hatte der Vikar gemeint, »geschäftliche Reden. Viel anders ist das auch nicht – nur eine Beschreibung des Charakters ihrer Frau, vielleicht ein oder zwei Anekdoten, eine Erwähnung der wohltätigen Einrichtungen, für die sie sich eingesetzt hat, irgend etwas, was die Gemeinde an die wahre Emily erinnert...« Angesichts Richards plötzlicher düsterer Miene verstummte er und fügte freundlich hinzu: »Sie müssen aber nicht, vielleicht würde sie das Ganze zu sehr mitnehmen?«

Richard hatte genickt.

»Ich glaube, da haben Sie recht«, stammelte er.

»Durchaus verständlich«, hatte sich der Vikar zu sagen beeilt. »Da sind Sie nicht allein.«

Aber er *war* allein, hatte Richard im stillen gedacht. Allein mit seinem Schmerz; allein mit dem Wissen, daß seine Frau gestorben war und bis auf ihn niemand je begreifen würde, wie wenig er sie gekannt hatte. Die Einsamkeit, die er während der Ehe verspürt hatte, schien ihm nun auf unerträgliche Weise gesteigert; destilliert in eine Bitterkeit, die der Wut nicht unähnlich war. Die wahre Emily! hätte er am liebsten gebrüllt. Was wußte ich schon je von der wahren Emily?

So war die Aufgabe der Lobrede auf ihren alten Freund Alec Kershaw gefallen. Richard setzte sich gerade auf, als Alec auf das Pult zusteuerte, die weißen Kärtchen vor sich zusammenklopfte und über seine randlose, halbmondförmige Brille auf die Gemeinde blickte.

»Emily Favour war eine tapfere, charmante und großzügige Frau«, begann er mit erhobener, förmlicher Stimme. »Nur ihr Mitgefühl und ihre Hilfsbereitschaft reichten an ihr Pflichtgefühl heran.«

Alec hielt inne und warf Richard einen Blick zu. Als dieser Alecs Gesichtsausdruck sah, fiel es ihm plötzlich wie Schuppen von den Augen. Auch Alec hatte Emily nicht wirklich gekannt. Diese Worte waren hohl; abgedroschen – sollten eher ihren Zweck erfüllen als die Wahrheit sagen.

In Richard stieg ein lächerliches Angstgefühl hoch, ja, fast Panik. Wenn diese Lobrede erst einmal gehört, der Gottesdienst erst einmal beendet war und die Gemeinde die Kirche verlassen hatte, dann hatte es sich damit. Das würde die offizielle Version von Emilys Charakter sein. Ende der Geschichte. Akte geschlossen; nichts mehr zu erfahren. Konnte er das ertragen? Konnte er damit leben, daß seine Frau abschließend eine Beurteilung voller wohlmeinender Klischees erfuhr?

»Ihre Wohltätigkeitsarbeit war beispiellos – insbesondere ihr Einsatz für den Rainbow Fund und das St. Bride's Hospiz. Ich denke, viele von uns werden sich an ihre erste Weihnachtsauktion im Greyworth Golf Club erinnern, ein Ereignis, das in all unseren Terminkalendern zu einer festen Veranstaltung geworden ist.«

Mit Mühe unterdrückte Fleur ein Gähnen. Nahm die Rede dieses Mannes denn gar kein Ende?

»Und natürlich führt uns die Erwähnung des Greyworth Golf Clubs zu einem weiteren wichtigen Aspekt von Emily Favours Leben. Was manche als ein Hobby beschreiben würden ... ein Spiel. Natürlich wissen wir, daß es sich dabei um eine viel ernstere Angelegenheit handelt.«

Mehrere Anwesende kicherten höflich, und Fleur blickte auf. Wovon sprach er?

»Nachdem sie Richards Frau geworden war, stand Emily vor der Wahl, eine Golfwitwe oder eine Golfpartnerin zu werden. Sie entschied sich für letzteres. Und trotz der Kränklichkeit, unter der sie litt, entwickelte sie ein beneidenswert beständiges Spiel, wie jeder von uns, der ihren schönen Sieg im Ladies' Foursome verfolgt hat, bezeugen kann.«

Golfwitwe oder Golfpartner, dachte Fleur träge. Witwe oder Partner. Na, das ist einfach – die Witwe gewinnt, jedesmal.

Nach dem Gottesdienst steuerte Richard auf Vorschlag des Vikars auf die Westtür zu, um Freunde und Verwandte zu begrüßen. »Die Leute schätzen es, die Gelegenheit zu bekommen, ihr Beileid persönlich zu bekunden«, hatte der Vikar gesagt. Nun fragte sich Richard, ob das wirklich stimmte. Die meisten Gottesdienstbesucher hasteten an ihm vorbei und stießen eilends undeutliche Sätze des Beileids aus, die wie abergläubische Zauberformeln klangen. Einige blieben stehen, sahen ihm direkt in die Augen, schüttelten ihm die Hand; umarmten ihn sogar. Aber das waren, überraschend oft, Leute, die er kaum kannte: die Repräsentanten von Anwaltskanzleien und Privatbanken; die Ehefrauen von Geschäftsbekanntschaften.

»Auf ins Lanesborough«, erklärte Lambert gerade wichtigtuerisch auf der anderen Seite der Tür. »Im Lanesborough gibt es Drinks.«

Eine elegante Frau mit rotem Haar blieb vor Richard stehen und streckte ihm eine blasse Hand entgegen. Des Händeschüttelns müde, ergriff Richard sie.

»Die Sache ist die«, sagte die Frau, als würde sie eine bereits begonnene Unterhaltung wiederaufnehmen, »daß die Einsamkeit irgendwann ein Ende hat.« Wie vom Schlag gerührt, zuckte Richard zusammen.

»Was sagten Sie?« begann er. Aber die Frau war schon verschwunden. Richard wandte sich an seinen fünfzehnjährigen Sohn Antony, der neben ihm stand.

»Wer war das?« erkundigte er sich. Antony zuckte die Achseln.

»Keine Ahnung. Lambert und Philippa haben sich über sie unterhalten. Kann sein, daß sie Mum von der Schule gekannt hat.«

»Woher wußte sie...«, begann Richard und hielt inne. Eigentlich hatte er fragen wollen, woher sie wußte, daß er sich einsam fühlte. Statt dessen wandte er sich lächelnd an Antony und sagte: »Deine Rede hat mir gut gefallen.« Wieder zuckte Antony die Achseln.

»Aha.« Wie er es unbewußt alle drei Minuten tat, hob Antony die Hand ans Gesicht und rieb sich die Stirn – so daß das dunkelrote Muttermal, das wie eine kleine Eidechse über sein Auge sprang, einen Moment verdeckt war. Alle drei Minuten seines Lebens, wenn er nicht schlief, verbarg Antony sein Muttermal vor den Blicken anderer. Dabei war er Richards Wissen nach nie deswegen aufgezogen worden; zu Hause hatte bestimmt jeder immer so getan, als sei es nicht da. Trotzdem schnellte Antonys Hand mit fast verzweifelter Regelmäßigkeit ans Gesicht und verweilte dort gelegentlich länger, manchmal mehrere Stunden, und schützte die kleine rote Eidechse wie ein wachsamer Schutzengel vor forschenden Blicken.

»Nun denn«, meinte Richard.

»Tja«, sagte Antony.

»Vielleicht sollten wir uns auf den Weg machen.«

»Ja.«

Das war's. Ende des Gesprächs. Wann hatte er aufgehört, sich mit Antony zu unterhalten? Wie hatten sich die bezaubernden und offenen Gespräche mit seinem Sohn mit den Jahren zu leerem Small Talk wandeln können?

»Gut«, meinte er. »Dann laß uns mal gehen.«

Bei Fleurs Ankunft war der Belgravia Room im Lanesborough bereits hübsch voll. Sie nahm ein Glas Sekt mit Orangensaft, das ein gebräunter australischer Ober ihr anbot, und steuerte dann geradewegs auf Richard Favour zu. Als sie fast bei ihm war, änderte sie unmerklich die Richtung und ging direkt an ihm vorbei.

»Entschuldigen Sie«, rief er ihr nach, und ein kleines Triumphgefühl durchzuckte sie. Bisweilen konnte sie eine halbe Stunde damit verbringen, hin und her zu gehen, ehe ihr potentielles Opfer sie ansprach.

So rasch wie möglich drehte sie sich um, ohne allerdings zu eifrig zu wirken, und schenkte Richard Favour das wärmste, breiteste Lächeln, das sie aufbieten konnte. Es war eine völlige Zeitverschwendung, Witwer länger zappeln zu lassen. Das hatte sie inzwischen begriffen. Manchen fehlte es an Kraft, die Verfolgung aufzunehmen; manchen mangelte es an Selbstvertrauen; manche begannen während des Umwerbens argwöhnisch zu werden. Besser war es, mitten in ihr Leben zu platzen; schnellstmöglich Teil des Status quo zu werden.

»Ja, hallo«, sagte Fleur. Sie trank einen Schluck Sekt und wartete, daß er sprach. Falls irgendwelche scharfäugigen Familienmitglieder sie beobachteten, würden sie sehen, daß er sich an sie heranmachte – nicht andersherum.

»Ich wollte mich bei Ihnen für Ihre lieben Worte bedanken«, sagte Richard. »Ich hatte das Gefühl, Sie sprächen, als wüßten Sie, wie man sich in solch einer Situation fühlt.«

Fleur blickte einen Moment zärtlich auf ihr Sektglas und überlegte, welche Geschichte sie ihm auftischen sollte. Schließlich sah sie auf und lächelte ihn tapfer an.

»Ja, das stimmt leider. Ich habe das selbst auch schon durchgemacht. Allerdings ist das schon eine Weile her.«

»Und Sie haben es überlebt.«

»Ich habe es überlebt«, echote Fleur. »Aber leicht war es nicht. Allein die Frage, mit wem man reden soll, ist manchmal schon ein Problem. Oft steht einem die eigene Familie ganz einfach zu nahe.«

»Oder nicht nahe genug.« Richard dachte düster an Antony.

»Genau. Nicht nahe genug, um zu wissen, was man wirklich durchmacht; nicht nahe genug, um … um den Kummer zu teilen.« Wieder trank sie einen Schluck Sekt und sah Richard an. Mit einem Mal wirkte er wie am Boden zerstört. Verflucht, dachte sie. Bin ich zu weit gegangen?

»Richard?« Fleur sah auf. Der Mann mit dem schwabbligen Gesicht kam auf sie zu. »Derek Cowleys ist gerade gekommen. Du erinnerst dich – der Software-Direktor von Graylows.«

»Ich habe ihn in der Kirche gesehen«, erwiderte Richard. »Wer zum Teufel hat ihn eingeladen?«

»Ich. Er ist ein nützlicher Kontakt.«

»Aha.« Richards Gesicht verhärtete sich.

»Ich habe mit ihm geplaudert«, fuhr Lambert unverdrossen fort, »aber er möchte auch mit dir sprechen. Ließe sich das einrichten? Den Vertrag habe ich noch nicht erwähnt...« Er verstummte, als würde er Fleur zum erstenmal bemerken. Ich verstehe, dachte Fleur, und ihre Augen verengten sich. Frauen zählen nicht.

»Ah, hallo«, sagte er. »Verzeihung, wie war noch mal Ihr Name?«

»Fleur. Fleur Daxeny.«

»Ah ja. Und Sie sind – was? Eine von Emilys alten Schulfreundinnen?«

»Aber nein!« Fleur lächelte bezaubernd.

»Ich dachte mir schon, daß Sie dafür ein bißchen zu jung seien«, versetzte Lambert. »Woher kannten Sie Emily dann also?«

»Tja, das ist eine interessante Geschichte.« Fleur nahm einen weiteren gedankenvollen Schluck. Es war überraschend, wie oft eine heikle Frage dadurch umgangen werden konnte, daß man etwas trank oder einen Appetithappen aß. Sehr häufig sah jemand, der vorbeikam, daß das Gespräch zum Erliegen gekommen war, und ergriff die Gelegenheit, sich zu der Gruppe zu gesellen – und ihre Antwort war bequemerweise vergessen.

Aber heute unterbrach sie niemand, und Lambert blickte sie immer noch mit unverhohlener Neugierde an.

»Eine interessante Geschichte«, sagte Fleur wieder und richtete ihren Blick auf Richard. »Ich bin Ihrer Frau nur zweimal begegnet. Aber jedesmal hat sie großen Eindruck auf mich gemacht.«

»Wo sind Sie sich denn begegnet?« wollte Lambert wissen.

»Bei einem Lunch«, entgegnete Fleur. »Einem großen Wohltätigkeitslunch. Wir saßen am selben Tisch. Ich beklagte mich über das Essen, und sie stimmte mir eigentlich zu, war aber nicht der Typ, der sich beschwerte. Ja, und so kamen wir ins Gespräch.«

»Worüber haben Sie sich denn unterhalten?« Richard guckte Fleur neugierig an.

»Einfach alles.« Fleur erwiderte seinen Blick und bemerkte die sehnsuchtsvollen Augen. »Ich vertraute ihr alles mögliche an«, sagte sie langsam und senkte die Stimme, so daß Richard sich unwillkürlich zu ihr beugte, »und sie vertraute mir Dinge an. Wir sprachen über unser Leben... und unsere Familien... und die Wahl, die wir getroffen hatten...«

»Was hat sie gesagt?« platzte es unwillkürlich aus Richard heraus. Fleur zuckte die Achseln.

»Das ist schon lange her. Ich bin mir nicht mal sicher, ob mich meine Erinnerung nicht trügt.« Sie lächelte. »Es war nichts, wirklich. Ich nehme an, Emily hat mich schon vor langer Zeit vergessen. Aber ich... ich habe mich immer an sie erinnert. Und als ich die Ankündigung der Gedenkfeier las, da konnte ich nicht widerstehen herzukommen.« Fleur senkte den Blick. »Es war reichlich anmaßend. Ich hoffe, es macht Ihnen nichts aus.«

»Aber natürlich nicht«, erwiderte Richard. »Jede Freundin von Emily ist äußerst willkommen.«

»Komisch, daß meine Schwiegermutter Sie nie erwähnt hat.« Lambert musterte sie kritisch.

»Es hätte mich gewundert, wenn sie es getan hätte.« Fleur

lächelte ihn an. »Wirklich, es war nichts. Ein paar lange Unterhaltungen vor vielen Jahren.«

»Ich wünschte... ich wünschte, ich wüßte, was sie Ihnen erzählt hat.« Richard lachte verlegen. »Aber wenn Sie sich nicht daran erinnern können...«

»An ein bißchen was erinnere ich mich.« Fleur lächelte ihn verheißungsvoll an. »An ein paar Gesprächsfetzen. Einiges war recht überraschend. Und manches war recht... persönlich.« Sie hielt inne und warf einen Seitenblick auf Lambert.

»Lambert, du gehst jetzt mal und unterhältst dich mit Derek Cowley«, sagte Richard sofort. »Ich spreche vielleicht später mit ihm. Doch zunächst... möchte ich mich noch ein bißchen mit Mrs. Daxeny unterhalten.«

Eine Viertelstunde darauf verließ Fleur das Lanesborough und stieg in ein Taxi. In ihrer Tasche steckte Richard Favours Telefonnummer, und in ihrem Terminkalender war für den nächsten Tag eine Verabredung zum Lunch mit ihm eingetragen.

Es war alles so kinderleicht gewesen. Der arme Mann wollte ganz offensichtlich verzweifelt hören, was sie über seine Frau zu sagen hatte – war aber zu wohlerzogen, um sie zu unterbrechen, als sie, offenbar unabsichtlich, vom Thema abschweifte. Sie hatte ihn mit ein paar harmlosen Äußerungen abgespeist, dann unvermittelt einen Blick auf die Uhr geworfen und ausgerufen, daß sie schleunigst los müsse. Sein Gesicht hatte sich verdüstert, und einen Moment lang schien er sich damit abzufinden, daß die Unterhaltung damit beendet war. Aber dann, als Fleur fast schon resigniert hatte, zog er seinen Terminkalender heraus und fragte Fleur mit leicht zittriger Stimme, ob sie mit ihm zum Lunch gehen wolle. Dabei, vermutete Fleur, war das Einladen fremder Frauen sicher nichts, was Richard schon oft getan hatte. Was ihr nur recht war.

Als das Taxi vor dem Wohnblock in Chelsea hielt, in dem Johnny und Felix wohnten, hatte Fleur auf einem Zettel alle Fakten niedergeschrieben, die sie über Emily Favour in Erfahrung gebracht hatte. »Kränklich« unterstrich sie. »Golf« unterstrich sie doppelt. Zu schade, daß sie nicht wußte, wie diese Frau ausgesehen hatte. Eine Fotografie wäre hilfreich gewesen. Andererseits hatte sie nicht vor, sich länger über Emily Favour zu unterhalten. Nach ihrer Erfahrung mied man es am besten, über tote Ehefrauen zu sprechen.

Sie sprang aus dem Taxi und entdeckte Johnny auf dem Bürgersteig vor dem Mietshaus, der mit Argusaugen beobachtete, wie etwas aus einem Lieferwagen geladen wurde.

Er war ein eleganter Mann Ende fünfzig, mit nußbraunem Haar und einer beständigen Sonnenbräune. Fleur kannte ihn seit zwanzig Jahren; er war der einzige Mensch, den sie noch nie belogen hatte.

»Darling!« rief sie. »Johnn-iiee! Ist mein Gepäck gut hier eingetroffen?« Als er seinen Namen hörte, wandte er sich mit einem gereizten Stirnrunzeln über die Unterbrechung um. Doch beim Anblick Fleurs hellte sich seine Miene auf.

»Fleur!« rief er. »Komm und schau dir das an!«

»Was ist das?«

»Unser neuer Tafelaufsatz. Felix hatte ihn gestern bei einer Versteigerung ergattert. Unheimlich günstig, fanden wir. Vorsicht!« blaffte er plötzlich. »Passen Sie auf, daß Sie nirgends damit anstoßen.«

»Ist Felix drinnen?«

»Ja. Geh schon mal hoch. Vorsicht, hab ich gesagt, Sie Trottel!«

Als sie die Treppe in den ersten Stock hinaufstieg, tönte ihr aus Johnnys Wohnung laut und beharrlich Wagnermusik entgegen; als sie eintrat, schien sich die Lautstärke zu verdoppeln.

»Felix!« rief sie. Doch er konnte sie nicht hören. Sie ging ins Wohnzimmer, wo sie Felix vor einem Spiegel entdeckte, einen korpulenten Mann mittleren Alters, der mit einer schrillen Fistelstimme Brünnhildes Part mitsang.

Als Fleur zum ersten Mal Felix' hohe Stimme gehört hatte, hatte sie gedacht, er hätte irgendein entsetzliches Problem. Doch sie hatte bald erfahren, daß er seinen Lebensunterhalt damit verdiente, mit dieser merkwürdigen Stimme in Kirchen und Kathedralen zu singen. Manchmal gingen Johnny und sie in die St. Paul's Cathedral oder in die Westminster Abbey, um ihn die Abendandacht singen zu hören. Sie sahen ihn dann in seinen weißen Rüschen feierlich in der Prozession mitgehen. Vereinzelt bekamen sie ihn auch im Frack zu Gesicht, wenn er bei einer Aufführung von Händels *Messias* oder Bachs *Matthäuspassion* mitsang.

Fleur gefiel Felix' Stimme nicht, und die *Matthäuspassion* fand sie totlangweilig. Doch sie saß immer in der vordersten Reihe, applaudierte begeistert und stimmte in Johnnys Bravorufe mit ein. Denn Fleur verdankte Felix sehr viel. Zwar konnte sie in der Zeitung nachlesen, wann Gedenkgottesdienste stattfanden – aber Felix war über die Beerdigungen im Bilde. Wenn er nicht selber sang, dann kannte er jemanden, der es tat. Und die kleineren, intimeren Beerdigungen waren es, bei denen Fleur stets am erfolgreichsten gewesen war.

Als Felix sie im Spiegel sah, fuhr er ein wenig zusammen und hörte zu singen auf.

»Nicht so ganz meine Stimmlage«, rief er über die Musik hinweg. »Ein bißchen zu tief für mich. Wie war der Gedenkgottesdienst?«

»Gut!« schrie Fleur. Sie ging zum CD-Spieler und stellte die Musik leiser. »Gut«, wiederholte sie. »Recht vielversprechend. Morgen gehe ich mit Mr. Favour zum Lunch.«

»Oh, gut gemacht«, lobte Felix. »Ich wollte dir eigentlich

von der Beerdigung erzählen, bei der wir morgen singen sollen. Ganz nett. Sie haben sich ›Hear My Prayer‹ gewünscht. Aber wenn du schon gebunden bist…«

»Erzähl mir lieber trotzdem davon. Restlos überzeugt von dieser Familie Favour bin ich nämlich nicht. Ob da wirklich Geld zu holen ist, halte ich noch für fraglich.«

»Wirklich?«

»Schreckliche Hüte.«

»Hm. Hüte sind nicht alles.«

»Nein.«

»Was hat Johnny über sie erzählt?«

»Was hat Johnny über wen erzählt?« Johnnys hohe Stimme schallte durch die Tür. »Vorsicht, Sie Esel! Ja. Auf den Tisch.«

Ein Mann in Overall betrat den Raum und legte einen großen Gegenstand auf den Tisch, der in braunes Papier gehüllt war.

»Wollen doch mal sehen!« rief Johnny aus und begann das Papier herunterzureißen.

»Ein Kandelaber«, sagte Fleur. »Wie hübsch!«

»Das ist ein Tafelaufsatz«, korrigierte sie Johnny. »Ist er nicht schön?«

»Was bin ich doch für ein schlaues Bürschchen«, meinte Felix, »daß ich solch ein prachtvolles Ding entdeckt habe.«

»Ich wette, der hat ein Vermögen gekostet«, sagte Fleur düster. »Ihr hättet das Geld auch für einen guten Zweck ausgeben können.«

»Und es dir geben? Davon halte ich nichts.« Johnny holte ein Taschentuch hervor und polierte damit den Tafelaufsatz. »Wenn du so dringend Geld brauchst, warum hast du dann den reizenden Sakis verlassen?«

»Von wegen reizend, ein herrischer Tyrann ist das. Er hat mich herumkommandiert, mich angebrüllt…«

»... und dir Kostüme von Givenchy gekauft.«

»Ja, ja, ich weiß«, erwiderte Fleur reuevoll. »Aber ich hätte ihn keinen Augenblick mehr länger ertragen. Und außerdem wollte er mir keine Gold Card geben.« Sie zuckte die Achseln. »Also hatte es keinen Sinn.«

»Warum irgendeiner von diesen Männern dir je eine Kreditkarte gegeben hat, geht über meinen Verstand«, sagte Felix.

»Na ja«, parierte Fleur. »Dazu braucht's ja auch nicht viel, oder?«

»Touché!« lachte Felix.

»Aber du hast ihn doch ganz gut ausgenommen, oder?« wollte Johnny wissen.

»Kleine Stücke, hier und da. Etwas Geld. Aber nicht genug.« Fleur seufzte und zündete sich eine Zigarette an. »Was für eine verdammte Zeitverschwendung!«

»Das macht ein Pfund in die Fluchdose, vielen Dank«, sagte Felix prompt. Fleur verdrehte die Augen und kramte in ihrer Handtasche nach dem Portemonnaie. Sie blickte auf. »Kannst du mir einen Fünfzig-Pfundschein wechseln?«

»Wahrscheinlich«, erwiderte Felix. »Ich schaue mal in der Dose nach.«

»Weißt du, Fleur«, sagte Johnny, noch immer polierend, »deine kleinen Stücke belaufen sich vermutlich insgesamt auf etwas, das andere ein Vermögen nennen würden.«

»Davon kann keine Rede sein.«

»Wieviel hast du denn inzwischen zur Seite gelegt?«

»Nicht genug.«

»Und wieviel ist genug?«

»O Johnny, hör auf, mich auszuhorchen!« versetzte Fleur gereizt. »Es ist alles deine Schuld. Du hast mir gesagt, daß Sakis ein Kinderspiel ist.«

»Nichts dergleichen! Ich habe dir lediglich erzählt, daß er

gemäß meinen Quellen ein Multimillionär und in emotionaler Hinsicht labil sei. Und genauso war es auch.«

»Heute abend wird er sogar noch labiler sein, wenn ihm aufgeht, daß du abgehauen bist.« Felix steckte Fleurs Fünfzig-Pfundschein in eine große Dose, die mit rosa Engeln verziert war.

»Jetzt bekomm bloß nicht noch Mitleid mit ihm!« knurrte Fleur.

»Keine Bange! Jeder Mann, der auf dich hereinfällt, verdient alles, was er kriegt.« Fleur seufzte.

»Auf seiner Jacht hat's mir auf jeden Fall Spaß gemacht.« Sie blies eine Rauchfahne aus. »Zu schade, wirklich.«

»Ja, wirklich, jammerschade.« Johnny ging einen Schritt zurück, um erneut seinen Tafelaufsatz zu bewundern. »Ich nehme an, jetzt muß Ersatz her.«

»Mit noch einem reichen Griechen brauchst du allerdings nicht zu rechnen«, warf Felix ein. »Bei orthodoxen Feiern werde ich nur selten engagiert.«

»Bist du zu Emily Favours Gedenkgottesdienst gegangen?«

»Bin ich.« Fleur drückte ihre Zigarette aus. »Aber beeindruckt war ich nicht. Steckt da wirklich Geld dahinter?«

»O ja.« Johnny sah auf. »Sollte es zumindest. Mein Kumpel bei de Rouchets hat mir erzählt, daß Richard Favour ein persönliches Vermögen in Millionenhöhe besitzt. Und dann ist da noch die Familienfirma. Die sollte einen Haufen Geld wert sein.«

»Na schön, morgen bin ich mit ihm zum Lunch verabredet. Da versuche ich das herauszufinden.« Fleur schlenderte zum Kamin und blätterte die an Johnny und Felix gerichteten gewichtigen Einladungen durch.

»Weißt du, vielleicht solltest du mal ein paar Abstriche machen«, schlug Felix vor, »und dich ab und zu mit einem schlichten, alten Millionär zufriedengeben.«

»Ach komm. Mit einer Million kommst du doch heutzutage nicht mehr weit«, entgegnete Fleur. »Überhaupt nicht. Das weißt du so gut wie ich. Und ich brauche Sicherheit.« Ihr Blick fiel auf die silbergerahmte Photographie eines kleinen, sonnenbeschienenen Mädchens mit blondem, duftigem Haar. »*Zara* braucht Sicherheit.«

»Die liebe Zara«, sagte Johnny. »Wir haben schon eine Weile nichts mehr von ihr gehört. Wie geht's ihr?«

»Gut«, meinte Fleur vage. »Sie ist in der Schule.«

»Das erinnert mich an was.« Johnny warf Felix einen Blick zu. »Hast du's ihr gesagt?«

»Was? Oh, das. Nein.«

»Worum geht's?« erkundigte Fleur sich argwöhnisch.

»Letzte Woche hat uns jemand angerufen.«

»Wer?«

»Hal Winters.« Kurze Zeit herrschte Stille.

»Was wollte er?« fragte Fleur schließlich.

»Dich. Er wollte mit dir in Verbindung treten.«

»Und ihr habt ihm gesagt ...«

»Nichts. Wir sagten, wir wüßten nicht, wo du bist.«

»Gut.« Fleur atmete langsam aus. Sie begegnete Johnnys Blick und sah dann rasch fort.

»Fleur«, meinte Johnny ernst, »findest du nicht, du solltest ihn anrufen?«

»Nein«, sagte Fleur.

»Ich schon.«

»Tja, ich aber nicht. Johnny, ich hab's dir schon mal gesagt. Ich rede nicht über ihn!«

»Aber ...«

»Hast du mich verstanden?« rief Fleur wütend. »Ich rede nicht über ihn!«

Ehe er etwas darauf erwidern konnte, ergriff sie ihre Tasche, warf ihr Haar zurück und rauschte aus dem Raum.

3

Lambert legte den Telefonhörer auf und starrte einige Sekunden darauf. Dann wandte er sich an Philippa.

»Dein Vater ist ein Dummkopf«, rief er aus. »Ein verdammter Dummkopf!«

»Was hat er denn getan?« erkundigte sich Philippa nervös.

»Er hat was mit irgendeiner verdammten Frau angefangen, das ist alles. In seinem Alter!«

»Und so bald nach Mummys Tod«, warf Philippa ein.

»Genau«, erwiderte Lambert. »Genau.« Er sah Philippa beifällig an, und sie spürte, wie sie errötete. Oft sah Lambert sie nicht beifällig an.

»Er hat angerufen, um auszurichten, daß er diese Frau heute zum Lunch mitbringt. Er klang...« Lambert verzog das Gesicht nachdenklich, und Philippa sah rasch fort, ehe sie sich bei dem Gedanken ertappen konnte, daß sie mit einem extrem häßlichen Mann verheiratet war. »Er klang trunken«, schloß Lambert.

»Jetzt am Vormittag?«

»Nicht alkoholisiert«, wandte Lambert ungeduldig ein. »Trunken vor...« Er hielt inne, und eine Weile sahen er und Philippa einander an.

»Vor Glück«, sagte Philippa schließlich.

»Nun, ja«, gab Lambert widerwillig zu. »Das muß es wohl sein.«

Philippa beugte sich zum Spiegel und begann, mit zittriger Hand Eyeliner auf ihre Augenlider aufzutragen.

»Wer ist sie?« fragte sie. »Wie heißt sie?«

»Fleur.«

»Fleur? Die vom Gedenkgottesdienst? Die mit dem reizenden Hut?«

»Himmel noch mal, Philippa! Glaubst du, ich habe ihn nach ihrem Hut gefragt? Und jetzt mach zu!« Ohne auf eine Antwort zu warten, verließ er den Raum.

Stumm betrachtete Philippa ihr Spiegelbild; ihre wässrigen blauen Augen, das fahle, mausgraue Haar und die leicht geröteten Wangen. Im Geiste fielen ihr unzählige Wortwechsel ein; Worte, die Lambert hätte sagen können, wenn er ein anderer Mensch gewesen wäre. Er hätte sagen können: »Ja Darling, ich schätze, das ist sie...«, oder: »Philippa, mein Schatz, bei dem Gedenkgottesdienst hatte ich nur Augen für dich...«, oder etwa: »Die mit dem reizenden Hut? Du hattest den reizendsten Hut von allen!« Dann hätte sie in selbstbewußtem, neckischem Ton, den sie im wirklichen Leben nie hinbekam, erwidert: »Ach komm, Schatz. Selbst du mußt diesen Hut bemerkt haben!« Darauf hätte er gesagt: »Ach, *der* Hut!« Und dann hätten sie beide gelacht. Und dann... dann hätte er sie auf die Stirn geküßt, und dann...

»Philippa!« Scharf ertönte Lamberts Stimme durch die Wohnung. »Philippa, bist du fertig?« Philippa zuckte zusammen.

»In fünf Minuten!« Sie hörte das Beben in ihrer Stimme und verachtete sich dafür.

»Na, dann beeile dich gefälligst!«

Hastig kramte Philippa in ihrer Schminktasche nach der richtigen Lippenstiftfarbe. Wäre Lambert jemand anders gewesen, dann hätte er vielleicht zurückgerufen: »Laß dir Zeit!« oder: »Es eilt nicht, Liebste.« Oder vielleicht wäre er zurück in den Raum gekommen, hätte sie angelächelt und ihr Haar verstrubbelt, und sie hätte gelacht und gesagt: »Du hältst mich auf!«, und darauf hätte er entgegnet: »Ich kann nichts dafür, wenn du so wunderbar bist!« Und dann hätte er ihre Fingerspitzen geküßt... und dann...

In der Ecke des Zimmers erklang das Surren eines auf leise gestellten Telefons. Versunken in ihrer Traumwelt, hörte Philippa es nicht einmal.

Im Arbeitszimmer nahm Lambert den Hörer ab.

»Lambert Chester.«

»Guten Morgen, Mr. Chester. Hier ist Erica Fortescue von der First Bank. Könnten wir uns einmal ungestört miteinander unterhalten?«

»Ich bin schon auf dem Sprung. Ist es wichtig?«

»Es geht um Ihre Kontoüberziehung, Mr. Chester.«

»Oh.« Vorsichtig äugte Lambert zur Tür des Arbeitszimmers – und trat sie dann zur Sicherheit zu. »Wo liegt das Problem?«

»Sie scheinen Ihren Kreditrahmen überschritten zu haben. Und zwar ganz beträchtlich.«

»Unsinn.« Lambert lehnte sich zurück, langte in seinen Mund und begann in den Zähnen herumzupolken.

»Augenblicklich ist Ihr Konto mit über dreihunderttausend Pfund im Minus. Dabei war der Dispositionskredit auf zweihundertfünfzig festgelegt.«

»Ich denke, Sie werden herausfinden«, sagte Lambert, »daß er letzten Monat wieder erhöht wurde. Auf dreihundertundfünfzigtausend.«

»Wurde das schriftlich bestätigt?«

»Das hat Larry Collins für mich in die Wege geleitet.«

»Larry Collins hat die Bank verlassen«, klärte Erica Fortescue ihn mit sanfter Stimme auf.

Mist, dachte Lambert. Larry ist gefeuert worden. Blöder Scheißkerl.

»Nun, er hat es schriftlich bestätigt, bevor er die Bank verlassen hat«, sagte er rasch. Es konnte nicht schwer sein, irgendeinen Brief zu fabrizieren.

»In den Akten ist nichts.«

»Tja, das wird er wohl vergessen haben.« Lambert hielt inne, und sein Gesicht verzog sich zu einem selbstgefälligen Hohnlächeln. »Vielleicht hat er vergessen, Ihnen zu erzählen, daß ich in zwei Jahren zu mehr Geld komme, als einer von Ihnen beiden je gesehen hat.« Da staunst du, was, du blöde, aufdringliche Schlampe.

»Das Treuhandvermögen Ihrer Frau? Ja, davon hat er mir erzählt. Wurde das bestätigt?«

»Natürlich. Es ist alles geregelt.«

»Ich verstehe.«

»Und Sie machen sich immer noch Sorgen wegen dieser lächerlichen Kontoüberziehung?«

»Ja, Mr. Chester, das tue ich. Im allgemeinen akzeptieren wir die Aktivposten der Ehefrau nicht als Sicherheit für persönliche Konten.« Lambert starrte wütend auf das Telefon. Für wen hielt sich diese Tussi eigentlich? »Ach, und noch etwas...«

»Was denn?« Allmählich packte ihn die Wut.

»Ich fand es interessant zu sehen, daß in der Akte Ihrer Frau das Treuhandvermögen gar nicht erwähnt wird. Nur in Ihrer eigenen Akte. Gibt es dafür einen Grund?«

»Ja, den gibt es!« blaffte Lambert. »Es wird deshalb nicht in der Akte meiner Frau erwähnt, weil sie nichts davon weiß!«

Die Aktenordner waren leer. Vollkommen leer. Ungläubig starrte Fleur sie an, klappte ein paar andere auf, suchte nach versprengten Dokumenten, Bankauszügen, irgend etwas. Als sie ein Geräusch vernahm, schob sie die Schubladen des metallenen Aktenschranks rasch zu und eilte zum Fenster hinüber. Als Richard den Raum betrat, lehnte sie sich hinaus und atmete verzückt die Londoner Luft ein.

»Was für eine herrliche Aussicht!« rief sie aus. »Ich liebe den Regent's Park. Gehst du oft in den Zoo?«

»Nie!« lachte Richard. »Das letzte Mal war ich dort, als Antony klein war.«

»Dann müssen wir hineingehen«, erklärte Fleur. »Solange du noch in London bist.«

»Heute nachmittag vielleicht?«

»Heute nachmittag gehen wir in den Hyde Park. Es ist alles arrangiert.«

»Na, wenn du das sagst.« Richard grinste. »Aber jetzt machen wir uns besser auf den Weg, damit wir nicht zu spät zu Philippa und Lambert kommen.«

»Okay.« Fleur schenkte Richard ein charmantes Lächeln und ließ sich von ihm aus dem Zimmer führen. An der Tür blickte sie sich flüchtig um und überlegte, ob sie irgend etwas übersehen hatte. Aber das einzige geschäftsmäßige Möbelstück, das sie sehen konnte, war der Aktenschrank. Kein Schreibtisch, kein Sekretär. Sein ganzer Papierkram mußte woanders sein. In seinem Büro. Oder im Haus in Surrey.

Auf der Fahrt zum Restaurant ließ Fleur ihre Hand unbefangen in Richards gleiten, und als sich ihre Finger verflochten, sah sie, wie sich auf seinem Hals ein winziger roter Fleck ausbreitete. Was für ein reservierter Engländer er doch ist, dachte sie und unterdrückte mühsam ein Lachen. Nach vier Wochen hatte er es gerade einmal dazu gebracht, sie mit trockenen, schüchternen Lippen, die aus der Übung waren, zu küssen. Nicht wie der rohe Sakis, der sie nach ihrer allerersten Verabredung zum Lunch in ein Hotelzimmer gezerrt hatte. Bei der Erinnerung an Sakis dicke, haarige Schenkel und seine gebellten Befehle zuckte Fleur zusammen. Viel besser so herum. Und überraschenderweise gefiel es ihr, als Highschool-Jungfrau behandelt zu werden. Lächelnd schritt sie neben Richard einher und fühlte sich gut aufgehoben und beschützt. Es kam ihr vor, als würde sie sich für diesen besonderen Augenblick aufbewahren.

Ob sie so lange warten konnte, stand allerdings auf einem anderen Blatt. Vier Wochen der Lunches, Dinners, Filme und Kunstgalerien – und sie hatte noch immer keinen handfesten Beweis, daß bei Richard wirklich etwas zu holen war. Gut, er hatte ein paar schöne Anzüge; eine Wohnung in London; eine Villa in Surrey; er genoß den Ruf, reich zu sein. Doch das hieß alles noch lange nichts. Die Häuser konnten bis oben mit Hypotheken belastet sein. Er konnte kurz vor der Pleite stehen. Er könnte drauf und dran sein, *sie* um Geld zu bitten. Das war ihr schon einmal passiert – und seitdem war Fleur stets auf der Hut gewesen. Wenn sie nicht hieb- und stichfeste Beweise finden konnte, daß Geld vorhanden war, dann vergeudete sie ihre Zeit. Wirklich, sie hätte sich schon längst wieder abseilen sollen. Auf zum nächsten Begräbnis; auf zum nächsten Trottel. Aber…

Fleur hielt in ihren Gedanken inne und drückte sich fester an Richard. Wenn sie ehrlich war, dann mußte sie zugeben, daß ihr Selbstbewußtsein seit Sakis etwas gelitten hatte. In den letzten paar Wochen hatte sie drei Beerdigungen und fünf Gedenkgottesdienste besucht – aber bislang war Richard Favour ihr einziger aussichtsreicher Kandidat. Dabei machte der Anblick ihres im Gästezimmer verstreuten Gepäcks Johnny und Felix, süß wie sie waren, inzwischen schon leicht nervös. Gewöhnlich verbrachte sie nicht so viel Zeit zwischen Männern (»ruhend«, wie Felix es ausdrückte), normalerweise ging es von einem Bett direkt ins nächste.

Wenn sie Richard doch nur ein bißchen Beine machen könnte, dachte Fleur; sich einen Platz in seinem Bett sichern; sich einen Platz in seinem Haushalt erobern. Dann könnte sie sich einen Überblick über seine Finanzlage verschaffen, und das Wohnproblem wäre auch gelöst. Ansonsten wäre sie, wenn die Dinge nicht bald ins Lot kamen, gezwungen, jene Schritte zu unternehmen, zu denen sie sich, das hatte sie sich geschworen, nie herablassen würde. Sie müßte sich eine eigene Wohnung suchen. Sich womöglich sogar nach einem Job umsehen. Fleur erschauerte, und sie reckte entschlossen ihr Kinn. Sie mußte Richard bloß ins Bett bekommen. Wenn sie das erst einmal erreicht hatte, war alles weitere ein Kinderspiel.

Als sie in die Great Portland Street einbogen, spürte Richard, wie Fleur ihn anstupste.

»Schau«, sagte sie leise. »Schau dir das an!«

Richard wandte sich um. Auf der anderen Straßenseite standen zwei Nonnen auf dem Bürgersteig, zwischen denen offensichtlich ein heftiger Streit entbrannt war.

»Also, Nonnen habe ich noch nie zuvor streiten sehen«, kicherte Fleur.

»Ich auch nicht, glaube ich.«

»Ich spreche mit ihnen!« meinte Fleur unvermittelt. »Warte hier!«

Erstaunt beobachtete Richard, wie Fleur die Straße überquerte. Einen kurzem Moment stand sie auf dem gegenüberliegenden Bürgersteig, in ihrem scharlachroten Mantel eine lebenssprühende Gestalt, und redete auf die schwarzgekleideten Nonnen ein. Sie schienen zu nicken und zu lächeln. Dann kam sie über die Straße zu ihm zurück, und die Nonnen gingen in augenscheinlicher Harmonie davon.

»Was war denn los?« rief Richard aus. »Was im Himmel hast du ihnen gesagt?«

»Ich habe ihnen gesagt, daß Streit der Heiligen Jungfrau Maria Kummer bereitet.« Als sie Richards ungläubige Miene sah, feixte Fleur. »In Wirklichkeit habe ich ihnen erklärt, wie sie zur U-Bahnstation kommen.«

Richard lachte auf.

»Du bist eine bemerkenswerte Frau!«

»Ich weiß«, erwiderte Fleur selbstgefällig. Sie hakte sich

wieder bei ihm unter, und sie gingen weiter. Richard starrte auf das blasse Frühlingssonnenlicht, das den Bürgersteig sprenkelte, und spürte, wie ihm das Herz im Leibe lachte. Er kannte diese Frau gerade einmal vier Wochen, und doch konnte er sich ein Leben ohne sie nicht mehr vorstellen. Wenn er mit ihr zusammen war, schienen langweilige Alltagsereignisse sich in eine Serie glänzender genußreicher Augenblicke zu verändern. Fleur schien sein Leben in ein Spiel zu verwandeln – weit entfernt von dem rigiden Labyrinth aus Regeln und Konventionen, an das Emily sich so unermüdlich gehalten hatte, nein, ein Glücksspiel; in dem der gewinnt, der wagt. Er ertappte sich dabei, wie er mit kindlicher Freude darauf wartete, was sie als nächstes sagen würde; mit welchem Vorhaben sie ihn überraschen würde. In den letzten vier Wochen hatte er mehr von London gesehen als je zuvor; mehr gelacht als je zuvor; mehr Geld ausgegeben, als er es seit langem getan hatte.

Häufig kehrten seine Gedanken zu Emily zurück, und Schuldgefühle überkamen ihn – weil er soviel Zeit mit Fleur verbrachte, weil er sich so amüsierte, weil er sie geküßt hatte. Und auch Gewissensbisse, daß sein ursprüngliches Motiv, Fleur zu treffen – um möglichst viel von Emilys verborgenen Charakterzügen in Erfahrung zu bringen –, inzwischen von dem Wunsch verdrängt worden war, einfach nur mit Fleur zusammenzusein. In seinen Träumen sah er manchmal Emilys Gesicht, blaß und vorwurfsvoll. Dann wachte er mitten in der Nacht auf, von Trauer übermannt und vor Scham schweißnaß. Aber bis zum Morgen war Emilys Bild wieder verblaßt, und all seine Gedanken galten Fleur.

»Sie ist hinreißend!« erklärte Lambert entrüstet.

»Ich hab's dir doch gesagt!« versetzte Philippa. »Ist sie dir bei dem Gedenkgottesdienst denn nicht aufgefallen?«

Lambert zuckte die Achseln.

»Ich nehme an, ich fand sie ganz attraktiv. Aber ... sieh sie dir doch nur an!« Sieh sie dir doch nur neben deinem Vater an! wollte er sagen.

Schweigend sahen sie zu, wie Fleur ihren scharlachroten Mantel ablegte. Darunter trug sie ein anliegendes schwarzes Kleid; sie wackelte ein bißchen mit dem Po und glättete es über ihren Hüften. Unvermittelt überkam Lambert zorniges Verlangen. Was zum Teufel machte solch eine Frau mit Richard, wenn er selbst Philippa am Hals hatte?

»Sie kommen«, sagte Philippa. »Hallo, Daddy!«

»Hallo, Darling.« Richard küßte sie. »Lambert.«

»Richard.«

»Und das ist Fleur.« Richard konnte nicht verhindern, daß sich auf seinem Gesicht ein stolzes Lächeln ausbreitete.

»Ich freue mich so, Sie kennenzulernen!« Mit einem warmen Lächeln streckte Fleur Philippa die Hand entgegen. Nach einem kurzen Zögern ergriff Philippa sie. »Und Lambert, natürlich, wir haben uns ja schon kennengelernt.«

»Sehr kurz«, erwiderte Lambert in abweisendem Ton. Fleur sah ihn aufmerksam an und wandte sich dann wieder lächelnd an Philippa. Leicht nervös erwiderte diese ihr Lächeln.

»Tut mir leid, daß wir etwas zu spät kommen«, Richard schüttelte seine Serviette aus, »aber wir hatten da, äh, einen kleinen Zwischenfall mit zwei Nonnen. Nonnen auf der Flucht.« Er blickte zu Fleur, und unvermittelt brachen beide in Gelächter aus.

Beklommen sah Philippa zu Lambert, der die Augenbrauen hochzog.

»Entschuldigt bitte.« Richard kicherte noch immer. »Es würde zu lange dauern, euch das zu erklären. Aber es war schrecklich lustig.«

»Das war es wohl«, sagte Lambert. »Habt ihr schon Getränke bestellt?«

»Ich nehme einen Manhattan«, meinte Richard.

»Einen was?« Philippa glotzte ihn an.

»Einen Manhattan«, wiederholte Richard. »Du wirst doch wohl schon mal von einem Manhattan gehört haben?«

»Bis vorige Woche war Richard eine Manhattanjungfrau«, warf Fleur ein. »Ich liebe Cocktails. Sie nicht auch?«

»Ich weiß nicht«, meinte Philippa. »Ich schätze, schon.« Sie trank einen Schluck Sprudel und versuchte sich daran zu erinnern, wann sie zum letzten Mal einen Cocktail getrunken hatte. Da bemerkte sie fassungslos, wie ihr Vater unter dem Tisch nach Fleurs Hand tastete. Sie sah hastig zu Lambert; auch er beobachtete das Ganze gebannt.

»Und ich nehme auch einen«, sagte Fleur fröhlich.

»Ich glaube, ich nehme lieber einen Gin.« Philippa fühlte sich schwach. War das wirklich ihr Vater? Händchenhaltend mit einer anderen Frau? Sie konnte es nicht glauben. Ihres Wissens hatte er mit ihrer Mutter nie die Hand gehalten. Und hier saß er und strahlte übers ganze Gesicht, als hätte Mummy nie existiert. Er benahm sich gar nicht wie ihr Vater, dachte sie. Er benahm sich wie ein ... wie ein normaler Mann.

Lambert ist's, der Schwierigkeiten bereiten könnte, dachte Fleur. Er war es, der ihr argwöhnisch Blicke zuwarf; der sie immer wieder über ihren Hintergrund aushorchte und genau nachbohrte, wie gut sie Emily gekannt hatte. Sie konnte förmlich sehen, wie sich in seinem Kopf das Wort »Goldgräber« bildete. Was ihr recht war, wenn das hieß, daß da Geld zu holen war – allerdings nicht, wenn es bedeutete, daß er sie durchschaute. Sie würde ihm schöntun müssen.

Also wandte sie sich, als der Nachtisch serviert wurde, mit ehrerbietiger, fast banger Miene an ihn.

»Richard hat mir erzählt, daß Sie der Computerexperte der Firma sind.«

»Stimmt«, erwiderte Lambert in gelangweiltem Ton.

»Phantastisch. Ich kenne mich mit Computern leider überhaupt nicht aus.«

»Das tun die wenigsten.«

»Lambert erstellt Computerprogramme für die Firma«, erläuterte Richard, »und verkauft sie an andere Firmen. Ein recht profitabler Nebenzweig.«

»Sie entwickeln sich also zu einem neuen Bill Gates?«

»Meine Vorgehensweise ist völlig anders als die von Gates«, meinte Lambert kühl. Fleur sah ihn an, um zu sehen, ob er scherzte, aber seine Augen waren hart und humorlos. Ach herrje, dachte sie und kämpfte mit einem Lachreiz. Die männliche Eitelkeit sollte man doch nie unterschätzen!

»Aber Sie könnten damit trotzdem Milliardär werden?« Lambert zuckte die Achseln.

»Geld interessiert mich nicht.«

»Lambert ist Geld egal.« Philippa lachte unsicher auf. »Unsere Buchhaltung erledige ich.«

»Eine Aufgabe, wie maßgeschneidert für das weibliche Hirn«, behauptete Lambert.

»Moment mal, Lambert«, protestierte Richard. »Das finde ich nicht ganz fair.«

»Es mag nicht fair sein«, sagte Lambert, »aber es stimmt. Männer erschaffen, Frauen verwalten.«

»Frauen erschaffen Babys«, sagte Fleur.

»Frauen *produzieren* Babys«, versetzte Lambert. »Erschaffen tun sie die Männer. Die Frau ist der passive Partner. Und wer entscheidet das Geschlecht eines Kindes? Der Mann oder die Frau?«

»Die Klinik«, sagte Fleur. Lambert schaute verstimmt drein.

»Sie scheinen nicht ganz zu verstehen, worauf ich hinauswill«, begann er. »Es ist ganz einfach so ...« Doch ehe er fortfahren konnte, wurde er durch eine laute Frauenstimme unterbrochen.«

»Ja, was für eine Überraschung! Die Familie Favour *en masse!*« Fleur blickte auf. Eine blonde Frau in einem smaragdgrünen Jackett strebte auf sie zu. Ihre Blicke schnellten hin und her, von Richard zu Fleur, zu Lambert, zu Philippa und dann wieder zu Fleur. Gelassen erwiderte Fleur die Musterung. Warum mußten diese Frauen immer viel zuviel Make-up auftragen? Die Augenlider der Frau waren begraben unter einer grellen blauen Glasur; ihre Wimpern standen wie schwarze Stacheln starr von den Augen ab; auf einem ihrer Zähne war ein Lippenstiftfleck.

»Eleanor!« sagte Richard. »Wie nett, dich zu sehen. Bist du mit Geoffrey hier?«

»Nein, mit einer Freundin. Nach dem Lunch machen wir uns zum Scotch House auf.« Eleanor wechselte den goldenen Kettenriemen ihrer Handtasche von einer Schulter zur anderen. »Übrigens hat Geoffrey gerade erst vor kurzem gesagt, daß er dich schon länger nicht mehr im Club gesehen hat.« In ihrer Stimme schwang eine Frage mit; wieder huschte ihr Blick zu Fleur.

»Darf ich vorstellen«, sagte Richard. »Das ist eine Bekannte von mir, Fleur Daxeny. Fleur, das ist Eleanor Forrester. Ihr Mann ist Spielführer des Golfclubs in Greyworth.«

»Wie nett, Sie kennenzulernen«, murmelte Fleur und erhob sich ein wenig, um Eleanor die Hand zu schütteln. Deren Hand war fest und rauh, bis auf die rot angemalten Fingernägel fast männlich. Noch ein Golfer.

»Sind Sie eine alte Bekannte von Richard?« erkundigte sich Eleanor.

»Das kann man eigentlich nicht sagen. Wir kennen uns jetzt vier Wochen.«

»Ich verstehe.« Eleanor klimperte hektisch mit den Wimpern. »Ich verstehe«, wiederholte sie. »Nun, ich mache mich jetzt besser auf den Weg. Macht einer von euch beim Spring Meeting mit?«

»Ich bestimmt«, erklärte Lambert.

»Oh, ich nehme an, ich auch«, sagte Richard. »Aber wer weiß?«

»Wer weiß«, echote Eleanor. Wieder beäugte sie Fleur und kniff dabei die Lippen zusammen. »Es war sehr nett, Sie kennenzulernen, Fleur. Wirklich, sehr interessant.«

Wortlos beobachteten sie, wie Eleanor flott davonmarschierte und ihr das blonde Haar dabei steif auf den Jackettkragen stubste.

»Tja«, meinte Lambert, als sie außer Hörweite war. »Morgen weiß der ganze Club Bescheid.«

»Eleanor war eine wirklich gute Freundin von Mummy«, sagte Philippa entschuldigend zu Fleur. »Vermutlich dachte sie ...« Verlegen verstummte sie.

»Du mußt schon aufpassen, weißt du«, wandte Lambert sich an Richard. »Du kommst nach Greyworth zurück, und siehe da, alle reden über dich!«

»Wie schön«, versetzte Richard und lächelte Fleur an, »im Mittelpunkt der Aufmerksamkeit zu stehen.«

»Jetzt mag das lustig erscheinen«, wandte Lambert ein, »aber wenn ich du wäre ...«

»Ja, Lambert? Was würdest du tun?«

Ein stählerner Ton hatte sich in Richards Stimme geschlichen, und Philippa warf Lambert einen warnenden Blick zu. Aber Lambert ließ sich nicht aufhalten.

»Ich wäre ein bißchen vorsichtig, Richard. Jetzt mal ehrlich, du willst doch nicht, daß die Leute einen falschen

Eindruck bekommen und hinter deinem Rücken getuschelt wird.«

»Und warum sollte hinter meinem Rücken getuschelt werden?«

»Na ja, ich meine, das ist doch sonnenklar, oder? Schauen Sie, Fleur, ich möchte Ihnen ja nicht zu nahe treten, aber Sie verstehen doch, oder? Es gibt viele, die Emily sehr gemocht haben. Und wenn sie von Ihnen hören...«

»Die werden nicht nur von Fleur hören«, warf Richard laut ein, »sondern sie werden Fleur auch kennenlernen, da sie sobald wie möglich zu uns nach Greyworth kommt. Und wenn du damit Probleme hast, Lambert, dann schlage ich vor, daß du schön fernbleibst.«

»Ich habe doch bloß gemeint...«, begann Lambert.

»Ich weiß, was du gemeint hast«, entgegnete Richard. »Nur zu gut weiß ich das. Und ich fürchte, du sinkst dafür gehörig in meiner Achtung. Komm Fleur, laß uns gehen!«

Draußen auf dem Bürgersteig ergriff Richard Fleurs Arm.

»Mir tut das Ganze so leid. Lambert kann ausgesprochen unangenehm sein.«

»Ach, halb so schlimm«, sagte Fleur leise. Mein Gott, dachte sie, ich habe schon wesentlich unerfreulichere Situationen erlebt. Da war die Tochter, die versuchte, mir die Haare auszureißen, der Nachbar, der mich eine Schlampe schimpfte...

»Und du kommst nach Greyworth? Entschuldige, ich hätte dich zuerst fragen sollen.« Richard sah sie besorgt an. »Aber ich verspreche dir, es wird dir dort gefallen. Wir können lange Spaziergänge unternehmen, und du kannst die restliche Familie kennenlernen...«

»Und Golfspielen lernen?«

»Wenn du möchtest.« Er lächelte. »Aber das ist keine Verpflichtung.« Verlegen hielt er inne. »Und natürlich hättest du... hättest du dein eigenes Zimmer. Ich würde nicht wollen, daß du... daß du...«

»Wirklich nicht?« sagte Fleur leise. »Ich schon!« Sie stellte sich auf die Zehenspitzen und küßte Richard zart auf die Lippen. Nach einer Sekunde ließ sie ihre Zunge sanft in seinen Mund gleiten. Sofort versteifte sich sein Körper. Vor Bestürzung? Vor Verlangen? Beiläufig strich sie mit der Hand über seinen Nacken und wartete darauf, daß sie es herausfand.

Während Fleur ihn küßte, stand Richard stocksteif da. Ihre Worte hallten in seinem Kopf wider, und er versuchte, seine Gedanken zu ordnen, was ihm aber nicht gelang. Mit einemmal fühlte er sich starr, fast gelähmt vor Erregung. Nach einem Moment bewegte Fleur ihre Lippen sanft zu seinem Mundwinkel, und er spürte, wie er wonnevoll erschauerte. So hätte es mit Emily sein sollen, dachte er benommen, während er gleichzeitig versuchte, vor Berauschtheit nicht umzukippen. So hätte es mit seiner geliebten Frau sein müssen. Aber wie diese Frau hatte Emily ihn nie erregt – diese berückende Frau, die er gerade einmal vier Wochen kannte. Noch nie hatte er eine erregte Vorfreude wie diese empfunden. Nie hatte er... hatte er eine Frau richtiggehend *vögeln* wollen.

»Laß uns ein Taxi nehmen«, sagte er mit rauher Stimme und riß sich von Fleur los. »Und zurück in die Wohnung fahren.« Das Sprechen fiel ihm schwer. Jedes Wort schien den Augenblick zu besudeln; die Überzeugung in ihm zu schmälern, daß er kurz vor einer vollkommenen Erfahrung stand. Aber es half nichts. Man mußte ja irgendwie von der Straße weg.

»Wie wär's mit dem Hyde Park?«

Richard kam es vor, als foltere Fleur ihn.

»Ein andermal«, brachte er leise heraus. »Komm schon, komm!«

Er hielt ein Taxi an, schob Fleur hinein, murmelte dem Taxifahrer die Adresse zu und wandte sich dann zu Fleur um. Und bei ihrem Aussehen blieb ihm fast das Herz stehen. Als Fleur sich auf dem schwarzen Ledersitz zurückgelehnt hatte, war ihr Kleid auf geheimnisvolle Weise soweit hochgerutscht, daß nun der obere Rand ihrer schwarzen Strümpfe gerade so eben zu sehen war.

»O Gott«, nuschelte er und starrte auf die schwarze Spitze. Emily hatte nie schwarze Spitzenstrümpfe getragen.

Und plötzlich packte ihn die kalte Angst. Was hatte er vor? Was war mit ihm geschehen? Bilder von Emily gingen ihm im Kopf herum. Ihr süßes Lächeln; das Gefühl ihres Haares zwischen seinen Fingern; ihre schlanken Beine; ihre hübschen kleinen Pobacken. Gemütliche, anspruchslose Zeiten; Nächte der Zärtlichkeit.

»Richard«, sagte Fleur heiser und fuhr mit dem Finger an seinem Oberschenkel entlang. Voller Panik fuhr Richard zusammen. Schreckliche Angst erfüllte ihn. Was ihm auf dem Bürgersteig so klar erschienen war, schien nun durch Erinnerungen befleckt, die ihm nicht aus dem Kopf gehen wollten; von einem Schuldgefühl, das in ihm aufstieg und ihm die Luft abschnürte, so daß er kaum noch atmen konnte. Plötzlich war er den Tränen nahe. Er konnte es nicht tun. Er würde es nicht tun. Und doch bereitete ihm das Verlangen nach Fleur Höllenqualen.

»Richard?« sagte Fleur wieder.

»Ich bin nach wie vor verheiratet«, stammelte er. »Ich kann nicht. Ich bin immer noch mit Emily verheiratet.« Er starrte sie an, wartete, daß seine Pein nachließ; wartete auf irgendeine innere Bestätigung, daß er das Richtige tat. Aber sie kam nicht. Er fühlte sich überwältigt von widerstreitenden Gefühlen, körperlichen Bedürfnissen, Seelenqualen. Keine Richtung schien die richtige.

»Du bist nicht mehr wirklich mit Emily verheiratet«, meinte Fleur mit sanfter Stimme. »Oder?« Sie hob eine Hand und begann seine Wange zu streicheln, aber er drehte sich weg.

»Ich kann nicht!« Richards Gesicht war weiß vor Verzweiflung. Mit angespannten Zügen und glitzernden Augen stierte er nach vorn. »Du verstehst das nicht. Emily war meine Frau. Emily ist die einzige ...« Seine Stimme versagte, und er sah fort.

Fleur überlegte einen Moment und zog dann rasch ihr Kleid zurecht. Als Richard sich wieder gefangen hatte und zu ihr hinsah, waren ihre Spitzenstrümpfe unter einem Meer von schicklicher schwarzer Wolle verschwunden. Stumm blickte er sie an.

»Ich muß eine große Enttäuschung für dich sein«, sagte er schließlich. »Ich könnte es verstehen, wenn du beschließen würdest ...« Er zuckte die Achseln.

»Was beschließen würde?«

»Daß du mich nicht mehr sehen möchtest.«

»Richard, jetzt sei doch nicht albern!« In Fleurs sanfter Stimme klang Mitgefühl und auch ein kleines bißchen Schalk mit. »Du bildest dir doch nicht etwa ein, daß ich nur das Eine von dir will?« Sie lächelte ihn an, und nach einer Weile grinste er erleichtert zurück. »Wir haben so viele schöne Dinge miteinander unternommen«, fuhr Fleur fort. »Es wäre mir gar nicht recht, wenn sich einer von uns unter Druck gesetzt fühlen würde ...«

Während sie das sagte, fing sie im Rückspiegel den Blick des Taxifahrers auf. Mit offenkundigem Erstaunen starrte er sie beide an, und Fleur hätte auf einmal am liebsten losgekichert. Doch statt dessen wandte sie sich Richard zu und sagte mit gesenkter Stimme:

»Ich würde zu gern nach Greyworth kommen, und ich

würde mich sehr über ein eigenes Schlafzimmer freuen. Und wenn die Dinge ihren Lauf nehmen … dann nehmen sie ihren Lauf.«

Richard sah sie einige Sekunden an und ergriff dann unvermittelt ihre Hand.

»Du bist eine wundervolle Frau«, sagte er heiser. »Ich fühle mich …« Er drückte ihre Hand fester. »Ich fühle mich dir plötzlich sehr nahe.« Eine Minute erwiderte Fleur wortlos seinen Blick und senkte ihn dann sittsam.

Verdammte Emily, dachte sie. Immer kam sie einem in die Quere. Doch sie schwieg und ließ es zu, daß Richard den ganzen Weg bis zum Regent's Park ihre Hand fest umklammert hielt.

4

Zwei Wochen darauf stand Antony Favour in der Küche von »The Maples« und schaute seiner Tante Gillian beim Schlagen der Sahne zu. Sie schlug sie mit grimmiger Miene per Hand. Bei jedem Schlag mit dem Schneebesen schien sie die Lippen noch ein bißchen mehr zusammenzukneifen. Antony wußte mit Sicherheit, daß sich in einem der Küchenschränke ein elektrischer Mixer befand; er hatte ihn selbst schon benutzt, um Pfannkuchen zu machen. Aber Gillian schlug die Sahne immer mit der Hand, wie sie überhaupt das meiste ohne Geräte erledigte. Gillian lebte schon im Haus, bevor Antony auf die Welt kam, und seitdem er denken konnte, war sie diejenige gewesen, die gekocht hatte, der Zugehfrau gesagt hatte, was zu tun sei, und nach deren Fortgang mit gerunzelter Stirn umhergegangen war und die Oberflächen noch einmal nachpoliert hatte, die vollkommen sauber aussahen. Seine Mutter hatte dergleichen nie getan.

Manchmal war sie zu krank gewesen, um zu kochen, und die übrige Zeit war sie zu sehr mit dem Golfspiel beschäftigt gewesen.

Unwillkürlich sah Antony seine Mutter vor sich. Klein und dünn, mit silbrigblondem Haar und schicken Hosen im Schottenmuster. Er erinnerte sich an ihre blaugrauen Augen; ihre teure randlose Brille; ihren feinen blumigen Geruch. Seine Mutter hatte immer adrett und ordentlich ausgesehen; silbrig und blau. Verstohlen musterte Antony Gillian. Ihr stumpfes graues Haar hatte sich zu zwei schweren Büscheln geteilt; die Wangen waren puterrot; die Schultern in ihrer malvenfarbigen Strickjacke hochgezogen; Gillian hatte dieselben blaugrauen Augen wie seine Mutter, aber abgesehen davon hätte man die beiden nie für Schwestern gehalten, dachte Antony im stillen.

Wieder betrachtete er Gillians angespannte Miene. Seitdem Dad sie angerufen und ihnen gesagt hatte, daß er diese Frau mitbringen und sie bei ihnen wohnen würde, war Gillian mit noch unwirscherer Miene als sonst herumgelaufen. Gesagt hatte sie nichts – aber Gillian sagte ohnehin nie viel. Nie hatte sie eine Meinung; nie sagte sie es, wenn sie die Nase voll hatte. Das mußte man selbst herausfinden. Und nun, vermutete Antony, hatte sie ernsthaft die Nase voll.

Antony war sich selbst nicht ganz sicher, was er von dieser Frau halten sollte. Er hatte die Nacht zuvor im Bett gelegen, über seine Mutter, seinen Vater und diese neue Frau nachgedacht und auf eine instinktive Gefühlsregung gewartet, die ihm sagte, wie er dazu stand. Aber es kam nichts. Er verspürte weder sonderlich negative noch positive Empfindungen, er registrierte lediglich überrascht, daß diese Sache geschah; daß sein Vater diese andere Frau traf. Gelegentlich überkam ihn der Gedanke daran, wenn er gerade mit irgend etwas anderem beschäftigt war, und dann war er so schockiert, daß er nach vorne schauen, tief einatmen und mehrere Male zwinkern mußte, damit ihm nicht die Tränen kamen, Herrgott noch mal. Aber andere Male schien es völlig natürlich; fast wie etwas, das er erwartet hatte.

Inzwischen hatte er sich daran gewöhnt, den Leuten zu erzählen, daß seine Mutter tot war; vielleicht war es da einfach nur der nächste Schritt zu erzählen, daß sein Vater eine Freundin hatte. Bisweilen fand er das Ganze sogar amüsant.

Gillian war mit dem Steifschlagen der Sahne fertig. Sie schüttelte den Schneebesen und warf ihn, ohne auch nur daran zu lecken, in die Spüle. Dann stieß sie einen Seufzer aus und rieb sich die Stirn.

»Gibt's heute Charlotte russe?« fragte Antony.

»Ja«, erwiderte Gillian. »Mit Kiwis.« Sie zuckte die Achseln. »Ich weiß nicht, ob das deinem Vater genehm ist. Aber das wird's tun müssen.«

»Ach, bestimmt schmeckt es riesig«, sagte Antony. »Charlotte russe mag doch jeder.«

»Nun, das wird's tun müssen«, wiederholte Gillian. Erschöpft sah sie sich in der Küche um, und Antony folgte ihrem Blick. Er liebte die Küche; hier hielt er sich am liebsten auf. Vor etwa fünf Jahren hatten seine Eltern sie wie eine riesige Bauernhausküche umbauen lassen, mit Terracottafliesen, einem offenen Kamin und einem riesigen Holztisch mit wirklich gemütlichen Stühlen. Sie hatten fünf Millionen Töpfe und Pfannen und was sonst nicht noch alles gekauft, ausgewählt aus teuren Katalogen, und sie hatten Knoblauch an die Wände gehängt und eine Frau geholt, die den ganzen Raum mit Trockenblumen dekoriert hatte.

Antony hätte den ganzen Tag in der Küche verbringen können – und nun, da sie einen Fernseher an der Wand installiert hatten, tat er das tatsächlich oft. Aber Gillian schien die Küche zu hassen. Sie hatte sie auch gehaßt, wie sie zuvor gewesen war – »alles so weiß und klinisch«, wie sie gesagt hatte –, und sie tat es immer noch, obgleich sie es war, die die Fliesen ausgesucht und dem Designer erklärt hatte, wo alles hin müsse. Antony wollte das nicht in den Kopf.

»Kann ich helfen?« erkundigte er sich. »Vielleicht die Kartoffeln schälen, oder so was?«

»Es gibt keine Kartoffeln«, versetzte Gillian, als hätte er das wissen müssen, »sondern wilden Reis«. Sie runzelte die Stirn. »Hoffentlich ist es nicht zu schwer, den zu kochen.«

»Bestimmt wird er köstlich. Warum benutzt du denn nicht den Reiskocher?«

Drei Weihnachten zuvor hatten seine Eltern Gillian einen Reiskocher geschenkt. Im Jahr zuvor eine elektrische Obstpresse; seitdem hatte es einen automatischen Kräuterzerkleinerer, eine Brotschneidemaschine und eine Eiscrememaschine gegeben. Soweit Antony wußte, hatte Gillian nie auch nur eines der Geräte benutzt.

»Ich schaff' das schon«, sagte Gillian. »Warum gehst du nicht ein bißchen nach draußen? Oder wiederholst noch einmal etwas für die Schule?«

»Ehrlich, ich helf' dir gerne!« versetzte Antony.

»Allein werde ich schneller fertig.« Gillian stieß einen weiteren Seufzer aus und griff nach dem Kochbuch. Eine Weile blickte Antony sie wortlos an, dann zuckte er die Achseln und verließ die Küche.

Es war ein schöner Tag, und er war eigentlich ganz froh, in den Sonnenschein hinauszukommen. Er marschierte die Einfahrt von »The Maples« hinunter und dann die Straße entlang Richtung Clubhaus. Alle Straßen auf dem Greyworther Gelände waren privat, und man kam nur mit einem Sicherheitspaß herein, so daß meistens kaum Autos unterwegs waren. Nur die der Leute, die auf dem Anwesen Häuser hatten oder Mitglieder des Golfclubs waren.

Vielleicht, dachte Antony bei sich, war ja noch Zeit, schnell mal neun Löcher durchzuspielen, ehe Daddy ankam. Eigentlich sollte er sich hier auf sein Examen vorbereiten; deshalb war er zu Hause. Vor ihm erstreckte sich eine ganze Woche Heimstudienarbeit. Doch Antony brauchte nicht zu lernen – er wußte das ganze Zeug schon, das man ihn fragen würde. Statt dessen wollte er seine Tage damit verbringen herumzufaulenzen, Golf zu spielen und vielleicht auch ein bißchen Tennis. Je nachdem, wer sonst noch da war. Sein bester Freund Will war wie er im Internat, aber in Wills Schule gab es keine Zeiten für häusliches Arbeiten. »Du verdammter Glückspilz!« hatte Will geschrieben. »Aber gib nicht mir die Schuld, wenn du überall durchrasselst.« Auch Antonys Vater war nicht gerade erbaut gewesen. »Wozu zahlen wir eigentlich dein Schulgeld«, hatte er ausgerufen, »wenn sie dich bloß wieder nach Hause schicken?« Was sollte ihm Antony darauf antworten? Sein Problem war's ja nicht.

Die Straße zum Clubhaus verlief hügelabwärts und wurde von Rasen, Bäumen und den Toren zu anderen Häusern gesäumt. Im Vorbeigehen sah Antony in jede Einfahrt nach den Autos und rechnete sich anhand dessen aus, wer da war und wer nicht. Ihm fiel auf, daß die Forresters einen neuen weißen Jeep hatten, und er blieb bei ihrem Tor stehen. Sah gut aus.

»He, Antony! Gefällt dir mein Jeep?« Antony fuhr zusammen und blickte auf. Ein Stück weiter die Straße entlang saßen Xanthe Forrester und Mex Taylor. Ihre Beine waren zu einem Knäuel aus 501-Jeans verschlungen, und beide rauchten. Am liebsten hätte Antony sich umgedreht und so getan, als hätte er nichts gehört. Xanthe war ungefähr in seinem Alter; er kannte sie schon seit Ewigkeiten. Sie war immer ein kleines Miststück gewesen; nun war sie einfach nur ein Miststück. Stets schaffte sie es, daß er sich dumm, unbeholfen und häßlich vorkam. Mex Taylor war neu in Greyworth. Antony wußte bloß, daß er in Eton zur Schule ging, ein Handicap von sieben hatte und daß alle Mädchen ihn toll fanden. Was reichte.

Langsam schlenderte er zu ihnen, versuchte, sich nicht zu beeilen, versuchte, seinen Atem ruhig zu halten, versuchte, sich eine schlaue Äußerung auszudenken. Dann, als er beinahe bei ihnen war, drückte Xanthe plötzlich ihre Zigarette aus und begann Mex zu küssen, wobei sie seinen Kopf umklammerte und sich wand, als wäre sie in irgendeinem dummen Kinofilm. Wütend sagte sich Antony, daß sie bloß angab. Wahrscheinlich dachte sie, er wäre eifersüchtig. Vermutlich glaubte sie, er hätte noch nie im Leben mit jemandem herumgeknutscht. Wenn die wüßte. Im Internat waren sie fast jedes Wochenende mit dem Bus zu irgendwelchen Feten unterwegs, und Antony kam jedesmal mit ein paar Knutschflecken und einer Telefonnummer wieder zurück, kein Problem. Aber das war im Internat, wo es keine Kindheitsgeschichte gab; wo die Leute ihn nahmen, wie er war. Wohingegen Xanthe Forrester, Fifi Tilling – die ganze kleine Clique – ihn nach wie vor als den spießigen alten Antony ansahen, der allenfalls für eine Runde Golf gut war.

Auf einmal riß Xanthe sich von Mex los.

»Oh, mein Telefon!« Sie warf Mex einen verruchten Blick zu, sah zu Antony und zog dann ihr Handy aus der roten Gürteltasche an ihrer Hüfte. Antony blickte verlegen zu Mex und merkte, wie seine Hand unwillkürlich schützend an sein Auge schoß und sein Muttermal verdeckte.

»Hi? Fifi! Ja, ich bin hier mit Mex!« Xanthes Stimme klang triumphierend.

»Magst ’ne Zigarette? fragte Mex Antony lässig. Antony überlegte. Wenn er Ja sagte, dann müßte er bleiben und sich mit ihnen unterhalten. Und dann könnte ihn jemand sehen und es seinem Vater erzählen, und dann gäb’s Ärger. Aber wenn er ablehnte, dann würden sie ihn für spießig halten.

»Okay.«

Xanthe quasselte noch immer in ihr Handy, aber als Antony seine Zigarette anzündete, hielt sie inne und kicherte: »Antony raucht! Ist das nicht ein bißchen kühn von dir?« Mex warf Antony einen amüsierten Blick zu, und Antony spürte, wie er rot anlief.

»Mann, ist das cool!« Xanthe verstaute ihr Handy. »Fifis Eltern sind bis Freitag weg. Heute abend treffen wir uns alle bei ihr«, fügte sie, an Mex gewandt, hinzu. »Du, ich, Fifi und Tania. Tania hat ein bißchen Stoff.«

»Klingt nicht schlecht«, meinte Mex. »Was ist mit ...« Er deutete mit dem Kopf Richtung Antony. Xanthe verzog das Gesicht ganz kurz vor Mex und wandte sich dann an Antony.

»Hättest du auch Lust zu kommen, Antony? Wir schauen uns auf Fifis Laser Disc *Betty Blue* an.«

»Ich kann leider nicht«, sagte Antony. »Mein Dad ...« Er verstummte. Er würde Xanthe doch wohl nicht erzählen, daß sein Dad eine Freundin hatte! »Mein Dad kommt heute nach Hause«, sagte er lahm.

»Dein Vater kommt nach Hause?« fragte Xanthe ungläubig. »Du kannst nicht weg, weil dein Vater nach Hause kommt?«

»Ich finde das wirklich nett von ihm«, warf Mex freundlich ein. »Ich wünschte, ich würde mich mit meinem Vater auch so gut verstehen.« Er grinste Xanthe an. »Leider kann ich ihn auf den Tod nicht ausstehen.«

Xanthe brach in schallendes Gelächter aus.

»Ich wünschte, ich würde mich mit meinem Dad auch besser verstehen. Vielleicht würde ich von ihm dann statt des Jeeps einen Jag kriegen.« Sie steckte sich eine neue Zigarette an.

»Wieso hast du eigentlich schon einen Jeep?« fragte Antony. »Du kannst doch noch gar nicht fahren. Du bist doch erst fünfzehn.«

»Auf Privatstraßen schon«, entgegnete Xanthe. »Mex bringt's mir bei. Tust du doch, oder, Mex?« Sie legte sich zurück ins Gras und fuhr sich durch die blonden Locken. »Und er bringt mir nicht nur das bei. Verstehst du, was ich meine?« Sie blies einen Ring in die Luft. »Na ja, wahrscheinlich nicht.« Sie zwinkerte Mex zu. »Ich will Antony nicht schockieren. Er küßt immer noch mit geschlossenem Mund.«

Antony starrte Xanthe in zorniger Verlegenheit an und zerbrach sich den Kopf nach einer witzigen Retourkutsche. Aber die Koordination zwischen seinem Hirn und seinem Mund schien unterbrochen zu sein.

»Dein Dad«, meinte Xanthe nachdenklich. »Dein Dad. Was hab' ich doch gleich neulich von ihm gehört?« Plötzlich setzte sie sich auf. »Ach ja. Er hat eine Mieze, stimmt's?«

»Hat er nicht!«

»Hat er wohl! Mum und Daddy haben sich darüber unterhalten. Irgendeine Frau in London. Echt hübsch, anscheinend. Mum hat sie zusammen beim Lunch ertappt.«

»Sie ist bloß eine Freundin«, versetzte Antony verzweifelt. Seine ganze Nonchalance war verschwunden. Mit einemmal haßte er seinen Vater; haßte sogar seine Mutter, weil sie gestorben war. Warum hatte nicht alles beim alten bleiben können?

»Hab' von deiner Mutter gehört«, sagte Mex. »Hart.«

Was weißt du denn schon davon! hätte Antony am liebsten gebrüllt. Statt dessen trat er ungeschickt seine Zigarette aus und sagte:

»Ich muß jetzt los.«

»Zu schade«, sagte Xanthe. »So, wie du da mit diesen sexy Hosen dastehst, hast du mich echt angeturnt. Wo hast du die her? Von einem Wohltätigkeitsbazar?«

»Bis bald einmal«, sagte Mex. »Viel Spaß mit deinem Dad.«

Im Davongehen hörte Antony ein unterdrücktes Kichern, aber er drehte sich nicht um, bis er die Kurve erreicht hatte. Dann erlaubte er sich einen kurzen Blick zurück. Xanthe und Mex küßten sich wieder.

Rasch bog er um die Kurve und setzte sich auf eine niedrige Steinmauer. In seinem Kopf schwirrten sämtliche Sätze herum, die er über die Jahre von den Erwachsenen gehört hatte. *Wenn andere dich hänseln, dann sind sie nur unreif... Nimm gar keine Notiz davon... dann wird es ihnen zu langweilig... Wenn sie mehr auf dein Aussehen geben als auf deine Persönlichkeit, dann sind sie es nicht wert, deine Freunde zu sein.*

Was also sollte er tun? Alle außer Will ignorieren? Ganz ohne Freunde enden? Aus seiner Sicht blieben ihm zwei Möglichkeiten. Entweder konnte er einsam sein, oder er konnte mit der Herde laufen. Antony seufzte. Die Erwachsenen hatten gut reden. Die wußten nicht, wie das war. Wann war jemand das letzte Mal gehässig zu seinem Vater gewesen? Vermutlich nie. Erwachsene waren nicht gehässig zueinander. Das waren sie einfach nicht. Also, dachte Antony verdrießlich, sollten sie aufhören, sich zu beklagen. Sie hatten es verdammt einfach.

Gillian saß am riesigen Holztisch in der Küche ihrer verstorbenen Schwester und blickte ausdruckslos auf einen Haufen Feuerbohnen. Sie fühlte sich erschöpft, fast zu erschöpft, um ein Messer zu heben. Seit Emilys Tod war eine Apathie über sie gekommen, die sie bestürzte und verwirrte. Sie wußte nicht, wie sie anders damit umgehen sollte, als sich rückhaltlos in die Hausarbeit zu stürzen, die ihren Tag ausfüllte. Doch je härter sie arbeitete, um so weniger Energie schien sie zu haben. Wenn sie sich hinsetzte, um eine Pause zu machen, dann kam es ihr so vor, als würde sie nie wieder aufstehen können.

Mit einem lethargischen und schweren Gefühl stützte sie sich auf die Ellbogen. Sie konnte spüren, wie ihr eigenes Gewicht in den Bauernstuhl versank, die Masse ihres soliden, unschönen Körpers. Üppige Brüste, die in einen vernünftigen BH gehüllt waren, massige Beine, die unter einem Rock versteckt waren. Ihre Strickjacke war dick und gewichtig; sogar ihr Haar erschien ihr heute schwer.

Eine Weile starrte sie auf den Tisch, verfolgte mit dem Finger die Holzmaserung und versuchte, sich in den Windungen und Schlingen zu verlieren, versuchte, sich normal zu fühlen. Aber als sie einen dunklen Knoten erreichte, hielt sie inne. Es brachte nichts, sich selbst etwas vorzumachen. Sie kam sich nicht nur schwer vor. Sie fühlte sich nicht nur apathisch. Sie hatte Angst.

Der Telefonanruf von Richard war kurz ausgefallen. Keine Erklärung über den Umstand hinaus, daß er eine Frau namens Fleur mitbringen würde, die bei ihnen wohnen sollte. Gillian starrte auf ihren rauhen Wurstfinger und biß sich auf die Lippe. Ihr hätte klar sein müssen, daß es irgendwann so kommen würde; daß Richard früher oder später eine... Gefährtin finden würde. Doch irgendwie hatte sie sich vorgestellt, alles würde wie üblich weiterlaufen: Richard, Antony und sie. Gar nicht so viel anders als zu der Zeit, als Emily noch gelebt hatte – als zu all den Gelegenheiten, bei denen sie drei zusammen zu Abend gegessen hatten und Emily oben im Bett gelegen hatte.

Wie töricht von ihr. Natürlich hätte nicht alles ewig so weitergehen können. Zum einen war Antony fast erwachsen. Nicht mehr lange, und er würde mit der Schule fertig sein und zu studieren beginnen. Erwartete sie etwa, daß sie dann noch weiter in »The Maples« wohnen bliebe? Nur sie und

Richard? Sie hatte keine Ahnung, was Richard von ihr hielt. Sah er in ihr mehr als Emilys Schwester? Betrachtete er sie als Freundin? Als Teil der Familie? Oder erwartete er, daß sie ging, nun, da Emily tot war? Sie hätte es nicht sagen können. In all den Jahren, in denen sie in seinem Haus gewohnt hatte, hatte sie selten direkt mit Richard gesprochen. Wenn überhaupt, dann hatten sie über Emily miteinander kommuniziert. Und nun, da es Emily nicht mehr gab, kommunizierten sie überhaupt nicht mehr miteinander. In den Monaten seit ihrem Tod hatten sie über nichts Bedeutsameres als Mahlzeitenarrangements gesprochen. Weder Gillian noch Richard hatten ihre Stellung in Frage gestellt.

Doch nun war alles anders. Nun kam da eine Frau namens Fleur. Eine Frau, von der sie nichts wußte.

»Du wirst sie *lieben*«, hatte Richard hinzugefügt, kurz bevor er aufgelegt hatte. Gillian hatte da so ihre Zweifel. Natürlich meinte er »lieben« im lässigen, modernen Sinne des Wortes. Sie hatte gehört, wie die Frauen an der Bar des Clubhauses es ständig benutzten – ich *liebe* dein Kleid... *liebst* du nicht diesen Geruch. Liebe, Liebe, Liebe. Als würde das gar nichts bedeuten; als wäre das Wort nicht sakrosankt und dürfte nur sparsam eingesetzt werden. Gillian liebte Menschen, nicht Handtaschen. Mit einer grimmigen Gewißheit wußte sie, wen sie liebte, wen sie geliebt hatte und wen sie immer lieben würde. Doch noch nie hatte sie das Wort in ihrem Erwachsenendasein laut ausgesprochen.

Draußen bewegte sich eine Wolke, und ein Sonnenstrahl landete auf dem Tisch.

»Es ist ein schöner Tag.« In der Todesstille der Küche lauschte Gillian ihrer Stimme. In letzter Zeit hatte sie angefangen, mehr und mehr Selbstgespräche zu führen.

Manchmal, wenn Richard in London und Antony im Internat war, war sie mehrere Tage hintereinander allein im

Haus. Leere, einsame Tage. Sie hatte keine Freunde in Greyworth; wenn die restliche Familie fort war, hörte das Telefon zu klingeln auf. Mit den Jahren hatten viele von Emilys Freundinnen den Eindruck gewonnen, daß Gillian eher eine bezahlte Haushälterin wäre als ein Familienmitglied – und Emily hatte sich nie die Mühe gemacht, diesen Eindruck zu korrigieren.

Emily. Gillians Gedanken hielten inne. Ihre kleine Schwester Emily, tot. Sie schloß die Augen und stützte den Kopf auf die Hände. Was war das für eine Welt, in der die jüngere Schwester vor der älteren starb? Wo der zerbrechliche Körper einer verheirateten Schwester von wiederholten Fehlgeburten fast zerstört werden konnte, während der robuste Leib ihrer unverheirateten Schwester nie auf die Probe gestellt worden war? Gillian hatte Emily bei jeder Fehlgeburt gepflegt, sich bei der Geburt von Philippa und – viel später – Antony um sie gekümmert. Sie hatte zugesehen, wie Emilys Körper allmählich aufgab; beobachtet, wie sie dahinschwand. Und nun hatte man sie allein zurückgelassen in einer Familie, die eigentlich nicht ihre war, und sie wartete auf die Ankunft des schwesterlichen Ersatzes.

Vielleicht war es an der Zeit, zu gehen und ein neues Leben zu beginnen. Nach Emilys großzügiger Hinterlassenschaft war sie finanziell unabhängig. Sie konnte gehen, wohin sie wollte, alles tun. Eine Reihe von Visionen schwirrten ihr durch den Kopf, wie die Bilder in einer Seniorenbroschüre. Sie könnte sich ein Cottage am Meer kaufen. Sie könnte anfangen zu gärtnern. Sie könnte reisen.

Die Erinnerung an ein vor vielen Jahren gemachtes Angebot schlich sich in Gillians Gedanken, ein Angebot, das sie derart begeistert hatte, daß sie sofort zu Emily gelaufen war und es ihr erzählt hatte. Eine Reise um die Welt mit Verity Standish.

»Du erinnerst dich doch an Verity?« hatte sie Emily aufgeregt gefragt, die am Kamin stand und an einer Porzellanfigur herumfummelte. »Sie zieht einfach los! Fliegt im Oktober nach Kairo, und von da geht's dann weiter. Sie möchte, daß ich mitkomme! Ist das nicht aufregend?«

Sie hatte darauf gewartet, daß Emily ihr lächelnd Fragen stellte und Gillians Freude so aus ganzem Herzen teilte, wie Gillian das andersherum seit vielen Jahren getan hatte. Doch Emily hatte sich umgewandt und, ohne darauf zu warten, daß Gillian wieder zu Atem kam, gesagt: »Ich bin schwanger. Im vierten Monat.«

Gillian hatte den Atem angehalten und Emily angestarrt. Freudentränen waren ihr in die Augen gestiegen. Sie hatte gedacht – alle hatten das gedacht –, daß Emily kein weiteres Kind mehr bekommen können würde. Seit Philippa hatte jede ihrer Schwangerschaften noch vor drei Monaten in einer Fehlgeburt geendet; es hatte unwahrscheinlich geschienen, daß sie je noch einmal ein Kind würde austragen können.

Sie eilte zu Emily und ergriff freudig ihre Hände. »Im vierten Monat! Oh, Emily!« Doch Emilys Augen hatten Gillian vorwurfsvoll durchbohrt.

»Was heißt, daß das Kind im Dezember auf die Welt kommt.«

Mit einemmal hatte Gillian begriffen, worauf sie hinauswollte. Und dieses eine Mal in ihrem Leben hatte sie versucht, sich gegen Emily zu behaupten.

»Dir macht es doch nichts aus, wenn ich die Reise trotzdem mache?« hatte sie mit betont fröhlicher, nüchterner Stimme gefragt. »Richard wird dir eine große Stütze sein, da bin ich mir sicher. Und im Januar bin ich wieder da. Da kann ich das dann übernehmen.« Sie kam ins Stocken. »Es ist bloß so, daß dies eine so herrliche ...«

»Ach, geh nur!« hatte Emily mit brüchiger Stimme ausgerufen. »Für die Nachsorge kann ich problemlos eine Hebamme engagieren. Und ein Kindermädchen für Philippa. Das geht prima.« Dabei war ihr ein kleines Lächeln übers Gesicht gehuscht, und Gillian hatte ihren Blick mit trauriger Vorsicht erwidert. Sie kannte dieses Spiel Emilys bereits; wußte, daß sie immer zu langsam war, um ihren nächsten Schritt vorauszuahnen.

»Und wahrscheinlich werde ich das Kindermädchen auch nach deiner Rückkehr weiterbeschäftigen.« Emilys Worte trafen Gillian mitten ins Herz. »Sie kann dein Zimmer haben. Das macht dir doch nichts, oder? Du wirst ja da dann vermutlich sowieso anderswo wohnen.«

Sie hätte gehen sollen. Sie hätte Emily dazu zwingen müssen, Farbe zu bekennen, und mit Verity fortreisen sollen. Sie hätte ein paar Monate lang unterwegs sein und dann zurückkehren und sich der Familie wieder anschließen können. Emily hätte ihre Hilfe nicht abgeschlagen. Da war sie jetzt fest davon überzeugt. *Sie hätte gehen sollen.* Die Worte hallten bitter in ihrem Kopf wider, und sie spürte, wie sich ihr ganzer Körper anspannte, während die Gedanken des Bedauerns von fünfzehn Jahren sie umkreisten wie vergiftetes Blut.

Aber sie war nicht fortgegangen. Sie hatte klein beigegeben, wie immer, und war für die Geburt Antonys geblieben. Und nach dieser Geburt war ihr klargeworden, daß sie niemals würde gehen können; daß sie nie imstande wäre, aus freier Wahl das Haus zu verlassen. Denn Emily liebte den kleinen Antony nicht. Aber Gillian liebte ihn mehr als alles andere auf der Welt.

»Jetzt erzähl mir doch einmal von Gillian.« Fleur lehnte sich gemütlich in ihrem Sitz zurück.

»Gillian?« erwiderte Richard geistesabwesend. Er blinkte. »Komm schon, laß mich rein, du Idiot!«

»Ja, Gillian«, sagte Fleur, als der Wagen die Spur wechselte. »Wie lange wohnt sie schon bei euch?«

»Oh, Jahre schon. Seit ... Ich weiß nicht, seit Philippas Geburt vielleicht.«

»Und du kommst gut mit ihr aus?«

»O ja.«

Fleur warf Richard einen schnellen Blick zu. Seine Miene war ausdruckslos und gleichgültig. Soviel zu Gillian.

»Und Antony?« sagte sie. »Den habe ich ja auch noch nicht kennengelernt.«

»Oh, Antony wirst du mögen.« Unvermittelt nahm Richards Gesicht begeisterte Züge an. »Er ist ein guter Junge. Hat ein Handicap von zwölf, das ist für sein Alter recht gut.«

»Erstaunlich«, erwiderte Fleur höflich. Je mehr Zeit sie mit Richard verbrachte, um so klarer wurde ihr, daß sie diese entsetzliche Sportart würde erlernen müssen. Sie versuchte, sich in einem Paar Golfschuhen mit Troddeln und Spikes vorzustellen, und erschauderte.

»Was für eine bezaubernde Landschaft.« Sie blickte aus dem Fenster. »Ich habe gar nicht gewußt, daß es in Surrey Schafe gibt.«

»Gelegentlich sieht man das ein oder andere«, sagte er. »Kühe ab und zu auch.« Er hielt inne, und um seine Mundwinkel zuckte es. Fleur wartete. Das Zucken bedeutete, daß er sich zu einem Witz anschickte. »Einige von Surreys schönsten Kühen wirst du im Golfclub kennenlernen«, sagte Richard schließlich und prustete los. Fleur kicherte, mehr über ihn amüsiert als über den Witz. War das wirklich derselbe steife, langweilige Mann, den sie vor sechs Wochen kennengelernt hatte? Richard schien nun fest entschlossen, sich, wann immer es ging, ins Vergnügen zu stürzen. Nun war er es, der sie anrief und ausgefallene Vorschläge machte, der Witze riß, der Ausflüge und Unterhaltungen plante.

Zum Teil, vermutete sie, versuchte er damit den Mangel an körperlicher Intimität in ihrer Beziehung wettzumachen; einen Mangel, von dem er eindeutig annahm, daß er sie ebenso besorgte wie ihn. Ein, zwei Male hatte sie ihm erklärt, daß es ihr nichts ausmache – allerdings nicht zu nachdrücklich; nicht zu unschmeichelhaft. Und so hatte er, um ihrer beider Frustrationen zu mildern, damit begonnen, die Abende mit Ersatzbeschäftigungen zu füllen. Wenn er sie im Bett nicht unterhalten konnte, dann doch zumindest in Theatern, Cocktail Bars und Nachtclubs. Allmorgendlich rief er sie um zehn Uhr mit einem Plan für den Abend an. Zu ihrer Überraschung hatte Fleur begonnen, sich auf seine Anrufe zu freuen.

»Sheringham St. Martin!« rief sie unvermittelt aus, als sie draußen ein Straßenschild entdeckte.

»Ja, ein hübsches Dorf«, meinte Richard.

»Xavier Formby hat dort sein neues Restaurant eröffnet. Ich habe darüber gelesen. Das Pumpkin House. Offensichtlich kann man dort ganz ausgezeichnet essen. Da müssen wir unbedingt einmal hin!«

»Laß uns das doch gleich machen«, meinte Richard prompt, »und dort zu Abend essen. Wäre doch ideal! Ich rufe an und frage, ob sie noch einen Tisch frei haben.«

Umgehend langte er zu seinem Telefon hinunter und wählte die Nummer der Auskunft. Fleur sah ihn sinnend an. Ob sie ihn wohl darauf aufmerksam machen sollte, daß diese Gillian für sie wahrscheinlich schon ein Dinner vorbereitet hatte? Richard schien das nicht zu kümmern – tatsächlich schien er gegenüber Gillian fast blind zu sein. In manchen Familien lohnte es sich durchaus, die Weiblichkeit für sich zu gewinnen – aber wozu sollte das in diesem Falle gut sein? Da konnte sie genausogut auf Richards Vorschlag eingehen. Schließlich war er es, der das Geld hatte. Und wenn er zum

Essen ausgehen wollte, warum sollte ausgerechnet sie ihn da zu etwas anderem überreden?

»Haben Sie?« sagte Richard gerade. »Gut, wir sind gleich da.« Fleur strahlte ihn an.

»Du bist so schlau.«

»Carpe diem«, sagte Richard. »Nütze den Tag.« Er lächelte sie an. »Weißt du, als Junge hat dieser Spruch für mich nie Sinn gemacht.«

»Aber jetzt macht er Sinn?«

»O ja, immer mehr.«

Um sieben Uhr, gerade als Antony mit dem Tischdecken fertig war, klingelte das Telefon. Gillian hob ab, und er trat einen Schritt zurück, um sein Werk zu bewundern. Er hatte Vasen mit Lilien aufgestellt und weiße Spitzenservietten hingelegt. Kerzen warteten darauf, angezündet zu werden, und aus der Küche zog ein herrlicher Duft von gebratenem Lamm herüber. Zeit für einen Gin, dachte Antony. Er blickte auf seine Uhr. Bestimmt würde sein Vater bald eintreffen.

Plötzlich erschien Gillian an der Eßzimmertür, angetan mit dem blauen Kleid, das sie stets bei besonderen Anlässen trug. Sie sah brummig aus, was allerdings nicht unbedingt etwas zu bedeuten hatte.

»Das war dein Vater«, sagte sie. »Er kommt erst später.«

»Oh. Wieviel später denn?« Antony legte ein Messer gerade.

»Ungefähr um zehn, hat er gesagt. Er und diese Frau sind Essen gegangen.« Antony blickte überrascht hoch.

»Essen gegangen? Aber das können sie doch nicht machen!«

»Sie sind jetzt im Restaurant.«

»Aber du hast doch gekocht! Hast du ihm das gesagt? Hast du ihm gesagt, daß im Ofen gebratenes Lamm auf ihn wartet?« Gillian zuckte die Achseln. Sie hatte den resignierten, müden Ausdruck im Gesicht, den Antony haßte.

»Dein Vater kann Essen gehen, wann immer er will.«

»Du hättest etwas sagen sollen!« schrie Antony.

»Es ist nicht meine Sache, deinem Vater zu sagen, was er tun soll.«

»Aber wenn er das gewußt hätte, dann hätte er bestimmt...« Antony verstummte und blickte Gillian frustriert an. Warum zum Teufel hatte sie Dad nichts gesagt? Wenn er heimkommen und sehen würde, was er angerichtet hatte, würde er sich schrecklich fühlen.

»Tja, nun ist es zu spät. Er hat nicht gesagt, in welchem Restaurant sie sind.«

Sie wirkte fast erfreut, dachte Antony, als würde es ihr Befriedigung verschaffen, daß all ihre Bemühungen umsonst waren.

»Und wir essen das alles also einfach allein auf?« Er klang aggressiv, das wußte er, aber das war ihm gleich.

»Ich denke schon.« Gillian blickte an sich herunter. »Ich geh nur mal schnell dieses Kleid ausziehen.«

»Warum läßt du es nicht an?« fragte Antony in der verzweifelten Bemühung, den Anlaß irgendwie zu retten. »Du schaust hübsch darin aus.«

»Mag sein, aber so verknittert es bloß. Das bringt ja nichts.«

Verdammt noch mal, dachte Antony. Wenn du dich nicht bemühen willst, dann tue ich es auch nicht. Er erinnerte sich an die morgendliche Begegnung mit Xanthe Forrester und Mex Taylor. Die hatten ihn doch auf eine Party eingeladen, oder? Vielleicht waren die beiden doch nicht so übel.

»Dann geh' ich vielleicht noch mal weg«, sagte er. »Wenn wir kein großes Dinner haben oder so was.«

»In Ordnung«, erwiderte Gillian, ohne zurückzublicken.

Antony ging zum Telefon und wählte Fifi Tillings Nummer.

»Hallo?« ertönte Fifis überdrehte Stimme; im Hintergrund war Musik zu hören.

»Hi, ich bin's, Antony. Antony Favour.«

»Ah, ja. Hi, Antony. He, ihr alle«, rief sie, »Antony ist am Telefon.« Er vermeinte, im Hintergrund Kichern zu hören.

»Eigentlich hatte ich heute abend ja was vor«, sagte er verlegen, »aber das hat sich zerschlagen. Ich könnte also vorbeikommen oder so. Xanthe hat gesagt, heute treffen sich alle.«

»Oh. Ja.« Eine Pause entstand. »Ehrlich gesagt wollten wir uns gerade in einen Club aufmachen.«

»Prima, da bin ich dabei.« Klang er freundlich und cool oder aufgeregt und verzweifelt? Schwer zu sagen.

»Tja, die Sache ist die, daß das Auto ehrlich gesagt voll ist.«

»Oh, verstehe.« Antony sah den Hörer an; unsicher. Wollte sie ihm zu verstehen geben …

»Tut mir leid …« Ja, sie wollte.

»Kein Problem.« Er versuchte, lässig zu klingen. Amüsiert sogar. »Vielleicht ein andermal.«

»Oh. Ja. Logisch.« Fifi klang geistesabwesend. Sie hörte ihm nicht einmal zu.

»Na, dann tschüs.«

»Tschüs, Antony. Bis bald einmal.«

Antony legte den Hörer auf und spürte, wie er von einer Woge der Schmach erfaßt wurde. Wenn sie gewollt hätten, dann hätten sie schon einen Platz für ihn gefunden. Er sah auf seine Hände und bemerkte, daß sie zitterten.

Obgleich er allein im Raum war, wäre er vor Verlegenheit am liebsten im Erdboden versunken.

An allem war sein verfluchter Vater schuld – wenn er rechtzeitig heimgekommen wäre, dann hätte dieser Telefonanruf nicht stattgefunden. Antony lehnte sich in seinem

Stuhl zurück. Der Gedanke gefiel ihm. Ja, sein Vater war daran schuld, dachte er wütend. Und Gillians Schuld war es auch. Was war ihr verflixtes Problem? Warum hatte sie am Telefon nicht ein Machtwort gesprochen und seinen Vater aufgefordert, auf der Stelle heimzukommen?

Eine Weile saß er da, fummelte an einer Serviette herum, dachte darüber nach, daß er die Schnauze von den beiden voll hatte, und musterte den Tisch, den er gedeckt hatte. Die ganze Mühe umsonst. Nun, das konnte ruhig dort stehenbleiben. Er dachte ja gar nicht daran, alles wieder abzuräumen.

Dann kam ihm, daß Gillian herunterrufen und vorschlagen könnte, daß er eben dieses tun sollte. Er stand schnell auf und schlenderte in die Küche, bevor so etwas passierte. Noch immer brutzelte das Lamm im Ofen vor sich hin, und auf dem Tisch thronte majestätisch die Charlotte russe, gehüllt in Schlagsahne und dekoriert mit Kiwistückchen. Antony begutachtete sie. Wenn sie schon nicht anständig zu Abend aßen, was tat es da schon, wenn er sich etwas davon nahm? Er zog sich einen Stuhl her, ergriff die Fernbedienung, hielt sie Richtung Fernseher und zappte herum. Dann, als sich die Küche mit dem Klang einer Game Show erfüllte, ergriff er einen Löffel, grub ihn in die glänzende Creme und ließ es sich schmecken.

5

Für das Frühstück war im Wintergarten gedeckt worden.

»Was für ein bezaubernder Raum«, sagte Fleur höflich und sah Gillian direkt ins Gesicht, um Augenkontakt bemüht. Doch Gillian musterte angestrengt ihren Teller. Seitdem Richard und Fleur am Abend zuvor eingetroffen waren, war Gillian ihrem Blick beständig ausgewichen.

»Uns gefällt's«, meinte Richard fröhlich. »Vor allem im Frühling. Im Sommer wird es manchmal zu heiß.«

Eine weitere Stille entstand. Antony stellte seine Teetasse ab, und alle schienen gespannt dem leisen Klirren zu lauschen.

»Das Gewächshaus haben wir vor ungefähr ... zehn Jahren gebaut«, fuhr Richard fort. »Das stimmt doch, Gillian?«

»Ja, ich denke schon«, sagte Gillian. »Möchte noch jemand Tee?«

»Ja, bitte«, sagte Fleur.

»Gut. Dann mache ich noch eine Kanne.« Gillian verschwand in der Küche.

Fleur biß von ihrem Toast ab. Soweit lief alles ganz gut, dachte sie, trotz des unverzehrten Lammbratens. Der Junge war es gewesen, Antony, der ihnen, kaum daß sie das Haus betreten hatten, ihr Fortbleiben vorgeworfen und sie darüber aufgeklärt hatte, daß Gillian den ganzen Tag über gekocht hatte. Richard wirkte total entsetzt, und Fleur hatte eine überaus überzeugende Bestürzung gemimt. Gott sei Dank schien niemand ihr die Schuld zu geben oder das Thema heute morgen noch einmal aufs Tapet bringen zu wollen.

»So, hier ist der Tee.« Gillian war mit der Teekanne zurückgekehrt.

»Wunderbar.« Fleur lächelte in Gillians abweisendes Gesicht. Wenn sie mit nichts weiter als ein paar peinlichen stillen und bösen Blicken zurechtkommen müssen würde, dachte Fleur, dann hätte sie ein leichtes Spiel. Funkelnde Blicke ließen sie kalt; und hochgezogene Augenbrauen und spitze Bemerkungen ebenso. Das war das Glück, wenn man sich seine Opfer in der reservierten englischen Mittelklasse suchte, dachte sie, während sie an ihrem Tee nippte. Sie schienen nie miteinander zu reden; sie hielten partout am Gewohnten fest; sie schienen fast lieber ihr ganzes Geld zu verlieren als sich der Peinlichkeit einer direkten Konfrontation auszusetzen. Was bedeuete, daß der Weg für jemanden wie sie frei war.

Neugierig musterte sie Gillian. Für jemanden, der vermutlich nicht ganz unvermögend war, war sie ausgesprochen gräßlich gekleidet. Eine dunkelgrüne Hose – Freizeithose nannte man das wohl – und eine blaue, bestickte Bluse mit kurzen, praktischen Ärmeln. Als sie sich mit der Teekanne zu ihr beugte, erhaschte Fleur eine kurze Ansicht auf ihre Oberarme – solide Keulen von weißer, durchsichtiger, fast tot wirkender Haut.

Antony war ein bißchen besser gekleidet. Ziemlich normale Jeans und ein recht nettes rotes Hemd. Sein Muttermal war ein Jammer. Hatte man es denn nicht behandeln können? Möglicherweise nicht, denn es verlief direkt über seinem Auge. Wäre er ein Mädchen gewesen, dann hätte er natürlich Make-up benutzen können... Ansonsten, dachte Fleur, war er ein gutaussehender Bursche. Da schlug er seinem Vater nach.

Fleurs Blick wanderte gemächlich hinüber zu Richard. Er lehnte sich auf seinem Stuhl zurück, schaute aus dem Gewächshaus in den Garten hinaus, mit einem augenscheinlich zufriedenen Gesichtsausdruck, als begänne er gerade einen Urlaub. Als er ihren Blick auf sich spürte, sah er auf und lächelte. Fleur lächelte zurück. Richard anzulächeln fiel einem leicht, dachte sie. Er war ein guter Mann, freundlich und besonnen und nicht annähernd so langweilig, wie sie anfangs befürchtet hatte. Diese letzten Wochen hatten Spaß gemacht.

Doch sie brauchte das Geld, nicht Spaß. Sie hatte ihr Ziel nicht so hartnäckig verfolgt, um schließlich mit einem begrenzten Einkommen und Urlaub auf Mallorca zu enden. Fleur seufzte innerlich und nippte an ihrem Tee. Manchmal laugte sie die Jagd nach Geld ganz schön aus; bisweilen dachte sie, daß Mallorca auch nicht so schlecht wäre. Aber das war Schwäche. Sie war nicht so weit gekommen, um einfach aufzugeben. Sie würde ihr Ziel erreichen. Sie *mußte* es erreichen. Abgesehen von allem anderen, war das das einzige Ziel, das sie hatte.

Sie blickte zu Richard auf und lächelte.

»Ist das das größte Haus auf dem Greyworthgelände?«

»Ich glaube nicht«, sagte Richard, »aber eines der größten.«

»Die Tillings haben acht Schlafzimmer«, meldete sich Antony zu Wort. »Und ein Billardzimmer.«

»Da hast du's.« Richard grinste. »Antony ist auf Draht, verlaß dich drauf!«

Antony schwieg. Der Anblick Fleurs ihm gegenüber am Tisch war beunruhigend. Ging diese Frau wirklich mit seinem Dad? Sie war hinreißend. Hinreißend! Durch sie sah man seinen Dad in einem völlig neuen Licht. Als die beiden am Abend zuvor gekommen waren, hatten sie ausgesehen, als kämen sie aus der Familie von jemand anderem. Sein Dad sah gar nicht wie sein Dad aus. Und Fleur sah ganz bestimmt nicht so aus wie irgend jemandes Mum. Aber wie ein Flittchen auch wieder nicht, dachte Antony. Sie war keine Mieze. Sie war einfach ... schön.

Als er nach seiner Tasse griff, sah Richard, wie Antony Fleur mit unverhohlener Bewunderung anstarrte, und unwillkürlich regte sich Stolz in ihm. Stimmt, mein Junge, hätte er am liebsten gesagt. Noch ist das Leben für mich nicht vorbei. Doch zugleich meldeten sich auch Schuldgefühle, und Erinnerungen kamen hoch: Bilder von Emily, wie sie genau da gesessen hatte, wo jetzt Fleur saß; Erinnerungen an Familienfrühstücke, bei denen Emilys helles Lachen sich über die Unterhaltung erhoben hatte. Aber jedesmal, wenn diese unerwünschte Vergangenheit hochkam, erstickte er sie; weigerte sich, daß seine Sentimentalität die Oberhand gewann; das Leben war für die Lebenden da; sein Glück mußte man ergreifen; Fleur war eine wunderbare Frau. Während er so im hellen Sonnenschein dasaß, schien kein Stäubchen dieses Glück trüben zu können.

Nach dem Frühstück verschwand Richard, um sich für das Golfspiel fertigzumachen. Wie er Fleur erklärt hatte, fand an diesem Tag der Banting Cup statt. An jedem anderen Samstag hätte er aufs Golfspiel verzichtet, um ihr die Umgebung zu zeigen. Aber der Banting Cup…

»Sei unbesorgt«, hatte Fleur sofort gesagt. »Ich komme gut allein zurecht.«

»Danach könnten wir uns aber auf einen Drink dort treffen«, hatte Richard hinzugefügt. »Gillian bringt dich zum Clubhaus.« Er hatte innegehalten und die Stirn gerunzelt. »Macht's dir was aus?«

»Natürlich nicht«, lachte Fleur. »Ich mache mir allein einen schönen Vormittag.«

»Alleinsein wirst du aber nicht!« hatte Richard gesagt. »Gillian wird sich um dich kümmern.«

Nun beäugte Fleur Gillian nachdenklich. Diese nahm saubere Teller aus der Geschirrspülmaschine heraus und stapelte sie aufeinander. Jedesmal, wenn sie sich hinunterbeugte, stieß sie einen kleinen Seufzer aus; jedesmal, wenn sie sich wieder aufrichtete, sah sie aus, als würde sie diese Anstrengung nicht überleben.

»Welch reizende Teller.« Fleur erhob sich. »Einfach wunderschön. Haben Sie die ausgesucht?«

»Was, die?« Gillian betrachtete den Teller in ihrer Hand, als würde sie ihn hassen. »O nein. Die hat Emily ausgesucht. Richards Frau.« Sie hielt inne, und ihre Stimme wurde barscher. »Sie war meine Schwester.«

»Ah so«, sagte Fleur.

Nun, lange hatte es nicht gedauert, um auf dieses Thema zu kommen, dachte sie. Die tote, untadelige Ehefrau.

Vielleicht hatte sie diese Gillian unterschätzt. Vielleicht würde sie nun zum Angriff übergehen. Die geschürzten Lippen, die gezischten Drohungen. *In meiner Küche sind Sie nicht willkommen.* Sie stand da, beobachtete Gillian und wartete. Doch Gillians blasses und teigiges Gesicht blieb ausdruckslos.

»Spielen Sie Golf?« erkundigte Fleur sich schließlich.

»Ein bißchen.«

»Ich leider überhaupt nicht. Ich muß versuchen, es zu lernen.«

Gillian antwortete nicht. Sie hatte begonnen, die Teller zurück in die Anrichte zu räumen. Es waren Keramikteller, von denen jeder von Hand mit einem anderen Tiermotiv bemalt war. Wenn sie schon ausgestellt werden sollten, dachte Fleur, dann mußte man sie doch zumindest richtig herum in den Schrank einräumen. Doch Gillian schien das nicht zu bemerken. Jeder Teller wurde krachend in die Anrichte zurückgestellt, bis das oberste Regalbrett und das zweite zur Hälfte mit Tieren in verschiedenartigen Winkeln vollgestellt waren. Dann waren die Tierteller unvermittelt zu Ende, und Gillian begann den Rest der Regalbretter mit blauweiß gemustertem Porzellan zu füllen. Halt! hätte Fleur am liebsten gerufen. Sehen Sie denn nicht, wie häßlich das aussieht? Keine zwei Minuten, und man könnte es hübsch anordnen.

»Wie schön«, sagte sie, als Gillian fertig war. »Ich liebe Bauernküchen.«

»Leider sind sie schwer sauberzuhalten«, entgegnete Gillian niedergeschlagen. »All diese Fliesen. Wenn man Gemüse schneidet, geht immer alles in die Fugen.«

Fleur blickte sich um und überlegte krampfhaft, worüber

man sich außer kleingeschnittenem Gemüse noch unterhalten konnte. Der Raum erinnerte sie unangenehm an eine Küche in Schottland, in der sie eine ganze Jagdsaison über gebibbert hatte, nur um am Ende herauszufinden, daß ihr adeliger Gastgeber nicht nur hoch verschuldet war, sondern sie auch die ganze Zeit hintergangen hatte. Verfluchte Oberschicht, dachte sie grimmig. Absolute Zeitverschwendung.

»Verzeihung«, sagte Gillian, »aber ich müßte mal an den Geschirrschrank.« Sie langte an Fleur vorbei hinunter und tauchte mit einer Reibe wieder auf.

»Darf ich Ihnen helfen?« fragte Fleur. »Bestimmt gibt es etwas, was ich tun kann.«

»Es ist einfacher, wenn ich's selber mache.« Gillian wich Fleurs Blick aus. Innerlich zuckte Fleur mit den Achseln.

»Okay«, sagte sie. »Nun, dann gehe ich mal hoch und erledige das ein oder andere. Um wieviel Uhr gehen wir zum Clubhaus los?«

»Um zwölf«, erwiderte Gillian, ohne sie anzusehen.

Jede Menge Zeit, dachte Fleur, als sie die Treppe erklomm. Nun, da sowohl Richard als auch Antony aus dem Haus waren und Gillian in der Küche werkelte, war die ideale Gelegenheit, um alles Nötige herauszufinden. Langsam ging sie den Flur entlang und machte im Geiste Schätzungen. Die Tapete war langweilig, aber teuer; die Bilder waren langweilig und billig. Alle guten Gemälde waren offensichtlich unten in den Salon gestopft worden, wo Besucher sie sehen konnten. Emily Favour, dachte sie, war vermutlich von der Sorte Frau gewesen, die teure Kleider und billige Unterwäsche trug.

Sie ging geradewegs an ihrem Schlafzimmer vorbei und stieg dann wieder eine kleine Treppe hinab. Das Schöne daran, neu in einem Haus zu sein, war, daß man immer behaupten konnte, sich verlaufen zu haben. Insbesondere, wenn die Führung am Vorabend so vage gewesen war. »Da unten ist mein Arbeitszimmer«, hatte Richard gesagt und zu der Treppe gedeutet. Und Fleur hatte, ohne sich irgend etwas anmerken zu lassen, verhalten gegähnt und gesagt: »Ich glaube, nach dem vielen Wein bin ich bettreif!«

Nun stieg sie entschlossen die Treppe hinunter. Endlich ging es zur Sache. Hinter dieser Tür würde sie das wahre Ausmaß von Richards Potential entdecken – ob er es wert war, daß man sich mit ihm abgab, und wieviel sie aus ihm herausschlagen konnte. Sie würde rasch ausrechnen, ob es sich lohnte, auf eine bestimmte Jahreszeit zu warten; ob es irgendwelche ungewöhnlichen Faktoren zu berücksichtigen gab. Sie vermutete, daß das nicht der Fall war. Es war bemerkenswert, wie sehr sich die finanziellen Angelegenheiten der meisten Männer ähnelten. Nur die Männer selbst unterschieden sich.

Der Gedanke an ein neues Projekt erfüllte sie mit einer freudigen Erregung. Sie spürte ihr Herz schneller schlagen, als sie nach der Türklinke griff und sie nach unten drückte. Doch die Tür gab nicht nach. Sie versuchte es erneut – vergebens. Die Tür zum Arbeitszimmer war verriegelt.

Voller Empörung starrte sie einen Moment die glänzende, weiße Türfüllung an. Was war das für ein Mann, der im eigenen Haus die Tür zu seinem Arbeitszimmer verrammelte? Noch einmal versuchte sie, die Klinke hinunterzudrücken. Eindeutig abgeschlossen. Am liebsten hätte sie der Tür einen Tritt versetzt. Doch dann gewann ihre Selbstdisziplin die Oberhand. Es brachte nichts, weiter vor dem Arbeitszimmer herumzustehen und das Risiko einzugehen, dort gesehen zu werden. Rasch machte sie kehrt, stieg die Treppe hoch und ging den Gang entlang zu ihrem Zimmer. Sie setzte sich auf ihr Bett und betrachtete sich verärgert im Spiegel. Was sollte sie nun tun? Diese Tür stand zwischen ihr und allen Einzelheiten, die sie benötigte. Wie sollte sie ohne die richtige Information vorwärtskommen?

»Verdammt und zugenäht!« sagte sie laut. »Verdammt und zugenäht. Verdammt und zugenäht!« Schließlich munterte der Klang der eigenen Stimme sie wieder auf. So schlimm war's auch wieder nicht. Sie würde sich etwas einfallen lassen. Richard konnte das Arbeitszimmer ja nicht die ganze Zeit verschlossen halten – und wenn doch, dann müßte sie halt den Schlüssel finden. Unterdessen... Fleur fuhr sich träge durchs Haar. Unterdessen konnte sie immer noch ein schönes, heißes Bad nehmen und sich die Haare waschen.

Um halb zwölf kam Gillian hochgestapft. Fleur überlegte einen Augenblick, dann trat sie, nach wie vor im Bademantel, auf den Gang. Wenn schon sonst nichts, dann würde Gillian ihr doch zumindest Zerstreuung bieten.

»Gillian, was soll ich für das Clubhaus anziehen?« fragte sie. Sie versuchte, Gillians Blick aufzufangen. »Sagen Sie mir doch, was ich tragen soll.« Gillian zuckte mit den Achseln.

»Regeln gibt's da eigentlich keine. Halt etwas ziemlich Schickes, nehme ich an.«

»Zu vage! Sie müssen kommen und mir bei meiner Entscheidung helfen. Kommen Sie!« Fleur kehrte in ihr Zimmer zurück, und nach einem kurzen Zögern folgte Gillian ihr.

»Meine schicksten Sachen sind alle schwarz«, sagte Fleur. »Trägt jemand im Golfclub auch mal was Schwarzes?«

»Eigentlich nicht«, erwiderte Gillian.

»Das hab' ich mir schon gedacht.« Fleur stieß einen theatralischen Seufzer aus. »Und dabei möchte ich mich so gern einfügen. Darf ich sehen, was Sie anziehen?«

»Ich trage nichts Besonderes.« Gillian klang grob, fast zornig. »Bloß ein blaues Kleid.«

»Blau! Ich sag' Ihnen was...« Fleur kramte in einer ihrer Taschen herum. »Wollen Sie sich das hier ausleihen?« Sie förderte einen langen, blauen Seidenschal zutage und drapierte ihn über Gillians Schultern. »Den hat mir mal irgend so ein Dummkopf geschenkt. Sehe ich so aus, als könnte ich Blau tragen?« Sie verdrehte die Augen und senkte die Stimme. »Offensichtlich dachte er auch, ich trüge die Konfektionsgröße vierunddreißig und würde rote Unterwäsche mögen.« Sie zuckte die Achseln. »Was will man da machen?«

Gillian erwiderte Fleurs Blick und spürte, wie ihr die Röte ins Gesicht stieg. Ein ungewöhnliches Gefühl überkam sie, fast so, als ob sie lachen wollte.

»Aber zu Ihnen sollte er bestens passen«, sagte Fleur. »Der Schal hat exakt Ihre Augenfarbe. Ich wünschte, ich hätte auch blaue Augen!« Sie betrachtete prüfend Gillians Augen, und Gillian wurde es langsam heiß.

»Danke«, sagte sie abrupt. Sie blickte auf die blaue Seide. »Ich probiere ihn mal an. Aber ich bin mir nicht sicher, ob er zum Kleid paßt.«

»Soll ich kommen und Ihnen helfen? Ich weiß, wie man diese Dinger knotet.«

»Nein!« Gillian schrie beinahe. Fleur war zuviel für sie. Sie mußte fort. »Ich gehe jetzt einfach und ziehe mich um. Und ich schaue, wie es paßt.« Fluchtartig verließ sie das Zimmer.

In der Sicherheit des eigenen Zimmers blieb Gillian stehen. Sie nahm das Schalende und schmiegte ihre Wange an das weiche Material. Er roch süß. Wie Fleur. Süß und weich.

Gillian setzte sich an ihre Frisierkommode. Noch immer hatte sie Fleurs Stimme im Ohr. Noch immer verspürte sie den Wunsch loszulachen. Sie fühlte sich belebt; atemlos; fast überwältigt. Das ist Charme, dachte sie unvermittelt. Warmer Charme, das war nicht das Geplapper und die Küsse der tiefgekühlten Frauen aus dem Golfclub. Emily hatte man als charmante Frau bezeichnet, aber in ihren Augen hatten Eissplitter gesteckt, und ihr Lachen war zuckersüß und humorlos. Fleurs Blick war warm und schloß alle ein, und wenn sie lachte, brachte sie alle anderen dadurch auch zum Lachen. Das ist wahrer Charme. Natürlich meinte Fleur nichts wirklich davon. Eigentlich wollte sie gar keine blauen Augen; und Gillians Rat benötigte sie an sich auch nicht. Und auch zu den anderen im Golfclub wollte sie, da war sich Gillian sicher, nicht wirklich dazupassen. Aber nur für ein paar Sekunden hatte sie es geschafft, daß Gillian sich erwünscht und mit einbezogen gefühlt hatte.

Das Clubhaus in Greyworth war in amerikanischem Kolonialstil gebaut worden, mit einer großen Holzveranda, von der aus man das achtzehnte Grün überblickte.

»Ist das die Bar?« erkundigte sich Fleur bei ihrer Ankunft. Sie blickte auf die Tische und Stühle; die Gins; die geröteten, vergnügten Gesichter.

»Die Bar ist drinnen. Aber im Sommer sitzen alle draußen. Es ist furchtbar schwierig, einen Tisch zu ergattern.« Mit zusammengekniffenen Augen blickte Gillian sich um. »Ich glaube, sie sind alle besetzt.« Sie seufzte. »Was würden Sie denn gern trinken?«

»Einen Manhattan«, erwiderte Fleur. Gillian sah sie zweifelnd an.

»Was ist das?«

»Die an der Bar wissen das schon.«

»Gut... also dann.«

»Einen Augenblick«, sagte Fleur. Sie zog Gillian den Schal zurecht. »Sie müssen ihn ein bißchen mehr drapieren. So ungefähr. Und aufpassen, daß er nicht zerknautscht. Okay?« Gillian zuckte unmerklich mit den Achseln.

»Das macht doch alles solche Umstände!«

»Gerade die Umstände sind es, die Spaß machen«, erklärte Fleur. »Das ist genauso wie mit Strümpfen, die Nähte haben. Man muß sie alle fünf Minuten nachprüfen.«

Gillians Miene verdüsterte sich noch mehr.

»Na, ich hole dann mal die Getränke. Ich schätze, man wird sich dazu anstellen müssen.«

»Brauchen Sie Hilfe?«

»Nein, Sie bleiben besser hier draußen und warten, daß ein Tisch frei wird.«

Gillian begann, auf die Glastüren zuzugehen, die zu der Bar führten. Als sie sie erreichte, verlangsamte sie ganz leicht ihren Schritt, langte fast unmerklich nach den Enden ihres Schals und zog ihn zurecht. Fleur lächelte ihr verschwörerisch zu. Dann wandte sie sich gemächlich um und sah sich auf der Veranda um. Sie war sich bewußt, daß sie ein paar interessierte Blicke auf sich gezogen hatte. Rotgesichtige Golfspieler lehnten sich zu ihren Kumpeln hinüber; scharfsichtige Golfspielerinnen stupsten einander an.

Rasch unterzog sie die Tische auf der Veranda einer Prüfung. Manche hatten Aussicht auf den Golfplatz, manche nicht. Einige hatten Sonnenschirme, andere nicht. Der Tisch in der Ecke war der beste, entschied sie. Er war groß und rund, und es saßen bloß zwei Männer daran. Unverzüglich marschierte Fleur darauf zu und lächelte den rundlicheren der beiden Männer an. Er trug einen hellgelben Pullover und hielt einen Silberhumpen Bier in der Hand.

»Hallo«, sagte sie. »Sind Sie beide allein?« Der rundliche Mann errötete und räusperte sich.

»Unsere Frauen kommen noch.«

»Oje.« Fleur begann die Stühle zu zählen. »Wäre für meine Freundin und mich nicht vielleicht trotzdem noch Platz? Sie holt nur gerade unsere Getränke.«

Die Männer tauschten einen Blick aus.

»Ich würde nämlich zu gern auf den Golfplatz schauen«, fuhr Fleur fort, während sie sich Schritt für Schritt zum Tisch vorarbeitete. »Er ist sehr schön, nicht wahr?«

»Einer der besten in Surrey«, erwiderte der schlankere Mann schroff.

»Sehen Sie sich doch nur diese Bäume an!« sagte Fleur gestikulierend. Beide Männer folgten ihren Bewegungen. Bis sie sich wieder gesammelt hatten, saß sie bereits auf einem der freien Stühle. »Haben Sie heute schon gespielt?« erkundigte sie sich.

»Jetzt hören Sie mal«, sagte einer der Männer verlegen. »Ich möchte ja nicht ...«

»Haben Sie beim Banting Cup mitgemacht? Was *genau* ist der Banting Cup eigentlich?«

»Sind Sie ein neues Mitglied? Also, falls dem so ist ...«

»Ich bin überhaupt kein Mitglied.«

»Sie sind kein Mitglied? Haben Sie einen Gästepaß?«

»Da bin ich mir nicht sicher«, antwortete Fleur vage.

»Das ist doch wieder mal typisch«, meinte der schlankere Mann zu dem mit dem gelben Pullover. »Absolut keine Sicherheit, verdammt noch mal.« Er wandte sich wieder an Fleur. »Nun, hören Sie mal, junge Frau. Ich muß sie leider darum bitten ...«

»Junge Frau?« Fleur strahlte ihn an. »Wie freundlich von Ihnen!«

Aufgebracht stand er auf.

»Ist Ihnen bewußt, daß dies hier ein Privatclub ist und Unbefugte strafrechtlich verfolgt werden? Ich halte es für das beste, wenn Sie und Ihre Freundin ...«

»Oh, da kommt Gillian ja«, unterbrach ihn Fleur. »Hallo, Gillian! Diese netten Herren lassen uns an ihrem Tisch sitzen!«

»Hallo, George«, grüßte Gillian. »Stimmt etwas nicht?«

Eine kurze Stille entstand, während der sich Fleur gleichmütig abwandte. Hinter ihr fand eine verwirrte, peinlich berührte Unterhaltung statt. Den Männern war nicht klar gewesen, daß es sich bei Fleurs Freundin um Gillian handelte! Sie hatten ja keine Ahnung. Sie hatten gedacht...

Nein, natürlich hatten sie das nicht gedacht. Na, wie auch immer.... wie war die Welt doch klein, nicht wahr? Was für eine kleine Welt. Und da kamen die Getränke.

»Den Manhattan bitte zu mir«, sagte Fleur und wandte sich um. »Darf ich mich vorstellen? Ich heiße Fleur Daxeny.«

»Alistair Lennox.«

»George Tilling.«

»Jetzt habe ich auch meinen Gästepaß gefunden«, erklärte Fleur. »Wollen Sie ihn sehen?« Beide Männer drucksten verlegen herum.

»Jede Freundin von Gillian...«, begann der eine.

»Eigentlich bin ich mehr eine Freundin von Richard«, versetzte Fleur.

»Eine alte Freundin?«

»Nein, eine neue Freundin.«

Es gab eine Pause, während der es George Tilling augenscheinlich plötzlich dämmerte. Nun, erinnerst du dich, dachte Fleur innerlich grienend. Ich bin der Gegenstand des Tratsches, von dem dir deine Frau erzählen wollte, während du Zeitung gelesen hast. Nun wünschst du dir, du hättest ein bißchen besser zugehört, stimmt's? Und sie schenkte ihm ein kleines Lächeln.

»Ist dir eigentlich bewußt, daß eine Menge über dich geklatscht wird?« fragte Alec, als sie beim siebzehnten Grün ankamen. Richard lächelte ein wenig und holte seinen Putter hervor.

»Ja, das habe ich schon mitbekommen.« Er sah zu seinem alten Freund auf; freundlich und unbekümmert. »Was dir nicht bewußt ist, das ist die Tatsache, daß es eigentlich ganz spaßig ist, Gegenstand des Klatsches zu sein.«

»Das ist kein Witz«, sagte Alec. Wie immer, wenn er aufgeregt war, trat sein schottischer Akzent stärker hervor. »Es heißt...« Er ließ den Satz unvollendet.

»Was heißt es?« Richard hielt eine Hand hoch. »Laß mich zuerst putten.«

Ohne zu zögern, versenkte er den Ball aus drei Meter Entfernung im Loch.

»Guter Schuß«, lobte Alec automatisch. »Du spielst gut heute.«

»Was wird über mich gesagt? Komm schon, Alec, red's dir von der Seele!« Alec zögerte. Ein schmerzlicher Ausdruck huschte über sein Gesicht.

»Sie sagen, wenn du mit dieser Frau zusammenbleibst, dann wirst du vielleicht doch nicht zum Spielführer ernannt.« Richard preßte die Lippen zusammen.

»Verstehe«, sagte er. »Und hat einer von ihnen ›diese Frau‹, wie du es so charmant ausdrückst, tatsächlich schon kennengelernt?«

»Ich glaube, Eleanor hat gesagt...«

»Eleanor ist Fleur einmal kurz in einem Restaurant in London begegnet. Sie hat absolut kein Recht...«

»Darauf kommt es nicht an. Das weißt du. Wenn der Club etwas gegen Fleur hat...«

»Warum sollte er?«

»Nun... Sie ist ziemlich anders als Emily, oder?«

Richard kannte Alec, seit er sieben war, und hatte noch nie in seinem Leben den Wunsch gehabt, ihn zu verprügeln. Doch nun spürte Richard, wie eine maßlose Wut gegen Alec in ihm hochstieg; gegen sie alle. Wortlos sah er zu, wie Alec seinen Schlag verpatzte, und merkte, wie sich seine Hände zur Faust ballten und sich seine Miene verhärtete. Als der Ball schließlich in das Loch plumpste, schaute Alec hoch und fing seinen angespannten Blick auf.

»Hör zu«, sagte er entschuldigend. »Dir mag es egal sein, was der Club denkt. Aber... nun, es ist nicht nur der Club. Ich mach' mir Sorgen um dich. Du mußt doch zugeben, daß Fleur inzwischen dein ganzes Leben beherrscht.« Er stellte die Flagge wieder an Ort und Stelle, und beide gingen langsam zum achtzehnten Tee.

»Du machst dir Sorgen um mich«, wiederholte Richard. »Und worüber genau sorgst du dich? Daß ich mich zu sehr amüsiere? Daß ich nun glücklicher sein könnte als je zuvor in meinem Leben?«

»Richard...«

»Na, worüber denn dann?«

»Ich mache mir Sorgen, daß du verletzt wirst, nehme ich an.« Betreten sah Alec in die Ferne.

»Meine Güte«, erwiderte Richard. »Jetzt werden wir aber offen zueinander.«

»Du weißt schon, was ich meine.«

»Ich weiß nur, daß ich glücklich bin. Fleur ist glücklich. Und der Rest der Welt sollte sich um seinen eigenen Kram kümmern.«

»Aber du hast dich da in etwas gestürzt...«

»Ja, das habe ich. Und weißt du was? Ich habe herausgefunden, daß man im Leben nichts Besseres tun kann, als sich in etwas hineinzustürzen!«

Sie hatten das Tee erreicht. Richard holte seinen Ball heraus und blickte Alec direkt in die Augen.

»Hast du dich in deinem Leben je in etwas gestürzt?« Alec schwieg. »Ich glaube nicht. Aber weißt du, vielleicht solltest du es einmal versuchen.«

Richard plazierte seinen Ball auf dem Tee und machte mit entschlossener Miene ein paar Übungsschwünge. Das achtzehnte war lang und knifflig und beschrieb rechterhand einen Bogen um einen kleinen See. Richard und Alec waren sich immer einig gewesen, daß es sicherer war, um den See herumzuspielen, als das Risiko einzugehen, einen Ball im Wasser zu verlieren. Heute aber schlug Richard den Ball ohne ein weiteres Wort zu Alec direkt Richtung See. Beide beobachteten wortlos, wie der Ball über die Wasseroberfläche flog und sicher auf dem Fairway landete.

»Ich glaube ... du hast es geschafft«, sagte Alec schwach.

»Ja.« Richard klang nicht überrascht. »Ich hab's geschafft. Und du würdest das wahrscheinlich auch.«

»Ich glaube nicht, daß ich's versuchen würde.«

»Tja«, versetzte Richard. »Vielleicht liegt darin der Unterschied zwischen uns.«

6

Zu Fleurs Überraschung waren vier Wochen vergangen. Die Julisonne flutete jeden Morgen in den Wintergarten. Da er Ferien hatte, war Antony daheim, und Richards Unterarme bräunten sich. Im Clubhaus wurde über nichts anderes gesprochen als über Flüge, Villen und Haushüter.

Fleur war im Clubhaus nunmehr eine vertraute Gestalt. Inzwischen war es an den meisten Morgen Usus, daß Gillian und Fleur, wenn Richard sich zur Arbeit aufgemacht hatte, zum Fitneß Club von Greyworth schlenderten – für den Richard Fleur eine Saison-Mitgliedskarte gekauft hatte. Sie schwammen ein bißchen, saßen eine Weile im Whirlpool, tranken ein Glas frischen Passionsfruchtsaft und spazierten wieder heim. Es war eine angenehme, freundliche Routine, die inzwischen sogar Gillian genoß – trotz ihres anfänglichen Widerstandes. Beim ersten Mal hatte Gillian sich mit Händen und Füßen dagegen gesträubt mitzukommen, und Fleur hatte sie schließlich nur dadurch dazu bewegen können, daß sie an Gillians Pflichtgefühl als Gastgeberin appelliert hatte. Anscheinend wurde der Großteil von Gillians Leben von Pflichtgefühl regiert – eine Auffassung, die Fleur völlig fremd war.

Sie trank einen Schluck Kaffee, schloß die Augen und genoß das Gefühl der Sonne auf ihrem Gesicht. Das Frühstück war vorüber; bis auf sie war der Wintergarten nun leer. Richard war zu einer Unterredung mit seinem Rechtsanwalt aufgebrochen; wenn er zurückkam, wollte er mit Lambert eine Runde Golf spielen und mit irgend jemandem etwas Geschäftliches besprechen. Antony war unterwegs und machte, wie sie annahm, was Teenager eben so machten. Gillian war oben und überwachte die Zugehfrau. Überwachung – eine weitere Vorstellung, die Fleur fremd war. Entweder verrichtete man eine Aufgabe selbst, dachte sie, oder man überließ sie anderen und kümmerte sich weiter nicht darum. Aber sie war halt auch schon immer träge gewesen. Und sie wurde immer träger. Zu träge.

Jäh bekam sie Gewissensbisse. Sie wohnte jetzt seit vier Wochen in Richard Favours Haus. Seit vier Wochen! Und was hatte sie in dieser Zeit erreicht? Nichts. Nach dem ersten Attentat auf sein Arbeitszimmer hatte sie die Geldfrage einfach aus ihren Gedanken verdrängt; hatte sich ein sonnenbeschienenes Dasein gegönnt, in dem ein Tag in den nächsten überging, und mit einemmal war sie vier Wochen älter. Vier Wochen älter und keinen Penny reicher. Nicht einmal mehr in die Nähe des Arbeitszimmers hatte sie sich begeben. Wer weiß, vielleicht war es unverriegelt und bis obenhin voller ungemünztem Gold.

»Ich gäbe was für deine Gedanken«, sagte Gillian, die in der Tür zum Wintergarten erschien.

»Da müßtest du ganz schön was hinblättern«, entgegnete Fleur vergnügt.

Zweifelnd betrachtete sie Gillians Kleidung. Sie trug ein mandarinenfarbiges Kleid mit einem abscheulichen, verspielten Ausschnitt, und Fleurs Schal war geradewegs darüberdrapiert. Fleurs blauer Schal. Kein Tag verging, ohne daß Gillian diesen Schal trug, und zwar stets genau so, wie Fleur es ihr gezeigt hatte – egal was sie sonst dazu anhatte. Eigentlich hätte Fleur sich geschmeichelt fühlen müssen, doch statt dessen irritierte sie es immer mehr. Gab es keine andere Möglichkeit, als diese Frau mit einem Schal in jeder Farbe zu versorgen?

»Wir gehen dann besser bald los«, sagte Gillian. »Ich weiß nicht, wie es sich gehört. Vielleicht erscheinen auch alle zu spät. Weil's Mode ist.« Sie versuchte ein kleines Lachen.

»Zuspätkommen ist out«, erwiderte Fleur träge. »Obwohl ich mir vorstellen könnte, daß es in Surrey immer noch in ist.«

Heute nachmittag, dachte sie im stillen. Heute nachmittag würde sie es noch einmal versuchen. Vielleicht, während Richard auf dem Golfplatz war. Sie könnte Gillian vorschlagen, einen Kuchen zu backen, und sie so in der Küche halten. Und vielleicht käme sie noch auf irgendeinen Grund, warum sie sich Richards Schlüssel borgen müßte. Sie wäre drinnen und wieder draußen, noch ehe sich jemand wunderte, wo sie steckte.

»Ich weiß nicht, wer dort sein wird«, sagte Gillian. »Ich bin noch nie bei so etwas gewesen.«

Gillian schien ungewöhnlich redselig zu sein, dachte Fleur. Sie hob den Blick, und Gillian erwiderte ihn flehend. Mein Gott, sie ist nervös, dachte Fleur. Ich bin die Betrügerin, und sie ist nervös.

Sie hatten vor, Eleanor Forrester zum Brunch zu besuchen und den Schmuck anzuschauen, den Eleanor mit großem Erfolg verkaufte, wann immer sich ihr die Gelegenheit dazu bot. Offensichtlich hatte Gillian noch nie zuvor an einem von Eleanors Brunchs teilgenommen. Wenn man zwischen den Zeilen las, dachte Fleur, dann war Gillian nie zuvor dazu eingeladen worden.

Als Eleanor sie gefragt hatte, ob sie kommen wolle, hätte Fleur am liebsten abgelehnt. Doch dann hatte sie Richards entzückendes Lächeln gesehen, und sie hatte sich ihre eigenen Richtlinien in Erinnerung gerufen. Wenn ein Mann lächelt, tu es wieder; wenn er wieder lächelt, hör nicht auf.

»Natürlich«, hatte sie gesagt und rasch einen Blick auf Gillians steife, abgewandte Wange geworfen. »Wir kommen gerne, stimmt's, Gillian?« Danach hatte sie nicht gewußt, worüber sie sich mehr amüsieren sollte, über den verlegenen Ausdruck auf Gillians Gesicht oder den unbehaglichen von Eleanor Forrester.

Gillian trat von einem Fuß auf den anderen und fingerte nervös an ihrem Schal herum. Fleur erhob sich, wenn auch nur um des Schals willen.

»Okay. Dann gehen wir doch mal und schauen uns den Flitter dieser Frau an!«

Eleanor hatte einen großen, abfallenden Garten mit vielen Lauben und schmiedeeisernen Bänken. Auf dem Rasen waren zwei Tapeziertische aufgestellt worden; auf dem einen stand das Essen, auf dem anderen befand sich der Schmuck.

»Hier, nehmt euch einen Sekt mit Orangensaft!« rief Eleanor bei ihrer Ankunft aus. »Ich muß euch doch nicht fragen, ob ihr mit dem Auto da seid, oder? Habt ihr schon von dem armen James Morrell gehört?« fügte sie mit gesenkter Stimme hinzu. »Ein ganzes Jahr lang keinen Führerschein! Seine Frau ist *außer* sich. Jetzt kommt und setzt euch. Es sind schon eine Menge Mädels da.«

Die »Mädels« waren im Alter zwischen fünfunddreißig und fünfundsechzig. Alle waren sie gebräunt, fit und munter.

Viele trugen Kleidung in strahlenden Farben mit offensichtlich teurer Applikationsstickerei. Minitennisspieler rasten über Busen; kleine Golfspieler tanzten auf Armen auf und ab und schlugen unentwegt winzige Perlongolfbälle.

»Sind die nicht lustig?« sagte eine Frau, die Fleurs Blicken gefolgt war. »Foxy verkauft die! Polohemden, Hosen, wirklich alles. Foxy Harris. Bestimmt wird Sie Ihnen davon erzählen, wenn sie kommt.«

»Das macht sie garantiert«, murmelte Fleur.

»Emily hatte eine ganze Sammlung von Foxys Klamotten«, mischte sich eine andere Frau ins Gespräch ein, die ganz in Pink gekleidet war. »Sie sah immer absolut bezaubernd darin aus.«

Fleur schwieg.

»Waren Sie eine enge Freundin von Emily, Fleur?« erkundigte sich die Dame in Pink.

»Eigentlich nicht.«

»Nein, so etwas dachte ich mir schon«, sagte die Frau. »Ich nehme an, ich habe sie von uns allen am besten gekannt. Bestimmt hat sie mich einmal erwähnt. Tricia Tilling.«

Fleur machte eine vage Geste mit der Hand.

»Wir alle vermissen sie«, meinte Tricia. Sie hielt inne, als schwelge sie in Erinnerungen. »Und natürlich liebte Richard sie innig. Ich dachte immer bei mir, daß ich nie wieder ein Paar zu Gesicht bekäme, das sich so liebt wie Richard und Emily Favour.« Fleur merkte, wie Gillian neben ihr unruhig von einem Fuß auf den anderen trat. »Sie waren füreinander *geschaffen*«, fuhr Tricia fort. »Wie … Gin und Tonic.«

»Was für ein schöner Gedanke«, sagte Fleur.

Abschätzend erwiderte Tricia ihren Blick.

»Das ist eine zauberhafte Uhr, Fleur«, sagte sie. »Hat Richard sie Ihnen gekauft?« Sie lachte kurz auf. »George kauft mir immer mal wieder solch kleine Dinge.«

»So?« meinte Fleur. Träge fingerte sie an der Uhr und sagte nichts mehr. Aus dem Augenwinkel konnte sie Tricias befriedigte Miene sehen.

»Wissen Sie«, sagte Tricia, als schnitte sie ein neues Thema an, »der arme Graham Loosmore sitzt furchtbar in der Patsche. Ihr kennt Graham doch?« Zustimmendes Gemurmel erhob sich.

»Nun, er hat Urlaub auf den Philippinen gemacht – und eine Einheimische geheiratet! Gerade einmal achtzehn Jahre alt. Nun wohnen sie in Dorking!« Allgemeines Luftanhalten. »Natürlich ist sie nur hinter seinem Geld her.« Tricia verzog gewichtig die Miene. »Sie kriegt ein Kind, damit sie Unterhalt verlangen kann, und dann macht sie sich aus dem Staub. Vermutlich bekommt sie... das halbe Haus? Das sind zweihunderttausend Pfund! Und das alles wegen eines dummen Fehlers. Dieser Narr!«

»Vielleicht ist er gar kein Narr«, warf Fleur wie nebenbei ein und zwinkerte Gillian zu.

»Was?« brauste Tricia auf.

»Wieviel würden Sie denn für einen strammen jungen Filipino zahlen, damit er Sie jede Nacht glücklich macht?« Fleur grinste Tricia an. »Also, ich würde eine ganze Menge dafür hinlegen.« Tricia stierte Fleur an.

»Was genau wollen Sie damit sagen?« flüsterte sie in einem Ton, der jederzeit in Hysterie umschlagen konnte.

»Damit will ich sagen, daß... dieses Mädchen es vielleicht wert ist.«

»Wert ist?«

»Vielleicht ist sie zweihunderttausend Pfund wert. Ihm jedenfalls.«

Tricia glotzte Fleur an, als würde sie einen Trick vermuten.

»Diese reichen Witwer müssen äußerst vorsichtig sein«, sagte sie schließlich. »Sie sind furchtbar verletzlich.«

»Das sind reiche Witwen auch«, versetzte Fleur leichthin. »Ich muß wirklich ständig auf der Hut sein.« Tricia erstarrte. Ehe sie sprechen konnte, wurde sie von Eleanor Forrester unterbrochen.

»Noch jemand ohne Sekt mit Orangensaft? Danach fange ich mit der Präsentation an. Habe ich euch schon alles über den armen James Morrell erzählt?« setzte sie hinzu, während sie die Gläser reichte. »Ein Jahr Führerscheinentzug! Und er war bloß ein klitzekleines bißchen über der Grenze! Ich meine, wer von uns war nicht schon einmal ein kleines bißchen darüber?«

»Ich.« Ohne davon zu trinken, stellte Fleur ihr Glas ab. »Ich fahre nämlich nicht Auto.«

Um sie herum erhob sich Gemurmel. Wie konnte es sein, daß Fleur nicht Auto fuhr? Wie schaffte sie das? Was war mit den Fahrten zur Schule? Der Einkauferei?

»Ich nehme an, Sie haben einen Chauffeur, stimmt's, Fleur?«

»Manchmal«, erwiderte Fleur.

Unwillkürlich erinnerte Fleur sich daran, wie sie in Dubai hinter dem Fahrer ihres Vater gesessen hatte, sich aus dem Fenster zur staubigen Straße hinausgelehnt hatte und man ihr auf arabisch befohlen hatte, stillzusitzen. Sie waren an dem Goldsouk vorbeigefahren. Wohin waren sie unterwegs? Fleur konnte sich nicht erinnern.

»So, sind wir nun alle soweit?« Eleanors schrille Stimme riß Fleur aus ihren Gedanken. »Ich fange mit den Broschen an. Sind die nicht spaßig?«

Sie hielt eine goldene Schildkröte und eine mit Diamanten besetzte Spinne hoch und begann zu reden. Fleur guckte höflich nach vorn. Doch die Worte fluteten über sie hinweg. Statt dessen stieg, ungebeten, Vergangenheit in ihr hoch. Sie saß mit Nura el Hassan zusammen, und sie kicherten. Nura war in helle Seide gekleidet; ihre kleinen, braunen Hände hielten eine Perlenschnur. Diese war ein Geschenk; ein Geschenk zum neunten Geburtstag. Sie hatte sie Fleur um den Hals gelegt, und beide hatten sie gekichert. Fleur hatte die Perlen nicht laut bewundert. Wenn sie das getan hätte, dann wäre Nura verpflichtet gewesen, Fleur die Perlen zu schenken, denn so wollte es der Brauch. Also hatte Fleur einfach nur erst Nura und dann die Perlen angelächelt, um Nura wissen zu lassen, daß sie sie sehr hübsch fand. Fleur wußte über Nuras Bräuche besser Bescheid als über die eigenen. Sie hatte nie etwas anderes gekannt.

Fleur war in Dubai geboren worden, als Kind einer Mutter, die sechs Monate darauf mit ihrem Lover nach Südafrika verschwand, und eines deutlich älteren Vaters, der glaubte, man erzöge ein Kind, indem man es mit Geld überschüttete. In der veränderlichen, entwurzelten Welt der Auslandsengländer, die in Dubai lebten, lernte Fleur, Freunde so schnell zu verlieren, wie man sie gewann; am Anfang eines neuen Schuljahres an der britischen Schule einen Neuzugang zu begrüßen und am Ende zu verabschieden; Leute für die kurze Zeitdauer, die sie hatte, zu benutzen – und sie dann fallenzulassen, ehe sie fallengelassen wurde. Die ganze Zeit über war Nura die einzig beständige Freundin gewesen. Viele islamische Familien erlaubten nicht, daß die christliche – in Wirklichkeit heidnische – Fleur mit ihren Kindern spielte. Aber Nuras Mutter bewunderte den hübschen, frechen kleinen Rotschopf; bemitleidete den Geschäftsmann, der eine Tochter großziehen und gleichzeitig einer anspruchsvollen Arbeit nachgehen mußte.

Und dann, als Fleur gerade mal sechzehn war, erlag ihr Vater vermutlich einem Leberinfarkt. Überraschenderweise hinterließ er ihr nur eine kleine Summe, und das Geld reichte nicht, um weiterhin in der luxuriösen Wohnung zu wohnen;

reichte auch nicht, um weiterhin die britische Schule zu besuchen. Freundlicherweise nahm die Familie el Hassan Fleur bei sich auf, während über ihre Zukunft entschieden wurde. Einige Monate lang schliefen Nura und Fleur in nebeneinanderliegenden Zimmern. Sie kamen sich so nahe wie nie; verglichen sich ständig und diskutierten darüber. Mit ihren sechzehn Jahren betrachtete man Nura als heiratsfähig; ihre Eltern waren dabei, eine gute Heirat zu arrangieren. Fleur war bei dem Gedanken abwechselnd erschreckt und fasziniert.

»Wie hältst du das nur aus?« fragte sie entsetzt. »Wie kannst du jemanden heiraten, der dich bloß herumkommandiert?« Nura zuckte nur die Achseln und lächelte. Sie war ein bemerkenswert hübsches Mädchen mit glatter Haut, lebhaften Augen und rundlichen Zügen, die bereits zur Drallheit neigten.

»Wenn er zu herrschsüchtig ist, dann heirate ich ihn einfach nicht«, hatte sie einmal gesagt.

»Zwingen dich deine Eltern denn nicht dazu?«

»Natürlich nicht. Sie stellen ihn mir vor, und dann reden wir darüber.«

Fleur starrte sie an. Mit einemmal stieg Neid in ihr hoch. Vor Nura lag ein angenehm geplantes Leben, während ihr eigenes wie ein zerstörtes Spinnennetz unsicher vor ihr schwang.

»Vielleicht könnte ich auch heiraten, so wie Nura«, sagte sie tags darauf zu Fatima, Nuras Mutter. Sie lachte kurz auf, als würde sie scherzen, aber sie sah Fatima dabei forschend an.

»Ganz bestimmt wirst du einmal heiraten«, antwortete Fatima. »Du wirst einen gutaussehenden Engländer finden.«

»Vielleicht könnte ich doch einen Araber heiraten?« Fatima lachte.

»Würdest du zum Islam konvertieren?«

»Warum nicht«, sagte Fleur verzweifelt, »wenn es sein müßte.«

Fatima musterte sie aufmerksam. »Ist das dein Ernst?«

Fleur zuckte mit den Achseln. »Du könntest ... mir doch jemanden finden.«

»Fleur!» Fatima erhob sich und ergriff Fleurs Hände. »Du weißt doch, daß du für einen Araber keine passende Braut abgeben würdest. Es ist ja nicht nur, daß du nicht mohammedanisch bist. Dir würde das Leben zu schwierig vorkommen. Dein Mann würde dir nicht erlauben, so zu antworten, wie wir es tun. Ohne seine Erlaubnis dürftest du nicht das Haus verlassen. Mein Mann ist sehr tolerant. Die meisten anderen Männer sind es nicht.«

»Und Nura, werdet ihr für sie einen toleranten Mann finden?«

»Das hoffen wir, ja. Und auch du wirst einen Mann finden, Fleur. Aber nicht hier.«

Zwei Tage darauf wurde die Verlobung bekanntgegeben. Nura sollte Mohammed Abduraman heiraten, einen jungen Mann aus einer der reichsten Familien der Emirate. Allgemein wurde ihr bescheinigt, eine wirklich sehr gute Partie gemacht zu haben.

»Aber liebst du ihn denn?« fragte Fleur an diesem Abend.

»Natürlich liebe ich ihn.« Aber Nuras Augen schimmerten abweisend, und sie wollte nicht weiter darüber sprechen.

Auf der Stelle stürzte sich die Familie in Vorbereitungen. Fleur ging unbeachtet umher und beobachtete ungläubig, was für eine Unsumme Geldes für die Hochzeit aufgewendet wurde. Die Seidenballen, das Essen, die Geschenke für alle Gäste. Nura wurde in einem Wirbel aus Schleiern und Duftölen hinweggefegt. Bald schon würde sie auf ewig hinweggefegt. Fleur wäre auf sich gestellt. Was sollte sie tun? Die

Familie el Hassan wollte sie nicht mehr. Niemand wollte sie mehr.

Nachts lag sie still da, roch den süßen Moschusgeruch des Hauses und versuchte mit Tränen in den Augen, sich über ihre Zukunft klarzuwerden. Nuras Eltern fanden, sie solle nach England zurückkehren, zu der Tante in Maidenhead, die ihr gänzlich unbekannt war.

»Deine Familie ist das Wichtigste«, hatte Fatima mit dem Vertrauen derjenigen gesagt, die von einer großen Schar loyaler Familienmitglieder umgeben war. »Deine eigene Familie wird sich um dich kümmern.«

Fleur wußte, daß das nicht stimmte. In England war das anders. Die Schwester ihres Vater hatte nie Interesse an ihr bekundet. Sie würde sich auf sich selbst verlassen müssen.

Dann hatte Nuras Verlobungsfest stattgefunden. Es war eine rein weibliche Angelegenheit, mit Bonbons, Spielen und viel Gekicher. Als sie halb um war, hatte Nura eine kleine Schachtel hervorgeholt.

»Schau mal. Mein Verlobungsring.«

An ihrer Hand wirkte er fast fehl am Platze, dieser riesige Diamant, eingefaßt in einem komplizierten Goldnetz. Der Raum erfüllte sich mit befriedigten Lauten der Bewunderung. Selbst für arabische Verhältnisse war der Ring riesig.

Der mußte hunderttausend Dollar wert sein, dachte Fleur. Mindestens. Hunderttausend Dollar, die an Nuras Finger steckten. Es war nicht einmal so, daß sie richtig damit angeben könnte. Vermutlich würde sie ihn kaum je tragen. Hunderttausend Dollar. Was konnte man mit hunderttausend Dollar tun?

Und dann, ehe sie sich's versah, geschah es. Fleur stellte ihre Tasse ab, sah Nura direkt ins Gesicht und sagte:

»Nura, ich bewundere deinen Ring so sehr. Ich bewundere ihn über alle Maßen. Ich wünschte, ich hätte auch so einen.«

Im Raum trat Stille ein. Nura erbleichte; ihre Lippen zitterten. Schockiert und verletzt erwiderte sie Fleurs Blick. Es entstand eine verschwindend kleine Pause, während der jeder den Atem anzuhalten schien. Dann zog Nura den Ring langsam und vorsichtig von ihrem Finger und ließ ihn in Fleurs Schoß fallen. Sie sah ihn einen Moment an, dann erhob sie sich und verließ den Raum. Fleurs letzte Erinnerung an Nura war ihr dunkler, verletzter Gesichtsausdruck.

An diesem Abend hatte Fleur den Diamantring für hundertundzwanzigtausend Dollar verkauft. Am nächsten Morgen war sie nach New York geflogen, und sie hatte Nura nie mehr gesehen.

Nun, da sie, fast fünfundzwanzig Jahre später, in Eleanor Forresters Garten saß, verspürte Fleur einen Schmerz in ihrer Brust, eine Wärme in ihren Augen. Wenn ich im Mittelmaß ende, dachte sie zornig – wenn ich als die englische Hausfrau ende, die ich schon immer hätte sein können –, dann wäre der Diamant zu nichts gut gewesen. Dann hätte ich Nura umsonst verloren. Und das könnte ich nicht ertragen. Das könnte ich nicht *ertragen*.

Sie zwinkerte heftig, blickte auf und konzentrierte sich von neuem auf die Goldkette, die Eleanor Forrester in die Höhe hielt. Ich kaufe eine Kette, dachte sie, und ich nehme einen Brunch zu mir, und dann schlage ich aus Richard Favour heraus, was ich nur kann.

Oliver Stendale lehnte sich in seinem Stuhl zurück und sah Richard leicht verärgert an.

»Ist dir klar«, sagte er zum dritten Mal, »daß das Geld nicht mehr deines ist, sobald du es Treuhändern zur Verwaltung übergibst?«

»Das weiß ich«, erwiderte Richard. »Darum geht's ja eben. Es gehört dann den Kindern.«

»Es ist eine Menge Geld.«

»Dessen bin ich mir bewußt.«

Beide blickten auf die Zahlen vor ihnen hinunter. Der fragliche Betrag war am Seitenende unterstrichen – eine einzige Zahl, der lauter Nullen folgten wie eine kleine Raupe.

»Soviel ist es auch wieder nicht«, versetzte Richard, »nicht wirklich. Und ich möchte, daß die Kinder es haben. Da waren Emily und ich uns einig.«

Oliver seufzte und begann, mit seinem Füller auf seine Hand zu klopfen.

»Erbschaftssteuer…«, begann er.

»Darum geht es nicht. Es geht um… Sicherheit.«

»Die kannst du deinen Kindern geben, ohne ihnen riesige Geldbeträge zu übertragen. Warum kaufst du Philippa nicht ein Haus?«

»Warum ihr nicht einen riesigen Geldbetrag geben?« Ein feines Lächeln spielte um Richards Lippen. »Letztendlich läuft das doch aufs gleiche hinaus.«

»Von wegen! Alle möglichen Dinge können eintreten, die dich bereuen lassen, daß du dein gesamtes Vermögen verfrüht übergeben hast.«

»Mein gesamtes Vermögen ja wohl kaum!«

»Aber einen beträchtlichen Teil davon.«

»Emily und ich haben das besprochen. Wir waren uns einig, daß sich mit dem Rest durchaus angenehm leben läßt. Und die Firma gibt's schließlich auch noch.«

Der Rechtsanwalt lehnte sich zurück, und man sah ihm an, daß er innerlich mit sich rang.

»Wann habt ihr all das entschieden?« erkundigte er sich schließlich.

»Vor rund zwei Jahren.«

»Und Emily wußte damals schon, daß…«

»Daß sie sterben würde? Ja, das wußte sie. Aber ich verstehe nicht, was das für eine Rolle spielt.« Oliver starrte Richard an. Einen Augenblick schien es so, als wolle er etwas sagen, dann seufzte er und wandte sich ab.

»Oh, ich weiß nicht«, murmelte er. »Aber *was* ich weiß«, fuhr er fester fort, »ist, daß du dir deine eigene Zukunft verbauen könntest, wenn du solch eine hohe Geldsumme weggibst.«

»Oliver, jetzt übertreib mal nicht so!«

»Was du und Emily nicht berücksichtigt haben könntet, das ist die Möglichkeit, daß dein Leben nach Emilys Tod sich in gewisser Hinsicht ändern könnte. Wenn ich recht verstehe, hast du augenblicklich eine … Freundin.«

»Stimmt.« Richard lächelte. »Sie heißt Fleur.«

»Na also.« Oliver hielt inne. »Momentan mag der Gedanke lächerlich erscheinen. Aber was geschähe, wenn du, sagen wir, wieder heiraten würdest?«

»Der Gedanke erscheint mir gar nicht lächerlich«, sagte Richard bedächtig. »Aber ich sehe nicht, was das damit zu tun hat, daß ich Philippa und Antony das Geld geben will. Was hat Geld mit Heiraten zu tun?« Der Rechtsanwalt sah entgeistert drein.

»Meinst du das im Ernst?«

»So halb.« Richard bekam Mitleid. »Hör zu, Oliver, ich denke darüber nach. Ich werde nichts übereilen. Aber weißt du, früher oder später muß ich etwas mit dem Geld tun. In den letzten Monaten habe ich es nach und nach flüssig gemacht.«

»Es ist nicht schlimm, wenn es eine Weile auf einem Konto liegt. Lieber nimmt man einen kleinen Verlust hin, als daß man etwas übers Knie bricht.« Unvermittelt sah Oliver auf. »Du hast doch keinem der Kinder von deinem Plan erzählt? Sie erwarten es nicht?«

»O nein. Emily und ich fanden, daß sie es besser nicht wissen sollten. Und auch, daß sie erst das dreißigste Lebensjahr erreicht haben sollten, ehe sie über das Geld verfügen dürfen. Sie sollen nicht denken, daß sie sich im Leben nicht anzustrengen brauchen.«

»Sehr einsichtig. Und sonst weiß auch niemand davon?«

»Nein, niemand sonst.«

Oliver seufzte und drückte auf den Summer auf seinem Schreibtisch, um noch einen Kaffee zu bestellen.

»Tja, das ist ja schon mal was, nehme ich an.«

Das Geld gehörte ihm. Praktisch jedenfalls. Sobald Philippa dreißig wurde... Gereizt klammerte Lambert sich noch fester ans Steuer. Was war an dem Alter von dreißig so magisch? Was hätte sie im Alter von dreißig, was sie im Alter von achtundzwanzig nicht hatte?

Als Emily ihm zum erstenmal von Philippas Geld erzählt hatte, da hatte er gedacht, Philippa bekäme es gleich. Nächste Woche. Er hatte ein unbändiges Hochgefühl verspürt, das sich auch in seinem Gesicht gezeigt haben mußte, denn sie hatte gelächelt – ein zufriedenes Lächeln – und gesagt: »Natürlich kommt sie erst mit dreißig daran.« Und er hatte ihr Lächeln erwidert und gesagt: »Natürlich«, obgleich er sich eigentlich gedacht hatte: ›Warum nicht gleich?‹ Verdammt noch mal, warum nicht gleich?

Verfluchte Emily. Natürlich hatte sie das absichtlich so eingefädelt. Es ihm früh erzählt, so daß sie beobachten konnte, wie er wartete. Es war lediglich ein weiteres ihrer Machtspiele. Unwillkürlich mußte Lambert lächeln. Er vermißte Emily. Sie war die einzige in der verdammten Familie, mit der er sich auf Anhieb verstanden hatte, gleich von ihrer ersten Begegnung an. Das war bei einem Firmenempfang gewesen, kurz nachdem er als technischer Leiter eingestellt worden war. Sie hatte still neben Richard gestanden und den lustigen Anekdoten des Marketingdirektors gelauscht – eines Mannes, der sie, wie später ans Licht kam, anwiderte. Lambert hatte sie in einem Moment erwischt, als sie sich unbeobachtet glaubte – und sofort hatte er hinter der freundlichen, fügsamen Fassade die stählerne Verachtung erkannt. Er hatte die wahre Emily gesehen. Als sie seinen Blick auffing, war ihr eindeutig klar geworden, wieviel sie von sich preisgegeben hatte. »Stelle mich doch bitte diesem netten jungen Mann vor«, hatte sie Richard unverzüglich gebeten. Und als sie sich die Hände schüttelten, hatte sie den Mund unmerklich anerkennend verzogen.

Zwei Wochen darauf war er fürs Wochenende nach »The Maples« eingeladen worden. Er hatte sich einen neuen Blazer gekauft, mit Richard Golf gespielt und mit Emily Spaziergänge durch den Garten gemacht. Den Großteil des Gesprächs hatte sie bestritten. Sie hatte über eine Reihe unbestimmter, augenscheinlich unzusammenhängender Themen gesprochen. Ihr Abneigung gegen den Marketingdirektor; ihre Bewunderung für diejenigen, die etwas von Computern verstanden; über ihren Wunsch, daß Lambert die restliche Familie kennenlernte. Einige Wochen darauf war der Marketingdirektor gefeuert worden, weil er Computerwerbeschriften voller peinlicher Fehler versandt hatte. Das war ungefähr zur gleichen Zeit, erinnerte sich Lambert, zu der Richard Lamberts Firmenwagen durch einen höherwertigen ersetzt hatte. »Emily hat mich ausgescholten«, hatte er mit einem Lächeln gesagt. »Sie glaubt, wir verlieren Sie, wenn wir Sie nicht anständig behandeln!«

Und dann war er wieder nach »The Maples« eingeladen und mit Philippa bekanntgemacht worden. Auch Philippas Freund Jim war dagewesen, ein langer Lulatsch von zweiundzwanzig Jahren, der gerade sein Studium abgeschlossen hatte und sich über seine weiteren Pläne noch nicht im klaren war. Aber wie Emily später allen im Clubhaus erklärt hatte, war Philippas Herz Lambert förmlich zugeflogen. »Beim sechzehnten Loch!« hatte sie lachend hinzugesetzt. »Philippa verlor ihren Ball in diesem morastigen Abschnitt. Beim Suchen rutschte sie aus und flog in Lamberts Arme. Der hob sie einfach hoch und trug sie zurück zum Fairway!« Bei der Erinnerung runzelte Lambert nun die Stirn. Philippa war schwerer gewesen als erwartet; als er sie aus dem Morast herausschleppte, hatte er sich beinahe einen Muskel gezerrt. Andererseits war sie auch reicher gewesen als erwartet. Er hatte Philippa in der Meinung geheiratet, daß er sich dadurch finanzielle Sicherheiten erkaufte. Damit, daß er tatsächlich extrem vermögend sein würde, hatte er nicht gerechnet.

Er blickte aus dem Autofenster. Die trübseligen Vorstädte Londons gingen allmählich in die Landschaft Surreys über; in einer halben Stunde würden sie in Greyworth sein. Philippa neben ihm schwieg, sie war vertieft in einen ihrer romantischen Kitschromane. Seine Frau, die Millionärin. Die Millionärin, wenn Emily die Wahrheit gesagt hatte. Bloß daß sie keine Millionärin war, noch nicht. Ein vertrauter Unmut packte Lambert, und unwillkürlich knirschte er mit den Zähnen. Wie unsinnig, Philippa wie ein Kind zu behandeln, dem man nicht trauen konnte. Wenn sie das Geld ohnehin bekommen sollte, warum dann nicht gleich? Und warum vor ihr ein Geheimnis daraus machen? Weder sie noch Antony schienen auch nur die blasseste Ahnung zu haben, daß sie über kurz oder lang sehr vermögend sein würden; daß sie nie zu arbeiten bräuchten, wenn sie es nicht wollten; daß das Leben für sie einfach sein würde. Wenn Philippa seufzte und sich über den Preis eines neuen Schuhpaares ärgerte, dann hätte Lambert am liebsten geschrien: »Mein Gott, du könntest dir zwanzig solcher Paare leisten, wenn du wolltest!« Aber er beherrschte sich. Er wollte nicht, daß seine Frau plante, was sie mit dem Geld machen würde. Er hatte genügend eigene Pläne damit.

Er spähte im Rückspiegel auf einen Lagonda, der auf der Überholspur angerast kam, und sein Griff umschloß begehrlich das Lenkrad. Zwei Jahre, dachte er. Nur noch zwei Jahre. Momentan war sein einziges Problem die Bank. Lambert runzelte die Stirn. Für das Problem mit der Bank mußte er sich eine Lösung einfallen lassen. Blöde Trottel. Wollten die sich eine bald schon sehr reiche Person warmhalten oder nicht? In den letzten Wochen hatte ihn ein Idiot nach dem anderen angerufen, ihn um ein Treffen gebeten, wiederholt seine Kontoüberziehung beanstandet. Er würde etwas unternehmen müssen, bevor sie es sich in ihren beschränkten Kopf setzten, Philippa anzurufen. Sie hatte keine Ahnung von alledem. Sie wußte ja nicht einmal, daß er dieses dritte Konto hatte.

Wieder ging Lambert im Geiste die Möglichkeiten durch. Die erste war, sich mit den Bankleuten zu treffen, zuzugeben, daß er nicht das Geld hatte, den überzogenen Betrag zu zahlen, und eine Fristverlängerung zu erwirken, bis Philippa zu ihrem Geld kam. Eine Verlängerung von zwei Jahren? Undenkbar war das nicht. Sehr wahrscheinlich allerdings auch nicht. Sie könnten beschließen, daß sie eine größere Absicherung bräuchten. Vielleicht würden sie zur Sicherheit seinen Arbeitgeber anrufen wollen. Ein Schatten fiel über Lamberts Gesicht. Sie würden Richard anrufen. Dessen scheinheilige Einstellung dazu konnte er sich lebhaft vorstellen. Der vollkommene, organisierte Richard, der nie auch nur eine Gasrechnung ausstehen hatte. Er würde Lambert in sein Büro rufen. Er würde ihm einen Vortrag halten, wie man seinen Verhältnissen gemäß lebte. Er würde den verflixten Dickens zitieren.

Nein. Das kam nicht in Frage. Lambert hielt inne und holte tief Luft. Die dritte Möglichkeit bestand darin, die Piranjas in der Bank irgendwie bei Laune zu halten. Ihnen einen kräftigen Brocken Geld hinzuwerfen. Fünfzigtausend Pfund oder so. Gleichzeitig könnte er durchblicken lassen, daß er ihren Mangel an Vertrauen in ihn angesichts seiner zukünftigen Aussichten äußerst überraschend fand. Er könnte andeuten, daß er sein Geld auch anderswo hintragen konnte. Ihnen so richtig Schiß machen, dachte Lambert grimmig. Das war die beste der drei Möglichkeiten. Bei weitem die beste. Sie hatte nahezu keinen Nachteil – bis auf einen. Und zwar, daß er keine fünfzigtausend Pfund hatte. Noch nicht.

7

Als sie in die Einfahrt von »The Maples« einbogen, sah Philippa mit verschwommenem Blick von ihrem Kitschroman auf.

»Sind wir schon da?«

»Nein, wir sind auf dem verdammten Mars.«

»Ich bin noch nicht fertig! Gib mir zwei Minuten. Ich muß bloß noch schauen, wie es weitergeht. Ich meine, ich weiß, was geschehen wird, aber ich muß sehen ...« Sie verstummte. Schon hatte sie ihre Augen wieder auf die Seite geheftet und verschlang den Text wie ein Junge sein Milky Way.

»Himmel noch mal!« sagte Lambert. »Also ich bleibe nicht hier sitzen!« Er stieg aus dem Wagen und schlug die Tür hinter sich zu. Philippa zuckte mit keiner Wimper.

Die Haustür stand offen, aber das Haus wirkte verlassen. Lambert stand in der Diele und blickte sich vorsichtig um. Keine Spur von Gillian. Richards Auto stand nicht da; vielleicht gingen er und sein Rotschopf zusammen spazieren. Vielleicht war gar niemand zu Hause. Womöglich hatte er das Haus für sich allein.

Lambert lachte sich heimlich ins Fäustchen. Das hatte er

nicht erwartet. Er hatte gedacht, er müßte sich nachts hinausschleichen oder vielleicht sogar auf ein anderes Mal warten. Aber besser konnte es ja gar nicht sein. Er konnte seinen Plan unverzüglich in die Tat umsetzen.

Rasch erklomm er die breite Treppe. Im Gang oben herrschte Totenstille. An der obersten Stufe blieb er stehen und lauschte. Aber nichts war zu hören. Nachdem er sich noch einmal umgeblickt hatte, um sicherzugehen, daß er nicht beobachtet wurde, schlich sich Lambert zu Richards Arbeitszimmer. Es war ein abgelegener Raum, völlig getrennt von den Schlafzimmern und gewöhnlich verriegelt. Wenn ihn dort jemand sah, konnte er unmöglich vorgeben, daß er sich versehentlich dorthin verlaufen hatte.

Nicht, daß es etwas ausmachen sollte, dachte Lambert und umschloß den Schlüssel in seiner Hosentasche. Richard vertraute ihm. Immerhin hatte er ihm den Schlüssel seines Arbeitszimmers gegeben – nur für den Notfall, hatte er gesagt. Wenn er gefragt würde, dann könnte Lambert sagen, daß er nach einer Information die Firma betreffend gesucht hätte. Dabei bewahrte Richard eigentlich kaum Firmeninformationen zu Hause auf. Aber im Zweifelsfalle würde Richard zu Lamberts Gunsten entscheiden. Das taten die Leute im allgemeinen alle.

Die Tür zum Arbeitszimmer war zu. Doch als er versuchte, den Schlüssel umzudrehen, merkte er, daß sie gar nicht verriegelt war. Rasch steckte er den Schlüssel in seine Tasche. Auf diese Weise würde er sich im Fall einer Entdeckung auf sicherem Boden bewegen (»Ich habe gesehen, daß die Tür offenstand, Richard, und da habe ich lieber nachsehen wollen...«). Er ging hinein und steuerte eilig auf den Aktenschrank zu. Bankauszüge, murmelte er leise. Bankauszüge. Er öffnete eine Schublade und begann, die Akten durchzugehen.

Fünfzigtausend Pfund, viel Geld war das nicht. Auf jeden

Fall nicht für jemanden wie Richard. Richard hatte soviel Geld, daß er diese kleine Summe mit Leichtigkeit entbehren konnte. Er würde ja überhaupt nie merken, daß es fehlte. Lambert würde sich fünfzig Riesen leihen, seine Probleme bei der Bank damit aus der Welt schaffen und das Geld dann zurücktransferieren. Fünftausend Pfund hier, zehntausend Pfund da – er würde es stückchenweise herausnehmen und es zurückgeben, sobald es ging. Solange am Jahresende unterm Strich alles wieder stimmte, würde keiner etwas mitbekommen.

Richards Unterschrift zu fälschen war kein Problem. Auch die Überweisungen stellten keine Schwierigkeiten dar. Die Entscheidung, von welchen Konten man das Geld abheben sollte, war schon kniffliger. Schließlich wollte er nicht später entdecken müssen, daß er sich am Haushaltskonto gütlich getan oder am Urlaubskapital diesen Jahres vergriffen hatte. Er kannte Richard, vermutlich war jeder Geldbetrag, ob groß oder klein, für etwas Bestimmtes zurückgelegt. Er würde vorsichtig sein müssen.

Lambert schob die Schublade wieder zu und öffnete die darunter. Wieder ging er die Akten durch. Plötzlich ließ ihn ein Geräusch aufhorchen. Etwas war hinter ihm. Etwas oder jemand…

Er wirbelte herum und spürte, wie sein Gesicht ungläubig erstarrte. Niemand anderes als Fleur saß mit übergeschlagenen Beinen an Richards Schreibtisch. In seinem Kopf begannen sich die Gedanken zu überschlagen. War sie schon die ganze Zeit hier gewesen? Hatte sie gesehen, wie…

»Hallo Lambert«, grüßte Fleur ihn freundlich. »Was tust du denn hier?«

Mit einem zufriedenen, aber auch leicht enttäuschten Gefühl beendete Philippa die letzte Buchseite und lehnte sich zurück, noch ganz erfüllt von der Erzählung; in ihrer Nase vermischte sich der Geruch der Sitzpolster mit dem von Lamberts Pfefferminzbonbons. In dem Versuch, in die Wirklichkeit zurückzufinden, öffnete sie die Tür und holte benommen Luft. Aber im Geist befand sie sich noch immer mit Pierre, dem Skilehrer, in den Schweizer Alpen. Pierre preßte seinen männlichen Mund auf ihren; er strich ihr übers Haar; im Hintergrund spielte Musik... Als Gillian plötzlich an den Wagen klopfte, stieß sie einen Schrei aus und zuckte zusammen. Dabei stieß sie sich den Kopf am Wagenfenster an.

»Ich war Erdbeeren pflücken«, erklärte Gillian. »Möchtest du etwas trinken?«

»Oh«, sagte Philippa. »Ja, eine Tasse Kaffee wäre nicht schlecht.«

Mit steifen Beinen stieg sie aus dem Auto, strich sich die Kleidung glatt und folgte Gillian ins Haus. In ihrem Kopf verblaßten Pierre und die Alpen wie ein schlecht erinnerter Traum.

»Ist Daddy fortgegangen?« Schwach ließ sie sich auf einem Küchenstuhl nieder.

»Er ist bei einer Besprechung mit Oliver Stendale«, erwiderte Gillian. »Antony ist auch unterwegs.« Sie füllte den Kessel mit Wasser.

»Ich schätze, wir sind ein bißchen zu früh dran. Und was ist mit...« Philippa verzog das Gesicht.

»Was ist mit wem?«

»Du weiß schon. Fleur!«

»Was soll mit ihr sein?« fragte Gillian kurzangebunden.

»Na ja... wo ist sie?«

»Keine Ahnung.« Gillian hielt inne. »Wir sind gerade erst von Eleanors Brunch zurückgekommen.«

»Eleanors Brunch?«

»Genau.«

»Du bist zu Eleanor zum Brunch gegangen?«

»Ja.« Unter Philippas erstauntem Starren schien sich Gillians Gesicht zu verschließen. »Na ja, eigentlich gibt's da ja eine Menge Unsinn«, fügte sie rauh hinzu.

»Hast du etwas gekauft?«

»Schließlich dann schon. Schau, das hier.« Gillian zog ihren blauen Schal beiseite, und eine kleine goldene Schildkröte kam zum Vorschein, die auf ihrem Revers saß. Sie runzelte die Stirn. »Ich weiß nicht, ob es richtig ist, wie ich sie trage. Wahrscheinlich mach' ich mir dadurch nur das Kleid kaputt.«

Philippa starrte auf die kleine Schildkröte. Gillian kaufte nie Broschen. Auch zu Eleanors Brunches ging sie gewöhnlich nicht. Stets waren es Philippa und ihre Mutter gewesen, die gegangen waren, während Gillian zu Hause geblieben war. Und nun, dachte Philippa mit jäher Eifersucht, waren Gillian und Fleur gegangen, und sie war zurückgelassen worden.

Es war für Fleur ein Hochgenuß, Männer zu schockieren. Zu sehen, wie Lambert sie sprachlos anstarrte, war fast die Unannehmlichkeit wert, gestört worden zu sein. Fast, aber nicht ganz. Bis zu seinem Eintreffen war nämlich alles so gut gelaufen. Sie hatte entdeckt, daß die Arbeitszimmertür nicht abgeschlossen war, war rasch hineingeschlüpft und hatte ihre Suche begonnen. Und sie wäre auch fündig geworden, wenn sie nicht unterbrochen worden wäre. Ganz offensichtlich hatte Richard alles bestens organisiert. Alle Unterlagen in seinem Büro waren eingeheftet, aufgelistet und mit Büroklammern versehen. Auf der Suche nach kürzlicher Korrespondenz hatte sie sich zuallererst den Schreibtisch vorgeknöpft – und hatte seine Schreibtischschubladen durchstöbert, als die Tür aufging und Lambert hereinkam.

Geübt, wie sie darin war, hatte sie sich unverzüglich unter den Schreibtisch gleiten lassen. Eine Weile hatte sie überlegt, ob sie sich erheben sollte oder nicht. Sollte sie sich still halten und warten, bis er wieder verschwand? Oder könnte Lambert herblicken und sie entdecken? Bestimmt war es besser, ihn zu überraschen als dabei entdeckt zu werden, wie sie unter dem Möbelstück kauerte.

Dann hatte sie bemerkt, daß sich Lambert selbst nicht ganz wohl in seiner Haut zu fühlen schien. Sein Benehmen hatte fast etwas... Verstohlenes. Was tat er da eigentlich am Aktenschrank? Wußte Richard davon? Ging da etwas vor, worüber sie Bescheid wissen sollte? Falls dem so war, dann könnte es in ihrem Interesse sein, ihn wissen zu lassen, daß sie ihn gesehen hatte. Sie dachte einen Augenblick nach, stand dann, bevor Lambert sich fortstehlen konnte, auf, setzte sich lässig auf Richards Stuhl und wartete darauf, daß Lambert sich umdrehte. Nun betrachtete sie wonnevoll Lamberts hervortretende Augen; die Röte, die ihm ins Gesicht stieg. Da war ganz sicher etwas faul. Aber was?

»Ist das auch Ihr Arbeitszimmer?« erkundigte sie sich in fast zu unschuldigem Ton. »Das war mir nicht klar gewesen.«

»Nicht direkt.« Lambert gewann etwas von seiner Fassung zurück. »Ich habe nur etwas für die Firma nachgesehen. Für die Firma«, wiederholte er aggressiver. »Es befinden sich eine Menge hochvertraulicher Sachen hier im Raum. Tatsächlich muß ich mich fragen, was Sie hier drinnen eigentlich machen?«

»Oh, ich!« rief Fleur. »Tja, ich war nur auf der Suche nach etwas, das ich hier letzte Nacht liegengelassen habe.«

»Das Sie hier liegengelassen haben?« Er klang ungläubig. »Was war das denn? Soll ich Ihnen suchen helfen?«

»Nicht nötig.« Fleur erhob sich und kam auf ihn zu. »Ich habe es schon gefunden.«

»Sie haben es gefunden?« Lambert verschränkte die Arme. »Dürfte ich fragen, was es ist?«

Nach anfänglichem Zögern öffnete Fleur die Hand. Ein schwarzer Seidenslip lag darin.

»Er war unter dem Schreibtisch«, erklärte sie ihm in vertraulichem Ton. »Man verlegt sie so schnell. Aber ich wollte die Zugehfrau nicht schockieren.« Sie blickte ihm in das hochrote Gesicht. »Lambert, Sie sind doch nicht schockiert, oder? Sie haben es ja wissen wollen!«

Lambert antwortete nicht. Er schien Schwierigkeiten mit der Atmung zu haben.

»Vielleicht wäre es besser, nichts davon vor Richard zu erwähnen.« Fleur stellte sich ganz nah vor Lambert und sah ihm direkt in die Augen. »Das könnte ihm ein bißchen... peinlich sein.« Einen Augenblick hielt sie inne, atmete ein wenig schneller als gewöhnlich und beugte sich ganz leicht zu ihm hin. Er wirkte wie versteinert.

Und plötzlich war sie verschwunden. Lambert rührte sich nicht vom Fleck, spürte noch immer ihren Atem auf seiner Haut, hörte noch immer ihre Stimme in seinem Ohr, ließ die Szene im Geiste noch einmal Revue passieren. Fleurs Unterwäsche – ihre schwarze Seidenunterwäsche – hatte unter dem Schreibtisch gelegen. Was heißen muß, daß sie Richard... Lambert schluckte. Sie und Richard...

Mit einem Knall schloß er die Schublade des Aktenschranks und wandte sich ab. Er konnte sich nicht mehr konzentrieren; er konnte sich nicht sammeln. Er konnte nicht über Kontoauszüge und Guthaben nachdenken. Das einzige, woran er denken konnte, war...

»Philippa!« bellte er die Treppe hinunter. »Komm hoch!« Stille. »Komm hoch!« wiederholte er. Schließlich erschien sie.

»Ich habe mich gerade mit Fleur unterhalten«, beklagte sie sich, während sie die Treppe hinaufeilte.

»Das ist mir egal. Komm hoch!« Er nahm Philippa an der Hand und führte sie rasch zum Schlafzimmer am Ende des Ganges, in dem sie gewöhnlich übernachteten. Es war Philippas Kinderzimmer gewesen, ein Phantasieland aus Rosen und Kaninchen, aber sobald sie ausgezogen war, hatte Emily die Tapete herunterreißen und durch eine in einem dunkelgrünen Schottenmuster ersetzen lassen.

»Was möchtest du denn?« Philippa befreite sich aus Lamberts Griff.

»Dich. Jetzt.«

»Lambert!« Sie sah ihn beklommen an. Mit glasigen Augen starrte er sie an. »Zieh das Kleid aus!«

»Aber Fleur...«

»Zum Teufel mit Fleur!« Er beobachtete, wie sich Philippa eilig das Kleid über den Kopf zog, dann schloß er die Augen, zog sie an sich und knetete ihr Fleisch schmerzhaft zwischen seinen Fingern. »Zum Teufel mit Fleur«, wiederholte er mit undeutlicher Stimme. »Zum Teufel mit Fleur.«

Bei der Rückkehr von seiner Unterredung traf Richard Fleur an ihrem üblichen Platz in einem Sessel im Wintergarten an.

»Wo stecken Philippa und Lambert?« erkundigte er sich. »Ihr Wagen steht in der Einfahrt.« Er sah auf seine Uhr. »In einer halben Stunde beginnt unser Golfspiel.«

»Oh, die beiden werden sich schon irgendwo herumtreiben«, murmelte Fleur. »Lambert habe ich vorhin schon gesehen.« Sie erhob sich. »Komm, laß uns einen kleinen Gartenspaziergang machen.«

Sie hakte sich bei Richard unter und fragte beiläufig: »Du und Lambert, ihr kennt euch recht gut, nehme ich an. Nun, da ihr eine Familie seid.« Während sie das sagte, beobachtete sie ihn genau und sah, wie kurz ein Ausdruck der Abneigung über sein Gesicht huschte.

»Natürlich habe ich ihn besser kennengelernt«, erwiderte Richard. »Aber ich würde deshalb nicht sagen…«

»Du würdest dich nicht als seinen Freund bezeichnen? Das habe ich mir schon gedacht. Ihr führt also keine langen Gespräche miteinander? Vertraut euch Dinge an?«

»Denk an den Generationenunterschied«, verteidigte sich Richard. »Das ist doch verständlich.«

»Völlig verständlich«, pflichtete Fleur ihm bei und belohnte sich mit einem kleinen Schmunzeln. Sie hatte mit ihren Vermutungen also tatsächlich richtig gelegen. Die beiden sprachen nie miteinander. Was hieß, daß Lambert Richard nicht auf die Geschichte über den Sex auf dem Boden seines Arbeitszimmers ansprechen würde. Er würde ihre Story nicht überprüfen; sie war sicher.

Was Lambert im Arbeitszimmer gewollt hatte, wußte sie beim besten Willen nicht. Früher einmal, da hätte sie es unbedingt herausbekommen wollen. Doch die Erfahrung hatte sie gelehrt, daß es in jeder Familie jemanden mit einem Geheimnis gab. Immer gab es ein Familienmitglied mit einer Leiche im Keller, mitunter auch mehrere. Der Versuch, das Wissen darüber für die eigenen Ziele auszunützen, klappte nie. Familienzwistigkeiten waren stets irrational, bestanden in den meisten Fällen schon seit langer Zeit, und sobald jemand Fremder daran rührte, herrschte plötzlich größte Einmütigkeit. Lieber kümmerte man sich gar nicht darum und verfolgte schnellstmöglich das eigene Ziel.

Eine Weile gingen sie schweigend weiter, dann sagte Fleur: »War deine Besprechung erfolgreich?« Richard zuckte die Achseln und schenkte ihr ein angespanntes Lächeln.

»Sie hat mich nachdenklich gestimmt. Weißt du, noch immer habe ich das Gefühl, als hätte es Seiten an Emily gegeben, die mir unbekannt waren.«

»Ging es in der Besprechung um Emily?«

»Nein … aber sie betraf einige Angelegenheiten, die wir vor ihrem Tod besprochen haben.« Richard zog die Stirn kraus. »Ich habe versucht, mir ihre Argumentation in Erinnerung zu rufen; ihre Beweggründe, bestimmte Dinge zu tun«, sagte er bedächtig. »Und ich bin *nicht* darauf gekommen, was sie zu bestimmten Entscheidungen veranlaßt hat. Ich nehme an, sie hat es mir nicht gesagt – oder ich habe vergessen, was sie sagte. Und ich habe ihr Wesen nie gut genug gekannt, als daß ich es mir jetzt zusammenreimen könnte.«

»Vielleicht könnte ich dir helfen«, bot Fleur an. »Wenn du mir sagen würdest, worum das Ganze ging.« Richard blickte sie an.

»Womöglich könntest du das. Aber ich habe das Gefühl … daß das etwas ist, was ich selbst ausknobeln muß. Kannst du das verstehen?«

»Natürlich«, meinte Fleur leichthin und drückte zärtlich seinen Arm. Richard lachte kurz auf.

»Es hat auch eigentlich keine Bedeutung. Es berührt nichts von dem, was ich tue. Aber – «, er verstummte und suchte Fleurs Blick. »Nun, du kennst meine Gefühle gegenüber Emily.«

»Sie steckte voller Geheimnisse.« Fleur versuchte, nicht zu gähnen. Hatten sie sich nicht bereits genug über diese vermaledeite Frau unterhalten?

»Nicht voller Geheimnisse«, versetzte Richard. »Hoffentlich das nicht. Einfach … versteckte Qualitäten.«

Sobald er gekommen war, war es mit Lamberts Zuneigung für Philippa wieder vorbei. Er löste seine Lippen von ihrem Hals und setzte sich auf.

»Ich muß gehen«, sagte er.

»Könnten wir denn nicht einfach noch ein bißchen hier liegen?« fragte Philippa sehnsüchtig.

»Nein. Die anderen wundern sich sicher schon, wo wir bleiben.« Er stopfte sich das Hemd in die Hose, glättete sich das Haar und war plötzlich verschwunden.

Philippa stützte sich auf ihre Ellbogen und blickte sich in dem stillen Raum um. Im Geist hatte sie angefangen, Lamberts schnellen Fick in ein Exempel seiner Leidenschaft zu ihr auszuschmücken; eine Anekdote, die sie den lebenslustigen Freundinnen anvertrauen konnte, die sie eines Tages haben würde. »Ehrlich, er lechzte *so* verzweifelt nach mir ... Wir verschwanden einfach zusammen ...« Gekicher. »Es war so romantisch ... So ist Lambert immer, ein wahrer Mann des Augenblicks ...« Noch mehr Gekicher. Bewundernde Blicke. »Oh, Phil, was für ein Glück du hast! ... Ich kann mich gar nicht mehr daran *erinnern*, wann wir zum letztenmal Sex miteinander hatten ...«

Aber nun durchbrach im Geist eine andere Stimme das Gelächter. Die Stimme ihrer Mutter. »Du abscheuliches Mädchen!« Ein eisigblauer Blick. Philippas Tagebuch, mit dem blind in der Luft herumgewedelt wurde. Ihre heimlichen pubertären Phantasien, geöffnet und enthüllt.

Als hätte es die letzten fünfzehn Jahre nie gegeben. Philippa verspürte die Panik eines Teenagers, und sie fühlte sich zutiefst gedemütigt. Wieder riß die Stimme der Mutter sie aus ihren Gedanken. »Dein Vater wäre schockiert, wenn er das hier zu sehen bekäme. Ein Mädchen in deinem Alter und denkt schon an Sex!«

Sex! Das Wort hallte schockierend im Raum wider, begleitet von schmutzigen, unaussprechlichen Bildern. Vor Verlegenheit war Philippa über und über rot geworden. Sie hatte schreien wollen; sie war nicht imstande gewesen, ihrer Mutter in die Augen zu schauen. Im Schuljahr darauf hatte sie mehreren Jungen aus dem angrenzenden Jungeninternat erlaubt, es hinter den Hecken auf den Hockeyfeldern mit ihr zu treiben. Jedesmal war es schmerzhaft und peinlich gewesen, und sie hatte dabei stumm geweint. Aber schließlich, hatte sie traurig gedacht, während ihr ein Sechzehnjähriger nach dem anderen seinen Bieratem ins Gesicht keuchte, hatte sie es auch nicht anders verdient.

Als Lambert hinunterkam, entdeckte er Fleur und Richard Arm in Arm in der Diele.

»Fleur hat beschlossen, uns zum Golfplatz zu begleiten«, sagte Richard. »Ist es nicht eine großartige Idee?« Lambert starrte ihn entgeistert an.

»Wie meinst du das?« wetterte er. »Sie kann nicht mit uns kommen! Das ist ein Geschäftsspiel!«

»Ich werde euch nicht im Weg sein«, versprach Fleur.

»Aber wir haben vertrauliche geschäftliche Dinge zu besprechen!«

»Auf dem Golfplatz?« fragte Fleur. »So vertraulich können die doch nicht sein. Aber egal, ich werde weghören.«

»Fleur möchte so gern den Golfplatz sehen«, erklärte Richard. »Was soll daran schlimm sein?«

»Lambert, es macht Ihnen doch nichts, oder?« säuselte Fleur. »Ich bin nun schon seit vier Wochen hier und habe bislang nur das achtzehnte Grün gesehen.« Sie lächelte ihn unter ihren Wimpern an. »Ich werde mucksmäuschenstill sein.«

»Vielleicht könnte Philippa ja auch mitkommen«, schlug Richard vor.

»Sie hat sich schon mit Tricia Tilling zum Tee verabredet«, sagte Lambert sofort. Gott steh uns bei, dachte er, wir wollen doch keine schnatternde Frauenschar im Schlepptau haben.

»Die liebe Tricia Tilling«, sagte Fleur. »Wir haben uns heute morgen glänzend unterhalten!«

»So allmählich ist Fleur schon fast fester Bestandteil des Clubs!« Richard strahlte Fleur zärtlich an.

»Das kann ich mir vorstellen«, erwiderte Lambert. Am Treppenende war ein Geräusch zu hören, und alle sahen auf. Philippa, die reichlich derangiert wirkte, kam herunter.

»Hallo Fleur«, sagte sie atemlos. »Ich wollte fragen, ob Sie Lust hätten, heute nachmittag mit zum Tee zu Tricia Tilling zu kommen? Es würde ihr bestimmt nichts ausmachen.«

»Danke, ich habe schon etwas vor«, entgegnete Fleur. »Leider.«

»Fleur begleitet uns zum Golfplatz«, sagte Richard lächelnd. »Eine ganz unerwartete Freude.«

Philippa blickte Lambert an. Warum hatte er sie das nicht auch gefragt? Hätte er es, dann hätte sie die Einladung bei Tricia Tilling abgesagt. Sie begann sich vorzustellen, was sie am Telefon sagen würde. »Tut mir leid, Tricia, Lambert sagt, ich muß einfach mitkommen... So nach dem Motto, ich würde ihm Glück bringen!« Lachen. »Ich weiß... was haben wir nur für Männer!«

»Philippa!« Sie fuhr zusammen, und das entspannte Gelächter verschwand aus ihrem Kopf. Lambert sah sie ungeduldig an. »Ich fragte, ob du im Pro-Shop vorbeischauen und dich erkundigen könntest, ob sie die Schläger schon repariert haben!«

»Oh, ja gut.« Philippa sah zu, wie die drei sich auf den Weg machten – Richard, der über irgendeine Bemerkung Fleurs lachte; Lambert, der sich seinen Kaschmirpulli über die Schulter schwang. Sie machten sich zu einem vergnügten Nachmittag auf, während sie zum Teetrinken mit Tricia Tilling verdammt war. Sie schnaubte unwillig. Selbst Gillian amüsierte sich mehr als sie.

Gillian saß im Wintergarten, enthülste Erbsen und sah Antony dabei zu, wie er einen Kricketschläger reparierte. Mit den Händen war er schon sehr früh geschickt gewesen, dachte sie. Sorgfältig, methodisch, zuverlässig. Als er drei war, hatte er seine Kindergärtnerinnen mit seinen Bildern verblüfft – immer eine einzige Farbe, die das Blatt Papier vollständig ausfüllte; nicht ein einziges Fleckchen mehr frei; fast schon zwanghaft. Heutzutage, dachte sie, würden sie sich vielleicht Sorgen machen, daß er für einen Dreijährigen zu ordentlich war, und ihn zu einer Beratung oder in irgendwelche Workshops schicken. Selbst damals hatte sie in den Augen der Kindergärtnerinnen mitunter einen Anflug von Besorgnis gesehen. Aber keiner hatte etwas gesagt. Denn es war offensichtlich gewesen, daß Antony liebevoll behandelt und gut versorgt wurde.

Liebevoll. Gillian starrte grimmig aus dem Fenster. Geliebt von allen außer der eigenen Mutter. Der eigenen oberflächlichen, ichbezogenen Mutter. Eine Frau, die beim Anblick des eigenen Kindes entsetzt zurückwich. Die auf die winzige Entstellung starrte, als ob sie nichts anderes sehen könnte, als ob sie nicht ein vollkommenes, gesundes Baby im Arm hielt, für das sie und alle anderen ewig dankbar hätten sein sollen.

Natürlich hatte Emily nach außen hin nie etwas darüber verlauten lassen. Aber Gillian wußte Bescheid. Sie hatte zugeschaut, wie Antony zu einem glucksenden, strahlenden Kleinkind herangewachsen war, der mit ausgestreckten Armen durchs Haus rannte, bereit, die ganze Welt zu umarmen – zuversichtlich, daß sie ihn so sehr lieben mußte wie er sie. Und dann hatte sie beobachtet, wie der Junge allmählich mitbekam, daß seine Mutter ihm gegenüber stets eine leicht mißbilligende Miene zur Schau trug; daß sie gelegentlich von ihm zurückwich, wenn niemand sonst zusah; daß sie sich nur dann völlig entspannte, wenn er sein Gesicht abwandte und sie die winzige Eidechse nicht sehen konnte, die über sein Auge sprang. Als Antony zum erstenmal sein Händchen aufs

Auge hielt, um sein Muttermal zu verstecken, hatte Gillian bis zum Abend gewartet und Emily dann darauf angesprochen. Ihre ganze Frustration und Wut waren in einer tränenreichen Tirade zum Ausbruch gekommen, während Emily an ihrem Toilettentisch saß und sich das Haar bürstete; wartete. Dann, als Gillian fertig war, hatte sie sich mit einem kalten, verächtlichen Blick umgedreht. »Du bist doch bloß eifersüchtig«, hatte sie gesagt. »Das ist ungesund! Du wünschst dir, Antony wäre dein Kind. Tja, aber er ist nicht deines, er ist meines!«

Bestürzt hatte Gillian Emily angesehen, sich selbst plötzlich nicht mehr sicher. Wünschte sie wirklich, Antony wäre ihr Kind?

»Du weißt, daß ich Antony liebe«, war Emily fortgefahren. »Jedermann weiß, daß ich ihn liebe.« Sie machte eine Pause. »Richard sagt immer, wie wunderbar ich mit ihm umgehe. Und das Muttermal, was tut das schon? Das fällt einem doch gar nicht auf.« Ihre Augen hatten sich verengt. »Ehrlich gesagt überrascht es mich, Gillian, wie oft du es erwähnst. Wir halten es nämlich für das beste, es zu ignorieren.«

Irgendwie hatte sie Gillian die Worte so lange im Munde verdreht, bis Gillian völlig verwirrt und unsicher über die eigenen Beweggründe war. Entwickelte sie sich allmählich zu einer meckernden, eifersüchtigen Jungfer? Grenzte ihre Liebe zu Antony an Besitzgier? Seine leibliche Mutter war schließlich erwiesenermaßen Emily. Und so hatte sie sich zurückgezogen und nichts mehr gesagt. Glücklicherweise war er zu einem freundlichen, problemlosen Kind herangewachsen.

»Schau!« Antony zeigte ihr den Kricketschläger.

»Sehr gut.« Gillian sah zu, wie er aufstand und den Schläger ausprobierte. Wie groß er inzwischen war; praktisch ein Erwachsener. Doch manchmal, wenn sie einen Blick auf seine kräftigen Arme oder seinen glatten Hals erhaschte, sah sie wieder das glückliche, stämmige Baby vor sich, das sie aus seinem Kinderbettchen angelacht hatte; dessen Hände sie gehalten hatte, als es die ersten Schritte machte; das sie von der Sekunde seiner Geburt an geliebt hatte.

»Sei vorsichtig!« mahnte sie barsch, als er den Schläger in Richtung eines großen, bemalten Blumentopfes schwang.

»Ich *bin* vorsichtig!« versetzte er gereizt. »Immer mußt du rumschnauzen.«

Er machte einige Übungsschwünge. Gillian enthülste wortlos noch ein paar Erbsen.

»Was hast du heute nachmittag vor?« fragte sie schließlich.

»Keine Ahnung. Vielleicht leih' ich mir ein Video aus. Oder gleich ein paar. Ohne Will ist es so langweilig.«

»Und was ist mit den anderen? Xanthe? Und diesem neuen Jungen, Mex? Du könntest mit ihnen doch etwas ausmachen!«

»Mal sehen.« Sein Gesicht verschloß sich, und er wandte sich ab, wobei er den Schläger wild durch die Luft schwang.

»Vorsicht!« rief Gillian. Doch es war zu spät. Als er den Schläger zurückschwang, krachte und splitterte es. Er hatte einen Terracottatopf von seinem Ständer geschlagen, und dieser ging auf dem Fliesenboden zu Bruch.

»Jetzt schau, was du angerichtet hast!« fuhr sie ihn wütend an. »Ich habe doch gesagt, du sollst vorsichtig sein!«

»Es tut mir leid, okay?«

»Der ganze Boden ist voll!« Gillian erhob sich und blickte verzweifelt auf die Terracottascherben, die Erdklumpen, die fleischigen Blätter.

»Ehrlich. So eine Katastrophe ist es auch wieder nicht.« Er bückte sich und hob eine Topfscherbe auf. Ein Erdklumpen fiel auf seinen Schuh.

»Ich hole besser einen Handbesen.« Mit einem lauten Seufzer stellte Gillian die Erbsen fort.

»Laß mal, das mach' ich schon«, sagte Antony. »Ist ja halb so wild.«

»Du machst es aber nicht anständig.«

»Mach' ich wohl! Ist denn hier nicht irgendwo ein Besen?« Antonys Blick schweifte durch den Wintergarten und hielt an der Tür abrupt inne. »Jesses!« rief er aus. Die Tonscherbe fiel ihm aus der Hand und zerschellte am Boden.

»Antony! Ich hab' dir doch gesagt ...«

»Schau doch!« unterbrach er sie. »Wer ist das denn?«

Gillian wandte sich um und folgte seinem Blick. Vor der Tür stand ein Mädchen mit langem, weißblondem Haar, dunklen Augenbrauen und argwöhnischer Miene.

»Hi!« sagte sie durch das Glas. In ihrer hohen Stimme schwang ein amerikanischer Akzent mit. »Ich schätze, ihr habt mich nicht erwartet. Ich bin gekommen, um hier zu wohnen. Ich bin Zara, Fleurs Tochter.«

8

Als sie das achtzehnte Grün verließen, war Lambert puterrot und schwitzte. Frustriert verzog er das Gesicht. Die ganze Zeit, die sie nun auf dem Golfplatz waren, hatte Fleur sich in den Vordergrund gespielt, war an Richards Seite entlanggetänzelt, als befände sie sich auf einer Teeparty, hatte die Unterhaltung unterbrochen, um endlose Fragen zu stellen, und benahm sich insgesamt so, als habe sie das gleiche Recht dort zu sein wie Lambert. Verdammte, unverschämte Schlampe.

Plötzlich erinnerte Lambert sich an die Bemerkung eines ehemaligen Lehrers. *Ich bin total für die Gleichheit der Frauen... sie sind den Männern alle gleich unterlegen!* In der ausgewählten Gruppe älterer Schüler, die der alte Smithers zum Sherry eingeladen hatte, hatte man in sich hineingelacht.

Lambert hatte besonders laut gegluckst, denn er und Old Smithers hatten schon immer den gleichen Sinn für Humor gehabt. Nun hellte sich seine Miene etwas auf; alte Erinnerungen stiegen in ihm hoch. Einen Moment wünschte er sich tatsächlich, wieder Schüler zu sein.

Den Umstand, daß er die glücklichsten und erfolgreichsten Jahre seines Lebens auf der Schule verbracht hatte, gestand Lambert sich selten ein. Er hatte Creighton besucht – eine kleinere Public School in den Midlands – und hatte sich zu seiner Überraschung zu einem der gescheitesten, stärksten und mächtigsten Jungen der Schule entwickelt. Als geborener Schlägertyp hatte er bald ein unterwürfiges Gefolge um sich geschart, mit dem zusammen er jüngere Schüler milde terrorisierte und in der Meute die Burschen aus dem Ort verhöhnte. Die Schüler in Creighton waren zum Großteil pures Mittelmaß, die in ihrem Leben nie mehr den überlegenen Status erlangen würden, der ihnen in dieser kleinen Stadt eingeräumt wurde. Daher nützten sie ihn nach Kräften aus, stolzierten im Ort in ihren unverwechselbaren Mänteln und farbenprächtigen Krawatten umher, brüllten lauthals herum und versuchten, sich mit den ansässigen Buben anzulegen. Nur selten hatte Lambert tatsächlich selber mitgerauft, doch war er als Urheber einer großen Anzahl von abfälligen Bemerkungen über den »Plebs« bekannt geworden, womit er sich schließlich den Ruf einer geistreichen Person eingehandelt hatte. Die Lehrer – selbst engstirnig, gelangweilt und vom Leben enttäuscht – hatten ihn nicht etwa gerügt, sondern ihn in seiner überheblichen Art stillschweigend bestärkt. Lamberts schüchterne Mutter war entzückt über ihren hochgewachsenen, selbstbewußten Sohn mit der lauten Stimme und den freimütigen Ansichten, die, als er das letzte Schuljahr erreicht hatte, fast jeden in Creighton abfällig bedachten und fast jeden außerhalb Creightons auch.

Sein Vater war die einzige Ausnahme. Lambert hatte seinen Vater immer vergöttert – einen großen, großspurig auftretenden Mann mit einer herrischen Art, die Lambert unbewußt nach wie vor imitierte. In seiner Launenhaftigkeit war sein Vater unberechenbar gewesen, und Lambert hatte stets verzweifelt um seine Anerkennung gekämpft. Wenn sein Vater sich über das schwabbelige Gesicht des jungen Lamberts lustig machte oder ihm einen zu festen Schlag auf den Kopf verpaßte, dann zwang Lambert sich, zurückzugrinsen und zu lachen. Wenn er den ganzen Abend damit verbrachte, Lamberts Mutter anzuschnauzen, dann schlich Lambert in sein Zimmer hoch und redete sich zornig ein, daß sein Vater recht hätte; sein Vater hatte immer recht.

Lamberts Vater war es auch gewesen, der darauf bestand, daß Lambert, wie er selbst es getan hatte, die Schule in Creighton besuchte. Der ihm beibrachte, die anderen Jungs im Dorf zu verspotten; der einen Tag mit ihm nach Cambridge fuhr und ihm stolz sein altes College zeigte. Sein Vater, glaubte Lambert, der wußte was von der Welt; der sorgte sich um seine Zukunft; der würde ihn durchs Leben leiten.

Und dann, als Lambert fünfzehn war, verkündete sein Vater, daß er eine Geliebte habe, daß er sie liebe und daß er Frau und Sohn verlassen werde. Er behauptete, er würde Lambert besuchen kommen; was er aber nie tat. Später hörten sie, daß seine Beziehung zu seiner Geliebten nur ein halbes Jahr gehalten hatte; daß er sich ins Ausland abgesetzt hatte; daß niemand wußte, wo er sich aufhielt.

Erfüllt von einem verzweifelten, pubertären Kummer, hatte Lambert seinen Zorn an seiner Mutter ausgelassen. Es war ihre Schuld, daß der Vater sie verlassen hatte. Es war ihre Schuld, daß kein Geld für eine Urlaubsreise da war; daß an den Direktor von Creighton Briefe geschrieben werden mußten, in denen man um eine Ermäßigung der Schulgebühren bat. Je mehr sich ihre Situation verschlechterte, um so großspuriger trat Lambert auf; seine Geringschätzung gegenüber dem Plebs des Ortes verstärkte sich – und seinen untergetauchten Vater verehrte er nur noch mehr.

Gegen den Rat seines Lehrers versuchte er, einen Studienplatz in Cambridge zu ergattern – im alten College seines Vaters. Er durfte zu einem Gespräch kommen, wurde aber auf Grund dieses Gesprächs abgelehnt. Das Gefühl des Scheiterns war schier unerträglich. Überraschend verkündete er, daß er seine Zeit nicht auf der Uni verplempern wolle. Die Lehrer protestierten dagegen, allerdings nur halbherzig; er spielte in ihrem Leben keine Rolle mehr und war daher von schwindendem Interesse. Ihre Aufmerksamkeit galt nun den Jungen in den tieferen Klassen; den Jungen, die Lambert verdroschen hatte, weil sie ihm seinen Toast verbrannt hatten. Im Grunde war es ihnen egal, was Lambert mit seinem Leben anfing. Seine Mutter, der das nicht egal war, wurde offen ignoriert.

So hatte sich Lambert direkt nach London begeben, direkt zu seinem Job in der Computerbranche. Die aufgeblasene Art, die er in Cambridge womöglich abgelegt hätte, blieb erhalten, genauso wie das Gefühl einer angeborenen Überlegenheit. Wenn andere mit einer weniger guten Schulausbildung in eine höhere Stellung als er befördert wurden, dann rächte er sich damit, daß er seine Schulkrawatte zur Arbeit trug. Wenn seine Wohnungsgenossen am Wochenende etwas ohne ihn unternahmen, dann konterte er damit, daß er zurück nach Creighton fuhr und jedem, der herschaute, seinen neuesten Wagen zeigte. Für Lambert war es undenkbar, daß die anderen um ihn herum ihn nicht bewunderten und sich ihm fügten. Diejenigen, die es nicht taten, tat er als zu dumm ab, als daß man sich mit ihnen hätte abgeben müssen. Diejenigen, die es taten, verachtete er insgeheim. Er war nicht imstande, Freunde zu finden; unfähig sogar, irgendeine Beziehung zu verstehen, die auf Gleichheit basierte. Es gab nur wenige, die seine Gesellschaft über mehrere Stunden ertragen konnten, und die wurden noch spärlicher, als er in Richards Firma überwechselte. Zu diesem Zeitpunkt hatte eine Wende in seinem Leben stattgefunden. Er hatte die Tochter des Chefs geheiratet und war auf eine neue Gesellschaftsebene gelangt, womit er seinen Status ein für allemal gefestigt hielt.

Richard, da war er sich sicher, wußte seine überragenden Eigenschaften zu schätzen – seinen Intellekt, seine Ausbildung, seine Entschlußkraft –, wenn auch nicht in dem Maße wie Emily. Philippa war ein dummes Ding, die Blumen auf einer Krawatte schöner fand als die Streifen seiner alten Schule. Fleur jedoch … Lambert machte ein finsteres Gesicht und wischte sich einen Schweißtropfen von der Stirn. Fleur hielt sich nicht an die Regeln. Sein Rang als Richards Schwiegersohn kümmerte sie anscheinend gar nicht, wie auch gesellschaftliche Konventionen ihr fast einerlei zu sein schienen. Sie war zu schlüpfrig; er konnte sie nicht einordnen. Wie alt war sie genau? Was war das für ein Akzent? Wo paßte sie in seinen Plan hinein?

»Lambert!« Philippas Stimme riß ihn aus seinen Gedanken. Fröhlich die Tasche schwingend strebte sie auf das achtzehnte Grün zu.

»Philippa!« Sein Kopf schnellte hoch. In seinem frustrierten Zustand war er fast glücklich, das vertraute, leicht gerötete Gesicht seiner Frau zu sehen. Aus dem Tee bei Tricia war eindeutig ein Gin mit wenig Tonic geworden.

»Schade, ich dachte, ich erwische euch noch am achtzehnten Loch! Aber ihr seid schon fertig! Das ging aber ganz schön schnell!«

Lambert schwieg. Wenn Philippa erst einmal in Fahrt war, dann kam sie vom Hundertsten ins Tausendste und war nicht mehr zu bremsen.

»War das Spiel gut?« Lambert warf einen Blick hinter sich. Richard und die beiden Männer von Briggs & Co. schlenderten ein Stück weit hinter ihnen und lauschten alle etwas, was Fleur sagte.

»Verdammt schreckliches Spiel.« Er verließ den Platz und ging, ohne auf die anderen zu warten, in Richtung Caddieschuppen.

»Was ist denn passiert?«

»Diese verflixte Frau. In einem fort hat sie Fragen gestellt. Alle verdammten fünf Minuten. ›Richard, könntest du das einer sehr dummen Laiin noch einmal erklären?‹ ›Richard, was genau meinst du damit, wenn du Cash-flow sagst?‹ Und ich versuchte, diesen Typen zu imponieren. Gott, was für ein Nachmittag!«

»Vielleicht interessiert sie sich einfach dafür«, versuchte Philippa ihn zu beschwichtigen.

»Natürlich interessiert sie das nicht. Warum auch? Sie ist bloß ein dummes Flittchen, das sich gern in den Mittelpunkt stellt.«

»Nun, gut aussehen tut sie ja«, meinte Philippa versonnen und wandte sich um, um Fleur anzuschauen.

»Sie sieht schrecklich aus«, versetzte Lambert. »Viel zu sexy für einen Golfplatz.« Philippa kicherte.

»Lambert! Du bist unmöglich!« Sie hielt inne und setzte dann mit unnötigerweise gesenkter Stimme hinzu: »Ehrlich gesagt haben wir uns heute nachmittag über sie unterhalten, Tricia und ich.« Sie flüsterte noch mehr. »Tricia hat mir erzählt, daß sie anscheinend sehr reich ist! Sie hat einen Chauffeur und alles! Tricia sagt, sie findet Fleur super!« Philippa sah Lambert mit leuchtenden Augen an. »Tricia findet…«

»Tricia ist eine Idiotin.« Erneut wischte Lambert sich den Schweiß von der Stirn und fragte sich, warum zum Teufel er sich mit seiner Frau über Fleur unterhielt. Er drehte sich um und sah zu Fleur hinüber, die, in einem weißen Kleid, hergeschlendert kam und ihn mit ihren spöttischen grünen Augen anblickte. Wieder rührte sich in ihm die Erregung, mit der er schon den ganzen Nachmittag gekämpft hatte.

»Herrgott, was für ein Fiasko«, sagte er rauh, drehte sich wieder um und fuhr mit der Hand frustriert über Philippas mittelmäßiges Hinterteil. »Ich brauche dringend einen Drink.«

Leider hatten die Jungs von Briggs & Co. keine Zeit für einen Drink. Bedauernd verabschiedeten sie sich und stiegen, nach einem letzten bewundernden Blick zu Fleur, wieder in ihren Saab und fuhren davon. Die anderen standen höflich auf dem Parkplatz und beobachteten, wie sie ihren Wagen an den Reihen glänzender BMWs, einem gelegentlichen Rolls Royce und ein paar nagelneuen Range Rovers vorbeimanövrierten.

Als ihre Wagen durch die Tore verschwanden, verspürte Philippa einen Anflug von Enttäuschung. Sie hatte sich darauf gefreut, sie kennenzulernen, mit ihnen zu plaudern, vielleicht ein bißchen mit ihnen zu flirten, vielleicht sogar für sie und ihre Ehefrauen eine Dinnerparty zu organisieren. Seitdem sie zwei Jahre zuvor Lambert geheiratet hatte, hatte sie nur eine einzige Dinnerparty veranstaltet, und zwar für ihre Eltern und Antony. Dabei hatten sie zu Hause ein elegantes Eßzimmer mit einem Tisch, an dem zehn Personen Platz hatten, eine Küche voller teurer Kochtöpfe und ein Kochbuch voller Rezepte und zeitsparenden Tips für Dinnerpartys, die sie mühselig aus Zeitschriften ausgeschnitten hatte.

Sie hatte früher gedacht, daß eine Ehe mit Lambert hieß,

daß sie den Abend damit verbrachte, Lamberts Freunde zu bewirten: ihnen raffinierte Gerichte zu kochen, mit ihren Frauen Freundschaft zu knüpfen. Doch nun schien es, als hätte Lambert gar keine Freunde. Und wenn sie ehrlich war, dann hatte sie auch keine – nur die Leute in Greyworth, die die Freunde ihrer Mutter gewesen waren, und Arbeitskolleginnen, die immer wieder wechselten und abends ohnehin nie Zeit zu haben schienen. Ihre Freunde aus der Studienzeit hatten sich längst im ganzen Lande verstreut; keiner von ihnen wohnte in London.

Plötzlich lachte Fleur über irgendeine Äußerung Richards, und Philippa riß den Kopf hoch. Wenn doch Fleur nur ihre Freundin sein könnte, dachte sie sehnsüchtig. Ihre beste Freundin. Sie könnten zusammen zum Lunch gehen, über Dinge scherzen, die nur sie beide verstanden, und Fleur würde Philippa all *ihren* Freundinnen vorstellen, und dann würde Phillippa anbieten, für sie eine Dinnerparty in London zu veranstalten... Philippa sah es förmlich schon vor sich, wie sich ihr Eßzimmer mit amüsanten, reizenden Gästen füllte. Kerzen brannten, überall standen Blumen, ihr gesamtes Hochzeitsporzellan war aus seiner Verpackung geholt worden. Sie würde mal kurz in die Küche gehen, um die Bratspießchen mit Meeresfrüchten in Augenschein zu nehmen, während im Hintergrund kultiviertes Gelächter zu hören war. Lambert würde nach ihr hereinkommen, angeblich, um die Gläser aufzufüllen, in Wirklichkeit aber, um ihr zu sagen, wie stolz er auf sie war. Er würde die Gläser abstellen, sie dann in einer langsamen Umarmung an sich ziehen...

»Ist das Gillian?« Fleurs überraschte Stimme weckte Philippa aus ihrer Träumerei. »Was macht sie denn hier?«

Alle sahen auf, und Philippa versuchte, Fleurs Blick einzufangen; um die ersten Bande einer Freundschaft zwischen ihnen zu knüpfen. Doch Fleur sah sie nicht. Sie schaute zu Richard auf, als gäbe es nur ihn auf der Welt.

Während er beobachtete, wie Gillian über den Parkplatz auf sie zustrebte, zog Richard Fleur Stück für Stück näher an sich heran.

»Ich bin so froh, daß du mitgekommen bist«, murmelte er ihr ins Ohr. »Hatte ganz vergessen, wie endlos diese Spiele sein können. Vor allem, wenn Lambert mit von der Partie ist.«

»Also ich hab's genossen.« Fleur lächelte ihn an. »Und ich habe mit Sicherheit viel gelernt.«

»Hättest du etwa gern Golfstunden?« erkundigte sich Richard sofort. »Das hätte ich schon eher vorschlagen sollen. Kein Problem, das für dich zu organisieren.«

»Vielleicht«, meinte Fleur. »Oder vielleicht könntest auch du es mir beibringen.« Sie sah zu Richard auf, dessen Gesicht von der Sonne gerötet war und der noch immer in Hochstimmung durch seinen Sieg war. So entspannt und glücklich hatte sie ihn noch nie erlebt.

»Hallo Gillian«, sagte Richard, als diese in Hörweite kam. »Du kommst wie gerufen. Wir wollten nämlich gerade einen Drink zu uns nehmen.«

»Ah ja«, erwiderte Gillian geistesabwesend. »Sind die Leute von Briggs & Co. noch da?«

»Nein, die mußten schon wieder los«, erwiderte Richard. »Aber zur Feier des Tages werden wir uns trotzdem einen genehmigen.«

»Feier des Tages?« erkundigte sich Lambert. »Was gibt's denn zu feiern?«

»Die Vorzugsrate, die Briggs & Co. uns angeboten haben.« Richards Mund verzog sich zu einem Lächeln. »Zu der Fleur sie mit ihrem Charme herumbekommen hat.«

»Eine Vorzugsrate?« Philippa kümmerte sich nicht um

Lamberts ungläubigen und finsteren Ausdruck. »Das ist ja phantastisch!« Sie lächelte Fleur warm an.

»Das wäre phantastisch«, versetzte Fleur, »wenn die beiden nicht ausgemachte Halunken wären!«

»Was?« Alle starrten sie an.

»Fandet ihr das etwa nicht?« wollte sie wissen.

»Na ja...«, meinte Richard zweifelnd.

»Natürlich fand ich das nicht!« sagte Lambert. »Die Jungs sind Kumpel von mir.«

»Oh.« Fleur zuckte mit den Achseln. »Nun, ich möchte ja niemanden beleidigen. Aber an eurer Stelle würde ich keine Geschäfte mit ihnen abschließen.«

Philippa warf Lambert einen Blick zu. Er atmete schwer, und er war noch röter als zuvor.

»Sie schummeln ja vielleicht ein bißchen beim Golfspiel«, meinte Richard verlegen. »Aber...«

»Nicht nur beim Golfspiel«, entgegnete Fleur. »Verlaßt euch auf mich.«

»Wir sollen uns auf Sie verlassen?« schrie Lambert, als könne er nicht länger stumm zuhören. »Was zum Teufel wissen Sie denn überhaupt davon?«

»Lambert!« sagte Richard scharf. Er sah Fleur zärtlich an. »Ich sage dir was, Schatz. Ich denke darüber nach. Noch ist nichts unterschrieben.«

»Gut.«

»Fleur«, sagte Gillian leise. »Du mußt...«

»Wie meinst du das, du wirst darüber nachdenken?« schrie Lambert empört. »Richard, du nimmst diesen Blödsinn von Fleur doch nicht etwa ernst?«

»Lambert«, erwiderte Richard mit gepreßter Stimme, »ich habe lediglich gesagt, daß ich darüber nachdenken werde.«

»Herrgott noch mal, Richard! Das Geschäft ist praktisch unter Dach und Fach!«

»Das kann man auch wieder rückgängig machen.«

»Ich kann nicht glauben, daß ich das höre!«

»Fleur!« Gillians Ton wurde dringlicher. »Zu Hause wartet Besuch auf dich.«

»Seit wann wird Fleur bei geschäftlichen Entscheidungen zu Rate gezogen?« Lambert war puterrot im Gesicht. »Wen wirst du als nächsten um Rat fragen? Den Milchmann?«

»Ich sage nur, was ich denke«, meinte Fleur achselzuckend. »Ihr braucht euch ja nicht drum zu kümmern.«

»Fleur!« rief Gillian mit gellender Stimme. Alle drehten sich zu ihr um. »Deine Tochter ist hier.«

Stille trat ein.

»Oh, tatsächlich?« sagte Fleur leichthin. »Ja, das Schuljahr wird wohl zu Ende sein. Wie ist sie denn hergekommen?«

»Deine Tochter?« fragte Richard und lachte unsicher.

»Ich habe dir doch von meiner Tochter erzählt«, sagte Fleur. »Oder etwa nicht?«

»Hast du?«

»Na, vielleicht auch nicht.« Fleur klang unbekümmert.

»Diese Frau hat einen Knall!« raunte Lambert Philippa zu.

»Sie ist gerade aus heiterem Himmel aufgetaucht«, erklärte Gillian in verblüfftem Ton. »Heißt sie Sarah? Ich bin nicht ganz klar daraus geworden.«

»Zara, Zara Rose«, erklärte Fleur. »Wo ist sie jetzt?« fügte sie interessiert hinzu.

»Sie macht einen Spaziergang«, sagte Gillian, als würde sie das am allermeisten überraschen. »Mit Antony.«

Wieder blickte Antony zu Zara und überlegte krampfhaft, was er sagen könnte. Seit zehn Minuten marschierten sie in völligem Schweigen nebeneinander her. Zara hatte die Hände in die Hosentaschen vergraben und die Schultern hochgezogen. Sie starrte stur nach vorn, als ob sie niemandem in die

Augen sehen wollte. Ihre Schultern waren sehr mager, dachte Antony, als er wieder einen Blick auf sie warf. Überhaupt war Zara mit das Dürrste, was er je gesehen hatte. Ihre Arme waren lang und knochig; man konnte ihre Rippen praktisch durch das T-Shirt sehen. Keine erwähnenswerten Titten, obwohl sie ... wie alt war sie eigentlich?

»Wie alt bist du?« fragte er.

»Dreizehn.« Ihre Stimme mit dem amerikanischen Akzent klang rauh und nicht sehr freundlich. Sie schüttelte das lange weißblonde Haar zurück und zog wieder die Schultern hoch. Das Haar war gebleicht, befand Antony mit Kennerblick, erfreut über sein gutes Auge.

»Und ... wo gehst du zur Schule?« Das paßte schon eher. Small Talk.

»Auf die Heathland School für Mädchen.«

»Ist es okay da?«

»Das ist ein Internat.« Sie sprach, als reiche das als Antwort.

»Bist du ... Wann bist du aus den Staaten hergezogen?«

»Bin ich gar nicht.« Oha, dachte Antony.

»Dann halt aus Kanada.«

»Ich habe mein ganzes Leben in England gelebt.« Sie klang gelangweilt. Antony starrte sie verdutzt an.

»Aber dein Akzent ...«

»Ich habe einen amerikanischen Akzent. Na und? Ich will's halt so.« Zum erstenmal wandte sie sich zu ihm hin. Was für außergewöhnliche Augen sie hatte, dachte er, so grün wie Fleurs, aber tieferliegend und mit einem grimmigen Ausdruck.

»Du hast einfach so beschlossen, daß du dir einen amerikanischen Akzent zulegen willst?«

»Genau.«

»Warum?«

»Einfach so.«

»Wie alt warst du da?«

»Sieben.«

Eine Weile gingen sie schweigend weiter. Antony versuchte sich zu erinnern, wie er selbst mit sieben gewesen war. Hätte er da zu solch einem Beschluß kommen können? Und dabei bleiben können? Kaum vorstellbar.

»Dein Vater ist wohl reich, oder?« fragte sie mit heiserer Stimme, und Antony spürte, wie er errötete.

»Ziemlich reich, schätz' ich«, erwiderte er. »Ich meine, so reich auch wieder nicht. Aber du weißt schon. Bemittelt halt. Relativ betrachtet.« Ihm war klar, daß er unbeholfen und aufgeblasen klang, aber das war nicht zu ändern. »Warum fragst du?« erkundigte er sich im Gegenzug.

»Einfach so.« Sie nahm die Hände aus den Hosentaschen und musterte sie. Antony folgte ihrem Blick. Sie hatte dünne Hände, leicht gebräunt, jeweils mit einem einzigen riesigen Ring bestückt. Warum? fragte Antony sich fasziniert. Warum starrst du auf deine Hände? Warum runzelst du die Stirn? Wonach suchst du?

Unvermittelt steckte sie ihre Hände wieder in die Hosentaschen. Sie wandte sich zu Antony.

»Stört's dich, wenn ich einen Joint rauche?«

Einen kurzen Augenblick lang setzte Antonys Herzschlag aus. Dieses Mädchen war gerade mal dreizehn. Wie konnte sie da Joints rauchen?

»Nein … mir macht's nichts.« Er merkte, wie seine Stimme einen leicht panischen Klang annahm.

»Wohin gehst du zum Rauchen? Oder rauchst du nicht?«

»Doch«, erwiderte Antony etwas zu schnell. »Aber meistens in der Schule.«

»Okay.« Sie zuckte die Achseln. »Aber bei soviel Wald muß man ja irgendwohin gehen können.«

»Da unten ist ein guter Platz.« Er führte sie von der Straße hinunter in den Wald hinein. »Die Leute kommen hierher...« Wie konnte dieses Mädchen erst dreizehn sein? Sie war zwei Jahre jünger als er. Es war unfaßbar. »Du weißt schon«, endete er lahm.

»Zum Sex.«

»Na ja.« Ihm wurde heiß. Sein Muttermal schien vor Verlegenheit zu pulsieren. »Genau.« Sie hatten eine kleine Lichtung erreicht. »Da wären wir.«

»Okay.« Sie hockte sich hin, holte eine kleine Schachtel aus ihrer Hosentasche und begann gekonnt, einen Joint zu drehen.

Als sie ihn sich ansteckte und inhalierte, wartete Antony darauf, daß sie aufsah und sagte: Wow ist das ein Superzeug, wie Fifi Tilling das immer tat. Aber Zara schwieg. Ihr haftete nichts von dem überdrehten Selbstbewußtsein an, das die Kiffer an den Tag legten, die er kannte. Wieder inhalierte sie schweigend und reichte ihm den Joint dann weiter. Eigentlich, dachte Antony, hatte ich vorgehabt, heute nachmittag zu Hause zu sitzen und mir ein paar miese Videos reinzuziehen, und jetzt sitze ich statt dessen hier und rauche Stoff mit der außergewöhnlichsten Dreizehnjährigen, die mir je begegnet ist.

»Ist deine Familie nett?« fragte sie plötzlich.

»Na ja.« Wieder fühlte er sich überrumpelt. Erinnerungen an die Feste stiegen in ihm hoch, die sie immer zu Weihnachten veranstaltet hatten. Dekorationen und Glühwein; jeder war schön angezogen und vergnügte sich. »Ja, schon«, sagte er. »Ich finde unsere Familie eigentlich schon ganz nett. Du weißt schon. Wir haben haufenweise Freunde und so was.«

Zara deutete mit nichts an, daß sie ihn verstanden hatte. Die Bäume warfen einen gesprenkelten Schatten auf ihr Gesicht, und ihre Miene war schwer zu erkennen. Nach einer weiteren Pause sprach sie wieder.

»Und Fleur, wie findet ihr sie?«

»Sie ist toll!« sagte Antony mit aufrichtiger Begeisterung. »Sie ist so lustig. Ich hätte nie gedacht ...«

»Ich weiß schon. Du hättest nie gedacht, daß sich dein Dad je wieder mit einer Frau einlassen würde.« Zara nahm einen weiteren Zug. Antony musterte sie neugierig.

»Stimmt. Man kann sich das einfach nicht vorstellen, oder? Daß deine Eltern mit jemandem gehen.« Zara schwieg.

Plötzlich hörten sie etwas. Schritte näherten sich; undeutlich waren Stimmen zu vernehmen. Geschwind drückte Zara den Joint aus und vergrub ihn in der Erde. Antony stützte sich lässig auf einen Ellenbogen. Einen Augenblick darauf erschienen Xanthe Forrester und Mex Taylor auf der Lichtung. Xanthe trug eine Wodkaflasche bei sich, ihre Wangen waren gerötet, und ihr aufgeknöpftes Shirt enthüllte einen rosa Gingham-BH. Beim Anblick von Antony und Zara blieb sie jäh stehen.

»Antony!« sagte sie verblüfft. »Ich wußte ja gar nicht ...«

»Hi Xanthe. Das ist Zara.« Er sah zu Zara. »Und das sind Xanthe und Mex.«

»Hallöchen«, grüßte Mex und zwinkerte Antony zu.

»Hi«, sagte Zara.

»Wir machen uns jetzt besser auf den Weg«, meinte Antony. Er stand auf und hielt Zara eine Hand hin, doch sie ignorierte sie und stand in einer geschmeidigen Bewegung aus ihrem Schneidersitz auf. Xanthe kicherte, und seine Hand schoß unwillkürlich hoch, um das Muttermal zu verdecken.

»Antony ist immer solch ein Gentleman, findest du nicht?« witzelte Xanthe und grinste Zara verschwörerisch an.

»So?« erwiderte Zara höflich und entschärfte so Xanthes Spott. Xanthe errötete leicht und kicherte dann erneut.

»Ich bin ja so blau!« Sie hielt Zara die Flasche hin. »Hier, nimm einen Schluck.«

»Ich trinke nicht«, entgegnete Zara. »Aber trotzdem danke.« Sie steckte die Hände in die Taschen und zog wieder die Schultern hoch.

»Laß uns gehen«, sagte Antony. »Es könnte sein, daß deine Mutter zurück ist.«

»Deine Mutter?« fragte Xanthe wie aus der Pistole geschossen. »Wer ist denn deine Mutter?« Zara wandte den Blick ab.

»Fleur«, antwortete sie. Plötzlich klang sie müde. »Fleur ist meine Mutter.«

Auf dem Rückweg nach »The Maples« verschwand die Sonne hinter einer Wolke und warf einen Schatten auf die Straße. Zara starrte eisern nach vorn und erstickte mit einer Miene, die von Schritt zu Schritt strenger wurde, den Wunsch, in Tränen auszubrechen. Anfangs war es immer so; in ein, zwei Tagen wäre alles okay. Heimweh, so nannten die von der Schule es. Aber sie konnte nicht wirklich Heimweh empfinden, da sie kein Zuhause hatte, nach dem sie sich sehnen konnte. Da war die Schule, mit ihrem Bohnerwachsgeruch, den Hockeyfeldern und den plumpen, dummen Mädchen. Und da war Johnnys und Felix' Wohnung, wo für sie eigentlich kein Platz war. Und da war irgendein Ort, an dem Fleur sich gerade aufhielt. So war es gewesen, seitdem sic denken konnte.

Seit ihrem fünften Lebensjahr lebte sie im Internat. Davor mußte sie eine Art Zuhause gehabt haben, vermutete sie, aber daran konnte sie sich nicht erinnern, und Fleur behauptete, sie selbst könne es auch nicht. Folglich war die Court School in Bayswater eigentlich ihr erstes Heim gewesen, ein gemütliches Haus voller Diplomatenkinder, die mit teuren Teddys ins Bett gesteckt worden waren. Ihr hatte es dort riesig gefallen, und sie hatte alle Lehrer leidenschaftlich geliebt, vor allem Mrs. Burton, die Direktorin.

Und sie hatte Nat geliebt, ihren besten Freund, den sie an ihrem ersten Tag dort kennengelernt hatte. Nats Eltern arbeiteten in Moskau, und er hatte ihr zur heißen Schokolade vor dem Zubettgehen anvertraut, daß sie ihn überhaupt nicht liebten, nicht das kleinste bißchen.

»Meine Mutter liebt mich auch nicht«, hatte sie prompt erwidert.

»Ich glaube, meine *Mutter* liebt mich schon«, hatte Nat gesagt, die Augen riesig über dem weißen Porzellanbecher, »aber mein Vater haßt mich.« Zara hatte einen Moment nachgedacht.

»Ich kenne meinen Vater gar nicht«, hatte sie schließlich gestanden, »aber er ist Amerikaner.« Nat hatte sie ehrfurchtsvoll angesehen.

»Ist er ein Cowboy?«

»Ich denke schon«, hatte Zara erwidert. »Er trägt einen tollen großen Hut.«

Tags darauf hatte Nat ein Bild von Zaras Vater gemalt, auf dem er genau so einen Hut trug, und damit war ihre Freundschaft besiegelt. In sämtlichen Unterrichtsfächern hatten sie sich zusammengesetzt, hatten in der Pause zusammen gespielt, hatten sich zusammengestellt, wenn Zweierreihen gebildet werden sollten, und waren sogar manchmal – obwohl es strengstens verboten war – nachts zum anderen ins Bett gekrochen, wo sie sich gegenseitig Geschichten erzählten.

Und dann, mit sieben, war Zara nach den Ferien, die sie damit verbracht hatte, in einer Hotel Suite in Kensington Erdbeermilkshakes zu trinken, ins Internat zurückgekehrt und mußte entdecken, daß Nats Bett abgezogen und alle Sachen aus seinem Schrank verschwunden waren. Mrs. Burton hatte ihr freundlich zu erklären begonnen, daß Nats Eltern unerwartet von Moskau nach New York ziehen mußten und Nat abgeholt hatten, weil er fortan bei ihnen wohnen sollte – aber noch ehe sie enden konnte, hallten Zaras Schmerzensschreie in der ganzen Schule wider. Nat hatte sie verlassen. Seine Eltern liebten ihn also doch. Und er war nach Amerika gegangen, wo ihr Vater ein Cowboy war, und er hatte sie nicht mitgenommen.

Eine Woche lang weinte sie jeden Tag, weigerte sich zu essen, weigerte sich, Nat zu schreiben, weigerte sich zunächst, überhaupt zu sprechen und dann nur mit einem amerikanischen Akzent, wie sie ihn sich vorstellte. Schließlich hatte man Fleur in die Schule gebeten, und Zara hatte sie hysterisch angefleht, mit ihr nach Amerika zu ziehen.

Doch statt dessen hatte Fleur sie umgehend von der Court School genommen und sie in eine nette, normale Mädchenschule in Dorset geschickt, wo Bauerntöchter auf ihren eigenen Ponies ritten und Hunde hielten und keine unnatürlichen Sympathien füreinander entwickelten. Zara war angekommen, das Kuriosum aus London, nahe am Wasser gebaut und nach wie vor nicht von ihrem amerikanischen Akzent ablassend. Seitdem war sie das Kuriosum geblieben.

Sie war unglaublich, genauso wie Fleur unglaublich war – aber völlig anders. Schweigend ging Antony neben Zara her, während ihm der Kopf schwirrte und eine schwache Erregung von ihm Besitz ergriff. Erst jetzt begann ihm allmählich aufzugehen, was Zaras Ankunft für Auswirkungen haben würde. Wenn sie eine Weile in »The Maples« blieb, dann hätte er jemanden, mit dem er herumziehen könnte. Jemanden, mit dem er die anderen beeindrucken könnte. Xanthe hatte vielleicht Augen gemacht, als sie Zara gesehen hatte! Selbst Mex hatte beeindruckt gewirkt.

Unvermittelt ertappte er sich dabei, wie er inbrünstig hoffte, daß sein Vater nicht irgend etwas Idiotisches tat, wie etwa, mit Fleur Schluß zu machen. Es war nett, Fleur um sich zu haben. Und es wäre sogar noch netter, Zara dazuhaben. Sie war zwar nicht gerade die Freundlichkeit in Person, aber das war egal. Vielleicht würde sie ja nach einer Weile etwas auftauen. Verstohlen spähte er in Zaras Gesicht. Ihre Stirn war gerunzelt, die Kiefer waren angespannt, und ihre Augen glitzerten. Echt rotzig sah sie aus, dachte Antony. Wahrscheinlich ist sie stocksauer, weil wir gestört wurden, bevor sie ihren Joint fertig rauchen konnte.

Just in diesem Moment bogen sie um eine Ecke, und die Abendsonne fiel auf Zaras Gesicht. Antony stockte das Herz. Denn in diesem kurzen Moment sahen ihre mageren Wangen eher sehnsüchtig als streng aus, und ihre Augen funkelten nicht vor Wut, sondern vor Tränen. Und plötzlich wirkte sie nicht so sehr wie eine Drogenabhängige, sondern vielmehr wie ein einsames kleines Mädchen.

Als sie wieder in »The Maples« eintrafen, hatte man Zara bereits ein Zimmer hergerichtet, und alle warteten auf sie.

»Schatz!« rief Fleur, sobald sie und Antony durch die Haustür hereinkamen; noch bevor sonst jemand etwas sagen konnte. »Laß uns gleich hoch in dein Zimmer gehen, ja?« Sie lächelte Richard an. »Es stört dich doch nicht, wenn ich einige Minuten allein mit meiner Tochter sein möchte?«

»Überhaupt nicht! Laßt euch Zeit!« Richard schenkte Zara ein aufmunterndes Lächeln. »Laß mich nur sagen, wie froh ich bin, dich hier willkommen heißen zu können, Zara. Wie froh wir alle sind.«

Zara schwieg, als sie die Treppe hoch und dann den Gang entlang zu ihrem Zimmer gingen. Dann, als sie die Tür hinter sich geschlossen hatten, wandte sie sich an Fleur.

»Du hast mir nicht gesagt, wo du hingehst!«

»So? Aber ich hatte es wirklich vor, Püppchen.« Fleur ging zum Fenster und öffnete es. »So ist es besser.« Sie drehte sich um. »Mach nicht so ein böses Gesicht, Schatz. Ich wußte ja, daß Johnny dir sagen würde, wo ich bin.«

»Johnny war nicht da.« Sie spuckte jedes Wort mit einer besonderen Betonung heraus. »Vor zwei Wochen haben die Ferien angefangen. Ich mußte mich in einem Hotel einquartieren.«

»Ja, wirklich?« meinte Fleur interessiert. »In welches denn?«

»Das ist doch völlig gleich. Du hättest mir Bescheid geben müssen, wo du bist. Das hattest du mir schließlich versprochen!«

»Das wollte ich ja eigentlich auch, Püppchen. Aber sei's drum, jetzt bist du hier. Darauf kommt es an.«

Zara setzte sich vor der Frisierkommode auf einen gepolsterten, grünen Stuhl und starrte im Spiegel auf Fleurs Spiegelbild.

»Was ist aus Sakis geworden?« wollte sie wissen. Fleur zuckte die Achseln.

»Bin weitergezogen. So was soll vorkommen.« Sie machte eine vage Geste.

»Wohl kein Geld, was?« bohrte Zara. »Dabei kam er mir stinkreich vor.« Fleur schoß die Zornesröte ins Gesicht.

»Sei still!« zischte sie. »Es könnte uns jemand hören.« Zara zuckte die Achseln. Sie nahm einen Kaugummi aus der Tasche, wickelte ihn aus und steckte ihn sich in den Mund.

»Also, wer ist dieser Typ?« fragte sie und machte eine Geste um sich herum. »Ist er reich?«

»Er ist sehr nett.«

»Wo hast du ihn kennengelernt? Bei einer Beerdigung?«

»Bei einem Gedenkgottesdienst.«

»Aha.« Zara zog eine Schublade des Toilettentisches auf, betrachtete kurz das Auslegepapier und schob sie dann wieder zu. »Wie lange gedenkst du hierzubleiben?«

»Kommt darauf an.«

»Verstehe.« Zara kaute weiter. »Mehr willst du mir nicht erzählen?«

»Du bist ein Kind«, sagte Fleur. »Da mußt du nicht alles wissen.«

»Muß ich wohl!« begehrte Zara auf. »Natürlich muß ich das!« Fleur zuckte zusammen.

»Zara, mäßige deine Stimme!«

»Hör mal, Fleur«, zischte Zara wütend. »Ich muß es wissen. Ich muß doch wissen, was hier abgeht. Das hast du mir doch immer erzählt. Erinnerst du dich? Du hast mir erzählt, wohin wir gehen, wer die Leute sind und was ich sagen soll. Und jetzt erwartest du, daß ich... daß ich dich einfach *finde.* Du könntest zwar wer weiß wo sein, aber ich muß dich *finden,* und dann muß ich immer das Richtige sagen und darf keine Fehler machen...«

»Du brauchst überhaupt nichts zu sagen.«

»Ich bin doch keine zehn mehr. Die Leute sprechen mit mir. Sie stellen mir Fragen. Ich kann nicht einfach ewig nur sagen, keine Ahnung, oder, ich kann mich nicht erinnern!«

»Du bist ein intelligentes Mädchen. Und auf den Mund gefallen bist du auch nicht.«

»Hast du denn gar keine Angst, daß mir mal ein Fehler unterläuft?« Zara funkelte Fleur mit feindseligen, herausfordernden Augen an. »Hast du keine Angst, daß ich dir alles verpatze?«

»Nein«, sagte Fleur sofort. »In diesem Falle steckst du nämlich genauso in Schwierigkeiten wie ich. Die Schulgebühren zahlen sich schließlich nicht von allein, weißt du, und das entsetzliche Zeug, das du rauchst, übrigens genausowenig.« Zara riß den Kopf hoch. »Johnny hat's mir erzählt«, erklärte Fleur. »Er war entsetzt.«

»Johnny kann mich mal!« Auf Fleurs Gesicht erschien der Anflug eines Lächelns.

»Das macht ein Pfund in Felix' Fluchdose«, sagte sie. Unwillkürlich mußte Zara grinsen. Sie kaute ein bißchen und betrachtete den riesigen Silberring an ihrer linken Hand, den Johnny ihr während dieser schrecklichen Woche geschenkt hatte, als sie die Court School verlassen hatte und noch nicht in der Heathland Mädchenschule aufgenommen war. Wann immer du dich schlecht fühlst, hatte er ihr erklärt, dann reibst du einfach an dem Ring, und schon siehst du mein Spiegelbild zurücklächeln. Und sie hatte daran geglaubt. Ein bißchen tat sie es nach wie vor.

»Übrigens, Johnny möchte, daß du ihn anrufst«, sagte sie. »Es ist sehr dringend.« Fleur seufzte.

»Worum geht's diesmal?« Zara zuckte die Achseln.

»Keine Ahnung. Er wollte es mir nicht sagen. Irgendwas Wichtiges, nehm' ich an.«

»Eine Beerdigung?«

»Weiß nicht«, erwiderte Zara geduldig. »Wie gesagt, er wollte es mir nicht verraten. Wahrscheinlich sucht er gerade eine neue Tapete aus und kann sich nicht entscheiden.«

»Oder er macht eine Party und weiß nicht, was er anziehen soll.«

»Vielleicht hat er auch wieder den Reinigungsbon verloren. Erinnerst du dich?« Ihre Blicke trafen sich, und zum erstenmal an diesem Tag lächelten sie einander an. Es ist doch unentwegt das gleiche, dachte Zara. Am besten verstehen wir uns, wenn wir über Johnny herziehen. Ansonsten – vergiß es.

»Na, also dann bis später.« Fleur stand abrupt auf. »Und da du so großen Wert auf Einzelheiten legst, sollte ich dir vielleicht sagen, daß Richard Favours verstorbene Ehefrau

Emily hieß und vor langer Zeit meine Freundin war. Aber wir reden nicht viel über sie.«

»Nein«, sagte Zara und spuckte ihren Kaugummi in den Papierkorb. »Das denk' ich mir.«

Um acht Uhr brache Gillian einen Krug Pimm's in den Salon.

»Wo ist Daddy?« Philippa betrat den Raum und blickte um sich. »Ich habe ihn heute kaum zu Gesicht bekommen, und dabei können wir gar nicht mehr so lange bleiben.«

»Er arbeitet noch«, sagte Lambert. »In seinem Arbeitszimmer.« Er nahm das Glas, das Gillian ihm anbot, und nahm mehrere große Schlucke mit dem Gefühl, daß er, wenn er nicht bald etwas Alkohol intus bekäme, vor Frustration überkochen würde. Seit ihrer Rückkehr vom Golfplatz hatte er sich so oft wie möglich zum Büro geschlichen, aber jedesmal hatte die Tür leicht offen gestanden, die Schreibtischlampe hatte gebrannt, und durch den Spalt war Richards Kopf gerade so eben sichtbar gewesen. Der Mistkerl hatte sich nicht vom Fleck gerührt. Es sah also ganz danach aus, als hätte er seine Chance verpaßt. Er würde nach London zurückkehren müssen, ohne einer Lösung seines finanziellen Problems auch nur einen winzigen Schritt näher zu sein. Ganz zu schweigen von dem Geschäft mit Briggs & Co., einem Geschäft, das normalerweise um sechs unter Dach und Fach gewesen wäre. Innerlich bebte Lambert vor Zorn. Zu was für einem Fiasko sich der Tag doch entwickelt hatte! Und daran war ganz allein diese verflixte Frau schuld, diese Fleur!

»Lambert, haben Sie Zara schon kennengelernt?« Da war sie wieder, angetan mit einem enganliegenden, roten Kleid, in dem sie wie eine Hure aussah, lächelte, als würde alles hier ihr gehören, und führte ihre verdammte Tochter in den Raum.

»Hallo Zara«, sagte er und starrte auf Fleurs Rundungen. Zara. Was war das denn für ein blöder Name?

»Hallo!« Philippa eilte strahlend auf Zara zu. Auf dem Rückweg zum Haus war ihr ein neuer Gedanke gekommen. Sie könnte sich mit Fleurs Tochter anfreunden. Sie wäre so eine Art ältere Schwester. Sie beide könnten sich über Klamotten unterhalten, über Make-up und Probleme mit Jungs, und das jüngere Mädchen würde ihr ihr Vertrauen schenken, und Philippa würde ihr gutgemeinte Ratschläge geben... »Ich bin Philippa.« Sie schenkte Zara ein warmes Lächeln. »Antonys ältere Schwester.«

»Hi Philippa.« Zaras Stimme klang ausdruckslos und uninteressiert. Eine kleine Stille entstand.

»Hättest du gern etwas Limonade, Zara?« fragte Gillian.

»Ein Wasser, bitte«, erwiderte Zara.

»Wir können bald essen«, wandte Gillian sich an Philippa, »wenn ihr schon so bald wieder fahren müßt. Sowie dein Vater runterkommt. Warum rufst du ihn nicht, und wir setzen uns alle schon einmal an den Tisch.«

»Okay«, sagte Philippa, zögerte aber noch. Wieder sah sie Zara an. Noch nie, dachte sie, hatte sie jemanden so Dürres gesehen. Zara hätte ein Model sein können. War sie wirklich erst dreizehn? Sie sah eher nach...

»Philippa!« Gillians Stimme riß sie aus ihren Gedanken.

»Oh, Verzeihung!« stotterte Philippa. »Ich habe schon wieder mit offenen Augen geträumt!« Dabei sah sie Zara beifallheischend an, aber die starrte eisig an ihr vorbei. Auf der Stelle fühlte Philippa sich gekränkt. Für wen hielt sich dieses Mädchen eigentlich?

Richard erschien in der Tür.

»Tut mir leid, daß ich euch warten ließ«, sagte er. »Aber ich mußte mir ein paar Dinge durch den Kopf gehen lassen.«

Philippa merkte, wie Lambert jäh aufsah und dann die Lider wieder senkte. Sie stupste ihn zart an, weil sie seinen Blick auffangen und in Richtung Zara die Augen verdrehen wollte. Aber Lambert ignorierte sie. Sie schniefte verletzt. Heute abend ignorierte sie jeder, selbst der eigene Mann.

»Jetzt laßt uns mal einen Toast aussprechen«, fuhr Richard fort. Er nahm das Glas, das Gillian ihm entgegenhielt, und erhob es. »Zara, ein herzliches Willkommen!«

Philippa blickte in ihr Glas. Wann war zum letztenmal auf sie angestoßen worden? Wann hatte sie jemand zum letztenmal willkommen geheißen? Alle ignorierten sie, selbst die eigene Familie. Sie hatte keine Freundinnen. Gillian lag nichts mehr an ihr. Niemandem lag an ihr. Philippa zwinkerte ein paarmal und versuchte, die wenigen wahren Gefühle in ihr aufzurütteln, bis ihr langsam eine Träne ins Auge trat und ihr die Wange hinunterrollte. Jetzt haben sie mich zum Weinen gebracht, dachte sie. Ich weine, und es fällt nicht einmal jemandem auf. Eine weitere Träne rollte ihre Wange hinunter, und sie schniefte wieder.

»Philippa!« Richards bestürzte Stimme unterbrach die Unterhaltung. »Ist alles in Ordnung mit dir, Schatz?«

Mit bebender Miene blickte Philippa auf.

»Ich bin schon okay«, erwiderte sie. »Ich habe nur gerade… an Mummy gedacht. I-ich weiß nicht, warum.«

»Oh, mein Schatz.« Richard eilte zu ihr.

»Keine Sorge«, sagte Philippa. »Es ist alles in Ordnung, wirklich.« Sie schniefte noch einmal, lächelte ihren Vater an und gestattete ihm, den Arm um sie zu legen und sie aus dem Raum zu geleiten. Alle schwiegen; alle musterten besorgt ihr tränenfeuchtes Gesicht. Als sie an Zara vorbeikam, sah Philippa rasch auf, bereit, einem weiteren mitleidigen Gesicht zu begegnen, tapfer nach vorn zu schauen und dann die Wimpern wieder zu senken. Aber als sie Zaras kühlen Blick auffing, spürte Philippa, wie sie erschauerte, und sie hatte Mühe, ihren Gesichtsausdruck nicht entgleisen zu lassen. Vor diesem Mädchen fühlte sie sich töricht und durchschaubar, als würde Zara irgendwie ihre Gedanken kennen.

»Sie tun mir leid«, sagte Zara leise.

»Wie meinst du das?«

Zara verzog keine Miene.

»Daß Sie Ihre Mutter verloren haben.«

»Oh. Danke.« Philippa atmete scharf aus und zwang sich zu einer tapferen Haltung. Doch sie fühlte sich nicht mehr tapfer. Die Tränen waren getrocknet; niemand sah sie mehr an; Lambert hatte mit Antony ein Gespräch über Kricket begonnen. Der Moment war vorüber, und Zara hatte ihn ihr völlig verdorben.

9

Zwei Wochen darauf blickte Richard grinsend von seiner Ausgabe der *Times* auf.

»Sieh dir das an!« Er deutete auf eine winzige Meldung auf den Wirtschaftsseiten mit dem Titel »Buchhalter suspendiert«. Fleur überflog die wenigen Zeilen, und ein Lächeln huschte über ihr Gesicht.

»Ich hab's dir ja gesagt!« schmunzelte sie. »Habe doch gleich gemerkt, daß das Halunken sind.«

»Was ist passiert?« fragte Gillian, die gerade in den Raum kam. Richard guckte entzückt auf.

»Die Leute, mit denen wir letztens Golf gespielt haben. Briggs & Co. Einer davon ist dabei ertappt worden, wie er die Geschäftsbücher einer anderen Firma manipuliert hat. Steht heute in der Zeitung.«

»Du meine Güte!« sagte Gillian verwirrt. »Ist das denn eine gute Nachricht?«

»Nein. Das Gute daran ist, daß wir beschlossen haben, auf ihre Dienste zu verzichten. Das Gute ist, daß Fleur ihnen auf die Schliche gekommen ist.« Richard ergriff Fleurs Hand und drückte sie zärtlich. »Fleur ist das Gute hier um uns herum«, sagte er, »da wird mir wohl jeder zustimmen.« Er blickte zu Gillian auf. »Du siehst aber hübsch aus.«

»Ich breche jetzt zu meiner Bridgestunde auf«, erklärte sie, und an Fleur gewandt: »Und du willst ganz bestimmt nicht mitkommen?«

»Schatz, letzte Woche bin ich total durcheinandergeraten. Ich bin nicht fähig, mir zu merken, wann man in einem Stich einen Trumpf spielt. Oder war es andersherum?« Fleur zog die Nase kraus, und Gillian lachte. »Und Tricia war ganz erpicht darauf, einen Partner zu finden. Also, ab mit dir. Und viel Spaß!«

»Nun...« Gillian zögerte und zog ihr Jackett über den Hüften glatt. Es war ein neues, lichtblaues Leinenjackett, das sie in der Woche zuvor bei einem Einkaufsbummel mit Fleur erstanden hatte. Sie trug es zu einem langen, cremefarbenen Rock, ebenfalls neu, und dem blauen Schal, den Fleur ihr geschenkt hatte. »Na, wenn du dir wirklich sicher bist?«

»Absolut«, erwiderte Fleur. »Und denk dran, heute abend koche ich. Du kannst dir also ruhig Zeit lassen.«

»Na dann.« Ein feines Lächeln erschien auf Gillians Gesicht. »Wißt ihr, ich genieße diese Stunden. Ich hätte nie gedacht, daß ein Kartenspiel so belebend sein kann!«

»Früher war ich einer Partie Bridge auch nie abgeneigt«, sagte Richard, »aber Emily machte sich leider nichts draus.«

»Man muß sich ganz schön konzentrieren«, sagte Gillian, »aber genau das macht mir soviel Spaß daran.«

»Das freut mich.« Richard lächelte sie an. »Es ist schön zu sehen, daß du ein Hobby aufnimmst.« Gillian errötete zart.

»Es ist ja bloß ein kleiner Spaß.« Sie sah Fleur an. »Wahrscheinlich bin ich zeitig genug zurück, um das Abendessen zu kochen. Daß du es machst, ist gar nicht nötig.«

»Ich möchte es aber! Und jetzt fort mit dir, sonst kommst du zu spät!«

»Na gut.« Gillian verweilte noch ein paar Sekunden, hängte dann ihre Tasche über die Schulter und ging bis zur Tür. Dort blieb sie stehen und drehte sich erneut um.

»Es müßte eigentlich alles im Kühlschrank sein, denke ich«, begann sie. Richard fing zu lachen an.

»Gillian, jetzt geh einfach!«

Als Gillian endlich abgezogen war, verfielen sie in einvernehmliches Schweigen.

»Es wundert mich, daß Lambert nicht angerufen hat«, sagte Richard plötzlich. »Er muß doch heute morgen die Zeitung gelesen haben.«

»Vielleicht ist es ihm peinlich.«

»Grund dazu hätte er«, meinte Richard. »Aber er darf sich zusätzlich bei dir auch entschuldigen.« Seufzend legte er die Zeitung fort. »Je besser ich Lambert kennenlerne, um so weniger mag ich ihn, fürchte ich. Philippa muß ihn ja wohl lieben, aber ...« Er verstummte und zuckte die Achseln.

»Hat dich ihre Heirat überrascht?« fragte Fleur.

»O ja. Ich hatte das Gefühl, als würden sie vorschnell handeln. Aber beide schienen von der Idee ganz begeistert zu sein. Und Emily war überaus erfreut darüber. Sie wirkte kein bißchen überrascht.« Er hielt inne. »Mütterliche Intuition, nehme ich an.«

»Und was ist mit väterlicher Intuition?«

»Zeitweilig außer Betrieb, würde ich meinen.« Er feixte. »Ich meine, sie scheinen ja nun sehr glücklich miteinander zu sein. Findest du nicht auch?«

»O ja«, erwiderte Fleur. »Sehr glücklich.« Sie hielt inne und setzte dann hinzu: »Aber was Lambert anbetrifft, stimme ich dir zu. Mich hat seine feindselige Art mir gegenüber ziemlich verblüfft. Er schien fast… mißtrauisch.« Sie sah Richard mit verletzter Miene an. »Ich habe doch nur meine Meinung geäußert.«

»Natürlich hast du das!« erwiderte Richard hitzig. »Und du hast damit den Nagel auf den Kopf getroffen! Dieser Lambert hat noch einiges zu erklären. Wenn du nicht wärst…« Er brach ab und blickte Fleur über den Tisch hinweg mit mehr Liebe an, als sich je zuvor auf seinem Gesicht widergespiegelt hatte.

Fleur dachte rasch nach. Dann rief sie unvermittelt: »O nein!« und schlug sich die Hand vor den Mund.

»Was ist denn?«

»Ach, nichts«, sagte Fleur. »Nicht so wichtig.« Sie seufzte. »Es geht nur um mein Portemonnaie. Du erinnerst dich doch, daß ich es letzte Woche verloren habe.«

»Ach, wirklich?«

»Habe ich dir das nicht erzählt? Ja, ich habe es beim Einkaufsbummel verloren. Ich habe es irgendeinem Polizisten gemeldet, aber du weißt ja, wie die sind…«

»Aber davon hatte ich ja keine Ahnung! Hast du dein Konto sperren lassen?«

»O ja. Und genau das ist das Problem. Ich habe keine neuen Scheckkarten bekommen.«

»Brauchst du etwas Geld?« Richard begann in seinen Taschen zu kramen. »Liebes, du hättest doch etwas sagen müssen!«

»Das Problem ist, daß die Ersatzkarten eine Weile dauern werden.« Fleur zog die Stirn kraus. »Es ist alles ein bißchen kompliziert. Du weißt doch, ich habe mein Bankkonto auf den Cayman-Inseln. Und natürlich in der Schweiz.«

»Das wußte ich nicht«, sagte Richard. »Aber bei dir wundert mich gar nichts mehr.«

»Im allgemeinen klappt alles sehr gut. Aber was das Ausgeben neuer Scheckkarten anbelangt, sind diese Institutionen hoffnungslos.«

»Du solltest es einmal mit einer normalen Bank versuchen, wie wir anderen auch«, schlug Richard vor.

»Ich weiß schon«, meinte Fleur. »Aber aus bestimmten Gründen rieten mir meine Steuerberater, mich nach einer Bank im Ausland umzusehen...« Sie spreizte vage die Hände.

»Hier hast du hundert Pfund.« Richard hielt ihr einige Banknoten hin.

»Bargeld habe ich«, erwiderte Fleur. »Es ist bloß... mir ist gerade wieder eingefallen, daß Zara nächste Woche Geburtstag hat. Das hatte ich völlig vergessen!«

»Zaras Geburtstag!« sagte Richard. »Ich hatte ja keine Ahnung!«

»Ich möchte ihr etwas wirklich Schönes kaufen.« Sie trommelte mit den Fingern auf ihre Armlehne. »Was ich dringend brauche, ist ein Ersatz für meine Gold Card. Und zwar schleunigst.«

»Laß mich einmal dort anrufen«, sagte Richard.

»Ich sage dir doch«, versetzte Fleur, »die sind unverbesserlich.«

Sie trommelte weiter auf der Armlehne herum. Dann sah sie unvermittelt auf.

»Richard, du hast doch eine Gold Card, oder? Könntest du sie nicht rasch auch auf mich übertragen? In den nächsten Tagen? Dann könnte ich nach Guilford rüberdüsen und Zara etwas wirklich Schönes kaufen – und bis dahin könnten vielleicht auch schon meine Ersatzkarten fertig sein. Wenn ich Glück habe.« Sie blickte ihn mit ernster Miene an. »Ich weiß, das ist viel verlangt...«

»Nun«, meinte Richard, »das ist es nicht. Es ist mir doch

ein Vergnügen, dir zu helfen. Aber ich halte es für unnötig, deswegen gleich so einen Aufwand zu betreiben und eine weitere Gold Card anzufordern. Ich kann dir doch einfach etwas Geld leihen!«

»Bargeld?« Fleur erschauderte. »Beim Einkaufen trage ich nie Geld bei mir. Niemals! Da hätte ich das Gefühl, einen Überfall förmlich herauszufordern.«

»Na, soll ich dich dann vielleicht beim Einkaufen von Zaras Geschenken begleiten? Mir würde das Spaß machen. Weißt du«, Richards Gesicht wurde weich, »mir ist Zara sehr ans Herz gewachsen. Auch wenn ich mir wünschen würde, daß sie mehr ißt.«

»Was?« Vorübergehend abgelenkt, starrte Fleur ihn an.

»Diese ganzen Salate und immer nur Mineralwasser! Jedesmal, wenn ich ihr dabei zusehe, wie sie wie ein Vögelchen an ihrem Essen herumpickt, überkommt mich das überwältigende Bedürfnis, ihr eine gehörige Portion Spiegeleier mit Speck zu braten und sie zu zwingen, alles aufzuessen!« Richard zuckte mit den Achseln. »Natürlich hast du bestimmt recht damit, ihren Eßgewohnheiten nicht zuviel Beachtung zu schenken. Und sicher besteht da auch kein wirkliches Problem. Aber sie ist so schrecklich dünn.« Er lächelte. »Wie ich Zara so kenne, würde sie nicht sehr freundlich reagieren, wenn man ihr sagen würde, was sie essen soll!«

»Da hast du wohl recht.«

»Aber einen Geburtstagskuchen bekommt sie auf jeden Fall!« Richards Augen begannen zu leuchten. »Wir veranstalten eine Party für sie. Vielleicht eine Überraschungsparty!«

»Wann kannst du mir die Gold Card beschaffen? Bis Samstag?«

»Fleur, ich bin mir mit dieser Gold Card-Sache nicht so sicher.«

»Oh.« Fleur blickte ihn mit großen Augen an. »Warum denn nicht?«

»Das ist einfach etwas…, was ich noch nie getan habe. Jemand anderen mit auf meine Karte zu nehmen. Mir erscheint es nicht notwendig.«

»Oh. Ich verstehe.« Fleur überlegte kurz. »Hattest du denn mit Emily auch keine gemeinsame Karte?«

»Nein, sie hatte ihre eigene. Wir haben Geldangelegenheiten immer auseinandergehalten. Das erschien uns vernünftig.«

»Auseinandergehalten?« Fleur blickte Richard mit einer, wie sie hoffte, Miene der Verwunderung an, ohne daß die Verärgerung durchschien, die mehr und mehr in ihr hochstieg. Wie konnte er es wagen, davor zurückzuschrecken, sie mit auf seine Gold Card zu nehmen? dachte sie aufgebracht. Was geschah da mit ihr? Kam ihr die Macht über die Männerwelt abhanden? »Aber das ist doch nicht normal!« sagte sie laut. »Ihr wart verheiratet! Wolltet ihr denn nicht… alles miteinander teilen?« Richard rieb sich an der Nase.

»Ich schon, zunächst. Mir gefiel der Gedanke eines gemeinsamen Bankkontos. Sie hielt lieber alles fein säuberlich getrennt. Folglich hatte sie ihr eigenes Bankkonto und ihre eigenen Kreditkarten und…« Er verstummte und lächelte verlegen. »Ich weiß gar nicht, wie wir eigentlich auf dieses Thema gekommen sind. Dabei ist es ausgesprochen langweilig.«

»Zaras Geburtstag«, erinnerte ihn Fleur.

»Ach ja. Keine Bange, wir richten Zara einen wunderschönen Geburtstag aus!«

»Und du hältst es nicht für sinnvoller, meinen Namen mit auf deine Karte zu setzen? Nur zum Shoppen?«

»Eigentlich nicht«, meinte Richard. »Aber wenn du möchtest, können wir eine beantragen, die auf deinen eigenen Namen läuft.«

»Okay«, erwiderte Fleur leichthin. Ihr Kiefer spannte sich unmerklich an, und sie blickte auf ihre Fingernägel. Richard wandte sich den Sportseiten der *Times* zu. Einige Minuten herrschte Stille. Dann sagte Fleur unvermittelt, ohne ihn anzuschauen: »Unter Umständen werde ich demnächst auf eine Beerdigung gehen müssen.«

»O je!« Richard betrachtete sie erschreckt.

»Ein Freund in London hat um einen Rückruf gebeten. Wir hatten schon eine Weile mit schlechten Nachrichten gerechnet. Ich habe so das Gefühl, daß es jetzt soweit sein könnte.«

»Ich weiß, wie das ist«, meinte Richard sachlich. »Diese Dinge können sich ewig hinziehen. Weißt du, manchmal halte ich es für besser…«

»Ja«, sagte Fleur, griff nach der *Times* und wandte sich den Anzeigen zu. »Ja, das tue ich auch.«

»Wie lange wirst du hier bei uns bleiben?« fragte Antony. Er saß mit Zara in einer abgelegenen Ecke des Gartens, pflückte träge ein paar Erdbeeren und steckte sie sich in den Mund, während sie in eine dicke Hochglanzzeitschrift vertieft war. Zara sah zu ihm auf. Da sie eine undurchsichtige schwarze Sonnenbrille trug, vermochte er ihren Gesichtsausdruck nicht zu lesen.

»Keine Ahnung«, erwiderte sie und blickte wieder in ihre Zeitschrift.

»Es wäre toll, wenn du noch da wärst, wenn Will wiederkommt«, sagte Antony. Er wartete auf Zaras Frage, wer Will sei oder wo er sich jetzt befinde. Aber sie kaute nur ein paarmal auf ihrem Kaugummi herum und blätterte eine Seite weiter. Antony aß noch eine Erdbeere und fragte sich, warum er sie nicht einfach da sitzen ließ und Golf spielen ging oder so etwas. Zara brauchte keine Betreuung; sie sagte kaum je etwas; nie lächelte oder lachte sie. Rasend miteinander amüsieren taten sie sich wahrlich nicht. Und doch faszinierte ihn etwas an ihr. Eigentlich hätte es ihm schon gereicht, den ganzen Tag einfach nur dazusitzen und Zara anzustarren, sonst gar nichts. Gleichzeitig kam es ihm aber nicht richtig vor, mit jemandem beisammenzusitzen und nicht wenigstens den Versuch zu machen, eine Unterhaltung in Gang zu bringen.

»Wo wohnst du eigentlich normalerweise?« erkundigte er sich.

»Mal hier, mal da.«

»Aber du mußt doch irgendwo zu Hause sein.« Zara zuckte die Achseln. Antony überlegte einen Moment.

»Na... und wo hast du dann deine letzten Ferien verbracht?«

»Bei einem Freund«, erwiderte Zara. »Auf dessen Jacht.«

»Ach so.« Antony wechselte die Lage. Jachten standen außerhalb seiner Erfahrungswelt. Von anderen aus der Schule wußte er lediglich, daß man verdammt reich sein mußte, um eine zu besitzen. Er betrachtete Zara mit neuem Respekt und überlegte, ob sie noch näher darauf eingehen würde. Aber noch schien die Zeitschrift sie völlig zu fesseln. Antony spähte über ihre Schulter auf die Abbildungen. Auf allen waren Mädchen wie Zara, dünn und jung, mit knochigen Schultern und eingefallenen Brustkörben, die mit großen, traurigen Augen in die Kamera blickten. Keines davon sah älter aus als Zara. Er fragte sich, ob sie sich in den Bildern wiedererkannte oder ob sie sich nur die Kleider anschaute. Er persönlich fand ein Outfit schauerlicher als das andere.

»Stehst du auf Designerklamotten?« versuchte er es. Er betrachtete Zaras T-Shirt. Könnte das vielleicht von einem berühmten Designer stammen? Schwer zu sagen. »Deine

Mutter trägt sehr schöne Sachen«, setzte er höflich hinzu. Ihm kam das Bild von Fleur in ihrem roten Kleid in den Sinn, ganz Kurven und glänzendes Haar und perlendes Lachen. Auch wenn sie es versucht hätte, Zara hätte nicht gegensätzlicher als ihre Mutter sein können. Dann kam ihm, daß sie genau das ja vielleicht beabsichtigte.

»Was hast du für ein Sternzeichen?« Ihre rauhe Stimme riß ihn aus seinen Gedanken.

»Äh, Widder.« Ohne ihn anzugucken, begann sie laut vorzulesen.

»Pluto gibt Ihrem Leben eine Richtung. Nach dem achtzehnten treten Sie in eine zielstrebigere Lebensphase ein.« Sie blätterte die Seite um.

»Glaubst du wirklich an all dieses Zeug?« fragte Antony, ehe sie fortfahren konnte.

»Kommt darauf an, was drinsteht. Wenn's was Gutes ist, dann schon.« Sie warf ihm einen schnellen Blick zu, und um ihre Mundwinkel erschien ein verschmitztes Lächeln.

»Na, was steht denn dann in deinem Horoskop drin? Was bist du überhaupt?«

»Schütze.« Sie warf die Zeitschrift aufs Gras. »In meinem steht, bring dein Leben in Ordnung und hör auf, beschissene Horoskope zu lesen.« Sie warf den Kopf zurück und holte tief Luft. Antony überlegte fieberhaft. Das war der Moment, um eine Unterhaltung in Gang zu bringen.

»Gehst du ab und zu aus?« fragte er.

»Na klar«, erwiderte Zara. »Wenn wir in London sind. Wenn ich jemanden habe, der mitgeht.«

»Ah ja.« Wieder dachte Antony nach. »Und dein Dad, wohnt der in London?«

»Nein. Der lebt in den Staaten.«

»Was, ehrlich? Ist er Amerikaner?«

»Ja.«

»Cool! Wo genau wohnt er denn dort?« Das war ja toll, dachte Antony. Sie könnten sich darüber unterhalten, wo in Amerika sie schon gewesen waren. Er könnte ihr von seiner Klassenreise nach Kalifornien erzählen. Vielleicht könnte er sogar seine Fotos holen.

»Keine Ahnung.« Zara wandte den Blick ab. »Ich bin ihm noch nie begegnet. Nicht mal seinen Namen kenne ich.«

»Was?« Antony, der drauf und dran gewesen war, seine Kenntnisse über San Francisco zum Besten zu geben, atmete statt dessen scharf aus. Hatte er richtig gehört? »Du kennst den Namen deines Vaters nicht?« Er versuchte, eher interessiert als erschüttert zu klingen.

»Nein.«

»Hat denn deine …« Was immer er sagte, es würde dumm klingen. »Hat dir das deine Mutter denn nicht gesagt?«

»Sie sagt, sein Name täte nichts zur Sache.«

»Weißt du etwas über ihn?«

»Nö.«

»Woher weißt du dann, daß er in den Staaten lebt?«

»Das ist das einzige, was sie mir je erzählt hat. Vor ewigen Zeiten, als ich noch klein war.« Sie zog die Knie an ihre Brust. »Ich hab' mir immer vorgestellt …« Sie hob den Kopf, und ihre Brille reflektierte die Sonnenstrahlen. »Ich hab' mir immer vorgestellt, daß er ein Cowboy ist.«

»Vielleicht stimmt das ja auch.« Antony starrte Zara an, zusammengesunken und knochig, und stellte sie sich entspannt und lachend vor, wie sie vor einem gebräunten, heldenhaften Cowboy auf einem Pferd saß. Das war so gut möglich wie alles andere auch.

»Warum will es dir deine Mutter denn nicht sagen?« fragte er unverblümt. »Ist das nicht ungesetzlich oder so was?«

»Mag sein, aber das würde Fleur nicht kümmern.« Sie seufzte. »Sie will's mir nicht sagen, weil sie nicht möchte, daß ich ihn zu finden versuche. Nach dem Motto … das ist ihre Vergangenheit, nicht meine.«

»Aber er ist dein Vater!«

»Ich weiß«, sagte Zara, »er ist mein Vater.« Sie schob die Sonnenbrille hoch und sah Antony direkt an. »Keine Bange, ich finde ihn.«

»Und wie?«

»Wenn ich sechzehn bin«, erzählte Zara, »dann wird sie mir sagen, wer es ist. Das hat sie versprochen.« Ihre Augen glänzten ein wenig. »Noch zweieinhalb Jahre. Dann mach ich mich in die Staaten auf. Da kann sie mich nicht aufhalten.«

»Bis dahin bin ich schon mit der Schule fertig«, sagte Antony eifrig. »Ich könnte mitkommen!«

»Okay.« Sie erwiderte seinen Blick, und zum erstenmal schenkte sie ihm ein richtiges Lächeln. »Wir gehen beide.«

Später, als sie beide erhitzt und sonnenverbrannt wieder nach Hause kamen, entdeckten sie Richard allein in der Küche, ein Glas Bier vor sich. Es herrschte eine friedliche Stille, und das frühe Abendlicht strömte durch das Fenster und über sein Gesicht. Antony öffnete den Kühlschrank und holte etwas zu trinken heraus.

»Hast du heute Golf gespielt?« fragte er seinen Vater.

»Nein. Du?«

»Nein.«

»Ich dachte, ihr wärt Golfsüchtige«, meinte Zara. Richard lächelte.

»Hast du das von deiner Mutter?«

»Das ist doch offensichtlich. Ihr wohnt auf einem Golfplatz, Himmel noch mal.«

»Nun, das Golfspiel genieße ich zwar«, erklärte Richard, »aber es gibt für mich auch noch andere Dinge auf der Welt.«

»Wo ist Fleur?« erkundigte sich Zara.

»Das weiß ich auch nicht. Die ist schnell mal eben irgendwohin abgeschwirrt.«

Richard zuckte nicht länger zusammen, wenn Zara ihre Mutter »Fleur« nannte. Bisweilen fand er es sogar fast liebenswert. Er beobachtete, wie Antony und Zara sich mit ihren Getränken auf dem Fensterbrett niederließen; gemütlich, wie ein Katzenpaar. Zara hielt ein kalorienarmes Getränk in der Hand, wie Richard bemerkte – und wieder fragte er sich, wieviel sie wohl wog. Dann tadelte er sich dafür. Seine Tochter war sie nicht; er durfte nicht anfangen so zu tun, als sei sie es.

Aber trotzdem. Oliver Stendales Worte kamen ihm wieder in den Sinn. Was geschähe, wenn du, sagen wir, wieder heiraten würdest?

»Ja, was wohl?« fragte Richard laut. Antony und Zara sahen auf. »Laßt euch durch mich nicht stören«, setzte er hinzu.

»Oh, klaro«, sagte Antony höflich. »Stört's dich, wenn wir den Fernseher anmachen?«

»Überhaupt nicht. Nur zu.«

Als die Küche von Fernsehlärm erfüllt wurde, nahm Richard einen Schluck Bier. Das Geld lag nach wie vor auf dem Sparkonto und wartete darauf, daß er eine Entscheidung traf. Ein kleines Vermögen, das zwischen seinen beiden Kindern aufgeteilt werden sollte. Als er das mit Emily besprochen hatte, schien es das Naheliegendste zu sein. Es hatte so ausgesehen, als sei die Familie komplett.

Aber nun waren zwei weitere Personen auf der Bildfläche erschienen. Fleur und die kleine Zara. Richard lehnte sich zurück und schloß die Augen. Hatte Emily je daran gedacht, daß er nach ihrem Tod wieder heiraten könnte? Oder hatte sie, so wie er, geglaubt, daß ihre Liebe nie von einer anderen verdrängt werden könnte? Die Möglichkeit einer Wiederheirat war ihm nie, nicht ein einziges Mal, in den Sinn gekommen. Sein Kummer war ihm zu groß erschienen. Und dann war ihm Fleur begegnet, und alles hatte sich zu ändern begonnen.

Wollte er Fleur heiraten? Er wußte es nicht. Zur Zeit genoß er noch die unbeschwerte Natur ihres Beisammenseins. Nichts war festgelegt, es gab keinerlei Druck, die Tage verliefen angenehm dahin.

Aber es lag Richard nicht, sich ewig treiben zu lassen; Probleme in der Hoffnung zu übersehen, daß sie verschwinden würden. Probleme mußte man angehen. Vor allem das Problem des... das Problem des... Richard wand sich unbehaglich in seinem Sessel. Wie üblich wollten seine Gedanken vor dem Thema zurückschrecken. Aber diesmal zwang er sie zurück; dieses Mal stellte er sich der Angelegenheit gedanklich. Sex. Das Problem des Sex'.

Fleur war eine verständnisvolle Frau, aber er konnte nicht erwarten, daß sie ihn ewig verstand. Warum sollte sie das auch, wenn er sich nicht einmal selbst verstand? Er betete Fleur an. Sie war schön und begehrenswert, und jeder andere Mann beneidete ihn. Und doch überkam ihn jedesmal, wenn er in ihr Schlafzimmer kam und sie auf dem Bett liegen und ihn mit faszinierenden Augen anblicken sah, eine schuldbeladene Angst, die sein Verlangen hintanstellte und ihn blaß und vor Frustration zitternd zurückließ.

Bis jetzt war er der Meinung gewesen, daß allein dieser Faktor sich als Hinderungsgrund für eine Heirat mit Fleur erweisen könnte; hatte sich mit der Tatsache abgefunden, daß sie über kurz oder lang irgendwelche Ausflüchte vorbringen und, wie ein exotisches Insekt, zu einer anderen fruchtbareren Blume weiterziehen würde. Doch sie schien keine Eile zu haben, ihn zu verlassen. Fast schien sie etwas zu wissen, das er nicht wußte. Und so begann Richard sich zu fragen, ob er das Problem nicht von der falschen Seite betrachtete. Er hatte sich eingeredet, daß fehlender Sex einer Ehe im Weg stand. Aber konnte es nicht sein, daß er Emilys Schatten erst dann los wurde, wenn er sich ganz und gar an Fleur band? Und hatte Fleur – die scharfsichtige Fleur – das etwa bereits erkannt? Verstand sie ihn besser als er sich selbst?

Nachdem Richard einen weiteren Schluck Bier getrunken hatte, beschloß er, noch am selben Abend mit Fleur darüber zu sprechen. Er würde nicht den gleichen Fehler machen wie mit Emily und Dinge ungesagt lassen, bis es zu spät war. Mit Fleur würde es anders sein. Da gäbe es keine verborgenen Gedanken. Mit Fleur, dachte Richard, war nichts geheim.

10

Fleur verweilte selten bei Fehlern oder Mißgeschicken. Während sie zügig ausschritt und blinzelte, als die strahlende Abendsonne sie blendete, ließ sie die Überlegung nicht zu, daß die letzten paar Monate mit Richard Favour unter Umständen ohne den geringsten finanziellen Gewinn verlaufen waren. Statt dessen richtete sie ihre Gedanken ganz nach vorn. Die nächste Beerdigung, der nächste Gedenkgottesdienst, die nächste Eroberung. Positives Denken war Fleurs Spezialität. Sie würde Johnny anrufen und sich ein paar lohnende Beerdigungen nennen lassen, und Richard Favour würde zu einem weiteren Namen aus der Vergangenheit verblassen.

Eigentlich, überlegte sie, als sie sich an einen Baum lehnte, um wieder zu Atem zu kommen, war es nicht schlecht gewesen, mal eine Weile in »The Maples« zu wohnen, Geld hin oder her. Schließlich hatten nur wenige der Männer, deren

Gastfreundschaft sie in der Vergangenheit genossen hatte, sich mit so wenig zufrieden gegeben wie Richard Favour. Die Forderungen, die er an sie stellte, waren praktisch gleich null. Es wurde nicht verlangt, daß sie sich im Schlafzimmer bemühte. Es wurde nicht verlangt, daß sie in der Küche wirkte. Es wurde weder erwartet, daß sie irgendwelche anspruchsvollen Funktionen übernahm, noch, sich die Namen irgendwelcher Leute zu merken oder eine Zuneigung für kleine Kinder oder Tiere zu bekunden.

Die letzten Monate mit Richard waren eine Zeit gewesen, um neue Kraft zu schöpfen. Eine Erholungskur sozusagen. Sie würde erfrischt und regeneriert wieder auftauchen, bereit für die nächste Herausforderung. Es war außerdem unrealistisch zu meinen, sie würde »The Maples« ohne jegliches Geld verlassen. Ehe sie ging, würde sie es schaffen, Richard ein paar Tausender abzuluchsen, vielleicht mehr. Richtiggehend stehlen würde sie es nicht – Gesetzesbruch war nicht direkt Fleurs Stil. Aber das Gesetz für die eigenen Belange zurechtzubiegen, das schon, wie auch genau auszuloten, wieviel sie von einem Mann nehmen konnte, ohne eine Verfolgungsjagd zu riskieren.

Sie hatte eine abgelegene naturbelassene Ecke des Greyworthgeländes erreicht, in die selten jemand kam. Nachdem sie sich sorgfältig umgeschaut hatte, ob auch niemand sie belauschen konnte, nahm sie ihr Handy aus der Handtasche, schaltete es ein und tippte Johnnys Nummer ein.

»Johnny.«

»Fleur! Endlich!«

»Endlich? Wie meinst du das?« Fleur zog die Stirn kraus.

»Hat dir Zara denn nicht ausgerichtet, daß du mich anrufen sollst?«

»Oh!« Fleur erinnerte sich. »Ja, doch, das hat sie. Sie meinte, du seist vor Aufregung ganz aus dem Häuschen.«

»Stimmt. Und es ist alles deine Schuld.«

»Meine Schuld? Johnny, wovon sprichst du?«

»Es geht nicht drum, *wovon* ich spreche, sondern von *wem.*«

Unvermittelt sah Fleur ihn vor sich, wie er am Kamin seines Salons in Chelsea lehnte, an seinem Sherry nippte und jede Sekunde ihrer Unterhaltung genoß.

»Also gut, Johnny«, meinte sie geduldig. »Von wem sprichst du?« Nach einer kleinen Kunstpause sagte Johnny: »Hal Winters. Von dem spreche ich.«

»Ach du Schreck!« Aus der Fassung gebracht, ertappte Fleur sich dabei, daß sie lauter wurde als gewohnt. »Nicht wieder die alte Geschichte! Johnny, ich habe dir doch gesagt …«

»Er ist in London.«

»Was?« Fleur spürte, wie ihr die Farbe aus dem Gesicht wich. »Was tut er denn in London?«

»Er sucht nach dir.«

»Wie kann er nach mir suchen? Er weiß doch gar nicht, wo er anfangen sollte.«

»Er hat bei uns angefangen.«

»Ah so.« Einige Sekunden starrte Fleur nach vorn, während ihr die Gedanken durch den Kopf wirbelten. Eine Abendbrise rauschte durch die Bäume und blies durch ihr Haar, warm und sanft. Hier, in Greyworth, schien London in einem anderen Land zu liegen. Und doch lag es nicht einmal eine Stunde entfernt. Hal Winters war nicht einmal eine Stunde von ihr entfernt.

»Na, und was hast du ihm gesagt?« fragte sie schließlich. »Du hast ihn doch hoffentlich fortgeschickt!«

»Wir haben ihn hingehalten«, erklärte Johnny.

»Und das heißt?«

»Das heißt, daß er in ein paar Tagen wieder vor unserer

Tür steht und wissen will, ob wir etwas in Erfahrung gebracht haben.«

»Na, dann sagt ihr ihm einfach, daß dem leider nicht so war«, sagte Fleur energisch.

»Das werden wir eben nicht.«

»Was?« Fleur starrte den Hörer an.

»Felix und ich haben das Ganze besprochen. Wir finden, du solltest einem Treffen zustimmen.«

»Weißt du was? Ihr könnt mich beide mal!«

»Fleur…«

»Ich weiß schon, ein Pfund in die Fluchdose.«

»Fleur, jetzt hör mir mal zu!« Plötzlich war der dramatische Ton aus Johnnys Stimme verschwunden. »Du kannst nicht ewig davonrennen.«

»Ich renne nicht davon.«

»Wie würdest du dein Leben denn dann beschreiben?«

»Ich… Wie meinst du das? Johnny, was soll das Ganze?«

»Du kannst Hal Winters nicht mit den anderen über einen Kamm scheren. Das ist nicht fair.«

»Wer bist du, daß du mir sagst, was fair ist und was nicht?« erregte sich Fleur. »Dich geht das überhaupt nichts an! Und wenn du Hal Winters sagst, wo ich bin…«

»Ohne deine Erlaubnis würde ich das nicht tun«, beruhigte sie Johnny. »Aber ich bitte dich, deine Meinung zu ändern. Wenn du sein Gesicht gesehen hättest, dann würdest du mich verstehen. Er ist verzweifelt!«

»Warum sollte er mich so verzweifelt sehen wollen?« versetzte Fleur scharf. »Es ist ja nicht so, daß er im Bilde ist.«

»Aber das ist er!« sagte Johnny. »Er weiß etwas.«

»Er weiß Bescheid?«

»Nicht so richtig«, verbesserte sich Johnny. »Aber ganz offensichtlich hat er etwas herausgefunden. Und nun will er die ganze Wahrheit.«

»Nun, er kann mich auch mal!«

»Fleur, werde erwachsen! Er verdient die Wahrheit, und das weißt du. Und Zara hat es verdient, ihren Vater kennenzulernen!«

Bei Gillians Rückkehr von der Bridgestunde saß Richard bei seinem dritten Glas Bier, Antony und Zara starrten gebannt auf den Fernseher, und nirgends war ein Lebenszeichen von Fleur, geschweige denn ein Abendessen zu sehen.

»Na, was habt ihr so getrieben?« erkundigte sie sich kopfschüttelnd, stellte ihre Handtasche auf dem Küchentisch ab und öffnete die Kühlschranktür. Die ganzen Dinge, die sie für Fleur beiseite gestellt hatte, waren noch da, unberührt.

»Nichts«, meinte Richard angenehm träge. »Sind nur herumgesessen.« Er lächelte Gillian an. Sie lächelte halb zurück, doch auf ihrem Gesicht erschienen die Anfänge eines Stirnrunzelns. Richard sah an ihr vorbei zum Kühlschrank und begriff plötzlich, was geschehen war.

»Gillian! Das Abendessen! Das tut mir so leid. Schnell, Antony, wir helfen Gillian!« Er sprang auf, und Antony folgte gemächlich seinem Beispiel.

»Wo fehlt's denn?« fragte er, die Augen noch immer auf den Fernseher gerichtet, und bewegte sich wie ein Zombie durch die Küche.

»Nun, Fleur...« Richard hielt verlegen inne. »O je. Oh, Gillian. Es tut mir schrecklich leid.«

»Das macht doch nichts«, meinte Gillian und betrachtete düster die unberührten Zutaten vor ihr.

»Fleur hat versprochen, heute abend zu kochen, nicht wahr?« ertönte beißend Zaras Stimme.

»Nun ja, so etwas in der Richtung sagte sie«, erwiderte Richard kläglich. »Ich habe keine Ahnung, wohin sie gegangen ist.« Zara verdrehte die Augen.

»Ich an eurer Stelle«, riet sie, »würde etwas von einem Heimservice bestellen und ihr dann die Rechnung präsentieren. Vergeßt doch das ganze Zeugs da.« Sie wies auf den Tisch. »Holt etwas Einfaches und Teures. Habt ihr ein Telefonbuch?«

»Da kann ich doch genauso schnell selber etwas zubereiten«, wandte Gillian ein und zog seufzend ihren Blazer aus. »Und jetzt haben wir doch schon alles aus dem Kühlschrank genommen.«

»Na, dann stellen wir es eben wieder rein. Und wir telefonieren. Und sie liefern das Essen. Wie schnell geht das? Schneller, als wenn man einen Haufen Karotten schält.« Zara zuckte die Schultern. »Es liegt an euch! Aber ich wäre für den Heimservice. Das Zeug hält sich doch, oder?«

»Nun, ja«, meinte Gillian widerwillig. »Das meiste davon schon.«

»Und was nicht? Sag's uns genau, dann können wir die Sachen draußen lassen und sie essen. Ist es was... Salatähnliches?« Zara grinste Antony an. »Man merkt, ich bin in Hauswirtschaft durchgefallen.« Sie wandte sich wieder Gillian zu. »Was hält sich nicht?«

»Ich, äh... da muß ich erst nachschauen.«

Gillian ging zum Tisch und musterte kritisch einen grünen Salat. Es war lächerlich; das Mädchen war noch ein Kind. Doch Zaras simple Analyse der Situation verursachte in ihr ein Gefühl der Unsicherheit. Innerlich spürte sie bereits den vertrauten Groll; harsche Bemerkungen lagen ihr auf der Zunge; sie war drauf und dran, das Gesicht märtyrerhaft zu verziehen. Das war die Rolle, die sie kannte; das war die Rolle, die jeder von ihr erwartete. Alle bis auf Zara.

»Vielleicht sollte ich hinzufügen, daß ich indisches Essen nicht ausstehen kann«, setzte Zara hinzu und trank einen Schluck aus ihrer Dose. »Und irgendeine lausige Pizza wollen wir auch nicht. Habt ihr hier irgendwo einen guten Thai-Heimservice?«

»Keine Ahnung!« sagte Richard und fing zu lachen an. »Mit Heimservice haben wir's eigentlich nicht so. Was, Gillian?«

»Ich weiß nicht«, meinte Gillian. Schwach setzte sie sich hin. Antony stellte die Zutaten und mit Aufklebern versehenen Plastikdosen bereits in den Kühlschrank zurück. Zara überflog die Gelben Seiten. Der Augenblick für eine rechtschaffene Empörung war vorbei; war verflogen. Gillian kam sich seltsam beraubt vor – und gleichzeitig erleichtert.

»Ich glaube nicht, daß ich schon jemals ein thailändisches Gericht gegessen habe«, sagte sie vorsichtig.

»Oh, dann müssen wir unbedingt etwas Thailändisches bestellen«, rief Zara sofort. »Es geht nichts über thailändisches Essen!« Sie sah mit erfreuter Miene auf. »Freunde von uns in London, die wohnen direkt über einem thailändischen Restaurant. Wenn ich bei ihnen bin, dann lebe ich praktisch ausschließlich von dem Zeug. Antony, wie funktioniert dieses dumme Buch? Such mir doch bitte die Seite mit den Nummern für thailändischen Heimservice heraus.«

»Klaro.« Gehorsam trottete Antony an Zaras Seite und begann das Telefonbuch durchzublättern. Richard fing Gillians Blick auf, und sie verspürte den plötzlichen Drang loszukichern.

»Okay«, meinte Zara. »Versuchen wir den doch mal.« Sie nahm den Hörer ab und wählte energisch. »Hallo? Könnten Sie mir bitte ihre Speisekarte faxen? Ich gebe Ihnen die Nummer durch.«

»Gillian, warum genehmigst du dir nicht einen Drink?« erkundigte sich Richard mit gedämpfter Stimme. Seine Augen funkelten erheitert. »Mit dem Dinner scheint ja alles bestens unter Kontrolle zu sein.«

»Cool!« Zara legte das Telefonbuch fort. »Die Speisekarte ist jeden Augenblick da. Soll ich aussuchen?«

»Ich helf' dir dabei«, sagte Antony. »Dad, können wir den Schlüssel zu deinem Arbeitszimmer haben? Wir müssen zum Faxgerät.«

»Macht's euch was aus, wenn ich für alle bestelle?« wollte Zara wissen.

»Nur zu«, ermunterte sie Richard. Er gab Antony den Büroschlüssel und beobachtete, wie er und Zara aus der Küche eilten.

»Zaras Eßgewohnheiten haben mir allmählich Sorgen gemacht«, bemerkte er zu Gillian, als die beiden außer Hörweite waren. »Aber ich glaube, ich habe mich umsonst gesorgt. So putzmunter habe ich sie noch nie erlebt.«

Er stand auf, streckte sich und ging in die Speisekammer.

»Aber es tut mir leid, Gillian«, sagte er, als er mit einer Weinflasche zurückkehrte. »Das mit Fleur, meine ich. Es ist nicht ihre Art, jemanden im Stich zu lassen.«

»Das weiß ich doch. Irgend etwas muß sie aufgehalten haben.«

»Hoffentlich ist ihr nichts passiert.« Richard runzelte die Stirn und reichte Gillian ein Glas Wein. »Vielleicht rufe ich gleich mal im Clubhaus an und frage, ob sie Schwimmen gegangen ist.«

»Gute Idee.« Gillian holte tief Luft. »Und es ist auch nicht nötig, daß du dich entschuldigst. Was ist an einer Mahlzeit schon so wichtig? Es ist nur Essen.«

»Na ja«, meinte Richard verlegen. »Trotzdem.«

»Ich weiß, daß ich dazu neige, diese Dinge zu ernst zu nehmen.« Gillian biß sich auf die Lippen. »Da... wie würde Antony dazu sagen?... da flippe ich aus. Wegen dummer Nebensächlichkeiten.« Sie seufzte. »Ich bin's, die sich eigentlich entschuldigen müßte.«

»Unsinn!« versetzte Richard. »Du meine Güte, Gillian...« Sie ging nicht darauf ein.

»Aber ich bin dabei, mich zu ändern, glaube ich.« Sie lehnte sich zurück, trank einen Schluck Wein und sah Richard über den Glasrand an.

»Fleur verändert mich.«

Richard lachte und meinte galant:

»Verändert unsere bezaubernde Gillian? Das will ich doch nicht hoffen!«

»Richard!« Ein leichter Zorn hatte sich in Gillians Stimme geschlichen. »Du brauchst mir nicht schönzutun. Sag lieber, daß ich mich zu meinem Vorteil verändere!« Sie trank einen großen Schluck. »Ich weiß, du und ich, wir sprechen normalerweise nicht auf dieser... auf dieser...«

»Dieser Ebene.« Richards Miene wurde plötzlich ernst.

»Genau. Auf dieser Ebene.« Sie schluckte. »Aber dir muß ja auch aufgefallen sein, daß sich hier seit Fleurs Ankunft einiges geändert hat. Fleur hat etwas an sich...« Gillian brach ab und zwinkerte ein paarmal.

»Ich weiß«, pflichtete ihr Richard bei. »Das hat sie.«

»Fleur behandelt mich so freundlich, wie es meine eigene Schwester nie getan hat«, erklärte Gillian mit leicht zittriger Stimme.

»Emily?« Richard sah sie entgeistert an.

»Emily war mir eine liebe Schwester. Aber sie hatte ihre Fehler. Sie hat Dinge getan, die gedankenlos und hart waren.« Gillian hob den Kopf und blickte Richard direkt an. Ihre blauen Augen schimmerten feucht. »Vielleicht sollte ich dir das jetzt nicht sagen. Aber es ist die Wahrheit. Emily war mir gegenüber unfreundlich. Und Fleur ist freundlich. Das ist alles.«

Fleur war nach »The Marples« zurückgekehrt und hatte sich direkt nach oben in ihr Zimmer begeben. Nun saß sie mit einem schwarzen Hut mit Schleier vor dem Spiegel und betrachtete sich. Bereits seit einer halben Stunde saß sie reglos so da und wartete darauf, daß das unvertraute Unruhegefühl wieder nachließ. Doch noch immer war sie innerlich völlig verkrampft, ihre Stirn noch immer gefurcht, und in ihren Ohren hallte nach wie vor Johnnys verärgerte und drängende Stimme wider. »Warum willst du ihn nicht treffen? Warum stellst du dich deiner Vergangenheit nicht? Wann hörst du auf davonzurennen?«

Noch nie zuvor hatte sie Johnny so streng erlebt; so unerbittlich.

»Was erwartest du eigentlich von mir? Daß ich ihn darum bitte zu bleiben?« Sie hatte versucht, einen auf lässig zu machen. »Daß ich ihn Richard vorstelle? Also komm, Johnny. Bleib auf dem Teppich!«

»Ich erwarte, daß du seine Existenz eingestehst«, sagte Johnny. »Du könntest ihn in London treffen.«

»Das geht nicht. Keine Zeit.«

»So, so, keine Zeit.« Johnnys Stimme war schneidend. »Na, vielleicht hat Zara ja Zeit.«

»Sie kann ihren Vater nicht kennenlernen. Sie… sie ist noch nicht soweit! Darauf muß sie erst vorbereitet werden!«

»Und das wirst du nun machen, ja?«

Stille trat ein.

»Okay, Fleur, wie du willst«, sagte Johnny schließlich. »Du sagst mir Bescheid, wenn Zara bereit ist, ihren Vater kennenzulernen, und ich halte ihn unterdessen noch hin. Das ist allerdings alles, was ich mache.«

»Johnny, du bist klasse…«

»Keine Beerdigungen mehr«, sagte Johnny. »Keine Einladungen. Und damit, daß du einfach bei uns hereingeschneit kommst und erwartest, daß unser Gästezimmer für dich frei ist, ist es auch vorbei.«

»Johnny!«

»Ich bin gar nicht zufrieden mit dir, Fleur.«

Während sie noch ungläubig den Hörer anstarrte, legte er auf, und sie stand da, wie mit kaltem Wasser übergossen. Auf einmal lief alles schief. Richard wollte ihr keine Gold Card geben; Johnny war sauer auf sie; Hal Winters war im Lande.

Hal Winters. Allein schon der Name brachte sie auf. Er hatte ihr im Leben schon genug Probleme bereitet; nun war er wieder da, tauchte aus heiterem Himmel auf, drohte alles zu ruinieren, brachte ihre Freunde gegen sie auf. Brachte Johnny gegen sie auf. Jäh wurde sie von Panik ergriffen. Wenn sie Johnny verlor, wer blieb ihr dann noch? Wer sonst war für sie da?

Noch nie zuvor war Fleur bewußt gewesen, wie sehr sie von Johnny und Felix abhängig war. Seit nunmehr zwanzig Jahren stand ihr Johnnys Wohnung zur Verfügung. Seit zwanzig Jahren hatte sie sich ihm anvertraut, mit ihm getratscht, mit ihm eingekauft. Sie hatte dem Ganzen keine große Bedeutung beigemessen. Hätte man sie gefragt, dann hätte sie ihre Freundschaft als flüchtig bezeichnet. Nun, da sie bedroht war, erschien sie Fleur plötzlich als viel mehr. Sie schloß die Augen. Bislang waren sich Johnny und sie allenfalls einmal über die Farbe eines Sofas in die Haare geraten. Zwar hatte er ihr auch in der Vergangenheit schon oft genug eine Standpauke gehalten, aber stets mit einem Augenzwinkern. Nie ernstlich, nie wie diesmal. Das hier nahm er ernst. Diesmal kannte er kein Pardon. Und das alles wegen eines Mannes names Hal Winters.

Wütend starrte Fleur auf ihr Spiegelbild. Sie sah wie eine kultivierte, elegante Frau aus. Sie könnte die Gemahlin eines Botschafters sein. Eines Prinzen. Und Hal Winters war...

was? Ein Vertreter für Tabletten aus Scottsdale, Arizona. Ein billiger Tablettenvertreter, der sich vor vierzehn Jahren auf der Rückbank seines Chevy nervös mit ihr vereint hatte und sich dann sorgfältig wieder das Haar zurückgekämmt hatte, damit seine Mutter keinen Verdacht schöpfte. Der sie gebeten hatte, in der Öffentlichkeit von ihm Abstand zu halten und vor seiner Familie bitte nicht Gott zu lästern.

Wieder fragte sich Fleur bitter, wie sie nur so dumm hatte sein können. Wie sie seine brummige Schüchternheit für linkischen Charme hatte halten können. Wie sie ihm hatte erlauben können, in ihren Körper zu dringen; in ihr ein Stück seines zweitklassigen Selbst zu pflanzen. Sie hatte ihn einmal in ihr Leben gelassen; einmal und nie wieder. Einem Mann wie Hal Winters konnte nicht gestattet werden, einen Teil ihres Lebens für sich zu beanspruchen. Und wenn das bedeutete, daß sie Johnny verlor, nun, dann war daran leider nichts zu ändern.

Fleur reckte entschlossen das Kinn. Rasch nahm sie den Hut ab und ersetzte ihn durch einen anderen. Einen schwarzen Topfhut, einen schicken, ernsten Hut. Sie würde einen Gedenkgottesdienst finden, zu dem sie ihn nächste Woche tragen konnte. Johnny weigerte sich also, ihr passende Beerdigungen zuzuspielen. Na und? Sie brauchte Johnny nicht. Auch auf sich selbst gestellt konnte sie sehr gut überleben. Vor ihr, auf dem Toilettentisch, lagen drei Zeitungsausschnitte. Drei Gedenkgottesdienste in London. Drei Chancen für einen Neuanfang. Und dieses Mal würde sie nicht wochenlang herumsitzen und das Leben an sich vorbeiziehen lassen. Sie würde unverzüglich zuschlagen. Wenn Richard Favour sie nicht zu einer reichen Frau machte, dann eben ein anderer.

Sie biß sich auf die Lippen und griff eilig nach einem anderen Hut; einer anderen Zerstreuung. Dieser war aus schwarzer Seide und mit winzigen Veilchen übersät. Ein sehr hübscher Hut, dachte Fleur und bewunderte ihr Spiegelbild. Fast zu hübsch für eine Beerdigung; eher etwas für eine Hochzeit.

Als sie ihren Kopf bald zu dieser, bald zu jener Seite neigte, klopfte es an der Tür.

»Hallo?«

»Fleur? Kann ich hereinkommen?« Es war Richard. Er klang nervös.

»Natürlich!« rief sie zurück. »Komm nur rein!«

Die Tür ging auf und Richard kam herein.

»Ich weiß nicht, was ich mir heute morgen eigentlich gedacht habe«, sagte er aufgeregt. »Natürlich kannst du eine Gold Card haben. Verdammt, du kannst haben, was immer du willst! Mein Liebling, Fleur...« Plötzlich schien er ihrer zum erstenmal richtig gewahr zu werden, und er geriet ins Stocken. »Dieser... dieser Hut...«

»Vergiß den Hut!« Fleur riß ihn sich vom Kopf und warf ihn auf den Boden. »Richard, du bist ein Schatz!« Mit einem strahlenden Lächeln sah sie zu ihm auf. Er stand regungslos da und starrte sie an, als sähe er sie zum ersten Mal.

»Richard?« fragte sie. »Stimmt etwas nicht?«

Eigentlich hatte er gar nicht erwartet, sie auf ihrem Zimmer vorzufinden. Er hatte vorgehabt nachzusehen, wie die beiden jungen Leute mit der Bestellung des Essens zurechtkamen, und wollte dann den Fitneß Club anrufen und sich erkundigen, ob Fleur dort sei. Aber als er an ihrer Tür vorbeiging, war ihm eingefallen, daß er zur Sicherheit ja auch einmal an ihrer Tür klopfen könnte. Er hatte flüchtig geklopft, in Gedanken noch völlig mit dieser neuen, unverdauten Neuigkeit über Emily beschäftigt.

Emily hatte Gillian schlecht behandelt. Es schmerzte, diesem Gedanken Ausdruck zu geben. Seine eigene, süße, schüchterne Emily, grob zur eigenen Schwester. Das war ein erstaunlicher Vorwurf; ein Vorwurf, der für ihn kaum vorstellbar war. Aber nicht – und das bereitete ihm die meisten Probleme –, nicht unmöglich. Denn selbst als Gillian es ihm erzählt hatte, war trotz der unmittelbaren Proteste und Dementis, die ihm auf den Lippen lagen, ein kleiner, nüchterner Teil von ihm nicht überrascht gewesen; hatte es vielleicht immer gewußt.

Als er die Küche verlassen hatte, hatte es in seiner Brust zu schmerzen begonnen, und er hatte für Emily erneute Trauer empfunden – für die Emily, die er geliebt hatte. Ein süßes, entrücktes Wesen mit verborgenen Eigenschaften. Eigenschaften, die er verzweifelt hatte enthüllen wollen. War Unfreundlichkeit eine dieser Qualitäten? Du wolltest es ja herausfinden, sagte er sich bitter, als er die Treppe hinaufstieg. Und nun hast du es herausgefunden. Die ganze Zeit hatte unter diesem milden Äußeren eine geheime Unfreundlichkeit gesteckt, an der Gillian schweigend gelitten hatte. Der Gedanke war ihm unerträglich.

Und plötzlich hatte er, mehr als alles andere, Fleur sehen wollen. Die warme, liebende Fleur, die die Freundlichkeit in Person war. Fleur, die Gillian glücklich machte und ihn und alle anderen auch. Als er unerwarteterweise hörte, wie sie auf sein Klopfen antwortete, hatte er gespürt, wie ihn eine fast übermächtige Liebe für sie erfüllte; ein alles umhüllendes Gefühl, das ihn durch die Tür trieb und ihn zum Reden zwang.

Und dann hatte er sie gesehen, wie sie mit einem Hut auf dem Kopf vor ihrem Toilettentisch saß. Einem Hut, der genauso aussah wie der, den Emily am Tag ihrer Hochzeit getragen hatte; einem Hut, genau wie der, den Emily abnahm, als er die ersten kalten, stählernen Tore entdeckte, die sie auf

Ewigkeit voneinander trennen würden. Ein Teil von ihm hatte erwartet, daß Fleur das gleiche tun würde wie damals Emily. Daß sie die Nadeln aus dem Hut ziehen würde, den Hut sorgfältig beiseite legen, ihn direkt ansehen und fragen würde: »Wann gibt es was zu essen?«

Doch statt dessen hatte sie ihn fortgeworfen, als würde sie alles verachten, was sich ihnen in den Weg stellte. Ihnen beiden. Ihm und Fleur. Nun streckte sie die Arme nach ihm aus. Warm, offen und voller Liebe.

»Fleur, ich liebe dich«, sagte er unvermittelt. »Ich liebe dich.« Ihm trat eine Träne ins Auge. »Ich liebe dich.«

»Und ich liebe dich.« Überschwenglich nahm sie ihn in die Arme. »Du süßer Mann.«

Richard vergrub seinen Kopf in Fleurs blassem Nacken und spürte, wie ihm die Tränen aus den Augen strömten. Tränen, die den Verlust seiner vollkommenen Emily betrauerten, die Entdeckung ihrer Fehlbarkeit; die den Verlust seiner Unschuld markierten. Sein Mund war naß und salzig, als er ihn schließlich zu Fleur wandte; als er sie näher an sich zu ziehen begann, in dem plötzlichen Wunsch, ihre warme Haut an seiner zu spüren, alle Hindernisse zwischen ihnen niederzureißen.

»Warum habe ich bloß gewartet?« murmelte er, während er mit den Händen den Körper erforschte, den sie ihm seit Wochen dargeboten hatte. »Warum in aller Welt habe ich gewartet?«

Er kämpfte sich aus seinen Kleidern, spürte Teile ihrer bloßen Haut an seiner, erlitt Qualen des Unbehagens. Als sie mit den Händen sanft seinen Rücken hinunterstrich, erzitterte er in verzweifelter Vorfreude, fast ängstlich, er könne es, nun da er ins kalte Wasser gesprungen war, nie bis zur anderen Seite schaffen.

»Komm her.« Ihre Stimme klang tief und melodiös; ihre

Finger auf seinem Körper waren warm und vertrauensvoll. Er war nicht imstande, ihre Zärtlichkeiten zu erwidern, nicht imstande zu irgend etwas, außer in einer wonnevollen Lähmung zu erschauern. Und dann nahm sie sein Glied langsam in den Mund, und er verspürte eine unglaubliche Ekstase, die er nicht kontrollieren konnte, die grenzenlos war; die ihn zum Wimmern und Weinen brachte, bis er abrupt, nachdem er gekommen war, völlig erschöpft in ihre Arme fiel.

»Ich ...«

»Schsch.« Sie legte ihm einen Finger auf die Lippen, und er verstummte. Er lag in ihren Armen, hörte ihren Herzschlag und fühlte sich wie ein Kind, nackt und verletzlich.

»Ich gebe dir alles«, flüsterte er schließlich. »Alles, was du willst.«

»Alles, was ich will, bist du«, sagte Fleur leise. Sie spielte mit seinem Haar. »Und dich habe ich doch, oder?«

11

Einige Tage darauf traf mit der Post ein Päckchen für Fleur ein. Darin befand sich eine glänzende, goldene American Gold Card.

»Cool!« rief Antony, als sie das Päckchen beim Frühstück öffnete. »Eine Gold Card! Dad, warum kann ich nicht auch so eine haben? Ein paar Typen in der Schule haben schon so was.«

»Dann sind ihre Eltern sowohl sehr dumm als auch sehr reich«, grinste Richard. »So, wo ist ein Füller? Du solltest gleich unterschreiben, Fleur. Es wäre schlecht, wenn sie in falsche Hände geriete.«

»Ich werde sehr vorsichtig sein«, versprach Fleur und lächelte ihn an. Sie drückte ihm die Hand. »Das ist sehr lieb von dir, Richard. Nun kann ich Zara etwas wirklich Schönes kaufen.«

»Zara?« Antony guckte verdutzt auf.

»Zara hat nächste Woche Geburtstag«, erklärte Richard.

»Geburtstag?«

»Ja, am Mittwoch. Das stimmt doch, Fleur?«

»Ja.« Schwungvoll setzte Fleur ihren Namen auf die Gold Card. »Heute vormittag werde ich nach Guildford fahren.«

»Meinst du, sie würde sich darüber freuen, wenn ich ihr einen Kuchen backen würde?« erkundigte sich Gillian.

»Ganz bestimmt«, erwiderte Fleur und lächelte sie warm an.

»Wie alt wird sie denn?« erkundigte sich Antony.

»Vierzehn«, antwortete Fleur nach kurzem Zögern.

»Ach so.« Antony runzelte etwas die Stirn. »Dabei dachte ich, bis zu ihrem vierzehnten Geburtstag wär's noch eine Weile hin.«

»Gibt jetzt schon ein falsches Alter an!« Fleur brach in schallendes Gelächter aus. »Antony, du solltest dich geschmeichelt fühlen!« Antony errötete zart und blickte auf seinen Teller.

»Wie steht's mit…« Gillian stockte, warf Richard einen Blick zu und fuhr dann fort: »Wie steht's mit Zaras Vater? Möchte er sie nicht… besuchen kommen?« Sie wurde rot.

»Vielleicht hätte ich es nicht erwähnen sollen. Aber ich dachte, wenn es ihr Geburtstag ist…«

»Gillian, das ist sehr lieb von dir«, sagte Fleur. Sie trank einen Schluck Kaffee. »Aber leider lebt Zaras Vater nicht mehr.«

»Was?« Antony riß den Kopf hoch. »Aber ich dachte… ich dachte, Zaras Dad würde in Amerika leben. Das hat sie mir selbst erzählt…«

Traurig schüttelte Fleur den Kopf.

»Zara hatte große Schwierigkeiten, mit dem Tod ihres Vaters fertig zu werden.« Wieder nippte sie an ihrem Kaffee. »In ihrer Gedankenwelt lebt er noch. Sie hat viele verschiedene Phantasien über ihn. Zur Zeit ist es die, daß er irgendwo in Amerika lebt.« Sie seufzte. »Mir wurde gesagt, daß man am besten einfach darauf eingeht.«

»Aber ...«

»Ich gebe mir die Schuld dafür«, sagte Fleur. »Ich hätte mehr mit ihr darüber reden müssen. Aber auch für mich war damals alles sehr schmerzlich.«

Sie verstummte und sah Antony mit großen, freundlichen Augen an. Richard nahm ihre Hand und drückte sie.

»Mir war das nicht klar«, meinte Antony zaghaft. »Ich dachte ...«

»Sie kommt«, unterbrach Gillian ihn schnell. »Hallo, Zara!« rief sie fröhlich aus, als Zara im Wintergarten erschien. »Wir haben uns gerade über deinen Geburtstag unterhalten!«

»Über meinen Geburtstag«, echote Zara und blieb auf der Türschwelle stehen. Ihr Blick wanderte vorsichtig durch den Raum und blieb an der Gold Card hängen, die zwischen dem Einpackpapier auf dem Tisch glitzerte. Ihre Augen schweiften zu Fleur, dann wieder zur Gold Card. »Logisch«, sagte sie. »Mein Geburtstag!«

»Schatz, wir möchten, daß der Mittwoch ein ganz besonderer Tag für dich ist«, erklärte Fleur. »Mit einem Kuchen und Kerzen und ...« Vage breitete sie die Hände aus.

»Knallbonbons«, meinte Zara tonlos.

»Knallbonbons! Was für eine gute Idee!«

»Tja, dann ist ja alles klar«, meinte Richard. »Ich muß jetzt noch ein paar Telefonate führen.« Er erhob sich.

»Wenn du eine Fahrgelegenheit nach Guildford brauchst, dann sag's«, meinte Gillian zu Fleur. »Ich hätte da auch so einiges zu erledigen.«

»Das wäre nett.«

»Und was habt ihr zwei vor?« wandte sich Richard an Antony.

»Keine Ahnung«, meinte Antony. Zara zuckte die Achseln und hatte die Lider gesenkt.

»Nun«, meinte Richard. »Bestimmt fällt euch etwas Schönes ein.«

Während Zara ihr Frühstück aß, starrte sie direkt nach unten und mied Antonys Blick. In ihrer Brust brannte eine wütende Enttäuschung; sie war sich nicht sicher, ob sie nicht jeden Moment in Tränen ausbrach. Fleur hatte eine Gold Card bekommen. Was hieß, daß sie weiterziehen würden. Sobald Fleur abgesahnt hatte, waren sie fort.

Es war, wie wenn man einen Ball aufprallen ließ, hatte Fleur ihr vor ein paar Jahren erklärt, als sie in einem Flughafenrestaurant saßen und auf ihr Flugzeug warteten.

»Du nimmst die Gold Card, und du hebst etwas Geld ab. Am nächsten Tag tust du es zurück. Dann hebst du etwas mehr ab und bringst das wieder zurück. Und so machst du immer weiter, läßt den Ball höher und höher springen, bis es nicht mehr höher geht – und dann raffst du das ganze Geld zusammen und verschwindest!« Sie hatte gelacht, und Zara hatte in ihr Gelächter mit eingestimmt.

»Warum raffst du es nicht gleich am Anfang zusammen?« hatte sie wissen wollen.

»Zu verdächtig, Schätzchen«, hatte Fleur geantwortet. »Du mußt dich allmählich hocharbeiten, damit keiner etwas merkt.«

»Und woher weißt du, wann du nicht mehr höher gehen kannst?«

»Das weiß man nicht. Das versucht man herauszufinden, bevor man anfängt. Ist er reich? Ist er arm? Wieviel an Verlust kann er sich leisten? Aber da muß man einfach raten. Und das ist Teil des Spiels. Zweitausend? Zehntausend? Fünfzigtausend? Wer weiß schon, wo die Grenze liegt?«

Fleur hatte wieder gelacht, und Zara auch. Damals hatte sie das lustig gefunden. Ein gutes Spiel. Doch jetzt wurde Zara allein bei der Idee daran schon übel.

»Möchtest du schwimmen gehen?« Antonys Stimme riß sie aus ihren Grübeleien.

»Oh.« Unter großen Mühen hob Zara den Kopf und erwiderte seinen Blick. Er sah sie mit einem eigenartigen Ausdruck an, fast so, als wüßte er, was gespielt würde.

Unvermittelt wurde Zara von Panik ergriffen. Ihre Miene wurde wachsam. In all den Jahren der Heuchelei hatte sie sich noch nie einen Schnitzer geleistet. Sie durfte nun nicht leichtsinnig werden. Wenn sie Antony die Wahrheit sagte, dann würde Fleur ihr das nie verzeihen, und deshalb würde es nie dazu kommen, daß sie ihren Vater kennenlernte.

»Logisch.« Sie zwang sich zu einem lässigen Ton und zuckte die Achseln. »Warum nicht.«

»Okay.« Noch immer sah er sie seltsam an. »Ich hole meine Sachen.«

»Okay«, sagte sie. Und sie blickte auf ihre Schüssel mit den Honey Nut Loops und sah erst wieder auf, als er fort war.

Oliver Stendale sei zwar in seiner Kanzlei, informierte seine Sekretärin Richard am Telefon, aber er wolle jeden Moment in den Urlaub aufbrechen.

»Ich brauche nicht lange«, erwiderte Richard fröhlich. Während er darauf wartete, daß Oliver an den Apparat ging, sah er sich in seinem langweiligen, ordentlichen Arbeitszimmer um und wunderte sich, daß er nie einmal auf den Einfall gekommen war, es neu einrichten zu lassen. Die Wände waren in schlichtem Weiß gehalten, durch keine Bilder verschönert, der Teppich von einem funktionalen Schiefergrau. Keinen einzigen Gegenstand im Raum hätte man als schön bezeichnen können.

Dinge wie die Farbe einer Wand waren ihm zuvor einerlei gewesen. Doch nun sah er die Welt mit Fleurs Augen. Nun entdeckte er Möglichkeiten, wo es zuvor nur Tatsachen gegeben hatte. Er würde nicht länger in dieser öden Kiste sitzen. Er würde Fleur bitten, das Büro für ihn umzugestalten.

»Richard!« Olivers Stimme ließ ihn zusammenfahren. »Ich bin schon auf dem Sprung.«

»Ich weiß. Auf in den Urlaub. Ich brauche auch nicht lang. Ich wollte dir nur sagen, daß ich mich bezüglich des Treuhandvermögens entschieden habe.«

»Ah so?«

»Ja, ich gehe es jetzt an.«

»Verstehe. Und darf ich fragen, warum–«

»Mir ist klar geworden, daß es mein Wunsch ist, Philippa und Antony finanziell unabhängig zu machen«, sagte Richard. »Niemandem verpflichtet, nicht einmal...« Er hielt inne und biß sich auf die Lippen. »Nicht einmal jemandem aus der eigenen Familie. Vor allem möchte ich, daß sie über ihr eigenes Leben bestimmen können.« Er runzelte die Stirn. »Außerdem möchte ich... ein Kapitel meines Lebens schließen. Neu anfangen.«

»Ein Neuanfang bedeutet gewöhnlich, daß man Geld ausgibt«, wandte Oliver ein.

»Ich habe Geld«, entgegnete Richard ungeduldig. »Jede Menge Geld. Oliver, dieses Thema hatten wir schon.«

»Schon gut. Nun, es ist deine Entscheidung. Aber eine Woche lang kann ich in der Sache erst mal nichts tun.«

»Es eilt ja nicht. Ich wollte es dich bloß wissen lassen. So, und jetzt halte ich dich nicht länger auf. Einen schönen Urlaub wünsche ich! Wohin geht's denn?«

»In die Provence. Freunde von uns haben ein Haus dort.«

»Ah, traumhaft«, sagte Richard automatisch. »Die Landschaft in diesem Teil der...«

»Ja, ja«, unterbrach Oliver ihn ungeduldig. »Hör mal, Richard.«

»Ja?«

»Also. Dieser Neuanfang von dir. Gehört dazu auch, daß du deine Freundin Fleur heiratest?«

»Das hoffe ich doch sehr«, sagte Richard und lächelte.

Oliver seufzte.

»Richard, bitte sei vorsichtig!«

»Oliver, nicht schon wieder...«

»Denk doch bloß eine Minute über die Auswirkungen einer Heirat nach. Zum Beispiel hat Fleur doch eine Tochter im Schulalter, wenn ich es recht verstanden habe.«

»Zara.«

»Zara. Eben. Und hat ihre Mutter das Geld, Zara zu unterstützen? Oder wird erwartet, daß du das übernimmst?«

»Fleur hat das Geld, Zara auf die Heathland School für Mädchen zu schicken«, erwiderte Richard trocken. »Ist dir das Unterstützung genug?«

»Na ja, gut – bist du dir sicher, daß sie die Schulgebühren aus der eigenen Tasche bezahlt? Daß die nicht von irgendeinem Einkommen bezahlt werden, das bei einer Wiederheirat nicht mehr fließt?«

»Nein, da bin ich mir nicht sicher«, brummte Richard. »Ich hatte noch nicht die Unverschämtheit, so etwas zu fragen.«

»Nun, ich an deiner Stelle würde das aber. Einfach nur, um einen Überblick zu bekommen.«

»Oliver, das ist doch lächerlich! Was spielt das schon für eine Rolle? Du weißt sehr wohl, daß ich es mir leisten könnte, ein ganzes Waisenhaus auf eine Privatschule zu schicken, wenn ich es wollte. Treuhandvermögen hin oder her.«

»Es geht da ums Prinzip«, versetzte Oliver gereizt. »Erst sind es die Schulgebühren, dann sind es gescheiterte Geschäftsunterfangen, und bevor man sich's versieht...«

»Oliver!«

»Ich versuche doch nur, deine Interessen zu schützen, Richard. Eine Ehe ist eine sehr ernste Angelegenheit.«

»Hast du Helen all diese Fragen gestellt, bevor du um ihre Hand angehalten hast?« parierte Richard. »Die Glückliche!«

Oliver lachte.

»*Touché*! Hör mal, Richard, ich muß jetzt wirklich los. Aber wenn ich zurück bin, unterhalten wir uns weiter.«

»Eine schöne Zeit!«

»*Au revoir, mon ami.* Und denk über meine Worte nach.«

Zara und Antony gingen, das Schwimmzeug über die Schulter geworfen, schweigend nebeneinander her. Zara stierte mit eisiger Miene nach vorn; Antonys Gesichtsausdruck war ratlos. Schließlich platzte er mit der Frage heraus:

»Warum hast du mir nicht erzählt, daß du diese Woche Geburtstag hast?«

»Ich muß dir doch nicht alles sagen!«

»Wolltest du nicht, daß ich dein wahres Alter erfahre?« Er riskierte ein kleines Lächeln.

»Ich bin dreizehn«, erwiderte Zara ausdruckslos. »An meinem nächsten Geburtstag werde ich vierzehn.«

»Diesen Mittwoch wirst du vierzehn«, berichtigte sie Antony.

»Was immer.«

»Na, und was wünschst du dir?«

»Nichts.«

»Na, komm. Irgendwas muß es doch geben.«

»Nö.«

Antony seufzte.

»Zara, die meisten Menschen freuen sich auf ihren Geburtstag.«

»Tja, ich nicht.« Eine kurze Stille entstand. Antony sah forschend in Zaras Gesicht und versuchte, ihr irgendeine Reaktion zu entlocken. Nichts. Es kam ihm vor, als sei er wieder an den Anfang zurückkatapultiert worden und kenne Zara eigentlich überhaupt nicht.

Dann ging ihm auf, daß Zaras Verschlossenheit mit ihrem Vater und … und dieser ganzen Angelegenheit zusammenhängen könnte. Er schluckte, fühlte sich plötzlich reif und verständnisvoll.

»Solltest du je reden wollen«, sagte er, »über deinen Vater. Ich bin da.« Er hielt inne und kam sich blöd vor. Natürlich war er da – wo sollte er sonst sein? »Ich bin für dich da«, korrigierte er sich.

»Was gibt's denn da zu reden?«

»Na ja, weißt du …«

»Ich weiß ja eben nichts. Das ist das Problem. Ich weiß überhaupt nichts über ihn.«

Antony seufzte.

»Zara, du mußt der Wahrheit ins Gesicht sehen!«

»Welcher Wahrheit? Glaubst du, ich finde ihn nicht?«

»Zara …«

Sie drehte sich zu ihm um und sah ihn nun endlich an.

»Was? Warum schaust du mich so an?«

»Deine Mutter hat's uns erzählt.«

»Ja, was denn?«

»Daß dein Vater tot ist.«

»Was?« Ihr Schrei hallte im Wald wider; eine Krähe flatterte geräuschvoll aus den Baumwipfeln. Antony sah sie bestürzt an. Ihr Gesicht war weiß, die Nasenflügel bebten, ihre Miene war angespannt und ungläubig. »Was hat Fleur euch erzählt?«

»Zara, sie hat uns nur von deinem Vater erzählt, tut mir wirklich leid. Ich weiß, wie es ist, wenn…«

»Er ist nicht tot!«

»O Gott. Hör zu, ich hätte nichts sagen sollen.«

»Er ist nicht tot, okay?« Antony bemerkte entsetzt, daß Zara Tränen in die Augen traten.

»Zara, ich wollte dich nicht…«

»Das weiß ich schon.« Sie starrte zu Boden. »Schau, es ist nicht deine Schuld. Das ist einfach etwas, womit ich… fertig werden muß.«

»Aha«, meinte Antony unsicher. Er kam sich nicht länger reif und verständnisvoll vor. Im Gegenteil, er hatte den Eindruck, als hätte er alles total vermasselt.

Bei ihrer Rückkehr aus Guildford hatte Fleur nicht nur Geschenke für Zara, sondern auch für Richard, Antony und Gillian dabei.

»Zara muß bis Mittwoch warten«, erklärte sie Richard vergnügt und zog eine extravagante Seidenkrawatte hervor. »Du dagegen nicht. Binde sie dir um! Schau, wie sie dir steht. Ich habe ganz schön viel ausgegeben«, setzte sie hinzu, während Richard sich die Krawatte anlegte. »Ich hoffe, deine Karte verkraftet das. Manche Kreditinstitute werden schon nervös, wenn man mehr als fünfzig Pfund ausgibt.«

»Da würde ich mir keine Sorgen machen«, sagte Richard und knotete die Krawatte. »Die ist schön, Fleur! Dank dir.« Er warf einen Blick auf die in der Diele verstreuten Plastiktüten. »Sieht ja ganz nach einem erfolgreichen Bummel aus, was?«

»Ja, herrlich«, strahlte Fleur. »Ich habe auch ein Geschenk

für die ganze Familie.« Sie deutete auf eine Schachtel, die vom Taxifahrer hereingetragen worden war. »Eine Videokamera!«

»Fleur! Wie ungemein großzügig von dir!«

»Deshalb habe ich dich ja um die Kreditkarte gebeten«, sagte Fleur und lächelte ihn verschmitzt an. »Die Kamera hat eine ganz schöne Stange gekostet.«

»Das glaube ich gern«, erwiderte Richard. »Du lieber Himmel…«

»Aber sei unbesorgt. Ich habe meine Bank auf den Cayman Islands bereits gebeten, eine gewisse Summe auf dein Konto zu überweisen. Offenbar können sie das über Nacht tun, obgleich es ihre Fähigkeiten zu übersteigen scheint, mir ein Scheckbuch zu schicken.« Fleur verdrehte die Augen, dann lächelte sie. »Damit werden wir eine Menge Spaß haben, meinst du nicht? Ich habe noch nie zuvor eine Videokamera in der Hand gehabt.« Sie begann die Verpackung aufzureißen.

»Ich auch nicht«, erwiderte Richard, der ihr zusah. »Ich habe nicht die leiseste Ahnung, wie man mit so etwas umgeht.«

»Antony wird's wissen. Oder Zara.«

»Ich schätze, da hast du recht.« Richard runzelte leicht die Stirn. »Fleur, wir haben uns noch nie über Geld unterhalten, stimmt's?«

»Nein«, sagte Fleur, »da hast du recht. Ah, das bringt mich auf was.« Sie blickte zu ihm auf. »Würde es dir etwas ausmachen, wenn ich auf das Konto deiner Gold Card etwas gutschreiben ließe? Ich bekomme gerade etwas Geld rein, und ob du's glaubst oder nicht, für mich wäre es am praktischsten, wenn ich es dort einzahlen könnte.« Sie verdrehte die Augen und machte sich dann wieder ans Auspacken der Kamera.

»Oh«, sagte Richard. »Nein. Natürlich macht's mir nichts aus. Wieviel?«

»Nicht so viel«, erwiderte Fleur sorglos. »Etwa zwanzigtausend Pfund. Ich weiß nicht, ob deine Karte an derlei Transaktionen gewöhnt ist.«

»Nun, nicht jeden Tag.« Richard lachte. »Aber ich denke, das müßte schon gehen. Bist du dir sicher, daß du das Geld nicht an konventionellerer Stelle unterbringen kannst?«

»Es wäre ja nur für kurze Zeit«, beruhigte ihn Fleur. »Während ich mal ganz allgemein meine Bankangelegenheiten ins reine bringe. Es stört dich doch nicht?« Mit einem abschließenden Ruck zog sie die Videokamera aus der Schachtel. »Ach herrje, schau dir die vielen Knöpfe an! Dabei wurde mir versichert, sie sei einfach in der Handhabung!«

»Vielleicht ist es einfacher, als es aussieht. Wo ist die Anleitung?«

»Die muß hier irgendwo drin sein. Die Sache ist die«, fügte sie hinzu, während sie in der Packung herumstöberte, »daß dieses Geld ziemlich unerwartet kommt. Von einem Treuhandvermögen. Du weißt doch, wie das ist.«

»Ich lerne gerade dazu.«

»Und ich habe mich noch nicht entschieden, wofür ich es verwenden soll. Ich könnte im voraus einen Großteil von Zaras Schulgebühren bezahlen, dann käme ich gern jederzeit an das Geld heran. Oder ich könnte etwas anderes damit tun. Es investieren, vielleicht. So, da haben wir's! Gebrauchsanweisung!« Beide betrachteten verdutzt das dicke Taschenbuch. »Und das ist der Ergänzungsband«, fügte Fleur hinzu und zog einen weiteren Band hervor. Sie begann zu kichern.

»Also ich hatte mir eigentlich eher ein kleines Informationsblatt vorgestellt«, schmunzelte Richard. »Eine dünne Broschüre.« Er griff nach dem Handbuch und blätterte darin herum. »Du zahlst Zaras Schulgebühren also selbst?«

»Aber natürlich«, entgegnete Fleur. »Was dachtest du denn?«

»Ich dachte, daß die Familie von Zaras Vater vielleicht angeboten hat…«

»Nein«, versetzte Fleur. »Da besteht kaum Kontakt.«

»O je! Das war mir nicht klar.«

»Aber ich besitze etwas eigenes Geld. Genug für Zara und mich.«

Sie blickte ihn mit glänzenden Augen an, und plötzlich kam es Richard so vor, als würde er widerrechtlich sehr privaten Boden betreten. Welches Recht hatte er, sie über Geldangelegenheiten auszufragen, wenn er ihr noch nicht einmal einen Heiratsantrag gemacht hatte? Was sollte sie von ihm denken?

»Verzeih mir meine Neugierde«, begann er hastig. »Mich geht das ja gar nichts an.«

»Schau!« Fleur strahlte ihn an. »Ich glaube, ich habe den Zoom gefunden!«

Als Antony und Zara vom Schwimmen zurückkehrten, entdeckten sie Fleur und Richard in der Diele, noch immer in das Handbuch vertieft.

»Ja super!« meinte Antony sofort. »So eine haben wir in der Schule. Soll ich sie mal ausprobieren?« Er nahm die Videokamera, trat ein paar Schritte zurück und richtete sie auf die anderen. »Jetzt lächelt. Lächle, Dad! Zara, lächeln!«

»Mir ist aber nicht danach zumute«, erwiderte sie und stapfte die Treppe hoch.

»Ich glaube, sie ist ein bißchen geknickt«, meinte Antony entschuldigend zu Fleur, »wegen ihres Vaters.«

»Aha«, meinte Fleur. »Da gehe ich wohl mal lieber hoch und rede mit ihr.«

»Okay.« Antony spähte bereits wieder durch den Bildsucher. »Dad, du mußt *natürlich* wirken!«

Zara war auf ihrem Zimmer und saß, die Arme um die Knie geschlungen, auf ihrem Bett.

»So, mein Vater ist also tot, ja?« sagte sie, als Fleur das Zimmer betrat. »Fleur, du bist ein Miststück!«

»Rede nicht in diesem Ton mit mir!«

»Oder es passiert was?«

Fleur starrte sie einen Moment lang an. Dann schenkte sie Zara unerwartet ein teilnahmsvolles Lächeln.

»Ich weiß, daß im Augenblick alles etwas schwierig ist, Schätzchen. Es ist völlig normal, wenn man in deinem Alter etwas launisch ist.«

»Ich bin nicht launisch! Und ich habe am Mittwoch auch nicht Geburtstag, verflixt noch mal!«

»Darüber wirst du dich doch wohl bestimmt nicht beschweren wollen? Extrageschenke, eine Party... Es ist ja nicht das erste Mal.« Fleur besah sich im Spiegel und glättete mit dem Daumen eine Augenbraue. »Du hast dich schließlich auch nicht beschwert, als du zweimal zehn wurdest.«

»Weil ich da zehn war«, erklärte Zara. »Ich war jung. Und dumm. Damals dachte ich, es wäre egal.«

»Das ist es doch auch!«

»O nein! Ich möchte einfach einen richtigen Geburtstag wie alle anderen auch.«

»Tja nun, ich fürchte, wir wollen alle Dinge, die wir nicht haben können.«

»Und was willst du?« fragte Zara feindselig. »Was willst du, Fleur? Ein großes Haus, ein großes Auto?«

»Schatz...«

»Ich will nämlich hierbleiben. Bei Richard, Gillian und Antony. Nirgends sonst.« Ihre Stimme versagte leicht. »Warum geht das denn nicht?«

»Es ist alles sehr kompliziert, Püppchen.« Fleur holte einen Lippenstift hervor und zog sorgfältig ihre Lippen nach.

»Das stimmt doch gar nicht! Wenn du wolltest, dann könnten wir hierbleiben. Richard liebt dich. Das weiß ich. Ihre beide könntet heiraten.«

»Du bist wirklich noch solch ein Kind!« Fleur legte den Lippenstift weg und lächelte Zara liebevoll an. »Ich weiß, du wolltest immer einmal Brautjungfer sein. Wann haben wir dir dieses süße rosa Kleid gekauft?«

»Da war ich neun, Herrgott noch mal!« Angewidert sprang Zara auf.

»Schatz, bitte werde nicht zu laut.«

»Verstehst du denn nicht?« Zwei dicke Tränen kullerten plötzlich über Zaras Wangen, und sie wischte sie ungeduldig fort. »Jetzt will ich einfach… will ich einfach ein Haus, in dem ich wohne. Du kennst das, wenn Leute einen fragen: ›Wo wohnst du denn?‹ Und ich muß dauernd sagen: ›Manchmal in London und manchmal anderswo.‹«

»Was stört dich daran? Klingt doch sehr glamourös!«

»Niemand sonst wohnt ›anderswo‹. Alle haben sie ein Zuhause!«

»Püppchen, ich weiß, daß es schwer für dich ist.«

»Es ist schwer für mich, weil du es mir so schwer machst!« weinte Zara. »Wenn du es wolltest, dann könnten wir irgendwo bleiben. Wir könnten ein Zuhause haben.«

»Eines Tages werden wir das auch, Schatz. Versprochen. Wenn wir wirklich gutsituiert sind, schaffen wir uns irgendwo ein Heim, nur wir beide.«

»Nein, das werden wir nicht«, erwiderte Zara bitter. »Du hast mir nämlich versprochen, daß wir das machen, bis ich zehn bin. Und schau, jetzt bin ich dreizehn – oh, Entschuldigung, vierzehn. Und wir wohnen nach wie vor ständig woanders, je nachdem, wen du gerade vögelst.«

»Das reicht!« zischte Fleur zornig. »Nun hör mir einmal zu! Mal ganz abgesehen von deiner abscheulichen Ausdrucksweise, über die wir jetzt ausnahmsweise hinweggehen, dürfte ich da mal darauf hinweisen, daß du immer noch ein sehr junges Mädchen bist, das nicht weiß, was das Beste für es ist? Daß ich deine Mutter bin? Daß das Leben auch für mich nicht einfach ist? Und daß du, wie ich finde, ein herrliches Leben hast, voller Möglichkeiten und Vergnügungen, für die die meisten Mädchen alles geben würden?«

»Ich scheiß auf deine Möglichkeiten!« schrie Zara. Noch mehr Tränen rannen ihre Wangen hinunter. »Ich möchte hierbleiben! Und ich möchte nicht, daß du herumerzählst, mein Vater sei tot!«

»Das war bedauerlich.« Fleur runzelte leicht die Stirn. »Es tut mir leid.«

»Aber der Rest tut dir nicht leid«, entsetzte sich Zara. »Der tut dir nicht leid.«

»Schätzchen!« Fleur ging zu Zara und wischte ihr zärtlich die Tränen fort. »Na komm, meine Kleine! Was hältst du davon, wenn wir beide morgen zum Lunch gehen? Und wir lassen uns maniküren? Nur wir beide? Das wird lustig!«

Schweigend zuckte Zara mit den Achseln. Inzwischen strömten die Tränen nur so und hinterließen auf Zaras T-Shirt nasse Flecken.

»Ich kann nicht glauben, daß du wirklich ein Teenager bist«, meinte Fleur liebevoll. »Manchmal schaust du gerade einmal wie zehn aus.« Sie zog Zara an sich und küßte sie auf die Stirn. »Keine Bange, Püppchen. Am Ende wird alles gut. Wir bringen unser Leben auf die Reihe.« Ein neuer Tränenstrom lief über Zaras Gesicht; sie versuchte, etwas zu sagen.

»Du bist müde«, meinte Fleur. »Vermutlich war alles ein bißchen zuviel. Ich denke, ich gehe jetzt am besten, damit du dich ein wenig ausruhen kannst. Nimm ein schönes heißes Bad, und dann sehen wir uns später unten.« Gedankenverloren nahm sie eine von Zaras langen blonden Locken in die

Finger, hielt sie ans Licht und ließ sie wieder fallen. Dann nahm sie, ohne Zara noch einer weiteren Aufmerksamkeit zu würdigen, ihren Lippenstift, warf einen prüfenden Blick auf ihr Spiegelbild und verließ das Zimmer.

12

Allmählich sorgte sich Philippa um Lambert. In den letzten Wochen hatte es den Eindruck gemacht, als sei er ständig gedrückter Stimmung; ständig verärgert über sie. Jetzt aber wandelte sich seine Laune von Verdrießlichkeit zu einer bissigen Wut. Nichts, was sie sagte, war richtig; nichts, was sie tat, paßte ihm.

Mit dem Briggs & Co. Fiasko hatte alles begonnen. Der Tag des Golfspiels war an sich schon schlimm genug gewesen. Dann hatte man Lamberts Freund in der Presse als Gauner entlarvt, und Lambert war vor Wut, die sich hauptsächlich gegen Fleur zu richten schien, in die Luft gegangen. Philippa argwöhnte, daß ihr Vater vermutlich in der Firma ein Wörtchen mit Lambert gesprochen hatte, was die Dinge auch nicht besser machte. Und nun begrüßte Lambert jeden Morgen mit düsterer Stimmung, kehrte allabendlich mit finsterer Miene von der Arbeit heim und knurrte sie gereizt an, wenn sie ihn aufzuheitern versuchte.

Anfangs hatte es ihr nichts ausgemacht. Fast hatte sie die Herausforderung begrüßt, »ihrem Mann durch eine schwierige Zeit zu helfen«. »In guten wie in schlechten Zeiten...«, hatte sie mehrmals täglich vor sich hingemurmelt, »... ihn zu lieben und zu ehren.« Bloß daß Lambert nicht besonders erpicht auf ihre Liebe und Verehrung zu sein schien. Er schien sie überhaupt nicht in seiner Nähe haben zu wollen.

Sie hatte Zeitschriftenartikel über Beziehungen zu Rate

gezogen und in der Bibliothek Bücher darüber durchgeblättert und dann versucht, einige der gemachten Vorschläge durchzuführen. Sie hatte neue Rezepte fürs Dinner ausprobiert, sie hatte vorgeschlagen, gemeinsam ein neues Hobby zu entdecken, sie hatte ihn gebeten, ihr doch sein Herz auszuschütten, sie hatte ihn durch Sex aufzurütteln versucht. Doch auf jeden ihrer Versuche hatte er mit dem gleichen mißmutigen Gesicht reagiert.

Und es gab niemanden, mit dem sie darüber sprechen konnte. Ihre Arbeitskolleginnen sprachen zwar ungezwungen über ihre Ehemänner und Freunde, aber Philippa hatte sich dabei stets zurückgehalten. Zum einen besaß sie ein natürliches Schamgefühl, das sie davon abhielt, anderen an der Kaffeemaschine ihre Bettgeheimnisse anzuvertrauen. Und zum anderen – und wenn sie ehrlich war, war das der eigentliche Grund – schien sich Lambert so sehr von allen anderen Ehemännern zu unterscheiden, daß es ihr peinlich war, den anderen die Wahrheit zu verraten. Alle schienen sie mit fröhlichen Typen verheiratet zu sein, die Fußball, den Pub und Sex mochten; die bei Bürofeiern erschienen und sich, obwohl sie einander gar nicht kannten, auf Anhieb gut verstanden. Aber Lambert war da anders. Er verfolgte das Fußballgeschehen nicht und ging auch nicht ins Pub. Manchmal mochte er Sex; manchmal schien er ihn fast abzustoßen. Bei Bürofeiern saß er grundsätzlich abseits vom Rest, rauchte eine Zigarre und machte ein gelangweiltes Gesicht. Danach, im Auto, äffte er die Aussprache all ihrer Kollegen und Kolleginnen nach, und Philippa gab traurig ihren Plan auf, ein paar nette Paare zu sich nach Hause einzuladen.

Seit dem Debakel auf dem Golfplatz waren sie nicht mehr nach »The Maples« gefahren. Jedesmal, wenn sie es vorschlug, verzog Lambert finster das Gesicht und behauptete, keine Zeit zu haben. Zwar hätte sie auch allein hinfahren können, aber dann hätten die anderen gemerkt, daß etwas nicht stimmte. So saß sie allabendlich mit Lambert zusammen und sah fern oder las einen Roman. An den Wochenenden schienen alle anderen Paare etwas vorzuhaben, bloß sie und Lambert nicht. Sie standen auf, und Lambert ging in sein Arbeitszimmer und las die Zeitung. Dann war Mittagszeit. Danach ging Philippa manchmal weg und schlenderte in den Läden herum. Und jeden Tag fühlte sie sich einsamer.

Da rief völlig unverhofft Fleur bei Philippa an.

»Philippa, hier ist Fleur. Am Freitag fahre ich zu einem Gedenkgottesdienst nach London. Wie wär's, wenn wir uns zum Lunch träfen?«

»Lunch? Wahnsinn!« Philippa spürte, wie sie rot wurde und ihr Herz zu hämmern begann, als würde sie um ein Rendezvous gebeten. »Liebend gern!«

»Ich weiß, daß du arbeiten mußt«, meinte Fleur. »Sonst hätte ich vorgeschlagen, daß wir uns schon früher treffen und einen kleinen Bummel machen.«

»Ich nehme mir den Tag frei«, sagte Philippa spontan. »Ich habe noch jede Menge Urlaubstage übrig.«

»Du Glückspilz! Nun, warum holst du mich dann nicht vom Bahnhof ab! Ich lasse dich noch wissen, welchen Zug ich nehme. Von dort kann's dann gleich losgehen.«

Als Philippa auflegte, war sie in absoluter Hochstimmung. Fleur wollte ihre Freundin sein. Sofort sah sie sich beide vor sich, wie sie bei der Bestellung des Essens in einem teuren Restaurant zusammen kicherten; sich gegenseitig ermunterten, ausgefallene Kleider auszuprobieren. Ein weiteres Treffen miteinander ausmachten. Vor Aufregung umarmte Philippa sich. Fleur war ihre Freundin!

»Am Freitag gehe ich mit Fleur zum Lunch«, rief sie Lambert zu, um einen beiläufigen Ton bemüht. »Da kommt sie nach London.«

»Na und?«

»Sie geht zu einem Gedenkgottesdienst«, erzählte Philippa, in ihrem Glück nicht fähig, ihren Redeschwall zu bremsen. »Ich frage mich, wessen Gedenkgottesdienst? Vermutlich jemand aus ihrer Familie. Oder vielleicht eine Freundin. Wahrscheinlich wird sie recht schick aussehen. Was ich wohl anziehen soll? Soll ich mir etwas Neues kaufen?«

Während Philippa weiterschwatzte, war Lambert mit seinen Gedanken anderswo. Vor ihm lag ein weiterer kurzangebundener Brief der Bank, in dem diese eine zuverlässige Garantie forderte, daß er imstande sei, seine beträchtliche, nicht genehmigte Kontoüberziehung zu begleichen. Er mußte Geld in die Finger kriegen, und zwar bald. Was hieß, daß er wieder nach »The Maples« fahren und in Richards Arbeitszimmer gelangen mußte. Doch das war riskant. Vor allem, da er momentan bei Richard nicht gut angeschrieben war. Lamberts Gesicht verdüsterte sich. Der alte Narr hatte ihn bei der Arbeit in sein Büro gerufen und ihn angerüffelt, weil er Fleur beleidigt hatte. Ihn angerüffelt! Es war ja egal, daß Fleur ihr Spiel völlig versaut hatte; daß sie keine Ahnung hatte, wie man sich auf dem Golfplatz benahm. Aber natürlich brachte es momentan gar nichts, mit Richard vernünftig zu reden. Er stand völlig in Fleurs Bann, und es blieb einem nichts anderes übrig als abzuwarten, bis sich das legte, und um »The Maples« besser einen Bogen zu machen, bis Richard sich wieder eingekriegt hatte.

»Was ich wirklich einmal brauche, sind Shorts«, sagte Philippa gerade im Zimmer nebenan, in der Meinung, daß er noch immer zuhörte. »Für die Wochenenden. Was Klassisches, allerdings nicht zu schick...«

Das Problem war, daß er nicht warten konnte, bis Richard sich wieder eingekriegt hatte. Er brauchte das Geld schnell.

Lambert trank aus dem schweren Silberseidel auf seinem Schreibtisch einen Schluck Bier und starrte wieder auf den Brief. Fünfzigtausend, und die Bank würde Ruhe geben. Da war er sich sicher. Und die warteten in »The Maples« auf ihn. Wenn er sich gewiß sein könnte, daß er nicht alles vermasselte; daß er nicht entdeckt würde... Eine plötzliche, unerwünschte Erinnerung kam ihm, von Fleurs Stimme hinter ihm, die ihn dabei erschreckte, wie er Richards Akten durchstöberte. Er spürte, wie ihm der kalte Schweiß ausbrach. Natürlich hatte sie keinen Verdacht geschöpft, warum sollte sie auch? Aber wenn das Richard gewesen wäre...

Plötzlich drang Philippas Stimme in sein Bewußtsein durch.

»Offenbar ist Daddy an diesem Tag auf einer Sitzung«, sagte sie gerade, »und Gillian hat ihren Bridgeunterricht.« Lambert riß den Kopf hoch. »Ansonsten hätte Fleur vorgeschlagen, daß sie ebenfalls mitkommen. Aber ich finde es so ganz nett, du nicht auch? Nur wir beide? Da können wir uns einmal näherkommen.«

Lambert erhob sich und ging in den Raum nebenan.

»Was hast du gerade gesagt? Dein Vater ist am Freitag auf einer Sitzung?«

»Ja, offensichtlich muß er nach Newcastle.«

»Das höre ich zum erstenmal.«

»O je. Hat er dich denn nicht gebeten mitzukommen?« Philippa biß sich auf die Lippen. »Du könntest ja mit zu dem Lunch kommen«, meinte sie zweifelnd. »Wenn du möchtest.«

»Sei nicht dumm. Ich, bei einem Lunch mit einem Paar Kicherliesen wie euch?«

Philippa giggelte, erfreut über die Vorstellung von sich und Fleur als einem Paar Kicherliesen. Mit einem plötzlichen Gefühl der Großherzigkeit grinste Lambert zurück.

»Ihr zwei Damen nehmt euren Lunch alleine ein«, sagte er. »Ich habe an dem Tag Wichtigeres vor.«

Der Mittwoch brach strahlend, heiß und blau an. Als Zara nach unten kam, war im Garten bereits der Frühstückstisch gedeckt worden. An ihrem Platz stand ein riesiger Blumenstrauß, an ihrer Stuhllehne erhob sich schimmernd ein silberner Heliumluftballon, und ihr Teller war mit Karten und Geschenken bedeckt.

»Alles Gute zum Geburtstag!« rief Antony, sobald er sie aus dem Wintergarten kommen sah. »Gillian, Zara ist da! Hol den Sekt mit dem Orangensaft! Das war meine Idee«, erklärte er Zara. »Sekt mit Orangensaft zum Frühstück. Und Pfannkuchen.« Zara schwieg. Sie starrte auf den geschmückten Tisch, als hätte sie noch nie etwas Derartiges gesehen.

»Ist das alles für mich?« fragte sie schließlich mit rauher Stimme.

»Aber natürlich! Du hast Geburtstag! Setz dich doch«, fügte er im Ton des Gastgebers hinzu. »Probier einmal die Erdbeeren.«

Fleur erschien mit einer Cafetière auf dem Rasen und lächelte Zara zärtlich an.

»Herzlichen Glückwunsch zum Geburtstag, Schätzchen! Hättest du gern einen Kaffee?«

»Nein«, sagte Zara.

»Wie du willst.« Fleur zuckte die Achseln.

»Aber die Erdbeeren mußt du probieren«, beharrte Antony. »Die sind köstlich.«

Zara setzte sich und betrachtete den Kartenhaufen auf ihrem Teller. Sie wirkte leicht benommen.

»Cooler Ballon, was?« meinte Antony glücklich. »Er ist von Xanthe und Mex.«

»Was?« Sie blickte auf, um zu sehen, ob er scherzte.

»Sie haben von deinem Geburtstag gehört. Ich glaube, eine Karte von ihnen ist auch da. Und ich habe gesagt, daß wir uns vielleicht später auf einen Schluck treffen. Aber das hängt natürlich ganz von dir ab.«

»Sie haben mir einen Ballon geschickt«, sagte Zara voller Verblüffung. Sie zog an der Schnur und beobachtete ihn. »Dabei kenne ich sie doch kaum.« Sie sah zu Antony auf. »Und ich dachte, du haßt sie.«

»Na ja, Xanthe ist eigentlich ganz nett.« Antony grinste sie verlegen an. »Jetzt komm schon, mach ein paar Geschenke auf.«

»Warte!« rief Richard vom Wintergarten aus. »Ich möchte das aufs Video bekommen!«

»Ja, Himmel noch mal«, meinte Antony. »Wir sind doch den ganzen Tag da!«

Gillian kam mit einem Tablett in den Garten, auf dem lauter Gläser mit Orangensaft und Sekt standen.

»Alles Gute zum Geburtstag, Zara!« rief sie. »Was für ein herrlicher Tag!«

»Vielen Dank«, murmelte Zara.

»Okay?« rief Richard. »Ich filme. Du kannst jetzt deine Geschenke aufmachen.«

»Meines bitte zuerst!« bat Antony sie aufgeregt. »Das da, das rotgestreifte.«

Zara ergriff das Päckchen und betrachtete es eine Weile schweigend.

»Das sieht aber hübsch aus«, meinte Fleur fröhlich. Zara schoß Fleur einen kurzen Blick zu, biß sich auf die Lippen und begann dann auszupacken. Ein kleiner gerahmter Druck fiel auf Zaras Schoß.

»Das ist Amerika«, sagte Antony. »Eine Karte von Amerika. Damit du eine hast, wenn du … wenn du hinfliegst.« Zara sah ihn an. Ihr Kinn zitterte.

»Danke, Antony«, schluckte sie und brach in Tränen aus.

»Zara!«

»Was ist denn los, Püppchen?«

»Gefällt's dir nicht?« fragte Antony besorgt.

»Und wie!« flüsterte Zara. »Tut mir leid. Es ist nur…«

»Du brauchst bloß einen guten Schluck Orangensekt und einige Pfannkuchen«, meinte Gillian rasch. »Weißt du, es ist nicht leicht, vierzehn zu werden. Ich erinnere mich gut daran. Komm, Zara.« Sie tätschelte Zaras bloße, dünne Schulter. »Du hilfst mir jetzt, das Frühstück herauszutragen, und ein Weilchen später packen wir dann die restlichen Geschenke aus.«

»Gefällt dir dein Geburtstag nicht?« fragte Antony später. Sie saßen in einem versteckten sonnigen Eckchen des Gartens und lauschten dem Gedröhn von Zaras neuem tragbaren Ghettoblaster.

»Doch.«

»Du schaust aber nicht sehr glücklich drein.«

»Mir geht's gut, okay?« schnauzte sie.

Antony ließ ein paar Minuten vorbeigehen. Dann fragte er leichthin: »Zara, was hast du für ein Sternzeichen?«

»Schü…«, begann sie und verstummte jäh. »Ich glaub' nicht an diesen ganzen Quatsch.«

»Tust du wohl. Letztens hast du dein Horoskop gelesen.«

»Das heißt noch lange nicht, daß ich dran glaube. Herrje, wenn man jedesmal, wenn man ein Horoskop liest…

»Du weißt aber trotzdem, was du für ein Sternzeichen hast, oder?« unterbrach er sie. »Schütze ist es nicht. Kann ja nicht sein. Und? Was ist es also?«

»Warum interessiert dich das denn so?« Sie setzte sich abrupt auf. Dabei ergoß sich der Inhalt ihrer Diätlimodose auf ihre Jacke. »Scheiße«, sagte sie. »Ich hole einen Lappen.«

»Nein, das tust du nicht. Wechsle jetzt nicht das Thema! Zara, was hast du für ein Sternzeichen?«

»Schau her, du Arschloch, meine Jacke ist vollgekleckert.«

»Na und? Das hast du doch mit Absicht gemacht. Herrgott, für wie dumm hältst du mich?« Sie wollte aufstehen, doch er packte sie rasch und drückte ihr Handgelenk auf den Boden. »Zara, was hast du für ein Sternzeichen? Sag's mir!«

»Herrgott noch mal!« Sie sah ihn verächtlich an und warf ihr Haar zurück. »Okay, es ist Skorpion.«

»Falsch.« Er lehnte sich zurück. »Du bist Löwe!«

»Na und?« blaffte Zara. »Skorpion, Löwe. Wen interessiert das schon?«

»Zara, was ist los?«

»Mich brauchst du da nicht zu fragen. Du bist doch der, der sich hier wie ein Arschloch benimmt!«

»Eigentlich hast du heute gar nicht Geburtstag, stimmt's?«

»Doch natürlich!« Zara senkte die Wimpern und zog einen Kaugummi aus der Hosentasche.

»Hast du nicht! Du hast zwischen dem 22. November und dem 21. Dezember Geburtstag. Ich habe Schütze nachgesehen.« Er rutschte so lange im Gras herum, bis er ihr flehend ins Gesicht sehen konnte. »Zara, was geht hier vor? Was immer es sein mag, ich erzähl's niemandem, versprochen, Zara. Ich bin doch dein Freund, oder?«

Sie zuckte wortlos die Achseln und steckte sich den Kaugummi in den Mund.

Antony sah sie eine Weile an. Dann sagte er: »Und ich glaube auch nicht, daß dein Vater tot ist.« Er sprach langsam, ohne den Blick von ihr zu wenden. »Ich glaube, er lebt noch. Ich glaube, da hat deine Mutter auch gelogen.«

Zara kaute schnell, fast verzweifelt, die Augen fort von ihm auf die Bäume gerichtet.

»Erzähl's mir«, bettelte Antony. »Ich sag's auch niemandem weiter. Wem sollte ich es schon erzählen? Ich kenne ja niemanden, dem ich es erzählen könnte.«

Zara lachte kurz auf.

»Und wem du's allen erzählen könntest«, versetzte sie. »Deinem Vater ... Gillian ...«

»Aber ich täte es nicht!« rief Antony. Er senkte seine Stimme. »Egal, was es ist, ich verrate es keiner Menschenseele. Aber ich will die Wahrheit wissen. Ich möchte wissen, wann du wirklich Geburtstag hast. Und warum ihr so tut, als sei er heute. Und ... und alles.«

Eine lange Pause entstand. Dann drehte Zara sich zu ihm um.

»Okay, hör zu«, sagte sie leise. »Wenn du irgend jemandem verrätst, was ich dir jetzt erzähle, dann sage ich, daß du versucht hast, mich zu vergewaltigen.«

»Was?« Antony glotzte sie völlig verdattert an.

»Ich sage, daß du mich gebeten hast, hier ans Ende des Gartens zu kommen, und daß du mich auf den Boden gedrückt hast. An den Handgelenken.« Sie hielt inne und betrachtete Antonys Hand – die Hand, die sie einige Minuten zuvor aufs Gras gedrückt hatte. Glühende Röte schoß ihm ins Gesicht. »Und dann sage ich, daß du versucht hast, mich zu vergewaltigen.«

»Du kleines ...«

»Anklage erheben werden sie vermutlich nicht. Aber sie werden dich verhören. Und manche Leute werden glauben, daß du's getan hast. Manche tun das immer.«

»Ich kann einfach nicht glauben ...« Sprachlos geworden, starrte er sie an.

»Du siehst also, ich meine es ernst«, sagte Zara bedächtig. »Du darfst es keinem weitererzählen. Wenn du deinem Vater oder Gillian oder irgend jemandem etwas sagst – dann gehe ich zur Polizei. Und dann sitzt du in der Scheiße.« Sie spuckte ihren Kaugummi aus. »So, willst du's jetzt wissen, oder nicht?«

Richard hatte das Gefühl, als würde er endlich das Leben führen, wie er es sich schon immer erträumt hatte. Er saß in seinem Sessel, beobachtete, wie Fleur in einem Musterbuch für Tapeten blätterte, und fragte sich, wie er die Beziehung zu Emily je für Liebe hatte halten können. Er konnte es kaum ertragen, an all die vergeudeten Jahre zu denken; Jahre, die er in düsterer Eintönigkeit verbracht hatte. Nun war sein Leben voller Farbe, helle, kräftige Töne voller Dynamik.

»Du mußt dich entscheiden, ob du in deinem Arbeitszimmer gestrichene oder tapezierte Wände haben möchtest«, sagte Fleur. Sie lugte ihn liebevoll über ihre Sonnenbrille hinweg an. »Und gib mir bitte ein Budget.«

»Ich gebe dir, was immer du willst«, sagte Richard. Er erwiderte ihren Blick, und sie schenkte ihm ein hinreißendes, geheimnisvolles Lächeln. Sofort spürte er, wie er wonnevoll erschauerte und sich auf eine weitere lustvolle Nacht freute.

Fleur bewohnte nicht länger ihr eigenes Schlafzimmer. Sie schlief nun jede Nacht bei ihm, ihr Körper schmiegte sich an seinen, ihr Haar fiel auf sein Kissen. Jeden Morgen erwartete ihn ihr Lächeln; jeden Morgen machte sein Herz einen Sprung, wenn er neben ihr aufwachte. Und sie unterhielten sich mehr miteinander denn je. Richard fühlte sich so glücklich wie noch nie, und Fleurs Augen funkelten sogar noch mehr als zuvor. Momentan schien sie vor Glück und Erregung zu glühen, dachte Richard, und ihr Gang hatte eine Elastizität, die zuvor nicht dagewesen war. Eine Elastizität – sein Mund verzog sich zu einem kleinen, verlegenen Lächeln –, die er bewirkt hatte.

Wenn er erst um ihre Hand angehalten hatte, wäre alles vollkommen. Wenn Oliver aus dem Urlaub zurückkam, wenn er das mit dem Treuhandvermögen geklärt hatte, wenn er endgültig mit dem Kapitel Emily abgeschlossen hatte. Er würde einen passenden Zeitpunkt wählen, einen passenden Rahmen, einen passenden Ring...

Eine stille, passende Hochzeit. Und dann überschwengliche, lärmende, frohe Flitterwochen. Die Flitterwochen, auf die er sein ganzes Leben gewartet hatte.

Als Zara ihm alles erzählt hatte, ließ Antony sich ins Gras plumpsen und starrte zum blauen Himmel hinauf.

»Ich glaub's einfach nicht«, ächzte er. »Sie macht sich diese ganzen Umstände, bloß um an eine Gold Card zu kommen?«

»Mit einer Gold Card kann man eine Menge Schaden anrichten«, sagte Zara.

»Aber ich meine...« Er ließ den Satz unvollendet und runzelte die Stirn. »Ich versteh' das nicht. Und warum muß dein Vater dazu unbedingt tot sein?«

»Sie hat deinem Vater erzählt, daß sie Witwe ist. Ich schätze, sie dachte, daß sie das reizvoller macht.«

Eine Weile schwieg Antony. Schließlich sagte er nachdenklich: »Dann war sie also die ganze Zeit lang nur hinter seinem Geld her.« Er setzte sich auf. »Das ist doch verrückt! Ich meine, so reich sind wir auch wieder nicht.«

»Vielleicht ist ihr ein Fehler unterlaufen. Oder vielleicht seid ihr reicher, als du denkst.«

»O Gott, armer Dad. Und er ahnt überhaupt nichts Böses! Zara, ich muß es ihm sagen!«

»Und dann, Euer Ehren, hat er mich ins Gras gedrückt«, begann Zara tonlos zu erzählen. »Ich habe mich zu wehren versucht, aber er war stärker.«

»Schon gut!« erwiderte Antony gereizt. »Ich halte den Mund. Aber ich meine, verflucht! Mein Vater kann es sich nicht leisten, einen Haufen Geld zu verlieren!«

»Betrachte es als eine Art von Bezahlung«, meinte Zara. »So sieht Fleur das jedenfalls immer.«

»Was? Sie hat das also schon mal gemacht?« Antony riß die Augen auf. »War mit Männern zusammen, nur wegen deren Geld?«

Zara zuckte die Achseln und guckte gelangweilt in die andere Richtung. Es war einfach gewesen, Antony mit einer limitierten, redigierten Version der Wahrheit abzuspeisen, einer Wahrheit, die, selbst wenn er plaudern sollte, Fleur nicht alles ruinieren würde. Sie hatte Fleur als alberne Gans geschildert, die mit vollen Händen Geld ausgab und deshalb verrückt nach Richards Gold Card war. Schon diese harmlose Fassung hatte ihn schockiert. Was wäre wohl erst los, wenn sie ihm reinen Wein einschenken würde? Ihm erzählen würde, daß ihre Mutter eine zynische, herzlose Betrügerin war? Die in anderer Leute Leben trat, weil sie wußte, daß sie verletzlich und verzweifelt waren; die wegen deren Beschämung und verletztem Stolz ungeschoren davonkam?

Die Wahrheit war da, in ihrem Innern; es kam ihr vor, als würde lediglich ein dünner Vorhang sie vom Rest der Welt verbergen. Wenn er eine Hand ausstreckte und zog, dann würde der dünne Stoff herunterschweben. Dann könnte Antony all die Betrügereien sehen, die häßlichen Lügen und Geschichten, die sich wie Schlangen in ihrem Hirn kringelten. Aber auf so eine Idee würde er gar nicht erst verfallen. Er dachte, er hätte ihr schon die ganze Wahrheit entlockt.

»Dann ist sie im Grunde also eine Prostituierte«, platzte er unverblümt heraus.

»Sie nimmt sich, was sie wert ist«, schnauzte Zara ihn an. »Hat dein Vater die letzten Monate vielleicht nicht genossen?« Antony starrte sie an.

»Aber er denkt wirklich, sie liebt ihn. Ich dachte das auch. Ich dachte, sie liebt ihn.«

»Na ja, vielleicht tut sie's ja.«

»Menschen, die einander lieben, sind nicht an Geld interessiert!«

»Ach, natürlich sind sie das«, entgegnete Zara verächtlich. »Hättest du nicht lieber eine Freundin, die dir einen Porsche kaufen kann? Wenn du nein sagst, lügst du!«

»Ja, aber bei wahrer Liebe ist das anders!« protestierte Antony. »Da geht's um die inneren Werte des anderen!«

»Da geht's um alles«, hielt Zara dagegen. »Da geht's erst mal ums Geld, zweitens ums Aussehen und zur Not auch um die Persönlichkeit.«

»Herrgott, hast du verkorkste Ansichten! Geld kommt da gar nicht ins Spiel! Ich meine... angenommen, du heiratest jemanden wirklich Reichen, und dann gibt's einen Börsensturz, und er verliert sein ganzes Geld?«

»Angenommen, du heiratest jemanden wirklich Netten, und dann hat der einen Autounfall und verliert seine ganze Persönlichkeit? Wo ist da der Unterschied?«

»Das ist nicht dasselbe! Und das weißt du auch genau!« Er sah sie neugierig an. »Warum verteidigst du deine Mutter eigentlich?«

»Was weiß ich?« stammelte Zara. »Schätzungweise, weil sie meine Mutter ist! Ich habe noch nie mit jemandem über sie gesprochen. Mir ist nie klargeworden...« Sie ließ den Satz unvollendet. »Ach, Herrgott noch mal! Ich wünschte, ich hätte es dir nie erzählt!«

»Das wünschte ich mir auch! Eine Scheißsituation ist das!«

Sie maßen sich mit zornigem Augenfunkeln.

»Hör mal«, meinte Zara schließlich. »Dein Vater ist nicht dumm. Er wird sich doch wohl nicht völlig ausnehmen lassen, oder?« Sie zwang sich, seinem Blick standzuhalten.

»Nein«, sagte Antony. Er atmete langsam aus. »Das nehm' ich nicht an.«

»Und du magst ihre Gesellschaft, oder?«

»Natürlich. Ich find's schön, daß sie hier ist. Und ich … ich find's schön, daß du hier bist.«

»Gut«, sagte Zara und lächelte ihn zögernd an. »Ich find's nämlich auch schön hierzusein.«

Später schlenderten sie zum Haus zurück und stießen dort auf Fleur und Richard, die sich humorvoll am Gartentisch über Tapeten stritten.

»Antony!« rief Fleur. »Bring deinem Vater doch bitte Vernunft bei! Zuerst gab er mir eine *carte blanche,* was die Neueinrichtung seines Arbeitszimmers betrifft, und jetzt sagt er, etwas anderes als Streifen oder *fleur-de-lis* kämen ihm nicht ins Haus.«

»Ich weiß nicht, was *fleur-de-lis* sind«, gestand Antony. Er musterte Fleur kritisch. Nun, da er die Wahrheit kannte, sah er sie mit anderen Augen. Als sie auf sie zugegangen waren, hatte er ehrlich erwartet, daß sie anders sein würde. Mehr … mehr wie ein Monster. Fast hatte er sich davor gefürchtet, ihren Blick zu erwidern. Doch da war sie, nicht anders als zuvor, warm, hübsch und freundlich. Und nun lächelte sie ihn an, und er griente zurück, und plötzlich fragte er sich, ob das, was Zara ihm erzählt hatte, wirklich stimmen konnte.

»Ich sage dir was«, meinte Richard zu Fleur. »Warum besorgst du nicht noch ein paar Musterbücher für Tapeten, wenn du in London bist? Ich bin mir sicher, wir finden einen Kompromiß. Denk allerdings dran, daß ich derjenige bin, der in dem Zimmer sitzen und zu arbeiten versuchen muß.« Er feixte Antony und Zara an. »Fleur ist ganz wild auf orangefarbene Wände.«

»Nicht orangefarben. Terracotta!«

»Wann fährst du nach London?« erkundigte sich Zara.

»Am Freitag«, sagte Fleur, »übermorgen also.«

»Deine Mutter muß zu einem Gedenkgottesdienst«, erklärte Richard.

Zara erstarrte und wurde blaß.

»Du gehst zu einem Gedenkgottesdienst?« fragte sie.

»Richtig.«

»Zu einem Gedenkgottesdienst?« wiederholte Zara ungläubig. »Du gehst zu einem *Gedenk*gottesdienst?«

»Ja, Schatz«, sagte Fleur ungeduldig. »Und mach doch deswegen nicht so ein Theater.« Sie sah Zara durchdringend an. »Ich bin einen Tag fort. Der Gottesdienst ist für die arme Hattie Fairbrother«, fügte sie leichthin hinzu. »Du erinnerst dich doch an Hattie, oder, Schatz?« Zara fuhr zusammen und wandte sich ab.

»Zara!« Gillian streckte den Kopf zum Fenster hinaus und unterbrach sie. »Ein Anruf für dich! Ein gewisser Johnny!«

»Johnny?« Zara riß den Kopf hoch. »Johnny ist am Telefon? Okay, ich komme! Ich komme! Paß auf, daß er nicht auflegt!« Mit Riesenschritten hetzte sie ins Haus.

»Möchtest du eine Diätcola?« rief Antony, aber sie hörte ihn nicht mehr. »Ich, äh … ich schau mal, ob sie eine Diätcola möchte«, erklärte er den anderen und lief hinter ihr her.

Richard sah Fleur mitleidig an.

»Der Gedanke, daß du zu einem Gedenkgottesdienst gehst, schien Zara sehr mitzunehmen«, sagte er.

»Ich weiß«, erwiderte Fleur. »Seit dem Ableben ihres Vaters nimmt sie alles mit, was mit dem Tod zusammenhängt.« Sie wirkte niedergeschlagen. »Ich versuche, ihr da nicht zu sehr zuzusetzen.«

»Das arme, kleine Ding.« Richards Augen glänzten verräterisch. »Und wer ist Johnny? Ein besonderer Freund Zaras?«

»Unser beider Freund«, sagte Fleur. Ihr Gesicht verschloß sich etwas. »Ich kenne ihn seit Jahren.«

»Du solltest ihn bitten, uns hier zu besuchen«, schlug Richard vor. »Ich würde gerne einige deiner Freunde kennenlernen.«

»Ja, vielleicht irgendwann mal«, sagte Fleur und wechselte das Thema.

Zara war in einem winzigen Raum verschwunden, der von der Diele abging und in dem sich nur ein Telefon, ein Stuhl und ein kleiner Tisch für Nachrichten befand. Als sie wieder herauskam, wartete Antony auf sie. Er musterte sie verwundert. Ihre Augen strahlten; sie sah plötzlich wieder fröhlich aus.

»Also, wer ist Johnny?« fragte er gespannt. »Gehst du mit ihm?«

»Quatsch!« erwiderte Zara. »Ich gehe mit niemandem. Johnny ist bloß ein Freund. Ein wirklich guter Freund.«

»Ah so?« Antony versuchte, unbeschwert und fröhlich zu klingen. »Die Nummer kenne ich schon.«

»Antony, Johnny ist sechsundfünfzig!«

»Oh!« sagte Antony und kam sich töricht vor.

»Und er ist schwul!« fügte Zara hinzu.

»Schwul?« Er glotzte sie an.

»Ja, schwul!« Sie kicherte. »Bist du jetzt zufrieden?« Sie eilte zurück in den Garten.

»Wohin gehst du?« rief Antony und rannte hinter ihr her.

Gemeinsam kamen sie keuchend auf dem Rasen an.

»Okay, Johnny sagt, er hofft, daß du dich eines anderen besonnen hast, und wenn, daß du ihn anrufst«, verkündete Zara.

»Umentschieden? In welcher Hinsicht?« fragte Fleur.

»Er sagte, du wüßtest schon, wovon er redet. Und... er sagte auch, daß er vielleicht mit mir nach New York fliegt! Als ein besonderes Geschenk zum vierzehnten Geburtstag!« Sie warf Fleur einen triumphierenden Blick zu.

»New York!« rief Antony. »Phantastisch!«

»Wie nett«, bemerkte Fleur bissig.

»Na, das soll ich dir jedenfalls ausrichten.« Zara zog einen Kaugummi aus ihrer Hosentasche, packte ihn aus und kaute glücklich darauf herum. »Und, wirst du ihn anrufen?«

»Nein.« Fleur klappte das Musterbuch zu. »Das werde ich nicht.«

13

Am Freitag morgen fuhr Richard frühzeitig zu seiner Sitzung, und Fleur stieß einen Seufzer der Erleichterung aus. Allmählich wurde ihr seine ständige Gegenwart ein bißchen zu viel. Je mehr der Sommer in seiner ganzen Schönheit hereinbrach, desto mehr Tage nahm er sich frei – längst fällige Urlaubstage, erklärte er – und verbrachte sie alle zu Hause. Das erste Mal, als sie das Wort Urlaub gehört hatte, hatte Fleur hinreißend gelächelt und sich gefragt, ob sie ihn dazu überreden könne, mit ihr nach Barbados zu reisen. Aber Richard wollte nicht fort. Wie ein liebeskranker Halbwüchsiger hatte er einzig und allein den Wunsch, bei ihr zu sein. Er war die ganze Nacht in ihrem Bett; den ganzen Tag an ihrer Seite; es gab kein Entrinnen. Tags zuvor hatte sie doch tatsächlich vorgeschlagen, daß sie beide zusammen Golf spielten. Egal was, Hauptsache, die Monotonie wurde unterbrochen. Wir müssen vorsichtig sein, dachte sie, als sie ihren Morgenkaffee trank, sonst verfallen wir noch in einen eintönigen Trott.

Sie gab sich einen Ruck. Sie würde mit Richard in keinen Trott verfallen, weil sie gar nicht bei Richard blieb. Heute nachmittag um fünfzehn Uhr würde sie beim Gedenkgottesdienst von Hattie Fairbrother sein, Ehefrau des Geschäftsmagnaten Edward Fairbrother im Ruhestand; bis der Empfang vorüber war, hatte sie womöglich schon völlig neue Pläne.

Sie erhob sich, untersuchte ihr schwarzes Kostüm nach Knitterfalten und ging nach oben. Während sie die Treppen hochstieg, kam ihr erneut das Arbeitszimmer in den Sinn. Noch immer hatte sie keine Möglichkeit gehabt, Richards Angelegenheiten auszukundschaften. Dabei hätte das nun, da sie das Arbeitszimmer ganz offiziell neu einrichtete, ein leichtes sein sollen. Eigentlich konnte sie hineinschlendern, wann immer sie wollte, konnte herumschnüffeln, Schubladen öffnen und wieder schließen, konnte alles herausfinden, was sie über Richards geschäftliche Angelegenheiten wissen wollte, und niemand würde Verdacht schöpfen. Dennoch war es mit dem sie ständig anhimmelnden Richard an ihrer Seite schwieriger als erwartet geworden, einen Zeitpunkt zu finden, an dem sie dort allein sein konnte. Abgesehen davon war sie fast sicher, daß er nicht ganz das Kaliber hatte, das sie sich erhofft hatte. Johnny mußte da etwas in die falsche Kehle bekommen haben. Richard Favour war lediglich ein mäßig begüterter Mann, dessen Gold Card ihr vielleicht fünfzehn- bis zwanzigtausend Pfund bescheren würde. Da lohnte es sich schon fast nicht, die langweiligen kleinen Bücher durchzuschauen.

Doch die Macht der Gewohnheit zog sie zur Arbeitszimmertür. In wenigen Minuten war das Taxi da, das sie zum Bahnhof bringen sollte, doch es blieb genug Zeit, um kurz Richards jüngste Korrespondenz durchzugehen. Im übrigen sollte sie ja sein Arbeitszimmer neu gestalten. Sie öffnete die Tür mit dem Zweitschlüssel, den Richard ihr gegeben hatte, betrachtete die düsteren Wände und erschauerte. Ihr Blick fiel auf das große Fenster hinter dem Schreibtisch; im Geist sah sie einen edlen Vorhang aus tiefem Grün daran. Passend dazu würde sie einen dunkelgrünen Teppich aussuchen. An die Wände kämen eine Reihe alter Golfstiche. Vielleicht würde sie für Richard welche bei einer Auktion erstehen.

Nur, daß sie natürlich nichts dergleichen tun würde. Fleur biß sich auf die Lippen, setzte sich auf Richards Stuhl und drehte sich müßig herum. Das Fenster eröffnete die Aussicht auf den Garten: den Rasen, den Birnbaum, das Badmintonnetz, das Antony und Zara am Abend zuvor stehen gelassen hatten. Vertraute Anblicke. Zu vertraut. Erstaunlicherweise würde es ihr gar nicht so leichtfallen, sie aufzugeben. Und wenn sie ehrlich war, dann würde es ihr auch nicht leichtfallen, Richard zu verlassen.

Aber nun ja, im Leben fiel einem nun mal vieles nicht leicht. Fleur reckte das Kinn und trommelte, ungeduldig mit sich selbst, mit den Fingernägeln auf das polierte Holz des Schreibtisches. Sie hatte ihr Ziel noch nicht erreicht. Sie war noch keine reiche Frau. Deshalb würde sie weiterziehen müssen; sie hatte keine andere Wahl. Es hatte keinen Sinn, endlos auf das zu warten, was noch kleckerweise hereinkommen konnte. Richard war nicht der Typ, der spontan in letzter Minute einen Haufen Geld für ein Designerkleid oder ein Diamantenarmband hinauswarf. Sobald sie herausbekommen hatte, wieviel an Verlust er sich leisten konnte, würde sie mit der Gold Card abheben, was ging, das Geld nehmen und verschwinden. Wenn sie den Betrag elegant genug hinbekam – und das würde sie –, dann würde er den Verlust stillschweigend verdauen, heimlich seine Wunden lecken und sich damit trösten, daß er um eine Erfahrung reicher sei. Das tat diese Art von Männern immer. Und zu dem bewußten Termin wäre sie schon in einer anderen Familie, einem anderen Heim, möglicherweise sogar in einem anderen Land. Seufzend zog sie Richards Ablage zu sich her und begann, seine neueste Korrespondenz durchzusehen. Sie tat das langsam und widerstrebend, ohne recht bei der Sache zu sein. Ihr war nicht ganz klar, wonach sie suchte. Sie verspürte keinen rechten Kitzel mehr, irgendwie fehlte ihr der Biß. Früher einmal, da hatte sie jeden Brief eilig nach irgendwelchen Hinweisen überflogen; nach Möglichkeiten eines finanziellen Zugewinns getrachtet. Nun überflogen ihre Augen gleichgültig jede Seite, nahmen hier einige Worte und dort einige Sätze auf und schweiften dann weiter. Da war ein kurzer Brief über die Miete von Richards Londoner Wohnung. Die Bitte um eine Spende für eine wohltätige Einrichtung für Kinder. Ein Bankauszug.

Als Sie ihn aus dem Umschlag zog, spürte Fleur, wie ihr Herz ein wenig schneller schlug. Zumindest das hier konnte sich als interessant erweisen. Sie faltete das einzelne Blatt auseinander, und ihr Blick fiel automatisch auf das Guthaben am Ende, während sie im Geiste abschätzte, welchen Betrag sie wohl erwarten konnte. Und dann, als ihr klar wurde, was sie da las, hätte sie beinahe der Schlag getroffen. Ihre Finger waren plötzlich klamm; ihre Kehle war trocken; sie schnappte nach Luft.

Nein, dachte sie und versuchte, sich zu fangen. Das konnte nicht stimmen. Das konnte einfach nicht stimmen. Oder doch? Sie fühlte sich schwindelig vor Erstaunen. Sie schloß die Augen, schluckte, holte tief Luft und öffnete sie wieder. Noch immer stand da derselbe Gutschriftbetrag! Sie stierte ihn an, verschlang ihn im Geiste. War es möglich, daß diese Angabe korrekt war? Blickte sie wirklich auf… »Fleur!« rief Gillian von unten. Fleur fuhr zusammen und warf rasch einen Blick zur Tür. »Dein Taxi ist da!«

»Danke!« rief Fleur zurück. Ihre Stimme kam ihr piepsig und unnatürlich vor; sie bemerkte, daß ihre Hand zitterte. Mit einem leichten Schwächegefühl tasteten sich ihre Augen erneut über den Betrag. Was zum Teufel ging hier vor? Niemand, aber auch *gar niemand* hatte eine solche Summe einfach so auf einem Bankkonto. Außer, er war sehr dumm – was bei Richard nicht der Fall war – oder aber tatsächlich sehr, sehr reich...

»Fleur! Du verpaßt noch deinen Zug!«

»Ich komme schon!« Bevor Gillian womöglich noch hochkam, um sie zu holen, steckte Fleur den Kontoauszug eilig dorthin zurück, wo sie ihn gefunden hatte. Sie mußte über diese Sache nachdenken. Und zwar gründlich.

Für ihren ersten Tag mit Fleur hatte Philippa sich völlig neu ausstaffiert. Sie stand in der Waterloo Station, fühlte sich in ihrem zartrosa Kostüm etwas zu aufgemotzt und fragte sich, ob sie sich nicht doch etwas Salopperes hätte auswählen sollen. Aber sobald sie Fleurs ansichtig wurde, wichen ihre Zweifel. Fleur hatte sich sogar noch mehr in Schale geworfen als sie. Sie trug dasselbe schwarze Kostüm wie bei ihrer ersten Begegnung bei dem Gedenkgottesdienst, dazu einen wundervollen schwarzen Hut, der mit winzigen violetten Blumen bedeckt war. Auf ihrem Weg durch die Bahnhofshalle starrten alle sie an, und Philippa schwellte stolz die Brust. Diese gepflegte, elegante Schönheit war ihre Freundin. Ihre Freundin!

»Liebes!« Fleurs Kuß war zwar eher auf Effekt aus als warm, aber das war Philippa egal. In einer jähen Woge des Hochgefühls stellte Philippa sich sie beide vor, wie sie in ihren Kostümen dastanden – die eine in einem rosafarbenen, die andere in einem schwarzen. Zwei bezaubernde Frauen, die sich zum Lunch trafen. Wenn ihr tags zuvor so ein Anblick untergekommen wäre, dann hätte sie wehmütiger Neid gepackt; heute *war* sie der Anblick. Sie *war* eine dieser bezaubernden Frauen.

»Wohin sollen wir zuerst gehen?« erkundigte sich Fleur.

»Für halb eins habe ich bei Harvey Nichols einen Tisch reserviert, also könnten wir an einer anderen Ecke beginnen. Wo würdest du denn gern zum Shoppen gehen?«

»Ich weiß nicht!« rief Philippa aufgeregt. »Laß uns auf die Karte schauen. Ich habe einen U-Bahnausweis…«

»Ich dachte eigentlich eher an ein Taxi«, unterbrach Fleur sie freundlich. »Ich fahre grundsätzlich nicht mit der U-Bahn, wenn ich es verhindern kann.« Philippa spürte, wie ihr vor Beschämung das Blut in den Kopf schoß. Einen entsetzlichen Moment lang hatte sie das Gefühl, als ob der Tag bereits ruiniert sein könnte. Doch plötzlich lachte Fleur und hakte sich bei Philippa unter.

»Ich sollte nicht so pingelig sein«, lenkte sie ein. »Ich nehme an, du benützt die U-Bahn ständig, stimmt's Philippa?«

»Jeden Tag«, bestätigte Philippa. Sie zwang sich dazu, Fleur anzulächeln. »Aber ich bin durchaus willens, einmal darauf zu verzichten.«

Fleur lachte. »Braves Mädchen!« Sie begannen, in Richtung Taxistand zu gehen, und Philippa blieb bei Fleur eingehakt. Es kam ihr vor, als stünde sie am Beginn einer Liebesaffäre, und ihr war fast schwindlig vor Aufregung.

Im Taxi wandte sich Philippa erwartungsvoll zu Fleur und wartete aufgekratzt auf den Anfang eines ausgelassenen, intimen Plausches. Sie hatte sich sogar schon eine zärtliche Geste ausgedacht. »O Fleur!« würde sie im passenden Augenblick ausrufen. »Du bist schon wirklich einmalig!« Und dann würde sie Fleur wie einer alten Freundin den Arm drücken. Der Taxifahrer würde sie im Rückspiegel anschauen und sie für uralte Freundinnen halten. Oder vielleicht sogar für Schwestern.

Aber Fleur starrte wortlos aus dem Fenster auf den Verkehr hinaus. Sie hatte die Stirn in Falten gezogen, biß sich auf die Lippen und sah aus, dachte Philippa unbehaglich bei sich, als wolle sie nicht gestört werden. Als würde sie über etwas nachdenken; als würde sie überhaupt nicht wirklich hier sein wollen.

Da drehte sie sich unvermittelt zu Philippa um.

»Erzähl mal, du und Lambert, seid ihr glücklich miteinander?« Erschrocken zuckte Philippa zusammen. Heute wollte sie nicht über Lambert nachdenken. Aber Fleur wartete auf eine Antwort.

»O ja.« Sie schenkte Fleur ein strahlendes Lächeln. »Wir führen eine äußerst glückliche Ehe.«

»Eine glückliche Ehe«, echote Fleur. »Was genau macht eine Ehe glücklich?«

»Na ja«, erwiderte Philippa unsicher. »Du weißt schon.«

»Tue ich das?« gab Fleur zurück. »Ich bin mir da nicht so sicher.«

»Aber du warst doch verheiratet, oder?« warf Philippa ein. »Mit Zaras Vater.«

»O ja«, sagte Fleur vage. »Natürlich. Aber nicht glücklich.«

»Wirklich? Das wußte ich nicht.« Philippa sah Fleur beklommen an und fragte sich, ob sie wohl über ihre unglückliche Ehe sprechen wollte. Doch Fleur winkte ungeduldig ab.

»Was ich eigentlich meine, ist, warum heiratet man überhaupt?« Sie starrte Philippa an. »Was hat dich zu dem Entschluß geführt, Lambert zu heiraten?«

Als würde sie zum falschen Spezialthema befragt, durchzuckte Philippa leichte Panik. Positive Bilder von ihr und Lambert gingen ihr in rascher Folge durch den Kopf; sie beide an ihrem Hochzeitstag; ihre Flitterwochen auf den Malediven; Lambert, gebräunt und liebevoll; Nachmittage voller Sex unter einem Moskitonetz.

»Nun, ich liebe Lambert«, sagte sie schließlich. »Er ist

stark, und er sorgt für mich ...« Sie warf Fleur einen raschen Blick zu.

»Und?«

»Und wir haben Spaß miteinander«, meinte Philippa zögerlich.

»Aber woher wußtest du, daß er der Richtige für dich ist?« beharrte Fleur. »Woher wußtest du, daß du dich nicht mehr weiter umgucken mußtest und ... und dich für immer binden könntest?«

Philippa spürte, wie sie rot anlief.

»Ich wußte es einfach«, sagte sie mit einer Stimme, die zu hoch und zu abwehrend klang.

Unversehens kam ihr eine Erinnerung an ihre Mutter in den Sinn; eine Erinnerung, von der sie geglaubt hatte, sie hätte sie total aus dem Gedächtnis gestrichen. Ihre Mutter, im Bett, wie sie Philippa mit ihrem eisigblauen Blick fixiert und gesagt hatte: »Du sagst ja zu Lambert, Philippa, und bist dankbar. Welch anderer Mann würde ein Mädchen wie dich schon haben wollen?«

»Jim wollte mich«, hatte Philippa mit bebender Stimme eingewandt.

»Jim?« hatte ihre Mutter geschnauzt. »Dein Vater verachtet Jim! Er würde es dir nie erlauben, Jim zu heiraten. Du nimmst Lamberts Antrag besser an.«

»Aber ...«

»Nichts aber! Das ist deine einzige Chance. Schau dich doch an! Hübsch bist du nicht, Charme hast du auch keinen, nicht einmal eine Jungfrau bist du mehr! Welcher andere Mann würde dich wollen?«

Bei der Zurechtweisung war Philippa schlecht geworden. Es war, als ob sie in Stücke gerissen worden wäre. Nun wurde ihr mit einemmal wieder übel.

»›Du wußtest es einfach.‹« Fleur klang unzufrieden. »Na,

ich wußte einfach, daß dies der richtige Hut für mich war.« Sie deutete auf ihren Kopf. »Und dann, als ich ihn gekauft hatte, entdeckte ich einen sogar noch besseren.«

»Der Hut ist bezaubernd«, meinte Philippa matt.

»Das Problem ist«, erklärte Fleur, »daß man zwar mehr als einen Hut haben kann. Du kannst zwanzig Hüte haben. Aber zwanzig Ehemänner eben nicht. Machst du dir nie Gedanken darüber, daß du dich zu früh festgelegt haben könntest?«

»Nein«, entgegnete Philippa sofort. »Eigentlich nicht. Einen besseren Ehemann als Lambert gibt es für mich nicht.«

»Wie schön!« Fleur lächelte Philippa an. »Das freut mich für dich!«

Philippa starrte Fleur unsicher an und spürte, wie ihr strahlendes, glückliches Lächeln erlosch. Und plötzlich wünschte sie sich, zum erstenmal in ihrem Leben, daß sie ehrlicher gewesen wäre. Sie hätte sich Fleur anvertrauen können; sie hätte ihre Sorgen mit Fleur teilen und sie um Rat fragen können. Aber ihr allererster Impuls war der gewesen, ein rosiges, romantisches Bild von sich zu zeichnen; ein Bild, das Fleur würdigen und um das sie sie möglicherweise sogar beneiden würde. Nun war für Philippa die Chance vorbei, mit der Wahrheit herauszurücken.

Kurz nachdem Gillian zu ihrem Bridgeunterricht aufgebrochen war, erreichte Lambert »The Maples«. Er parkte den Wagen, sperrte die Tür auf und stand lauschend in der Diele. Aber wie erwartet, herrschte im Haus Stille. Am Abend zuvor hatte er angerufen und vor Gillian beiläufig erwähnt, daß er zwischen verschiedenen Terminen vielleicht einmal vorbeischauen würde.

»Aber es wird niemand da sein«, hatte sie eingewandt. »Richard fährt nach Newcastle, ich spiele Bridge, und Antony ist vermutlich mit Zara unterwegs und übt für den Club Cup.«

»Ich schaue trotzdem mal herein«, hatte er leichthin erwidert. »Ich komme ja eh vorbei.«

Nun strebte er unverzüglich auf Richards Arbeitszimmer zu. Es wäre ein Klacks, die benötigte Information zu finden, und dann, wenn er wieder zu Hause war, eine angemessene Summe auf sein eigenes Konto zu überweisen. Innerhalb einer Woche könnte er einen Scheck für die Bank bereit haben, der ihn ein paar Monate freikaufen würde. Und Weihnachten wäre Philippa dann neunundzwanzig, das Treuhandvermögen würde in greifbare Nähe rücken, und er wäre seine lästigen Geldprobleme endgültig los.

Nachdem er das Arbeitszimmer betreten hatte, ging er absurderweise unwillkürlich in die Knie und spähte unter den Schreibtisch. Als wüßte er nicht, daß Fleur mit seiner eigenen Frau in London war. Einen weiteren Gedenkgottesdienst besuchte. Hatte diese Frau denn nichts Besseres zu tun, als zu verflixten Gedenkgottesdiensten zu gehen? Finster starrte er den staubigen Teppich an und stand dann auf, ging zu dem Aktenschrank und zog die dritte Schublade auf; die Schublade, die er das letztemal nicht mehr hatte öffnen können. Und wie zur Belohnung waren darin Ordner über Ordner mit Richards Bankauszügen.

»Bingo!« flüsterte er. Er kniete sich hin und zog aufs Geratewohl einen Ordner mit der Aufschrift »Haushalt« heraus. Die Auszüge waren ordentlich zusammengeheftet; beim Durchblättern stieg ein Gefühl der Vorfreude in ihm hoch. Hier war Richards finanzielles Leben, ausgebreitet zu seiner Einsicht. Das Vermögen, das eines Tages seines und Philippas sein würde. Bloß, daß auf diesem Konto wenig davon zu sehen war. Das Guthaben schien nie über dreitausend Pfund hinauszugehen. Was zum Teufel brachte das?

Ungeduldig stellte er den Ordner zurück und zog einen anderen, reichlich zerfledderten mit der Aufschrift »Kinder« heraus. Taschengeld, dachte Lambert verächtlich und warf den Ordner auf den Boden, wo dieser aufklappte. Lambert streckte die Hand bereits nach einem anderen aus, als er einen beiläufigen Blick auf den Ordner am Boden warf. Was er sah, ließ ihn versteinern. Der oberste Bankauszug stammte vom Monat zuvor, und das Guthaben belief sich auf fast zehn Millionen Pfund.

»Wie viele Gänge sollen wir zu uns nehmen?« fragte Philippa und warf einen Blick in die Speisekarte. »Drei?«

»Zehn Millionen«, erwiderte Fleur abwesend.

»Was?« Philippa sah auf.

»Oh, nichts.« Fleur lächelte. »Entschuldige, ich war mit meinen Gedanken gerade ganz woanders.« Sie nahm ihren Hut ab und schüttelte ihr rotgoldenes Haar zurück. Von der Ecke des Restaurants aus sah ihr ein Ober bewundernd zu.

»Das wäre was, zehn Millionen Gänge!« Philippa lachte herzlich. Der Tag hatte ihre Erwartungen mehr als erfüllt. Sie und Fleur waren von Laden zu Laden geschlendert, hatten Kleider anprobiert, sich gegenseitig mit Parfüm besprüht, fröhlich gelacht und wie zwei Paradiesvögel Aufmerksamkeit auf sich gezogen. Die Zeitschriften hatten unrecht, dachte Philippa. In allen hieß es, daß man sich, wenn man sich einen Mann angeln wollte, eine unattraktive Begleitperson aussuchen solle. Obgleich bedeutend älter, war Fleur viel hübscher als sie – und doch hatte Philippa sich heute auf Fleurs Ebene emporgehoben gefühlt. Und man hatte sie anders behandelt. Man hatte sie angelächelt, und Männer hatten ihr die Tür aufgehalten, und Bürogehilfinnen, die an ihr vorbeigeeilt waren, hatten sie mit neidvollen Augen betrachtet. Und Philippa hatte jede Sekunde genossen.

»Oh, ich weiß nicht«, sagte Fleur unvermittelt. »Es ist alles so schwierig. Warum kann das Leben nicht unkomplizierter sein?« Sie seufzte. »Komm, wir trinken einen Cocktail.« Sie winkte einem jungen Ober, der zu ihnen eilte.

»Einen Manhattan«, bat Fleur und lächelte ihn an.

»Zwei«, sagte Philippa. Der Ober erwiderte ihr Lächeln. Philippa fand ihn ausgesprochen gutaussehend. Genaugenommen schienen alle, die in teuren Läden arbeiteten, gut auszusehen.

»Verzeihung, meine Damen.« Ein weiterer Ober näherte sich ihrem Tisch. Er trug ein Silbertablett, auf dem eine Flasche Champagner stand. »Das wurde für Sie bestellt und im voraus bezahlt.«

»Nein!« Fleur brach in perlendes Gelächter aus. »Champagner!« Sie besah sich die Flasche. »Und zwar ein sehr guter. Wer hat ihn denn für uns bestellt?« Sie sah sich um. »Dürften wir das erfahren?«

»Das ist ja wie in einem Film!« meinte Philippa aufgeregt.

»Ich habe da eine Karte für eine Mrs. Daxeny.« Der Oberkellner wies dezent auf einen Umschlag.

»Aha!« sagte Fleur. »Der Spender kennt also unsere Namen!«

»Jetzt lies schon!« drängte sie Philippa.

Fleur riß das Kuvert auf.

»Meine Liebsten, ich wollte, ich könnte bei Euch sein. Einen schönen Lunch wünscht Euch, Richard.« Fleur blickte auf. »Sie ist von deinem Vater.« Sie klang erstaunt. »Dein Vater hat uns Champagner geschickt.«

»Und ich hatte gehofft, er wäre von einem unbekannten Prinzen«, entgegnete Philippa enttäuscht. »Woher wußte Daddy, daß wir hier sein würden?«

»Ich muß es ihm gesagt haben«, meinte Fleur nachdenklich. »Und er muß sich daran erinnert und das hier über Telefon für uns bestellt haben, in der Hoffnung, daß wir unsere Essenspläne nicht umwerfen würden. Und die ganze Zeit hat er kein Sterbenswort gesagt.«

»Soll ich die Flasche öffnen?« erkundigte sich der Oberkellner.

»O ja!« rief Philippa.

»Ja bitte«, sagte Fleur. Sie ergriff das Kärtchen und starrte es einige Sekunden an. »Was für ein äußerst aufmerksamer Mann dein Vater doch ist.«

»Ehrlich gesagt glaube ich, daß ich den Manhattan trotzdem noch nehme«, erklärte Philippa. »Und dann auf den Champagner umschwenke. Schließlich muß ich ja nicht Auto fahren!« Sie strahlte Fleur an. »Alles okay?«

»Ja, alles bestens.« Fleur zog leicht die Stirn kraus. »Ich habe nur gerade ... überlegt.«

Sie sahen andächtig zu, wie der Ober mit einem kaum hörbaren Ploppen die Champagnerflasche öffnete und ihnen die Gläser füllte. Feierlich kredenzte er die perlende Köstlichkeit den beiden Damen.

»Weißt du, normalerweise schaffen es die Männer nicht, mich in Erstaunen zu versetzen«, sagte sie wie zu sich selber. »Aber heute ...« Sie trank einen Schluck. »Er ist vorzüglich.«

»Heute wurdest du es«, meinte Philippa triumphierend.

»Ja, heute wurde ich in Erstaunen versetzt«, stimmte ihr Fleur zu. Sie trank einen weiteren Schluck und betrachtete versonnen ihr Glas. »Gleich zweimal.«

Der Klang der Schlüssel der Zugehfrau an der Haustür ließ Lambert zusammenfahren. Mit fahrigen Händen legte er die Bankauszüge in den Aktenschrank zurück, eilte aus dem Arbeitszimmer und stieg dann gemächlich die Treppe hinunter. Als er der Zugehfrau begegnete, schenkte er ihr ein zuvorkommendes Lächeln, doch sein Herz schlug schnell, und der Schock saß ihm noch immer in den Knochen.

Ein flüssiges Vermögen von zehn Millionen Pfund. Das mußte das Geld für das Treuhandvermögen sein. Aber es war nicht als Treuhandvermögen angelegt, es lag auf Richards Konto. Was hatte das zu bedeuten? Bei seinem Auto angelangt, blieb er leicht keuchend stehen und versuchte, sich nicht von seiner Panik überwältigen zu lassen. Das Geld war nicht als Treuhandvermögen angelegt. Was bedeutete, daß Philippa nicht die Millionärin war, für die er sie gehalten hatte. Und er hatte sein Konto enorm überzogen und keine Möglichkeit, das Geld zurückzuerstatten!

Er öffnete die Wagentür, stieg ein und legte seinen feuchtkalten Kopf auf das Steuer. Es machte keinen Sinn. Hatte Emily ihn *angelogen*? Sie hatte ihm versprochen, daß Philippa reich sein würde. Sie hatte ihm gesagt, daß sie und Richard alles dazu Nötige umgehend in die Wege leiten würden. Sie hatte gesagt, das Geld würde auf Philippas Namen angelegt; daß es Philippas wäre, sobald sie dreißig würde. Und wo war es nun statt dessen? Es lief immer noch unter Richards Namen! So wie es aussah, hatte Richard seit Monaten seine Vermögenswerte zu Geld gemacht. Offensichtlich hatte er etwas damit vor. Aber was? Wollte er es Philippa geben? Oder wollte er es mit irgendwelchen Miezen verprassen? Überrascht hätte Lambert inzwischen gar nichts mehr. Und das schlimmste war, daß ihm total die Hände gebunden waren.

Als die Nachspeise eintraf, beugte Philippa sich über den Tisch und sah Fleur in die Augen. Fleur erwiderte ihren Blick. Philippa hatte zwei Manhattans sowie ein Gutteil des Champagners getrunken und war immer redseliger und undeutlicher geworden. Ihre Wangen waren gerötet, das Haar zerzaust, und sie schien etwas Wichtiges auf der Seele zu haben.

»Ich habe dich angelogen«, platzte es aus ihr heraus. Fleur sah sie überrascht an.

»Entschuldige, was sagtest du?«

»Nein, *ich* muß mich entschuldigen. Ich meine, du bist meine beste Freundin, und ich habe dich angelogen. Du bist meine beste Freundin«, nuschelte Philippa mit Nachdruck. »Und ich habe dich angelogen.« Mit den Tränen kämpfend, crgriff sie Fleurs Hand. »Was Lambert betrifft.«

»Wirklich? Was hast du mir denn von Lambert erzählt?« Fleur entwand ihr die Hand und langte nach ihrem Löffel. »Iß deine Nachspeise.«

Gehorsam nahm Philippa ihren Löffel und versenkte ihn in ihre *créme brûlée.* Dann sah sie auf.

»Ich habe dir gesagt, daß ich ihn liebe.«

Ohne Eile aß Fleur erst einmal einen Löffel Schokoladenmousse.

»Du liebst Lambert nicht?«

»Manchmal bilde ich es mir zwar ein, aber«, Philippa erschauerte, »eigentlich stimmt das nicht.«

»Das kann ich dir nicht verübeln.«

»Ich bin gefangen in einer Ehe ohne Liebe.« Philippa stierte Fleur mit blutunterlaufenen Augen an.

»Na, dann Schluß damit.« Fleur verspeiste einen weiteren Löffel Schokoladenmousse.

»Du findest, ich sollte Lambert verlassen?«

»Wenn er dich nicht glücklich macht, na klar!«

»Meinst du nicht vielleicht, ich sollte eine Affäre haben?« fragte Philippa hoffnungsvoll.

»Nein«, erwiderte Fleur nachdrücklich. »Auf gar keinen Fall!« Philippa nahm einen Löffel *créme brûlée,* mampfte sie halbherzig. Eine Träne rollte ihre Wange hinab.

»Aber was ist, wenn ich Lambert verlasse, und dann ... und dann erkenne ich, daß ich ihn doch liebe?«

»Na, dann weißt du's wenigstens.«

»Aber was, wenn er mich nicht zurückhaben will? Dann bin ich ganz auf mich selbst gestellt!«

Fleur zuckte die Achseln.

»Na und?«

»Na und? Ein Dasein als Single könnte ich nicht ertragen!« Philippas Stimme erhob sich über die Geräuschkulisse des Restaurants hinweg. »Weißt du, wie schwierig es ist, heutzutage jemanden kennenzulernen?«

»O ja.« Fleur gestattete sich ein kleines Lächeln. »Du mußt halt an den richtigen Orten Ausschau halten.«

»Ich könnte es nicht ertragen, Single zu sein«, wiederholte Philippa hartnäckig. Fleur seufzte ungeduldig.

»Na, dann bleibe bei ihm. Philippa, du hast eine ganz schöne Menge getrunken ...«

»Nein, du hast recht«, unterbrach sie Philippa. »Ich werde ihn verlassen.« Sie erschauerte. »Er ist widerlich!«

»Da muß ich dir beipflichten.«

»Ich wollte ihn gar nicht heiraten«, gestand Philippa. Sie brach erneut in Tränen aus.

»Und nun wirst du ihn verlassen«, sagte Fleur und unterdrückte ein Gähnen. »Dann ist doch alles in bester Ordnung. Sollen wir um die Rechnung bitten?«

»Und du hilfst mir da durch?«

»Natürlich.« Fleur hob die Hand, und sofort stürzten zwei blonde Kellner mit identischen Haarschnitten herbei.

»Die Rechnung, bitte«, sagte sie. Philippa blickte auf ihre Uhr.

»Du mußt zu deinem Gottesdienst, stimmt's?« fragte sie mit einem Hickser. »Deinem Gedenkgottesdienst.«

»Ach, weißt du, vielleicht gehe ich gar nicht hin«, überlegte Fleur laut. »Ich bin mir nicht sicher …« Sie verstummte. »So gut waren Hattie und ich eigentlich gar nicht befreundet. Und ich bin nicht in der Stimmung dazu. Die Situation … ist ein bißchen schwierig.«

Philippa hörte gar nicht zu.

»Fleur?« sagte sie und wischte sich die Tränen fort. »Ich mag dich wirklich.«

»Tust du das, Schatz?« Fleur lächelte sie gütig an. Wie im Himmel konnte Richard der Vater eines solch wehleidigen Trampels sein?

»Wirst du Daddy heiraten?« schniefte Philippa.

»Er hat mich nicht gefragt«, erwiderte Fleur und schenkte Philippa ein heiteres Lächeln.

Die Rechnung wurde ihnen in einer Ledermappe gebracht; ohne einen Blick darauf zu werfen, legte Fleur Richards Gold Card hinein. Wortlos beobachteten beide, wie sie von einem der identischen Ober fortgetragen wurde.

»Aber wenn er dich fragt?« hakte Philippa nach. »Heiratest du ihn dann?«

»Nun«, meinte Fleur unbestimmt. Zehn Millionen, dachte sie. Der Gedanke ließ sie nicht los. Zehn Millionen Pfund. Ein Vermögen, ganz gleich, welche Maßstäbe man anlegte. »Wer weiß?« sagte sie schließlich und leerte ihr Glas.

»Sag mal, schätzt du, daß deine Mutter meinen Vater heiraten wird?« fragte Antony und ließ sich auf den makellosen grünen Rasen des Putting Greens fallen.

»Keine Ahnung«, erwiderte Zara gereizt. »Hör auf, mich das zu fragen. Ich kann mich sonst nicht konzentrieren.« Sie zog die Nase kraus, holte tief Luft und schlug mit ihrem Putter nach dem Golfball. Er trudelte ein paar Zentimeter Richtung Loch und hielt dann an. »Da bitte. Das kommt von deiner Fragerei! Das war Scheiße!«

»War's nicht«, gab Antony zurück. »Du blickst schon ganz gut durch.«

»Ach wo. Es ist ein blödes Spiel.« Verärgert schlug sie mit ihrem Putter auf den Boden auf, und Antony blickte sich nervös um, ob das jemand mitbekommen hatte. Aber es waren nur wenige Leute auf dem Platz. Sie befanden sich auf einem abseits gelegenen Übungsgrün, der von Kiefern gesäumt wurde und gewöhnlich leer war. Antony hatte den halben Vormittag damit verbracht, in Vorbereitung auf den Club Cup, das wichtigste Ereignis des Golfsommers, sein Putten zu üben. Die andere Hälfte hatte er damit zugebracht, die Golfbälle wiederzufinden, die Zara alle paar Minuten unweigerlich über die Hecke fliegen ließ.

»Das Putten sollte ein wirklich beherrschter Akt sein«, erklärte er. »Du mußt dir einfach vorstellen...«

»Da gibt's nichts vorzustellen«, raunzte Zara. »Ich weiß schon, was ich machen muß. Den verdammten Ball ins Loch kriegen nämlich. Bloß schaff' ich das irgendwie nicht.« Sie warf den Schläger hin und ließ sich neben Antony nieder. »Ich versteh' nicht, wie du dieses blöde Spiel spielen kannst. Man verbrennt dabei ja nicht mal Kalorien.«

»Irgendwie wird man süchtig danach«, sagte Antony. »Abgesehen davon mußt du ja wohl nicht abnehmen.« Zara ignorierte ihn und zog die Schultern hoch. Eine Weile schwiegen beide.

»Jetzt mal raus mit der Sprache«, meinte Antony schließlich. »Wieso bist du heute so schlecht gelaunt?«

»Bin ich doch gar nicht.«

»O doch. Du warst schon den ganzen Tag mies drauf. Seitdem deine Mutter heute morgen gefahren ist.« Er machte eine Pause. »Ist es, weil...« Unbeholfen brach er ab.

»Was?«

»Na ja. Ich habe mich bloß gefragt, ob du die Person vielleicht kennst, zu deren Gedenkgottesdienst deine Mutter geht. Und daß das vielleicht der Grund ist, warum du ein bißchen …«

»Nein«, unterbrach ihn Zara. »Nein, das ist es nicht.« Sie wandte sich von ihm ab; ihre Miene wirkte mißmutiger denn je.

»Das wird super, wenn du nach New York gehst«, lenkte Antony ein.

»Wenn ich gehe.«

»Natürlich tust du das! Dein Freund Johnny fliegt doch mit dir hin!«

Zara zuckte die Achseln.

»Ich kann's irgendwie noch nicht ganz sehen.«

»Wieso nicht?«

Wieder zuckte sie mit den Achseln.

»Ich tu's einfach nicht.«

»Heute ist einfach nicht dein Tag«, stellte Antony verständnisvoll fest.

»Nein, das ist es nicht. Ich würde bloß gern …«

»Was?« fragte Antony begierig. »Was würdest du gern?«

»Ich würde gern wissen, wie es weitergeht. Okay?«

»Zwischen deiner Mum und meinem Dad?«

»Genau«, erwiderte sie kaum hörbar.

»Ich glaube, sie werden heiraten.« Antonys Stimme schäumte über vor Begeisterung. »Ich wette, Dad fragt sie bald. Und dann wird das ganze Zeug mit der Gold Card …« Er senkte etwas seine Stimme. »Na ja, dann tut das nichts mehr zur Sache, oder? Ich meine, dann ist sie seine Frau! Und sie teilen sich sowieso all ihre weltlichen Güter!« Zara sah ihn an.

»Das hast du dir im Kopf ja schon alles ordentlich zurechtgelegt, was?«

»Na ja.« Er errötete leicht und zupfte an dem kurzgeschorenen Gras.

»Antony, du bist so verdammt *anständig.*«

»Bin ich nicht!« versetzte er wütend.

Unvermittelt lachte Zara auf.

»Aber das ist doch nichts *Schlechtes!*«

»Du denkst wohl, ich bin der totale Spießer«, beklagte er sich. »Aber das stimmt nicht. Ich hab' schon eine Menge... Zeug gemacht.«

»So? Was denn?« neckte ihn Zara. »Ladendiebstahl?«

»Nein, natürlich nicht.«

»Also dann Glücksspielerei?« scherzte Zara. »Wie steht's mit Sex?« Antony wurde rot, und Zara rutschte näher an ihn heran. »Hast du es schon mal getan, Antony?«

»Du?«

»Sei nicht blöd. Ich bin erst dreizehn.«

Innerlich stieß Antony einen Stoßseufzer aus.

»Na, und woher soll ich das wissen?« meinte er trotzig. »Du könntest ja trotzdem schon mal. Ich meine, Stoff rauchst du ja schließlich auch, oder?«

»Das ist was anderes«, versetzte Zara. »Auf jeden Fall kriegt man Gebärmutterhalskrebs, wenn man's zu früh tut.«

»Was kriegt man?«

»Gebärmutterhalskrebs, Blödmann. Du weißt doch, was ein Gebärmutterhals ist. Der ist genau hier.« Sie deutete auf einen der oberen Fly-Buttons ihrer Jeans. »Hier drinnen.« Antonys Blick folgte ihrem Finger und spürte, wie ihm das Blut in den Kopf schoß. Automatisch flog seine Hand zu seinem Muttermal hoch.

»Verdeck's doch nicht«, meinte Zara.

»Was?«

»Dein Muttermal. Es gefällt mir. Du brauchst es nicht zu verdecken.«

»Es gefällt dir?«

»Ja klar. Dir nicht?« Antony wußte nicht, was er sagen

sollte, und sah fort. Sein Muttermal wurde von niemandem je erwähnt; er hatte sich daran gewöhnt vorzugeben, daß er sich seiner Existenz nicht mehr bewußt war.

»Es ist sexy«, sagte sie mit einschmeichelnder, heiserer Stimme. Noch nie hatte ihn jemand sexy genannt.

»Meine Mutter hat es gehaßt«, platzte es unwillkürlich aus ihm heraus.

»Was? Das glaub' ich nicht!«

»Doch! Sie ...«, er hielt inne. »Na ja, das tut nichts zur Sache.«

»Natürlich tut's was zur Sache!«

Eine Weile hielt Antony seine Lider gesenkt. Jahre der Loyalität zu seiner Mutter kämpften mit dem plötzlichen, verzweifelten Verlangen, sich alles von der Seele zu reden.

»Sie wollte, daß ich eine Augenklappe trage, damit man es nicht sieht«, sagte er unvermittelt.

»Eine Augenklappe?«

Antony drehte sich herum und fing Zaras ungläubigen Gesichtsausdruck auf.

»Als ich ungefähr sieben war. Sie fragte mich, ob ich es nicht spaßig fände, eine Augenklappe zu tragen. Wie ein Pirat, sagte sie. Und sie zog dieses ... dieses entsetzliche Plastikding an einem Gummiband heraus.«

»Und du, was hast du getan?«

Antony schloß die Augen und erinnerte sich daran, wie seine Mutter ihn mit diesem angewiderten Blick angesehen hatte, der nur halb hinter einem geheuchelten Lächeln verborgen wurde. Er verspürte einen Schmerz in der Brust und holte tief Luft.

»Ich hab' das Ding bloß angestarrt und gesagt: ›Aber wenn ich das trage, dann kann ich ja gar nichts sehen!‹ Und da hat sie gelacht und so getan, als hätte sie nur Spaß gemacht. Aber ...« Er schluckte. »Ich habe gewußt, daß das nicht stimmt. Sogar damals war mir das klar. Sie wollte, daß ich das Auge bedecke, damit niemand mein Muttermal sieht.«

»O Gott. Was für ein Miststück!«

»Sie war kein Miststück!« Antonys Stimme schnappte über. »Sie war bloß...« Er biß sich auf die Lippen.

»Tja, weißt du was? Ich finde es sexy.« Zara rutschte noch näher an ihn heran. »Sehr sexy!« Es entstand eine winzige Pause. Sie erwiderte seinen Blick.

»Kriegst du... kriegst du vom Küssen auch Gebärmutterhalskrebs?« fragte Antony schließlich mit heiserer Stimme. Sein Herz hämmerte laut.

»Ich glaube nicht«, sagte Zara.

»Gut.«

Sachte legte Antony einen Arm um Zaras dünne Schultern und zog sie an sich. Ihre Lippen schmeckten nach Minze und Diätcola; ihre Zungen fanden sich sofort. Sie hat schon mal geknutscht, dachte er benommen. Schon haufenweise. Öfter als ich wahrscheinlich. Als sie sich voneinander lösten, sah er sie vorsichtig an, halb damit rechnend, daß sie ihn auslachen würde; halb erwartend, daß sie ihn mit irgendeiner spitzen, erfahrenen Bemerkung demütigen würde.

Doch zu seinem Erstaunen starrte sie in die Ferne, und eine Träne lief ihre Wange hinab. Entsetzt sah er sofort eine Szene der Beschuldigungen und des unnützen Leugnens vor sich.

»Zara, es tut mir leid!« keuchte er erschreckt. »Ich wollte dich nicht...«

»Keine Bange«, sagte sie leise. »Es ist nicht wegen dir. Das hat nichts mit dir zu tun.«

»Also hat's dich nicht gestört...« Leicht außer Atem musterte er sie.

»Natürlich nicht«, sagte sie. »Ich wollte, daß du mich küßt. Das hast du doch gewußt.« Sie wischte sich die Träne fort, sah zu ihm auf und lächelte. »Und weißt du was? Jetzt möchte ich, daß du es noch einmal tust.«

Bei ihrer Heimkehr hatte Philippa rasende Kopfschmerzen. Nachdem Fleur mit einem Taxi zur Waterloo Station aufgebrochen war, hatte sie den Einkaufsbummel allein fortgesetzt und war auch in die billigeren Läden gegangen, die Fleur ignoriert hatte, die sie aber insgeheim vorzog. Nun saßen ihre Schuhe zu eng, ihr Haar hatte die Fasson verloren, und sie fühlte sich von den Londoner Straßen klebrig und schmutzig. Doch als sie das Haus betrat, vernahm sie im Arbeitszimmer eine fremde Stimme, und ihr Herz schlug schneller. Vielleicht hatte Lambert Gäste eingeladen. Vielleicht würden sie eine improvisierte Party veranstalten. Wie gut, daß sie ihr rosa Kostüm trug. Die Gäste würden denken, sie wäre jeden Tag so angezogen. Sie eilte die Diele entlang, musterte sich im Spiegel, setzte eine kultivierte und dennoch herzliche Miene auf und riß die Tür zum Arbeitszimmer auf.

Doch Lambert war allein. Er saß zusammengesackt im Sessel am Kamin und lauschte einer Nachricht des Anrufbeantworters. Eine Frauenstimme, die Philippa unbekannt war, sagte: »Es ist absolut *unumgänglich,* daß wir uns zur Besprechung der Situation unverzüglich zusammensetzen.«

»Welcher Situation?« erkundigte sich Philippa.

»Nichts«, schnauzte Lambert. Philippa sah auf das rote Licht des Anrufbeantworters.

»Ist sie gerade dran? Warum nimmst du nicht einfach ab und sprichst mit ihr?«

»Warum hältst du nicht einfach den Mund?« knurrte Lambert.

Philippa musterte ihn gekränkt. Im Laufe des Nachmittags war ihr der Gedanke gekommen, daß ihre Ehe ja vielleicht doch nicht der Scherbenhaufen war, als den sie sie geschildert hatte; daß es vielleicht doch noch Hoffnung gab. Ihr Beschluß, Lambert zu verlassen, war dahingeschmolzen, und nur eine vertraute, leichte Enttäuschung war zurückgeblieben, daß sich das Leben nicht ganz so entwickelt hatte, wie sie es sich erträumt hatte.

Doch nun spürte sie mit einem Mal, wie sich ihr Entschluß wieder festigte. Sie holte tief Luft und ballte die Hände zur Faust.

»Immer bist du so verdammt grob zu mir!« rief sie.

»Was?« Lambert drehte langsam den Kopf, bis er sie mit offenbar echter Verwunderung ansah.

»Ich habe die Nase voll davon!« Philippa trat in den Raum, merkte plötzlich, daß sie noch immer zwei Einkaufstüten in der Hand hielt, und stellte sie ab. »Ich habe es satt, wie du mich behandelst. Wie eine Dienstmagd! Wie eine Schwachsinnige! Ich verlange Respekt!« Triumphierend stampfte sie mit dem Fuß auf und wünschte sich, sie hätte etwas mehr Publikum. Unzählige Sätze lagen ihr auf den Lippen; Auseinandersetzungen aus tausend Romanen kamen ihr in den Sinn. Sie fühlte sich wie eine romantische Heldin. »Ich habe dich aus Liebe geheiratet, Lambert«, fuhr sie fort und senkte ihre Stimme bedeutungsvoll. »Ich wollte dein Leben mit dir teilen. Deine Hoffnungen, deine Träume. Und dennoch schließt du mich aus; du ignorierst mich...«

»Aber das tue ich doch gar nicht!« protestierte Lambert. »Worüber redest du überhaupt?«

»Du behandelst mich wie Dreck!« Philippa warf das Haar zurück. »Nun, mir reicht es. Ich will die Trennung!«

»Du willst was?« Lamberts Stimme wuchs zu einem erstaunten Kreischen an. »Philippa, was zum Teufel ist in dich gefahren?«

»Diese Frage kannst du dir genausogut selber stellen«, gab Philippa zurück. »Lambert, ich werde dich verlassen.«

Sie reckte ihr Kinn, nahm die beiden Einkaufstaschen und schritt hoheitsvoll zur Tür. »Ich werde dich verlassen, und daran gibt es nichts zu rütteln!«

14

Als Fleur aus London zurückkam, schüttelte Geoffrey Forrester, der Spielführer des Golfclubs von Greyworth, Richard in der Diele gerade die Hand.

»Aha!« sagte Geoffrey beim Anblick Fleurs. »Sie kommen gerade recht für gute Neuigkeiten. Soll ich es Fleur erzählen, Richard, oder möchtest du das tun?«

»Worum geht's denn?« fragte Fleur.

»Geoffrey hat mir soeben mitgeteilt, daß ich, wenn ich möchte, zum Spielführer des Clubs ernannt werde«, erzählte Richard in nüchternem Ton, aber sein Mund hatte sich zu einem Lächeln verzogen, und seine Augen strahlten vor Freude.

»Wie ich Richard schon erzählt habe, hat sich das Komitee einstimmig für ihn entschieden«, sagte Geoffrey. »Und das ist beileibe nicht bei allen der Fall, sage ich euch.«

»Gut gemacht, Schatz!« lobte Fleur. »Ich freue mich ja so!«

»Wie auch immer, ich mache mich jetzt besser auf die Socken«, sagte Geoffrey mit einem Blick auf seine Uhr. »So, Richard, und du gibst mir morgen früh Bescheid, wozu du dich entschieden hast?«

»Auf jeden Fall!« erwiderte Richard. »Gute Nacht, Geoffrey.«

»Und ich hoffe, wir sehen euch beide beim Golf Cup?« fragte Geoffrey. »Keine Ausflüchte, Richard!«

Er schenkte Fleur ein fröhliches Lächeln. »Ich sage Ihnen

etwas, Fleur, es wird Zeit, daß Sie auch mit dem Golfspielen anfangen!«

»Ich bin mir nicht sicher, ob ich Talent dazu habe«, wandte Fleur ein und lächelte ebenfalls.

»Für einen Anfang ist es nie zu spät!« Geoffrey lachte in sich hinein. »Wir kriegen Sie schon noch, Fleur! Stimmt's nicht, Richard?«

»Das hoffe ich.« Richard ergriff Fleurs Hand und drückte sie. »Das hoffe ich sehr.«

Sie sahen zu, wie Geoffrey davonfuhr, und kehrten dann ins Haus zurück.

»Von was für einer Entscheidung sprach er denn?« wollte Fleur wissen.

»Ich habe Geoffrey gesagt, daß ich der Ernennung nicht zustimmen kann, bevor ich nicht mit dir gesprochen habe«, erklärte Richard.

»Was?« Fleur sah ihn mit großen Augen an. »Aber wieso? Du möchtest doch Spielführer sein, oder?« Richard seufzte.

»Natürlich möchte ich das – einesteils. Aber so einfach ist das nicht. Es ist nicht nur eine große Ehre, Spielführer zu sein, es ist auch eine riesige Verpflichtung damit verbunden.« Er hob eine von Fleurs Locken an seine Lippen. »Wenn ich annehme, dann muß ich mehr Zeit im Club verbringen als in letzter Zeit. Ich muß mehr spielen, muß mein Spiel wieder in Form bringen, an Versammlungen teilnehmen ...« Er breitete seine Hände aus. »Da gibt's eine Menge zu tun. Und das hieße, daß ich weniger Zeit mit dir verbringen könnte.«

»Aber dafür bist du Spielführer! Ist es das denn nicht wert?« Fleurs Augen verengten sich. »War es nicht von Anfang an dein Wunsch, Spielführer von Greyworth zu sein?«

»Es ist lustig«, gab Richard zu. »Jahrelang habe ich mir nichts inniger gewünscht. Spielführer von Greyworth zu sein war ... nun, das war mein Ziel. Und nun, wo dieses Ziel in greifbare Nähe gerückt ist, kann ich mich nicht mehr erinnern, warum ich es mir immer gewünscht habe. Die Zielpfosten haben sich verrückt.« Seine Nase begann zu zucken. »Oder sollte ich vielleicht sagen, die achtzehnte Flagge hat sich verrückt.« Er prustete los, aber Fleur runzelte sorgenvoll die Stirn.

»Du kannst dein Ziel nicht einfach aufgeben«, belehrte sie ihn sanft. »Wenn es etwas ist, wonach du dein ganzes Leben lang getrachtet hast.«

»Warum eigentlich nicht? Die Frage ist, warum ich danach gestrebt habe«, sagte Richard. »Und was geschieht, wenn ich das, was es mir zu bieten hat, nicht mehr sonderlich schätze?« Er zuckte die Achseln. »Was, wenn ich es vorziehe, meine Zeit mit dir zu verbringen, anstatt mit irgendeinem Langweiler aus einem benachbarten Golfclub auf dem Golfplatz herumzulaufen?«

»Richard, du kannst doch nicht einfach aussteigen!« rief Fleur. »Du kannst dich jetzt nicht einfach mit einem … netten, ruhigen Leben zufriedengeben! Du hast immer Spielführer von Greyworth werden wollen, und nun hast du die Chance dazu! Man sollte die Gelegenheiten ergreifen, die sich einem im Leben bieten. Selbst wenn das bedeutet …« Atemlos verstummte sie.

»Selbst wenn das bedeutet, daß man unglücklich ist?« Richard lachte.

»Unter Umständen ja! Lieber, man ergreift die Gelegenheit und ist unglücklich, als daß man sie vorbeigehen läßt und es ewig bereut.«

»Fleur.« Er nahm ihre beiden Hände und küßte sie. »Du bist außergewöhnlich; absolut außergewöhnlich! Ich kann mir keine Ehefrau vorstellen, die einen mehr ermutigen und unterstützen würde …«

Es entstand eine bedeutungsvolle Stille.

»Bis darauf, daß ich nicht deine Frau bin«, brach Fleur gelassen das Schweigen. Richard senkte den Blick. Er holte tief Luft und sah dann wieder auf, direkt in ihre Augen.

»Fleur«, begann er.

»Richard, ich muß mich duschen gehen«, unterbrach ihn Fleur, ehe er fortfahren konnte. »Ich habe noch den ganzen Dreck Londons an mir.« Sie machte sich aus seinem Griff frei und steuerte rasch auf die Treppe zu.

»Natürlich«, nickte Richard sofort. Dann lächelte er zu ihr hoch. »Du mußt erschöpft sein. Und ich habe mich noch nicht einmal erkundigt, wie der Gedenkgottesdienst war.«

»Ich bin schließlich doch nicht hingegangen«, erklärte Fleur. »Ich war zu sehr damit beschäftigt, mich mit Philippa zu amüsieren.«

»Oh, gut! Ich freue mich, daß ihr euch näherkommt.«

»Und danke für den Champagner!« fügte Fleur auf halber Höhe der Treppe hinzu. »Das war vielleicht eine Überraschung!«

»Ja«, sagte Richard. »Das hatte ich gehofft.«

Fleur begab sich direkt ins Badezimmer, drehte die Hähne auf und verriegelte die Tür. In ihrem Kopf schwirrte es; sie mußte dringend nachdenken. Seufzend setzte sie sich auf den Badezimmerstuhl – eine häßliche gepolsterte Angelegenheit – und starrte sich im Spiegel an.

Was war ihr eigenes Ziel im Leben? Die Antwort kam auf der Stelle, ohne daß sie überhaupt nachdenken mußte. Ihr Bestreben war es, an eine Menge Geld zu kommen. Was war eine Menge Geld? Zehn Millionen Pfund waren eine Menge Geld. Wenn sie Richard heiratete, würde sie im Besitz einer Menge Geldes sein.

»Aber nicht zu meinen Bedingungen«, maßregelte Fleur laut ihr Spiegelbild. Seufzend schlüpfte sie aus ihren Schuhen. Trotz des weichen, teuren Leders ihrer Schuhe, trotz der vielen Taxis taten ihr von den Londoner Straßen die Füße weh.

Konnte sie es ertragen, Richards Frau zu werden? Mrs. Richard Favour, aus Greyworth. Fleur erschauderte leicht; allein schon der Gedanke schnürte ihr die Luft ab. Männer veränderten sich nach der Hochzeit. Richard würde ihr Hosen mit Schottenmuster kaufen und von ihr erwarten, daß sie mit dem Golfspielen begänne. Er würde ihr ein monatliches Taschengeld geben. Er wäre jeden Morgen da, wenn sie erwachte, und würde sie mit diesem erwartungsvollen, unschuldigen Lächeln begrüßen. Wenn sie eine Auslandsreise planen würde, dann käme er mit.

Doch zugleich… Fleur biß sich auf die Lippen. Zugleich besaß er eine Menge Geld. Es war eine Gelegenheit, die sich ihr vielleicht nicht wieder bot. Sie zerrte sich die Jacke herunter und warf sie über den Handtuchhalter. Der Anblick der schwarzen Seide erinnerte sie plötzlich an den Gedenkgottesdienst, den sie diesen Nachmittag verpaßt hatte. Eine Chance vertan. Wer hätte bei diesem Gottesdienst anwesend sein können? Welche glückverheißende Begegnung hätte stattfinden können, wenn sie hingegangen wäre?

»Entscheide dich!« befahl Fleur ihrem Spiegelbild, trat aus ihrem Rock und öffnete ihren BH. »Entweder du nimmst, was dir geboten wird, oder du gehst!«

Sie zog die Strümpfe aus, tappte zur Badewanne und stieg hinein. Als sie in das heiße, schaumige Wasser eintauchte, spürte sie, wie sich ihr ganzer Körper entspannte und ihr Kopf frei wurde.

Ein Klopfen an der Tür ließ sie zusammenfahren.

»Ich bin's!« hörte sie Richards Stimme. »Ich habe dir ein Glas Wein heraufgebracht.«

»Danke, Schatz!« rief Fleur zurück. »Ich hol's mir gleich.«

»Und Philippa ist am Telefon. Sie möchte mit dir sprechen.« Fleur verdrehte die Augen. Für diesen Tag hatte sie genug von Philippa.

»Sag ihr, daß ich sie zurückrufe.«

»Recht hast du. Ich stelle das Glas hierhin«, ertönte wieder Richards Stimme. »Gleich vor die Tür.«

Sie stellte sich vor, wie er sich bückte und das Glas vorsichtig vor die Badezimmertür auf den Teppich stellte, es ansah und überlegte, ob sie es nicht versehentlich umkippen könnte, sich dann wieder bückte und es ein paar Zentimeter weiter nach hinten rückte, bevor er auf Zehenspitzen davonging. Ein umsichtiger, vernünftiger Mann. Würde er sie all sein Geld ausgeben lassen? Wahrscheinlich nicht. Und dann hätte sie ihn umsonst geheiratet.

Philippa legte den Hörer auf und biß sich auf die Lippen. Eine frische Tränenflut strömte ihr über das rote, verweinte Gesicht; es kam ihr vor, als wühlte der Schmerz in ihren Eingeweiden. Es gab niemanden sonst, den sie anrufen konnte. Niemanden sonst, dem sie sich anvertrauen konnte. Sie mußte mit Fleur sprechen, aber ausgerechnet die lag in der Badewanne.

»O Gott«, sagte sie laut. »O Gott, hilf mir!«

Weinend sank sie vom Sofa auf den Boden, umschlang ihren Bauch und schaukelte vor und zurück. Ihr rosa Kostüm war zerknittert und tränennaß, aber ihr Aussehen kümmerte sie nicht. Es sah sie ja niemand. Und hören tat sie auch niemand.

Eine halbe Stunde zuvor hatte Lambert die Tür zugeschlagen und sie zutiefst gedemütigt zurückgelassen. Eine Weile hatte sie auf dem Sofa gekauert, nicht imstande, sich zu rühren, ohne daß sie Magenschmerzen durchzuckten und ihr Tränen in die Augen sprangen. Dann, als sie allmählich wieder freier atmen konnte, schaffte sie es irgendwie, ans Telefon zu gelangen, die Nummer von »The Maples« zu wählen und mit halbwegs normaler Stimme nach Fleur zu fragen. Fleur, dachte sie verzweifelt. Fleur. Wenn ich doch nur mit Fleur sprechen könnte.

Aber Fleur war in der Badewanne und konnte nicht mit ihr sprechen. Nachdem sie sich von ihrem Vater verabschiedet hatte, begannen ihre Tränen wieder zu fließen, und sie sank auf den Boden und fragte sich, warum ein Tag, der so vollkommen begonnen hatte, mit einem solchen Desaster enden mußte.

Er hatte sie ausgelacht. Ein fieses, spöttisches Lachen, das sie dazu brachte, die Schultern zu straffen, ihm in die Augen zu blicken und in einem noch penetranteren Ton als zuvor zu sagen: »Ich verlasse dich!« Sie verzog die Lippen zu einem Lächeln, und sie begriff, daß sie das schon vor Ewigkeiten hätte tun sollen. »Ich werde wohl zu meinem Vater ziehen«, setzte sie in geschäftsmäßigem Ton hinzu. »Bis ich meine eigene Wohnung habe.« Lambert hatte aufgesehen und mit äußerster Liebenswürdigkeit gesagt:

»Philippa, halt die Klappe, ja?«

»Lambert, verstehst du denn nicht? Ich werde dich verlassen!«

»Wirst du nicht.«

»O doch.«

»Nein, verdammt noch mal.«

»Aber wohl! Du liebst mich nicht, wozu sollten wir unsere Beziehung länger aufrechterhalten?«

»Weil wir verheiratet sind, verdammt noch mal! Verstanden?«

»Na, aber vielleicht will ich ja gar nicht mehr verheiratet sein, verdammt noch mal!« hatte sie geschrien.

»Tja, aber ich vielleicht!«

Und Lambert stand auf, ging zu ihr und packte sie am Handgelenk. »Du verläßt mich nicht, Philippa«, sagte er mit einer Stimme, die ihr fremd war; einer Stimme, die ihr Angst einjagte. Er war puterrot und bebte; er wirkte wie besessen. »Verflucht, du verläßt mich nicht, kapiert?«

Und da hatte sie sich geschmeichelt gefühlt. Sie hatte sein verzweifeltes Gesicht betrachtet und gedacht, das ist Liebe. Er liebt mich wirklich. Sie war drauf und dran gewesen, nachzugeben, sein Kinn zu streicheln und ihn mit einem Kosenamen anzureden. Als er auf sie zugekommen war, hatte sie gelächelt und sich auf eine leidenschaftliche Versöhnung gefaßt gemacht. Doch plötzlich hatte er mit beiden Händen grob ihren Hals umklammert.

»Du verläßt mich nicht!« hatte er gezischt. »Du wirst mich nie verlassen!« Und seine Hände hatten sich immer enger um ihren Hals geschlossen, bis sie kaum noch hatte atmen können, bis sie gespürt hatte, daß sie sich gleich würde erbrechen müssen.

»Sag mir, daß du mich nicht verlassen wirst! Sag es!«

»Ich werde dich nicht verlassen«, hatte Philippa mit heiserer Stimme herausgewürgt.

»Na also, das gefällt mir schon besser!«

Unvermittelt hatte er sie losgelassen, hatte sie aufs Sofa gefeuert, so wie ein Kind ein unerwünschtes Spielzeug fallen läßt. Als er gegangen war, fragte sie nicht, wohin. Sie war wie gelähmt vor Schmerz. Als sie die Tür zuschlagen hörte, spürte sie, wie ihr Tränen der Erleichterung über die Wangen liefen. Schließlich hatte sie sich zum Telefon gekämpft, die Nummer von »The Maples« gewählt und nach der einzigen Person gefragt, der sie von der Sache erzählen konnte. Irgendwie brachte sie es fertig, in einigermaßen normalem Ton mit ihrem Vater zu sprechen, ohne etwas preiszugeben. Irgendwie schaffte sie es zu sagen, daß es selbstverständlich nichts ausmachte, tschüs Daddy, bis bald. Aber sobald sie aufgelegt hatte, brach sie auf dem Teppich zusammen, ein tränennasses Häufchen Elend. Fleur war nicht erreichbar, und es gab sonst niemanden, an den sie sich wenden konnte.

Richard legte den Hörer auf und betrachtete ihn zärtlich. Er freute sich, daß Philippa angerufen und Fleur hatte sprechen wollen und nicht ihn. Zeigte es doch, dachte er, daß Fleur mehr und mehr in die Familie hineinwuchs; nicht nur mit ihm, sondern auch mit allen anderen in Beziehung trat. Gillian hatte Fleur auf jeden Fall sehr gern. Antony schien ihre Gesellschaft auch zu genießen, und Zara – Richard grinste in sich hinein – mochte er persönlich ganz bestimmt.

Im Verlauf des Sommers war Fleur so sehr zum Teil ihrer aller Leben geworden, daß er sich nur unter Schwierigkeiten daran erinnern konnte, wie sie zuvor gelebt hatten. Anfangs war sie ihm wie ein fremdartiges, exotisches Geschöpf vorgekommen, voller seltsamer Ideen, völlig uneins mit dem Leben, das er führte; mit dem Leben, das sie alle führten. Doch jetzt... Richard runzelte die Stirn. Jetzt kam sie ihm vollkommen normal vor. Sie war einfach Fleur. Er war sich nicht ganz sicher, ob Fleur sich geändert hatte oder seine Familie.

Die Veränderung hatte nicht nur innerhalb der Familie stattgefunden, überlegte Richard weiter, während er sich ein Glas Wein einschenkte. Die vielen mißbilligenden Blicke im Clubhaus hatten sich irgendwann gegeben. All der Tratsch war allmählich verstummt. Nun wurde Fleur genauso respektiert wie er. Seine Ernennung zum Spielführer ehrte sie genauso wie ihn. Richard biß sich auf die Lippen. Nun war auch für ihn die Zeit gekommen, sie zu ehren. Es war an der Zeit, daß er seine Angelegenheiten in Ordnung brachte; an der Zeit, daß er ihr einen Verlobungsring kaufte; an der Zeit, daß er Fleur – wie es sich gehörte – darum bat, seine Frau zu werden.

Zur Mittagszeit des nächsten Tages hatte Fleur noch immer nicht die Zeit gefunden, Philippa zurückzurufen.

»Sie hat wieder angerufen«, sagte Gillian, die in der Küche Tomaten für das Mittagessen kleinschnitt. »Während du fort warst und dir deine Fitnessbeurteilung hast machen lassen. Sie schien total außer Fassung zu sein, daß sie dich zum dritten Mal verpaßt hat.«

»Ich habe eine sehr gute Ausdauer«, sagte Fleur und deutete auf das Schriftstück in ihrer Hand. »Aber meine Lungenfunktionen sind furchtbar.« Sie sah auf. »Warum bloß?«

»Das kommt vom vielen Rauchen«, bemerkte Zara.

»Ich rauche doch gar nicht!«

»Nein, aber früher.«

»Nur sehr kurze Zeit«, gab Fleur zurück. »Und ich habe sechs Monate in den Schweizer Alpen gelebt. Damit sollte doch jeglicher Lungenschaden behoben sein, oder?«

»Du hattest auch noch einen weiteren Anruf von deinem Freund Johnny«, sagte Gillian und blickte auf den Block am Küchentelefon. »Weißt du, daß das schon sein vierter Anruf in dieser Woche ist?«

»Herrgott!« meckerte Zara. »Habt ihr zwei euch denn noch immer nicht wieder vertragen?«

»Er muß dich sprechen, da blieb er eisern«, fügte Gillian hinzu. »Ich habe ihm versprochen, dich dazu zu bringen, ihn anzurufen.«

»Ich bin nicht in der Stimmung für Johnny«, sagte Fleur stirnrunzelnd. »Ich rufe ihn später an.«

»Nein, ruf ihn jetzt an!« protestierte Zara. »Wenn er möchte, daß du ihn anrufst, muß er auch einen triftigen Grund dafür haben. Was, wenn es dringend ist?«

»Nichts in Johnnys Leben ist dringend«, versetzte Fleur schneidend. »Der lebt doch sorglos in den Tag hinein!«

»Und du etwa nicht, oder was?« gab Zara zurück.

»Zara«, mischte Gillian sich diplomatisch ins Gespräch. »Warum gehst du nicht in den Garten und pflückst mir ein paar Erdbeeren?« Kurze Zeit herrschte gespanntes Schweigen. Zara funkelte Fleur an.

»Okay«, sagte sie schließlich und erhob sich.

»Und vielleicht finde ich ja später Zeit, Johnny anzurufen«, sagte Fleur, während sie ihre Fingernägel begutachtete. »Aber nur vielleicht.«

Lambert näherte sich der Krisis. Er saß in seinem Büro, zerfetzte Papier und stierte aus dem Fenster, unfähig, sich zu konzentrieren. In den letzten Tagen hatte er sage und schreibe drei Nachrichten von Erica Fortescue von der First Bank erhalten, in denen er aufgefordert wurde, sie umgehend zu kontakten. Bislang hatte er es geschafft, ein Gespräch mit ihr zu vermeiden. Aber er konnte nicht ewig davonlaufen. Was, wenn sie in sein Büro kam? Was, wenn sie Richard anrief?

Mittlerweile belief sich seine Kontoüberziehung auf dreihundertunddreißigtausend Pfund. Lambert spürte, wie ihm bei dem Gedanken daran der kalte Schweiß ausbrach. Wie hatte es soviel werden können? Wie hatte er soviel ausgeben können? Was konnte er dafür vorzeigen? Er hatte ein Auto, ein paar Klamotten, ein paar Uhren. Er hatte ein paar Freunde; Kumpels und ihre Frauen, die er sich mit Brandyflaschen im Club, mit Eintrittskarten für die Oper oder fürs Kricket gekauft hatte. Er hatte immer vorgegeben, er würde Freikarten verteilen; seine Freunde hatten ihm das jedes Mal abgenommen. Wenn sie je erfahren hätten, daß er alles aus der eigenen Tasche zahlte, dann wären sie peinlich berührt gewesen; hätten ihn womöglich ausgelacht. Nun errötete Lambert vor zorniger Demütigung. Wer waren diese Freunde? Gedankenlose Idioten, an deren Namen er sich kaum erinnern konnte. Und nur, damit die sich amüsieren konnten, hatte er sich so in Schwierigkeiten gebracht.

Verdammt noch mal, was für ein Spiel hatte Emily mit ihm getrieben, als sie ihm sagte, aus ihm würde ein reicher Mann? In Lambert stieg kalte Wut auf, und er verfluchte sie dafür, daß sie tot war, verfluchte sie dafür, daß sie sich davongemacht hatte, ohne alles geklärt zu haben. Was stimmte nun? Würde Philippa einmal reich sein? Würde dieses Geld ihr gehören? Oder hatte Richard sich eines anderen besonnen? War die ganze Geschichte mit dem Treuhandvermögen ein Hirngespinst Emilys? Das traute er ihr durchaus zu, diesem manipulierenden Miststück. Sie hatte ihn in dem Glauben gewiegt, daß er reich würde; ihn ermutigt anzufangen, weit über seine Verhältnisse zu leben. Und nun war er verschuldet, und ihre Andeutungen und Versprechungen waren zu nichts zerronnen.

Die Sache war bloß – Lambert biß sich auf die Lippen –, daß er sich nicht sicher sein konnte, daß nicht doch noch etwas daraus würde. Nach wie vor bestand die verlockende Chance, daß Richard das Geld herausrücken würde. Vielleicht hatte er ja wirklich noch vor, etwas von diesem Geld für ein Treuhandvermögen für Philippa anzulegen. Möglicherweise würde sie mit ihrem dreißigsten Lebensjahr Millionärin werden, genauso, wie Emily es versprochen hatte. Oder womöglich hatte Richard nur beschlossen, etwas länger zu warten, bis sie fünfunddreißig war oder vielleicht vierzig.

Diese Ungewißheit war eine Qual. Und er hatte keine Möglichkeit, sich Klarheit zu verschaffen. Richard war ein heimlichtuerisches Schwein – er würde Lambert nie etwas verraten –, und Philippa wußte natürlich von nichts. Philippa hatte doch von rein gar nichts eine Ahnung. Unvermittelt stieg die Erinnerung von Philippas rotem, verzerrtem Gesicht vom Vorabend in ihm hoch. Als er aus dem Haus gestürmt war, hatte sie schluchzend auf dem Sofa gesessen; seitdem hatte er sie nicht mehr gesehen.

Auf ihre schwache Drohung hin, ihn zu verlassen, hatte er überreagiert; das begriff er nun. Natürlich hatte sie es nicht wirklich so gemeint; Philippa würde ihn nie verlassen. Aber in der Sekunde, als sie es sagte, hatte sie ihn außer Fassung gebracht. Eine Woge der Panik hatte ihn erfaßt und die Überzeugung, daß er sie aufhalten mußte, egal, was es kostete. Er mußte mit Philippa verheiratet bleiben; er mußte zusehen, daß alles normal weiterlief, zumindest, bis er wußte, was Sache war. Und so hatte er sie angegriffen. Vielleicht war er etwas zu weit gegangen, vielleicht hatte er sie ein bißchen zu sehr verletzt. Aber zumindest hatte er ihr damit eine Weile den Mund gestopft und hatte Zeit, seine Angelegenheiten auf die Reihe zu bringen.

Als das Telefon klingelte, rutschte ihm sofort das Herz in die Hose. Vielleicht war das Erica Fortescue von der First Bank, dachte er unsinnigerweise. Sie war unten am Empfang; sie war unterwegs nach oben...

Wieder klingelte es, und er nahm hastig den Hörer ab.

»Ja?« bellte er, bemüht, sich seine Nervosität nicht anmerken zu lassen.

»Lambert?« Es war seine Sekretärin, Lucy. »Ich wollte nur sagen, daß ich die Besprechung für Sie verschoben habe.«

»Gut«, sagte Lambert und legte auf. Zur Zeit konnte er zu keiner Besprechung gehen; konnte niemandem gegenübertreten. Er brauchte ein paar Stunden, um in Ruhe nachzudenken, was zu tun war.

Sollte er einfach zu Richard gehen, die Situation erklären und ihn bitten, ihm aus der Patsche zu helfen? Wäre Richard gewillt, ihm diese Menge Geld zu geben? Wieder hielt er sich die Gesamtsumme vor Augen, und er erschauderte. Der Betrag, der verglichen mit Philippas riesigem zukünftigem Vermögen so tragbar erschienen war, wirkte nun gigantisch. Er schloß die Augen und stellte sich vor, wie er es Richard gestand; ihn demütig um Hilfe bat; schweigend dasaß, während ihm Richard eine Standpauke hielt. Sein Leben würde eine einzige Misere. Was für ein verdammter Alptraum.

Das war alles Larry Collins Schuld, dachte Lambert unvermittelt. Larry, sein Kumpel bei der Bank. Larry, der Lambert quasi dazu *ermutigt* hatte, das Konto zu überziehen. Lamberts Versicherungen, daß Philippa bald zu Millionen kommen würde, hatten ihn beeindruckt. Er hatte Lambert einen geschätzten Kunden genannt. Er hatte gesagt, man brauche nichts schriftlich festzuhalten; er hatte den Kreditrahmen bedenkenlos nach oben verschoben. Wenn er nicht so ein unverantwortlicher Idiot gewesen wäre; wenn seine Chefs nicht so verdammt *blind* gewesen wären – dann hätte Lambert das Konto gar nicht erst derart überziehen können, und das ganze Problem hätte sich nie gestellt. Doch niemand hatte daran gedacht, die Sache zu überprüfen, Lamberts Schulden waren ins Unermeßliche angewachsen – und erst da war Larry gefeuert worden. Larry konnte das alles nichts mehr anhaben, herzlichen Dank, und Lambert war es, der die Sache ausbaden mußte.

Was sollte er tun? Wenn er sich an seinen ursprünglichen Plan hielt – fünfzigtausend Pfund von dem Konto mit den zehn Millionen nehmen und sie der Bank in den Rachen werfen, um sie bei Laune zu halten –, dann mußte er eine Möglichkeit finden, wie er Richard das Geld vor Jahresende zurückzahlen konnte. Er konnte es nicht einfach dabei belassen. Ein Defizit von fünfzigtausend würde Richard nicht entgehen. Folglich müßte er sein Konto erneut überziehen.

Aber wer würde ihm das durchgehen lassen, nun, da Larry fort war? Wer würde ihm einen weiteren Dispositionskredit gewähren, ohne daß er einen Nachweis forderte, daß ein Treuhandvermögen auf Philippa wartete? Lambert ballte die Fäuste. Wenn er doch nur einen Beweis hätte. Irgendeinen klärenden Beleg. Etwas, das irgendeinen Idioten irgendwo dazu bringen würde, ihn weiter sein Konto überziehen zu lassen. Ein Dokument oder einen Brief. Etwas, das Richard unterschrieben hatte. Alles würde es tun.

15

Zwei Wochen darauf saß Richard in Oliver Stendales Kanzlei und unterzeichnete mehrere Schriftstücke. Nach der letzten Unterschrift schob er die Kappe wieder auf Olivers Füllfederhalter, sah seinen alten Freund an und lächelte.

»So«, sagte er. »Alles erledigt.«

»Alles fort, müßte man wohl eigentlich sagen«, erwiderte Oliver gereizt. »Dir ist doch klar, daß du jetzt praktisch ein Almosenempfänger bist?«

Richard lachte.

»Oliver, für jemanden, der gerade auf zehn Millionen Pfund verzichtet hat, kann ich doch immer noch einen unanständig hohen Betrag mein eigen nennen. Und das weißt du sehr wohl.«

»Ich weiß nichts dergleichen«, sagte Oliver. Er erwiderte Richards Blick und zwinkerte plötzlich. »Nachdem du diesen Plan aber so beharrlich verfolgt hast, darf ich dir hiermit meine Glückwünsche für seinen erfolgreichen Abschluß aussprechen?«

»Nur zu.«

»Nun, also, herzlichen Glückwunsch!«

Beide blickten auf die Verträge, die in dicken Haufen auf dem Tisch lagen.

»Die beiden werden sehr reiche junge Leute sein«, sagte Oliver. »Hast du schon beschlossen, wann du es ihnen sagen möchtest?«

»Noch nicht«, erwiderte Richard. »Das hat Zeit genug.«

»Es hat ziemlich viel Zeit«, bestätigte Oliver. »Aber ein bißchen vorwarnen solltest du sie schon. Vor allem Philippa. Du willst doch nicht, daß ihr dreißigster Geburtstag bevorsteht, und du findest plötzlich nicht die richtigen Worte, um ihr zu sagen, daß sie drauf und dran ist, Multimillionärin zu werden. Derlei Bekanntmachungen haben die scheußliche Angewohnheit, ins Auge zu gehen.«

»Oh, dessen bin ich mir bewußt«, sagte Richard. »Ehrlich gesagt dachte ich daran, Philippa und Antony einmal mit hierher zu nehmen, sagen wir, in ein paar Wochen, so daß wir beide es ihnen erklären können. Da du ja der Vermögensverwalter bist.«

»Gute Idee«, sagte Oliver. »Ausgezeichnete Idee.«

»Weißt du, ich fühle mich befreit«, meinte Richard unvermittelt. »Das Ganze hat mich mehr belastet, als mir klar war. Nun fühle ich mich imstande ...« Er ließ den Satz unvollendet und errötete leicht.

»Deinen Neuanfang anzugehen?«

»Genau.«

Oliver räusperte sich bedächtig.

»Richard, gibt es irgend etwas, was ich – als dein Rechtsanwalt – wissen sollte?«

»Nicht, daß ich wüßte.«

»Aber du würdest es mich wissen lassen, wenn es ... etwas gäbe?«

»Natürlich.« Ein feines Lächeln umspielte Richards Lippen, und Oliver schaute ihn streng an.

»Und damit meine ich kein Fax aus Las Vegas, auf dem steht: ›Stellt euch vor, ich bin vor Anker gegangen.‹« Richard brach in Gelächter aus.

»Oliver, für wen hältst du mich eigentlich?«

»Ich halte dich für einen anständigen Mann und guten Freund.« Oliver sah Richard durchdringend an. »Und ich glaube, du könntest Schutz brauchen.«

»Vor was, wenn ich fragen darf?«

»Vor dir. Vor deiner eigenen Großzügigkeit.«

»Oliver, worauf willst du eigentlich hinaus?«

»Auf gar nichts. Du mußt mir bloß versprechen, daß du nicht heiratest, bevor du mich nicht davon in Kenntnis gesetzt hast. Bitte.«

»Ehrlich, Oliver, darauf käme ich nie im Leben. Und überhaupt, wer sagt denn, daß ich heirate?«

Oliver feixte trocken.

»Willst du wirklich, daß ich dir darauf antworte? Wenn du willst, kann ich dir eine ganze Liste von Namen geben. Und ganz zuoberst steht meine eigene Frau.«

»Vielleicht läßt du das lieber«, lachte Richard. »Weißt du, mir ist es inzwischen völlig egal, wer was über mich sagt. Sollen sie doch tratschen, was sie wollen.«

»Hat es dir früher etwas ausgemacht?«

Richard dachte eine Weile nach.

»Ich weiß nicht recht. Aber Emily hat sich darüber schrecklich gesorgt. Und so habe ich mir ihr zuliebe darüber auch immer Sorgen gemacht.«

»Ja«, sagte Oliver. »Das kann ich mir vorstellen.« Er sah Richard grinsend an. »Du hast dich ganz schön verändert.«

»Habe ich das?« fragte Richard unschuldig.

»Das weißt du selbst am besten.« Oliver hielt inne. »Und mal im Ernst, ich freue mich, daß sich bei dir alles so gut entwickelt. Du verdienst es.«

»Da bin ich mir nicht so sicher«, erwiderte Richard. »Aber auf jeden Fall danke, Oliver.« Für einen Moment trafen sich die Blicke der beiden Männer; dann sah Richard in die Ferne. »Und danke, daß du an einem Samstagvormittag hergekommen bist. Noch dazu am Vormittag des Club Cups!«

»Kein Problem.« Oliver lehnte sich gemütlich in seinem Sessel zurück. »Ich bin erst um zwölf Uhr dran. Wie sieht's bei dir aus?«

»Halb eins. Gerade genug Zeit, um das Putten noch etwas zu üben. Ich habe diesen Sommer nämlich kaum gespielt, weißt du.«

»Ich weiß«, erwiderte Oliver. »Ich sagte es doch. Du hast dich verändert.«

Um elf Uhr war Philippa endlich bereit, die Wohnung zu verlassen. Sie betrachtete sich im Spiegel und zupfte ihr Haar ein letztes Mal zurecht.

»Komm schon«, drängte Lambert. »Denk dran, um eins habe ich meinen ersten Aufschlag.«

»Bis dahin ist noch viel Zeit«, versetzte Philippa tonlos. Ohne seinen Blick zu erwidern, folgte sie ihm die Treppe hinab.

Wie hatte es geschehen können? fragte sie sich zum hundertsten Mal, als sie beide in das Auto stiegen. Wie hatte sie Lambert protestlos zurück in ihr Leben lassen können; ohne auch nur das geringste in Frage zu stellen? Drei Tage nach ihrem Krach war er mit einer Flasche Wein und Blumen in die Wohnung zurückgekehrt.

»Die sind für dich«, hatte er schroff an der Wohnzimmertür gesagt, und sie hatte bestürzt den Kopf herumgerissen. Sie hatte gedacht, sie würde Lambert nie mehr wieder sehen. Irgendwann hatte sie mit dem Gedanken gespielt, das Schloß auszuwechseln; aber dann hatte sie herausgefunden, wieviel das kosten würde, und hatte beschlossen, das Geld lieber in eine Kiste Bailey's anzulegen. Bei Lamberts Rückkehr war sie bei der vierten Flasche.

Der Alkohol mußte ihr Denkvermögen beeinträchtigt haben, dachte sie. Denn als sie ihn ansah, wie er da in der Tür stand und weder spottete noch schwankte, allerdings auch keine allzu zerknirschte Miene zur Schau trug, da hatte sie überraschenderweise überhaupt nichts empfunden. Angestrengt versuchte sie, die Wut- und die Haßgefühle heraufzubeschwören, die, das wußte sie, sie verzehren mußten; versuchte, sich eine passende Beleidigung auszudenken, die sie ihm entgegenschleudern konnte. Aber außer »Du Scheißkerl!« fiel ihr nichts ein. Und als sie es sagte, kam es in solch mattem Ton heraus, daß sie es sich genausogut hätte sparen können.

Er hatte ihr die Blumen gegeben, und Philippa hatte sie ganz schön gefunden. Dann hatte er die Weinflasche geöffnet und ihr ein Glas eingeschenkt, und sie hatte davon getrunken, obgleich ihr leicht übel war. Als sie erst einmal seine Blumen genommen und seinen Wein getrunken hatte, schienen beide stillschweigend übereinzukommen, daß er zurück war, daß ihm vergeben war, daß ihre Ehe wieder gekittet war.

Es war, als hätte das Drama gar nicht stattgefunden. Als hätte sie ihm nie gedroht, ihn zu verlassen; als hätte er sie nie angerührt. Als hätte es keine bösen Worte und keine Tränen gegeben. Wann immer sie den Mund öffnete, um darüber zu sprechen, wurde ihr übel, und ihr Herz begann zu hämmern. Schweigen schien soviel einfacher. Je mehr Zeit verstrich, um so unwirklicher wirkte das Ganze, und um so weniger überzeugt war sie von ihrer Fähigkeit, ihn wegen der Geschichte zur Rede zu stellen.

Und doch wollte sie es. Ein Teil von ihr wollte ihn wieder anschreien; wollte sich in eine Raserei hineinsteigern und ihn anbrüllen, bis er sich vor Schuldgefühlen auf dem Boden wand. Ein Teil von ihr wollte die ganze Szene noch einmal durchleben, und diesmal wollte sie als Heldin, als Siegerin daraus hervorgehen. Und ein Teil von ihr wollte die Kraft finden, der Welt zu erzählen, was geschehen war.

Denn niemand wußte davon. Fleur nicht; ihr Vater nicht; und auch keine ihrer Freundinnen. Sie hatte die schlimmste Krise ihres Lebens durchgemacht, hatte sie irgendwie überstanden, und niemand ahnte etwas. Noch immer hatte Fleur nicht zurückgerufen. Die Sache war schon über zwei Wochen her. Sie hatte auf keinen ihrer Anrufe reagiert.

Philippa spürte, wie ihr Tränen der Wut in die Augen schossen, und sie starrte aus dem Autofenster. In dem verzweifelten Wunsch, mit Fleur sprechen zu können und Hilfe und Rat zu erhalten, hatte sie zunächst wiederholt in »The Maples« angerufen. Dann war Lambert zurückgekommen, und sie beide schienen ihre Beziehung wieder ins Lot zu bringen. Philippa merkte, daß sie Fleur ihre Geschichte weniger erzählen wollte, um Hilfe zu bekommen, als vielmehr wegen der schockierten Bewunderung, die sie damit gewiß hervorrufen würde. Jedesmal, wenn das Telefon klingelte, raste sie hin, in der Erwartung, es sei Fleur, bereit, ihr mit gesenkter Stimme zu erzählen, was losgewesen war; die Reaktion am anderen Ende auszukosten. Doch Fleur rief und rief einfach nicht zurück, und schließlich hatte Philippa die Hoffnung aufgegeben. Vielleicht war Fleur einfach unberechenbar oder vergeßlich, was das Telefonieren anbelangte, hatte sie sich gesagt. Vielleicht hatten Philippas Nachrichten sie aber auch nicht erreicht. Vielleicht hatte sie immer genau dann anzurufen versucht, wenn Philippas Telefon gerade besetzt war.

Aber heute lagen die Dinge anders; heute brauchten sie kein Telefon. Sie hätte Fleur ganz für sich, und sie würde ihr die ganze Geschichte erzählen. Bei diesem Gedanken erfüllte Philippa erregte Vorfreude. Sie würde keine Einzelheit auslassen. Und Fleur würde erstaunt sein, wie Philippa dieses Trauma ganz allein bewältigt hatte, und wäre voller Schuldgefühle.

»Ich hatte keine Menschenseele«, hörte Philippa sich in nüchternem Ton zu Fleur sagen. »Als du nicht zurückgerufen hast…« Sie würde mit den Achseln zucken. »Ich war verzweifelt. Natürlich habe ich zur Flasche gegriffen.«

»O Liebes, nein! Ich fühle mich schrecklich!« Fleur würde flehend ihre Hände ergreifen; und Philippa würde einfach noch einmal die Achseln zucken.

»Ich habe es überlebt«, würde sie gleichmütig sagen. »Irgendwie habe ich es überlebt. Aber es war hart, weiß Gott.«

»Was?« sagte Lambert plötzlich. »Redest du mit mir?«

»Oh!« Philippa spürte, wie ihr das Blut in die Wangen schoß. »Nein, eigentlich nicht.«

»Führt da Selbstgespräche«, spottete Lambert. »Kein Wunder, daß jeder dich für verrückt hält.«

»Kein Mensch hält mich für verrückt!«

»Was auch immer«, sagte Lambert. Philippa sah ihn wütend an und dachte angestrengt über eine Retourkutsche nach. Aber im wahren Leben schienen sich die rechten Gedanken nicht formieren zu wollen. Es fiel ihr nichts Passendes ein. Im Geiste war sie schon wieder bei Fleur, die ihr zuhören, nach Luft schnappen und Philippas Hand ergreifen würde und ihr versprechen würde, sie nie mehr im Stich zu lassen.

»Cool«, sagte Zara, als sie und Antony sich dem Clubhaus näherten. »Schau dir bloß all diese Fahnendinger an.«

»Wimpel.«

»Was?«

»Das sind Wimpel. So heißen die.« Einen Moment sah Zara Antony skeptisch an. »Na, auf jeden Fall dekorieren sie das Clubhaus am Tage des Club Cups jedes Jahr damit«, fuhr Antony fort. »Und im Garten gibt's eine Band. Ist recht spaßig. Später kriegen wir einen Cream Tea.«

»Aber zuerst müssen wir noch unsere Golfplatzrunde drehen?«

»Darum handelt sich ja eigentlich alles.«

Zara stieß einen theatralischen Seufzer aus und ließ sich auf die Stufen des Clubhauses fallen.

»Hör mal«, sagte Antony besorgt und setzte sich neben sie. »Ich würde es verstehen, wenn du doch nicht mein Caddie sein willst. Ich meine, bei der Hitze und so.«

»Willst du mich etwa lossein?«

»Nein! Natürlich nicht!«

»Dann ist ja gut.« Zara warf einen Seitenblick auf Antony. »Nervös?«

»Eigentlich nicht.«

»Wer wird's besser machen? Du oder dein Vater?«

»Dad, nehme ich an. So war es immer.«

»Aber er hat nicht die ganze Woche geübt wie du.« Antony zuckte verlegen die Achseln.

»Trotzdem. Er ist ein verdammt guter Golfspieler.« Eine Weile saßen sie schweigend da.

»Und du bist ein verdammt guter Küsser«, sagte Zara unvermittelt. Antony zuckte erstaunt mit dem Kopf hoch.

»Was?«

»Du hast schon richtig gehört.« Sie grinste. »Soll ich es noch einmal sagen?«

»Nein! Es könnte uns jemand hören!«

»Na und? Ist doch wahr.«

Antony wurde knallrot. Eine Gruppe plaudernder Frauen

stieg die Clubhaustreppe hinauf, und er wandte ihnen den Rücken zu.

»Und du bist...«, begann er. »Ich meine...«

»Du mußt nicht meinen, daß du das Kompliment unbedingt erwidern mußt«, versicherte ihm Zara. »Ich weiß, daß ich gut bin. Mir hat ein Experte das Küssen beigebracht.«

»Wer war das?« fragte Antony eifersüchtig.

»Cara.«

»Wer zum Teufel ist Cara?«

»Dieses italienische Mädchen. Hab' ich dir nicht schon von ihr erzählt? Wir haben letzten Sommer bei ihr zu Hause gewohnt. Sie hat auch einen reichen Vater. War bestimmt ein Mafiosi.«

»Ein Mädchen?« Antony sah sie mit weit aufgerissenen Augen an.

»Logisch. Aber viel älter. Sie war siebzehn. Die hatte schon, ach, mit einem Haufen Leute rumgeknutscht.«

»Wie hat sie es dir denn beigebracht?«

»Ja, was glaubst du denn, wie?« Zara feixte ihn an.

»Ach du je.« Antonys Gesicht lief noch dunkler an.

»Sie hatte einen jüngeren Bruder«, sagte Zara. »Aber der hatte bloß seinen blöden Computer im Kopf. Möchtest du einen Kaugummi?« Sie betrachtete Antonys Miene und mußte lachen.

»Du bist schockiert, stimmt's?«

»Na ja, ich meine... Du warst erst zwölf!«

Zara zuckte die Achseln.

»Ich schätze, dort drüben fangen sie früh an.« Sie packte ihren Kaugummi aus und steckte ihn sich in den Mund. Einige Minuten beobachtete Antony sie wortlos.

»Und was war dann?« erkundigte er sich schließlich.

»Wie meinst du das, was war dann?«

»Warum seid ihr nicht dort geblieben?«

Zara sah zur Seite.

»Wir sind's halt nicht.«

»Hatten deine Mutter und der italienische Typ Streit miteinander?«

»Nicht direkt.« Zara guckte sich vorsichtig um und senkte ihre Stimme. »Fleur bekam es satt, in Italien zu leben. Deshalb sind wir eines Nachts einfach abgehauen.«

»Was? Ihr habt euch einfach davongemacht?«

»Ja. Wir haben unsere Taschen gepackt und uns verdrückt.«

Antony starrte sie eine Minute schweigend an und dachte nach.

»Aber ihr werdet doch...« Er schluckte und rieb sich seinen Schuh an der Stufe. »Aber dieses Mal haut ihr doch wohl nicht ab, oder?«

Eine lange Stille entstand.

»Ich hoffe nicht«, sagte Zara schließlich. »Das hoffe ich wirklich nicht.« Sie zog die Schultern hoch und zupfte sich am Ohrläppchen. »Aber bei Fleur, da weiß man nie.«

Fleur saß an der Bar des Clubhauses, beobachtete, wie die Cup-Teilnehmer und ihre Frauen ziellos umherwandelten, sich begrüßten, einander über ihre Form aufzogen, die Unterhaltung unterbrachen, um Neuankömmlingen etwas zuzurufen. Hier fühlte sie sich wie zu Hause, dachte sie behaglich, lehnte sich zurück und nippte an ihrem Getränk. Das Ambiente erinnerte sie an ihre Kindheit; an den Club der Auslandsgemeinde in Dubai. Diese kreischenden Surreyfrauen hätten genausogut die Frauen der Auslandsengländer sein können, die in Trauben an der Bar gesessen, gegenseitig ihre Schuhe bewundert und sich mit gesenkten Stimmen über die Chefs ihrer Ehemänner beklagt hatten. Und diese gutgelaunten Typen mit ihren Bieren hätten genausogut die Geschäftsbekanntschaften ihres Vaters sein können: erfolgreich, gebräunt, konkurrenzbesessen. In Dubai waren die Golfplätze sandfarben gewesen, nicht grün, aber das war der einzige Unterschied. Das war die Atmosphäre, in der sie aufgewachsen war; die Atmosphäre, in der sie sich am heimischsten fühlte.

»Fleur!« Eine Stimme riß sie aus ihren Gedanken, und als sie genauer hinsah, stand schon Philippa vor ihr. Sie trug einen weißen Hosenanzug und starrte Fleur mit einem solch verkniffenen Gesichtsausdruck an, daß der ihr fast angst machte.

»Philippa!« sagte Fleur gelassen. »Wie schön, dich wiederzusehen. Nimmt Lambert am Club Cup teil?«

»Ja.« Philippa begann, an ihrer Tasche herumzufummeln, und zog so lange unbeholfen an dem Reißverschluß, bis er klemmte. »Und ich wollte mir dir sprechen.«

»Gut«, erwiderte Fleur. »Darauf freue ich mich. Aber lasse mich dir erst mal einen Drink holen.«

»Drink!« wiederholte Philippa düster. »Mein Gott, wenn du wüßtest.« Mit einem tiefen Seufzer ließ sie sich auf einen Stuhl fallen. »Wenn du nur wüßtest!«

»Ah ja?« meinte Fleur skeptisch. »Also, du wartest hier, und ich bin im Nu wieder da.«

An der Bar entdeckte sie Lambert, der sich an der Schlange der Anstehenden vorbei nach vorne drängelte.

»Oh, hallo«, grüßte er sie wenig begeistert.

»Ich bin hier, um deiner Frau einen Drink zu kaufen«, erklärte Fleur. »Oder hattest du das vielleicht auch gerade vor?« Lambert seufzte.

»Was mag sie denn?«

»Keine Ahnung. Ein Glas Weißwein, würde ich meinen. Oder einen Manhattan.«

»Sie kann einen Wein haben.«

»Gut.« Fleur warf einen Blick zurück zu Philippa, die in ihrer Handtasche hektisch nach etwas kramte; ihrer roten Nase nach zu urteilen, nach einem Taschentuch. Konnte sich das Mädchen nicht einmal ein anständiges Gesichtspuder leisten? Fleur erschauerte leicht und wandte sich wieder der Bar zu. Plötzlich ging ihr auf, daß sie vermutlich den ganzen Nachmittag nicht mehr von Philippa loskäme, wenn sie an ihren Tisch zurückkehrte.

»Gut«, sagte sie liebenswürdig. »Ich denke, ich mache mich dann mal auf die Suche nach Richard, um ihm Glück zu wünschen. Philippa sitzt dort drüben am Fenster.«

Sie wartete, bis Lambert zur Antwort gegrunzt hatte, dann ging sie rasch davon, bahnte sich ihren Weg durch die Menge, den Kopf von Philippa abgewandt, bis sie in sicherer Entfernung von der Bar war.

Auf der Treppe des Clubhauses entdeckte sie Richard, Antony und Zara.

»Na, alles bereit?« erkundigte sie sich fröhlich. »Wer von euch ist zuerst dran?«

»Dad«, sagte Antony. »Und ich komme bald danach.«

»Wir kommen bald danach«, korrigierte ihn Zara. »Ich bin Antonys Caddy«, unterrichtete sie Richard. »Und sage ihm, welchen Schläger er benutzen soll. Den großen oder den kleinen.«

»Hört, hört«, frotzelte Antony. »Du weißt ja nicht mal, wie die Schläger genannt werden.«

»Und ob ich das weiß.«

Richard fing Fleurs Blick auf und lächelte.

»Und heute abend gibt es einen schönen Festschmaus«, sagte er.

»Aber vielleicht gibt es ja gar nichts zu feiern«, wandte Antony ein.

»Oh, das will ich aber doch hoffen«, entgegnete Richard.

»Ich auch«, sagte Zara und sah Antony an. »Ich möchte doch nicht mit einem Verlierer rumhängen.« Fleur lachte.

»Recht so, Tochter!«

»Na gut«, sagte Richard. »Ich mache mich jetzt wohl mal besser fertig.«

»Wer ist denn das?« unterbrach ihn Antony. »Dieser Mann da. Er winkt uns zu!«

»Wo?« fragte Fleur.

»Er ist gerade durch das Tor gekommen. Ich habe keine Ahnung, wer das ist.«

»Ist es ein Mitglied?« fragte Richard, und alle blickten sich um, von der Sonne geblendet.

Der elegant wirkende Mann hatte einen gebräunten Teint und nußbraunes Haar. Er war in makelloses, helles Leinen gekleidet und blickte mit leichtem Entsetzen auf die pinkfarbenen Hosenröcke der Frauen, die vor ihm dahermarschierten. Als er merkte, daß die Gruppe, der er zugewunken hatte, ihn beobachtete, wedelte er erneut mit der rechten Hand. Fleur und Zara schnappten beide gleichzeitig nach Luft. Dann stieß Zara einen lauten Freudenschrei aus und rannte zu ihm hin.

»Wer in aller Welt ist das?« wollte Richard wissen, während er zusah, wie Zara dem fremden Mann in die Arme flog. »Ist das ein Freund von euch?«

»Ich fasse es nicht«, murmelte Fleur mit schwacher Stimme. »Das ist ja Johnny!«

16

»Ich hätte anrufen sollen.« Fleur steckte die Beine auf der Grasböschung aus, auf der sie und Johnny saßen. In der Ferne sah man das vierzehnte Loch; ein Mann in einem roten

Hemd bereitete sich dort aufs Putten vor. »Tut mir leid, ich dachte, du hättest immer noch eine Stinkwut auf mich.«

»Hatte ich auch. Und jetzt bin ich noch viel wütender auf dich!« ereiferte sich Johnny. »Weißt du, was das für eine Mühe war, hierher zu kommen? Du weißt doch, daß ich London nicht verlasse, wenn es irgend geht.«

»Ja, ich weiß«, beruhigte ihn Fleur. »Aber jetzt bist du hier. Ich bin ja so froh, daß wir nach wie vor Freunde sind...«

»Es war ein einziger *Kampf*, bis ich die Abfahrtszeit des Zuges wußte. Dann ging mir auf, daß ich gar nicht wußte, von welchem Bahnhof er losfuhr, und ich mußte wieder bei der Auskunft anrufen, und der Mensch, mit dem ich zuvor darüber gesprochen hatte, war inzwischen weg und machte Teepause!« Johnny schüttelte den Kopf.

»Nun, es ist schön, dich zu sehen«, meinte Fleur besänftigend. »Wie lange bleibst du hier?«

»Ich bleibe nicht! Guter Gott, es gibt Grenzen!«

»Das macht ein Pfund in die Fluchdose«, meinte Fleur gelassen. Sie legte sich zurück und ließ sich von der Sonne bescheinen. Es wäre nett, wieder bei Johnny und Felix in London zu sein, dachte sie. Shoppen gehen, tratschen, das ein oder andere Begräbnis...

»Du scheinst dich hier sehr heimisch zu fühlen.« Johnny sah sich um. »Ganz die kleine Surrey-Ehefrau. Hast du angefangen, Golf zu spielen?«

»Natürlich nicht.«

»Das höre ich gern. Golf ist solch ein spießiger Sport.«

»Na also, so schlecht ist es gar nicht«, versetzte Fleur. »Zara hat angefangen, es zu lernen, weißt du.«

»Ach, na ja«, meinte Johnny liebevoll. »Viel Geschmack hatte Zara noch nie.«

»Schade, daß sie fortgehen mußte, um Antony als Caddy zu helfen.«

»Nun, in erster Linie wollte ich mit dir sprechen«, sagte Johnny. »Deshalb bin ich hergekommen. Mir blieb ja nichts anderes übrig, nachdem du auf meine Anrufe nicht reagiert hast.«

»Was gibt's denn so Wichtiges?« fragte Fleur. Johnny schwieg. Fleur setzte sich abrupt auf. »Johnny, es geht doch wohl nicht um Hal Winters, oder?«

»Doch.«

»Aber du wolltest ihn mir vom Hals schaffen!«

»Nein, das wollte ich nicht! Fleur, er ist doch kein Hausungeziefer. Er ist der Vater deiner Tochter. Du hast mir gesagt, du würdest sie auf eine Begegnung mit ihm vorbereiten. Und das hast du eindeutig nicht getan.«

»Zara braucht keinen Vater«, erwiderte Fleur schmollend.

»Aber natürlich.«

»Sie hat doch dich.«

»Schatz, das ist doch wohl kaum dasselbe«, sagte Johnny. »Oder?« Fleur zuckte die Achseln und spürte, wie sich ihr Mund unwillkürlich zu einem Lächeln verzog.

»Vielleicht nicht«, gab sie zu.

»Zara verdient ihren wahren Vater«, sagte Johnny. »Und ich sage dir, den kriegt sie auch.«

»Wie meinst du das?«

»Hal Winters kommt nächsten Samstag her. Um Zara kennenzulernen, vorbereitet oder nicht.«

»Was?« Fleur spürte, wie ihr vor Bestürzung die Farbe aus dem Gesicht wich.

»Es ist alles in die Wege geleitet.«

»Wie kannst du es wagen, da etwas in die Wege zu leiten! Das geht dich überhaupt nichts an!«

»Aber wohl! Wenn du dich deiner Verantwortung entziehst, dann muß jemand anders das übernehmen. Ich sag' dir was. Wenn's nach Felix gegangen wäre, dann hätten wir ihn umgehend in einem Taxi hergebracht! Aber ich sagte, nein, fairerweise muß Fleur vorgewarnt werden.« Johnny zog ein Taschentuch aus seiner Tasche und tupfte sich die Stirn ab. »Glaub's oder glaub's nicht, ich bin auf deiner Seite, Fleur.«

»Na, vielen Dank!« fauchte Fleur. Leichte Panik stieg in ihr auf. »Ich will ihn nicht sehen!« brach es aus ihr heraus. »Ich will ihn nicht sehen!«

»Du brauchst ihn ja gar nicht zu sehen. Das ist eine Sache zwischen ihm und Zara.«

»Was?! Und ich habe gar nichts damit zu tun?«

»Doch, natürlich. Aber du brauchst ihn nicht. Zara schon.«

»Ihr geht's gut!«

»Von wegen. Andauernd ruft sie mich wegen Amerika an; wegen ihres Vaters. Fleur, sie ist besessen davon!«

Einen Moment sah Fleur ihn an, mit angespannter Miene, den Mund zusammengepreßt. Dann entspannte sie sich plötzlich.

»Okay«, sagte sie. »Gut. Du hast absolut recht. Bring Mr. Winters nächsten Samstag her. Aber erzähl Zara noch nichts davon. Ich möchte sie selber darauf vorbereiten.«

»Fleur ...«

»Ich verspreche es! Diesmal mache ich es wirklich.« Johnny blickte sie argwöhnisch an.

»Und du siehst zu, daß sie dann auch hier ist, wenn er kommt?«

»Aber natürlich mache ich das, Darling«, meinte Fleur leichthin, schloß die Augen und lehnte sich wieder zurück in die Sonne.

Philippa saß allein an einem Tisch im Garten. Vor ihr standen eine Tasse Tee, mehrere riesige Gebäckstücke und eine

Flasche Wein, die sie bei der Tombola gewonnen hatte. In einer Ecke des Gartens spielte die Band »Strangers in the Night«, und mehrere Kinder versuchten, vor dem Podium miteinander zu tanzen. Eine Träne fiel aus Philippas Auge in den Tee. Sie war ganz allein. Fleur hatte sie im Stich gelassen. Gillian befand sich auf der anderen Gartenseite und plauderte fröhlich mit einer anderen Frau, die Philippa gänzlich unbekannt war. Niemand hatte auch nur gefragt, wie es ihr ging und warum sie so blaß aussah; niemand interessierte sich für sie. Sie trank einen Schluck Tee und blickte sich unglücklich um. Alle lachten, unterhielten sich angeregt und genossen die Musik.

Mit einem Mal sah sie Zara und Antony auf ihren Tisch zustreben. Sie richtete ihre Augen in eine unbestimmte Ferne und schob die Gebäckstücke leicht von ihr weg, um anzudeuten, daß ihr der Appetit vergangen war.

»Hi, Philippa!« grüßte Antony sie ausgelassen. »Ist genug Tee für uns da?«

»Reichlich«, grummelte Philippa.

»Cool«, meinte Zara. Sie strahlte Philippa an. »Du kannst dir nicht vorstellen, wie gut Antony gespielt hat. Erzähl's ihr, Antony.«

»Ich habe eine achtundsechziger Runde gemacht«, sagte Antony und errötete. Er grinste stolz von einem Ohr zum anderen.

»Achtundsechzig!« echote Zara.

»Ist das gut?« erkundigte sich Philippa teilnahmslos.

»Natürlich ist das gut! Besser geht's gar nicht!«

»Wegen meines Handicaps«, klärte Antony sie rasch auf. »Mein Handicap ist immer noch ziemlich hoch, da sollte ich eigentlich ein ganz gutes Ergebnis schaffen.«

»Du solltest gewinnen, meinst du wohl«, sagte Zara. »Antony ist der Champion!«

»Schsch!« machte Antony verlegen. »Das bin ich nicht! Noch nicht.«

»Warte, bis du deinen Vater siehst. Du warst besser als er, wirklich.«

»Ich weiß schon. Das ist mir auch ein bißchen peinlich.«

Zara verdrehte die Augen.

»Das ist so typisch! Wenn ich Fleur mal in etwas schlagen könnte, dann würde ich ihr das ewig unter die Nase reiben.«

»Wo ist Fleur?« fragte Philippa in aufgeregtem Ton.

»Die wird bei Johnny sein.«

»Johnny?«

»Dieser Freund von uns«, erklärte Zara beiläufig. »Er hat uns einen Überraschungsbesuch abgestattet. Er ist Fleurs bester Freund.«

»Ich verstehe«, murmelte Philippa.

»Oh, und weißt du was?« sagte Antony. »Xanthe Forrester hat uns gefragt, ob wir mit nach Cornwall in das Cottage ihrer Eltern kommen. Bloß für ein paar Tage. Meinst du, Dad erlaubt es uns?«

»Keine Ahnung«, knurrte Philippa gleichgültig. Sie hätte platzen können vor Neid. Ein Mann namens Johnny war Fleurs bester Freund; ein Mann, von dem Philippa noch nie etwas gehört hatte. Fleur war davongeeilt, um mit ihm zusammen zu sein – und hatte keinen weiteren Gedanken an Philippa verschwendet.

»Ich hoffe es stark«, sagte Antony. Er blickte zu Zara. »Sollen wir mal schnell einen Blick auf die Anzeigetafel werfen?«

»Unbedingt«, sagte Zara und griente ihn an. »Laß uns auf die Punkte der ganzen Verlierer schauen und uns dann ins Fäustchen lachen!«

»Nein!« protestierte Antony. »Nur schauen.«

»Du kannst ja einfach nur schauen, wenn du willst«, gab Zara zurück. »Ich werde mir ins Fäustchen lachen.«

Um sechs Uhr abends standen die Ergebnisse fest, und Antony wurde offiziell zum Gewinner des Club Cups erklärt. Als das Ergebnis verkündet wurde, brandete Beifall auf, und Antony wurde rot wie eine sonnengereifte Tomate.

»Gut gemacht!« rief Richard. »Antony, ich bin mächtig stolz auf dich!« Er klopfte seinem Sohn anerkennend auf die Schulter, und Antony wurde noch röter.

»Ich hab' gewußt, daß er gewinnen würde!« sagte Zara begeistert zu Richard. »Ich wußte es einfach!«

»Ich auch«, strahlte Gillian. »Ich habe extra schon eine Charlotte russe gemacht.«

»Cool«, meinte Antony.

»Was ist das doch für ein herrlicher Tag«, schwärmte Fleur. »Habe ich eigentlich schon gratuliert? Und wie steht's mit dir, Johnny?«

»Herzlichen Glückwunsch, junger Mann«, sagte Johnny. »Ich halte zwar nichts vom Golf und allem, was damit verbunden ist, aber trotzdem, herzlichen Glückwunsch!«

»Bleiben Sie zum Abendessen?« fragte Gillian.

»Leider nein«, erwiderte Johnny. »London ruft. Aber ich hoffe sehr, in einer Woche wieder zu Besuch kommen zu können. Bist du dann aus Cornwall zurück?« wollte er von Zara wissen.

»Logisch.«

»Gut«, sagte Johnny. »Ich bringe dir dann nämlich ein Geschenk mit.«

Philippa und Lambert gesellten sich zu ihnen, und die Atmosphäre kühlte sich ein bißchen ab.

»Na, Lambert, du fängst aber früh an«, meinte Fleur munter und blickte auf das Glas Brandy in seiner Hand.

»Gut gespielt, Antony«, lobte Lambert, ohne auf Fleurs Bemerkung einzugehen, und schüttelte Antony ein bißchen zu fest die Hand. »Ich habe scheiße gespielt.« Er nahm einen Schluck aus seinem Glas. »Total scheiße.«

»Ich hatte ja keine Ahnung, daß du so gut Golf spielst, Antony«, meinte Philippa lahm. Sie versuchte, näher an Fleur heranzukommen. »Wußtest du das, Fleur?«

»Aber natürlich«, sagte Fleur voller Wärme.

»Na ja, in letzter Zeit war ich etwas zu sehr abgelenkt«, begann Philippa mit gesenkter Stimme. Doch sie wurde von Johnny unterbrochen.

»Mein Zug! Er fährt in einer Viertelstunde! Ich muß mir ein Taxi bestellen!«

»Jemand bringt dich hin«, beruhigte ihn Fleur. »Wer hat ein Auto? Lambert! Würde es dir etwas ausmachen, Johnny zum Bahnhof zu fahren?«

»Nein, eigentlich nicht«, entgegnete Lambert widerwillig.

»Ja, du fährst ihn, Lambert«, sagte Philippa sofort. »Wir sehen uns dann daheim.«

»Ausgezeichnet«, freute sich Fleur. »Und für mich ist in deinem netten, großen Auto sicher auch noch Platz.« Ehe Philippa noch etwas einwenden konnte, eilten die drei schon davon. Sie starrte ihnen überrumpelt hinterher, und heiße Wut stieg in ihr hoch. Fleur tat so, als wäre sie Luft. Als würde sie gar nicht existieren; als würde sie überhaupt keine Rolle spielen.

»Ist dir nicht wohl, Philippa?« fragte Gillian.

»Mir geht's gut!« schnauzte Philippa und wandte sich ab. Gillians Aufmerksamkeit brauchte sie nicht. Gillian brachte nichts. Es mußte Fleur sein.

Auf dem Heimweg nach »The Maples« paßte Zara sich Richards Schritt an.

»Antony hat heute so gut gespielt«, sagte sie. »Du solltest wirklich stolz auf ihn sein.«

»Das bin ich auch.« Richard lächelte sie an.

»Er war wirklich...« Auf der Suche nach dem passenden Wort verzog Zara das Gesicht. »Er war wirklich zuversichtlich«, sagte sie schließlich. »Wirklich meisterhaft. Du hättest ihn sehen sollen.«

»Ja, er hat sich diesen Sommer sehr gemacht«, sagte Richard.

»Und irgendwie hat er auch diese ganze Muttermalgcschichte vergessen. Er spielte einfach bloß.«

»Was sagtest du?« Richard musterte sie mit gerunzelter Stirn.

»Na, du weißt schon. Ich denke an diesen ganzen Kummer mit dem Muttermal.«

»Was genau meinst du damit?« fragte Richard behutsam. Zara senkte die Stimme.

»Er hat mir erzählt, daß seine Mutter es gehaßt hat.« Sie zuckte die Achseln. »Du weißt schon, die Sache mit der Augenklappe und das alles. Aber ich schätze, das hat er jetzt überwunden. Und ich schätze, das hat ihm wirklich viel geholfen.«

»Zara, was...« Richard konnte kaum sprechen. Er schluckte und holte tief Luft. »Was für eine Sache mit der Augenklappe?«

»Oh.« Zara sah zu ihm auf und biß sich auf die Lippen. »Du weißt nichts davon? Dann hat dir wohl keiner von den beiden je was davon erzählt.«

Auf dem Weg zurück vom Bahnhof holte Fleur ein Schminktäschchen hervor. Ohne sich um Lambert zu kümmern, begann sie, ihre Lippen mit einem langen, goldenen Pinsel nachzufahren. Aus dem Augenwinkel beobachtete Lambert gebannt, wie sie die dunkle, glänzende Farbe auftrug. Da er die Augen nicht auf der Straße hatte, schwenkte er ein paarmal völlig unkontrolliert auf die andere Fahrspur, und der Autofahrer hinter ihm hupte warnend.

»Lambert!« rief Fleur. »Kannst du denn überhaupt noch fahren?« Sie beugte sich zu ihm und schnupperte. »Wie viele Brandys hast du denn im Club getrunken?«

»Kein Problem«, erwiderte Lambert kurzangebunden. Er bremste vor einer Ampel, und der Wagen brummte sanft im Leerlauf. Er konnte Fleurs Duft riechen; konnte ihre Beine sehen, vor ihm ausgestreckt. Lange, blasse, edle Beine.

»Tja, Fleur«, sagte er. »Du genießt es, mit Richard zusammenzuleben, oder?«

»Natürlich«, erwiderte Fleur. »Richard ist ein wunderbarer Mann.«

»Und auch ein reicher Mann«, sagte Lambert.

»Wirklich?« fragte Fleur unschuldig.

»Er ist ein verdammt reicher Mann.« Er wandte sich zu Fleur, die leicht mit den Achseln zuckte. »Erzähl mir nicht, daß du das nicht gewußt hast«, knurrte er und machte ein finsteres Gesicht.

»Darüber habe ich eigentlich noch gar nicht nachgedacht.«

»Ach, komm!«

»Lambert, laß uns einfach heimfahren, ja?«

»Heim«, äffte Lambert sie nach. »Ja, das ist wohl jetzt dein Heim, was? Mister Scheißreich und Frau Gemahlin.«

»Lambert«, versetzte Fleur in eisigem Ton, »du bist betrunken. Du solltest nicht Auto fahren.«

»Quatsch.«

Die Ampel schaltete auf Gelb, und Lambert drückte aufs Gas.

»Geld interessiert dich also nicht, was?« sagte er über den Motorenlärm hinweg. »Da mußt du der einzige Mensch auf dieser ganzen verdammten Welt sein, der das nicht tut.«

»Was bist du doch für ein schäbiges Individuum«, sagte Fleur leise.

»Was war das?«

»Du bist schäbig! Ein widerlicher, schäbiger Mensch!«

»Ich lebe in der Realität, okay?« Lambert atmete schwer; sein Gesicht verfärbte sich.

»Das tun wir alle.«

»Was, du? Daß ich nicht lache! In welcher Art von Realität lebst du denn? Keine Arbeit, keine Sorgen, legst dich bloß zurück und nimmst das Geld.«

Fleurs Miene verhärtete sich; sie schwieg.

»Ich nehme an, du hast gedacht, Richard ist ein sicherer Tip, stimmt's?« nuschelte Lambert. »Hast ihn doch schon aus einer Meile Entfernung gesichtet. Vermutlich bist du schon mit der Absicht zum Gedenkgottesdienst seiner Frau gekommen, ihn dir zu angeln.«

»Wir sind fast zu Hause«, sagte Fleur. »Gott sei Dank!« Sie maß Lambert mit eisigen Augen. »Du hättest uns umbringen können. Und Johnny auch.«

»Ich wünschte, das hätte ich. Eine Tunte weniger auf dieser Welt.« Eine kurze Stille entstand.

»Ich gebe dir keine Ohrfeige«, sagte Fleur dann mit bebender Stimme, »weil du fährst und ich keinen Unfall verursachen möchte. Aber falls du jemals wieder so etwas sagst...«

»Dann schlägst du mich zusammen? Da fällt mir ja gleich das Herz in die Hose.«

»Ich nicht«, entgegnete Fleur. »Aber ein paar von Johnnys Freunden vielleicht.« Sie bogen in die Einfahrt von »The Maples«, und Fleur öffnete sofort die Autotür. Sie warf Lambert einen vernichtenden Blick zu.

»Du widerst mich an!« knirschte sie und donnerte die Tür zu.

Lambert glotzte ihr hinterher. Das Blut hämmerte ihm im

Kopf, und er war leicht verwirrt. Verachtete er sie nun, oder hatte sie es ihm angetan? Auf jeden Fall schien sie die Schnauze ganz schön voll von ihm zu haben.

Er holte seinen Flachmann hervor und trank einen Schluck Brandy. Er war also schäbig? Da sollte sie mal ihr Konto mit mehr als dreihunderttausend Pfund überzogen haben. Die vertraute Panik überkam ihn, und er nahm noch einen Schluck. Er mußte etwas wegen der Kontoüberziehung unternehmen. Und zwar auf der Stelle, bevor sich alle zum Abendessen versammelten und sich fragten, wo er abblieb. Er schaute zur Haustür, die einen Spaltweit offenstand. Wahrscheinlich war Fleur geradewegs zu Richard gerannt, um sich über ihn zu beschweren. Typisch Frau. Lambert grinste in sich hinein. Sollte sie doch; sollte sie doch sagen, was sie wollte. Zumindest hatte er Richard damit eine Weile aus dem Weg.

Bei »The Maples« angekommen, blieb Richard stehen.

»Ich glaube«, sagte er zu Zara, »ich würde gern eine Minute mit Antony allein sein. Wenn du nichts dagegen hast.«

»Natürlich nicht«, erwiderte Zara. »Wahrscheinlich ist er im Garten. Wir wollten Badminton spielen.« Ihre Augen streiften unsicher Richards Gesicht. »Es war doch nicht falsch, daß ich dir das mit der Augenklappe erzählt habe, oder?«

»Nein!« Richard schluckte. »Natürlich nicht. Du hast genau das Richtige getan.«

Er entdeckte Antony bei dem Badmintonpfosten, wie er gerade geduldig das Netz entwirrte. Einen Moment starrte er seinen Sohn einfach nur an; seinen großen, freundlichen, talentierten Sohn. Seinen vollkommenen Sohn.

»Komm her«, sagte er, als Antony fragend aufsah. »Laß mich dir anständig gratulieren.«

Er zog Antony an sich und drückte ihn fest. »Mein Junge«, murmelte er und mußte plötzlich gegen Tränen ankämpfen. »Mein Junge.« Er blinzelte ein paarmal und ließ Antony dann los. »Ich bin ja so wahnsinnig stolz auf dich.«

»Ich find's auch ziemlich cool«, sagte Antony und mußte grinsen. Er sah unschlüssig auf das Badmintonnetz hinunter. »Also macht's ... macht's dir nichts aus, daß ich dich geschlagen habe?«

»Ob's mir was ausmacht?« Richard lachte ihn an. »Aber natürlich nicht! Es wird Zeit, daß du anfängst, mich zu schlagen. Du bist jetzt ein Mann!« Vor Verlegenheit kroch Antony langsam die Röte ins Gesicht, und Richard schmunzelte in sich hinein.

»Aber Antony, ich bin nicht nur auf dein Golftalent stolz«, fuhr er fort. »Ich bin überhaupt stolz auf dich. Auf jedes kleine bißchen von dir.« Er machte einen Pause. »Und ich weiß, daß auch Mummy auf dich stolz war.«

Antony schwieg. Seine Hände klammerten sich fester um die verhedderten Netzschnüre.

»Sie mag es nicht immer gezeigt haben«, sagte Richard bedächtig. »Es war manchmal etwas ... schwierig für sie. Doch sie war sehr stolz auf dich. Und sie hat nichts mehr auf der Welt geliebt als dich.«

»Wirklich?« fragte Antony, ohne aufzublicken, mit zittriger Stimme.

»Nichts auf der Welt hat sie so geliebt wie dich«, wiederholte Richard. Einige Minuten herrschte Stille. Richard beobachtete, wie sich Antonys Gesicht langsam entspannte; wie sich seine verkrampften Hände vom Netz lösten. Ein kleines Lächeln flackerte über das Gesicht des Jungen, und plötzlich holte er ganz tief Luft, als würde das Leben neu beginnen.

Du glaubst mir, dachte Richard; du glaubst mir blind. Dem Herrn sei Dank für deine arglose Seele.

Zara hatte beschlossen, sich zu Gillian in die Küche zu gesellen, und räumte nun die Spülmaschine aus, während Gillian Salatblätter aus Plastiktüten in eine riesige Holzschüssel schüttete. Sie hörte geduldig zu, wie Gillian sich über eine geplante Reise ausließ, während sie sich die ganze Zeit überlegte, was Antonys Dad ihm wohl gerade sagte.

»Was für ein Zufall!« berichtete Gillian glücklich. »Eleanor wollte auch schon immer mal nach Ägypten reisen. Offenbar weigert Geoffrey sich, irgendwo Urlaub zu machen, wo es keinen Golfplatz gibt.«

»Und? Wirst du dir die Pyramiden anschauen?«

»Ja, natürlich! Und wir werden eine Kreuzfahrt auf dem Nil machen.«

»Das kann ungesund werden, da wird man nämlich abgemurkst«, wandte Zara ein. »Denk an Agatha Christie!« Gillian lachte.

»Weißt du was? Genau das hat Eleanor auch gesagt!«

»Ich schätze, das sagt jeder.« Zara nahm einen Topf heraus und starrte ihn an. »Was zum Teufel ist das?«

»Das ist ein Spargeldampftopf«, erwiderte Gillian schroff. »Und fluche bitte nicht.« Zara verdrehte die Augen.

»Du bist genauso schlimm wie Felix. Bei dem muß man zur Strafe ein Pfund in eine Fluchdose stecken.«

»Eine ausgezeichnete Idee. In der Schule hatten wir so etwas auch.«

»Mag ja sein«, sagte Zara. »Aber wir leben jetzt in den neunziger Jahren, falls du es noch nicht bemerkt haben solltest.«

»Doch, das ist mir schon bewußt«, versetzte Gillian. »Aber danke, daß du mich noch einmal darauf hinweist.« Sie deutete auf zwei Flaschen mit Salatdressing. »Sollen wir das mit Basilikum oder das mit Knoblauch nehmen?«

»Beide«, schlug Zara vor. »Mische sie doch einfach zusammen.«

»Na gut«, meinte Gillian. »Aber auf deine Verantwortung!«

Als Fleur in die Küche kam, sahen beide auf.

»Oh, hi«, grüßte sie Zara. »Hat Johnny den Zug noch erwischt?«

»Gerade noch«, sagte Fleur. »Gott sei Dank, daß wir beide noch leben. Lambert ist betrunken! Der konnte nur noch in Schlangenlinien fahren!«

»Jesses!« rief Zara. Sie warf Gillian rasch einen entschuldigenden Blick zu. »Du meine Güte, meine ich!«

»Setz dich doch!« sagte Gillian, rückte einen Stuhl zurecht und runzelte die Stirn. »Weißt du, das ist nicht das erste Mal. Dieser Lambert sollte strafrechtlich verfolgt werden!«

»Ja, kommt, wir rufen die Polizei an!« rief Zara hell begeistert.

»Setz Wasser auf, Zara«, befahl Gillian kopfschüttelnd, »und mach deiner Mutter eine schöne Tasse Tee.«

»Nein danke«, winkte Fleur ab. »Ich denke, ich gehe nach oben und nehme ein Bad.«

»Probier doch ein paar Hüte an«, schlug Zara vor. »Das sollte dich aufheitern.«

»Jetzt reicht's aber, Zara«, meinte Gillian. Sie musterte Fleur besorgt. »Hat Richard schon davon gehört?«

»Noch nicht.«

»Das sollte er aber.«

»Ja«, nickte Fleur. »Das wird er auch.«

Sie verließ die Küche und stieg die Treppe hoch. Da erschallte von unten eine Stimme.

»Fleur! Da bist du ja! Ich bin schon den ganzen Tag auf der Suche nach dir!«

Fleur wandte ihre Augen der leicht hysterischen Stimme zu. Philippa eilte mit rotem Gesicht und rasselndem Atem auf sie zu.

»Fleur, wir müssen miteinander sprechen«, keuchte sie. »Ich muß dir soviel erzählen. Über...« Sie schluckte und wischte sich eine Träne fort. »Über mich und Lambert. Du wirst es nicht für möglich halten...«

»Philippa«, unterbrach Fleur sie scharf, »nicht jetzt, Liebes. Ich bin wirklich nicht in der Stimmung. Wenn du wissen willst, warum, dann kannst du gerne deinen Mann fragen!« Und ehe Philippa noch einen Ton rausbringen konnte, eilte Fleur nach oben.

Zutiefst verletzt blickte Philippa ihr nach, und Tränen der Fassungslosigkeit stiegen ihr in die Augen. Fleur wollte nicht mit ihr sprechen. Fleur hatte sie im Stich gelassen. Ihr war ganz schlecht vor Jammer und Zorn. Nun hatte sie keine Freunde; keine Zuhörerschaft; niemanden, dem sie ihre Geschichte erzählen konnte. Und alles wegen Lambert. Irgendwie hatte Lambert Fleur wütend gemacht. Er verdarb alles. Philippa ballte die Hände zu Fäusten und spürte, wie ihr Herz schneller schlug. Lambert hatte ihr Leben zu einem Trümmerfeld gemacht! Und dabei wußte nicht einmal irgend jemand etwas davon. Er verdiente eine Strafe. Er verdiente es, daß jeder wußte, wie er wirklich war. Er verdiente Rache.

17

Eine halbe Stunde später war das Abendessen fertig.

»Wo im Himmel sind bloß alle abgeblieben?« fragte Gillian und sah vom Herd auf. »Wo ist Philippa?«

»Hab' sie nicht gesehen«, sagte Antony, der gerade eine Weinflasche öffnete.

»Und Lambert?«

»Wen interessiert das schon?« meinte Zara. »Fangen wir doch einfach zu essen an.«

»Ach, ich glaube, ich habe Philippa im Garten gesehen«, erinnerte sich Antony. »Als wir Badminton gespielt haben.«

»Ich gehe sie holen«, sagte Gillian. »Könnt ihr inzwischen den anderen Bescheid sagen?«

»Okay«, sagte Antony.

Als Gillian fort war, ging er zur Küchentür und rief: »Das Abendessen ist fertig!« Dann blickte er zu Zara und zuckte die Achseln. »Was kann ich dafür, wenn sie nicht hören können?« Er goß sich ein Glas Wein ein und nippte daran.

»He!« sagte Zara. »Und was ist mit mir? Kriege ich nichts?«

Antony blickte überrascht auf.

»Aber du trinkst doch nie Wein!«

»Es gibt für alles ein erstes Mal.« Zara griff nach seinem Glas. Sie nippte vorsichtig und rümpfte die Nase. »Da muß man wohl erst noch auf den Geschmack kommen. Ich denke, ich bleibe bei Diätcola.«

»In der Speisekammer ist noch welche.« Seine Augen hefteten sich vielversprechend auf Zara, und er stand auf.

»Im Kühlschrank ist auch noch eine«, kicherte Zara. Doch sie stand auf und folgte ihm in die Speisekammer. Antony schloß die Tür hinter ihnen und legte die Arme um Zara. Ihre Lippen trafen sich mit gewohnter Leichtigkeit; die Tür knarzte leicht, als sie sich dagegenlehnten.

»Du bist so verdammt sexy«, grummelte Antony mit undeutlicher Stimme, als sie sich voneinander trennten.

»Du auch«, raunte Zara. Derart ermutigt strich er mit der Hand behutsam ihr Rückgrat hinunter.

»Es besteht wohl keine Chance …«

»Nein«, erwiderte Zara vergnügt. »Nicht die geringste.«

Lambert hörte, wie Antony unten nach ihnen rief, und ihm fuhr der Schrecken in die Glieder. Er mußte sich beeilen; er mußte aus Richards Arbeitszimmer sein, bevor sich alle über sein Verbleiben wunderten. Mit gerunzelter Stirn begann er wieder zu tippen, wobei er alle paar Sekunden einen Blick zur Tür warf und gleichzeitig verzweifelt über die richtigen Formulierungen nachsann.

Er hatte Richards persönliches Briefpapier und eine alte Schreibmaschine entdeckt. Nun hatte er die Einzelheiten von Richards Bankkonto vor sich, den Namen seines Rechtsanwalts und eine Kopie seiner Unterschrift. Eigentlich hätte es kinderleicht sein müssen, einen schnellen Allzweckbrief aus dem Ärmel zu schütteln, der bewies, daß Richard dabei war, seine Tochter – und infolgedessen Lambert – ernstlich reich zu machen.

Eigentlich hätte es einfach sein müssen. Doch immer wieder verschwamm alles vor Lamberts Augen; er konnte keinen klaren Gedanken fassen; ständig lenkte ihn die lebhafte Erinnerung an Fleurs Beine ab. Er hackte auf der Schreibmaschine herum, versuchte, sich zu beeilen, fluchte jedesmal, wenn er einen Fehler machte. Fünf Papierbögen hatte er auf diese Weise bereits ruiniert. Die ganze Angelegenheit war ein Alptraum.

Er trank einen Schluck Brandy und versuchte, sich zusammenzunehmen. Er mußte sich bloß konzentrieren, voranmachen und das verdammte Ding fertigbekommen; dann hinuntergehen; sich ganz normal benehmen. Und dann würde er auf den Anruf der First Bank warten. »Ach so, Sie wollen eine Garantie?« würde er in überraschtem Ton flöten. »Das hätten Sie gleich sagen sollen. Wie wäre es mit einem Anweisungsschreiben an Mr. Favours Rechtsanwalt?« Ein Dokument des vermaledeiten Richard Favour würde ihre Bedenken ja wohl erstmal zerstreuen, oder?

»Summe«, sagte er laut und schlug sehr vorsichtig auf jede Taste, »von f-ü-n-f Millionen. Punkt.«

Fünf Millionen. Hergott, wenn das stimmen würde, dachte Lambert, wenn das bloß stimmen würde...

»Lambert?« Eine Stimme riß ihn aus seinen Gedanken, und das Herz blieb ihm stehen. Langsam hob er den Kopf. Richard stand an der Tür und starrte ihn ungläubig an. »Was suchst du denn hier?«

Während Gillian in den Garten hinausschlenderte, erging sie sich in glücklichen Gedanken über Ägypten. Eine Leichtigkeit hatte von ihr Besitz ergriffen; eine Leichtigkeit, die ihren Füßen Energie verlieh, die sie dazu brachte, in sich hineinzulächeln und alte Schlager vor sich hinzuträllern. Ein Urlaub mit Eleanor Forrester. Ausgerechnet mit Eleanor Forrester! Früher einmal, da hätte sie automatisch abgelehnt; hätte gedacht, daß so etwas für sie gar nicht in Frage komme. Und nun dachte sie, warum nicht? Warum sollte sie nicht endlich in ein exotisches, fernes Land reisen? Warum sollte sie Eleanor nicht die Chance geben, sich als Reisebegleiterin zu beweisen? Sie sah sich im Geiste, wie sie auf staubigen, sandigen Wegen wanderte und ehrfurchtsvoll die Reste einer fernen, faszinierenden Kultur betrachtete. Wie die Sonne eines anderen Kontinents auf ihre Schultern brannte; wie sie den Klängen einer fremden Sprache lauschte. Auf einem farbenprächtigen Straßenmarkt um Geschenke feilschte. Auf einmal riß ein knirschendes Geräusch unter ihren Füßen sie aus ihren Phantasien. Sie schaute ins Gras und entdeckte ein Glasgefäß.

»Wie gefährlich!« sagte Gillian laut und hob es auf. Es war nicht zerbrochen, und sie sah es sich genauer an. Es war eine Aspirinflasche. Sie war leer. Jemand mußte sie versehentlich hier draußen liegengelassen haben. Sicher gab es eine plausible Erklärung dafür, daß sie hier im Gras lag. Trotzdem keimte Besorgnis in ihr auf, und sie verschnellerte unwillkürlich ihren Schritt.

»Philippa!« rief sie. »Das Abendessen ist fertig! Bist du im Garten?«

Stille. Dann vernahm Gillian plötzlich ein leises Stöhnen.

»Philippa!« rief sie erneut, diesmal in scharfem Ton. »Bist du das?« Zuerst ging, dann rannte sie auf das Geräusch zu.

Hinter den Rosenbüschen am Ende des Gartens lag Philippa im Gras, die Arme ausgestreckt, Erbrochenes auf dem Kinn. Eine sauber geschriebene Notiz war an ihre Brust geheftet, die mit den Worten begann: »An alle, die ich kenne«. Und auf dem Boden neben ihr lag eine weitere leere Aspirinflasche.

»Ich hoffe, du hast eine Erklärung«, sagte Richard in ruhigem Ton. Er blickte auf das Schriftstück in seiner Hand. »Wenn es das ist, was ich denke, dann hast du eine Menge zu erklären.«

»Es… es ist ein Ulk«, stotterte Lambert. Er sah Richard verzweifelt an und versuchte, ruhig zu atmen; versuchte, das entsetzliche Hämmern in seinem Kopf zu unterdrücken. Er schluckte; seine Kehle fühlte sich wie Sandpapier an. »Ein Scherz.«

»Nein, Lambert«, entgegnete Richard. »Das ist kein Scherz. Das ist Betrug.«

Lambert leckte sich die Lippen.

»Hör zu, Richard«, sagte er. »Das ist nichts weiter als ein Brief. Ich meine… ich hatte nicht vor, ihn zu verwenden.«

»Ach wirklich?« gab Richard sofort zurück. »Und zu welchem Zweck hast du ihn dann geschrieben?«

»Du verstehst nicht!« Lambert versuchte ein kleines Lachen.

»Nein, das tue ich nicht!« schnappte Richard in schneidendem Ton. »Wie hast du es wagen können, dieses Arbeitszimmer ohne meine Zustimmung zu betreten, meine Privatangelegenheiten durchzusehen und einen Brief zu schreiben, der angeblich von mir an meinen Rechtsanwalt ist! Was den Inhalt des Briefes anbelangt...«, er schlug mit der Hand darauf, »so verblüfft der mich am allermeisten.«

»Du meinst...« Lambert starrte Richard an, und ihm wurde schlecht. Emily hatte also gelogen. Sie hatte nur mit ihm gespielt. Philippa bekam gar kein Geld. Flammender Zorn packte ihn und fegte alle Vorsicht und Angst beiseite.

»Für dich ist das ja gut und schön!« brüllte er unvermittelt. »Du schwimmst schließlich in den Millionen!«

»Lambert, du vergißt dich!«

»Emily hat mir gesagt, ich würde ein reicher Mann! Emily hat gesagt, auf Philippa würde ein Treuhandvermögen warten. Sie hat gesagt, ich würde imstande sein, mir alles zu leisten, was ich wollte. Aber sie hat, verflucht noch mal, gelogen, stimmt's?«

Richard starrte ihn an und brachte kein Wort heraus.

»Das hat Emily gesagt?« fragte er endlich mit leicht brüchiger Stimme.

»Sie hat behauptet, ich hätte eine Millionärin geheiratet. Und ich habe ihr geglaubt!«

Richard runzelte verständnislos die Stirn, doch plötzlich ging ihm ein Licht auf.

»Du hast Schulden, ist es das?«

»Natürlich ist es das. Ja, ich habe Schulden. Wie alle anderen auf Erden auch. Bis auf dich, natürlich.« Lamberts Gesicht verdüsterte sich. »Ich habe das Konto um etwas mehr als dreihunderttausend Pfund überzogen.« Er fing Richards ungläubigen Blick auf. »Kein Vergleich zu zehn Millionen, oder? Du könntest es morgen begleichen.«

Richard starrte Lambert an und versuchte, seines Ekels Herr zu werden, daran zu denken, daß Lambert immer noch sein Schwiegersohn war.

»Weiß Philippa davon?« erkundigte er sich schließlich.

»Natürlich nicht.«

»Gott sei Dank«, murmelte Richard. Wieder sah er auf das Schriftstück in seiner Hand. »Und was genau hattest du hiermit vor?«

»Ich wollte es der Bank zeigen. Ich dachte, dann würden sie eine Weile Ruhe geben.«

»Du bist also nicht nur hirnlos, sondern auch unehrlich!«

Lambert zuckte die Achseln. Einige Minuten starrten sie einander in gegenseitiger Abneigung an.

»Ich werde... ich werde darüber nachdenken müssen«, verkündete Richard endlich. »Kann ich dich einstweilen darum bitten, nichts davon vor Philippa zu erwähnen. Oder... vor sonst jemandem.«

»Von mir aus«, sagte Lambert und grinste Richard frech an. Da platzte Richard der Kragen.

»Wage es bloß nicht, mich anzugrinsen!« brüllte er. »Das Grinsen sollte dir vergangen sein! Du bist ein unehrlicher, gewissenloser... Betrüger! Mein Gott, wie hat Philippa sich nur in dich verlieben können?«

»Mein natürlicher Charme, nehme ich an«, sagte Lambert selbstgefällig und fuhr sich durchs Haar.

»Raus mit dir!« Richard zitterte vor Wut. »Raus aus meinem Arbeitszimmer, bevor ich... bevor ich...« Er hielt inne und rang nach Worten. Lambert verzog höhnisch den Mund.

Doch ehe einer von ihnen noch etwas sagen konnte, wurden sie von Gillians Kreischen unten in der Diele unterbrochen.

»Richard! Komm bitte schnell! Es geht um Philippa!«

Gillian hatte Philippa ins Haus geschleppt und den Notarzt verständigt. Als die beiden Männer unten ankamen, saß Philippa aufrecht und stöhnte schwach.

»Ich glaube, die meisten Tabletten hat sie wieder erbrochen«, sagte Gillian. Sie runzelte die Stirn und wischte sich rasch eine Träne fort. »So ein dummes, dummes Mädchen!«

Richard sah seine Tochter in sprachloser Bestürzung an; auf ihre plumpe, unglückliche Gestalt.

»Sie wird doch sicher nicht wirklich...«, begann er und verstummte dann, unfähig, die Worte auszusprechen.

»Natürlich nicht«, entgegnete Gillian. »Das war ein...«, sie stockte, »...ein Hilfeschrei.«

»Aber sie schien doch immer...« Richard brach ab. Er hatte sagen wollen, daß Philippa immer glücklich gewirkt hatte. Aber plötzlich wurde ihm klar, daß das nicht stimmte. Er erkannte, daß Philippa seit dem Erwachsenwerden nur noch selten richtig glücklich gewirkt hatte. Stets hatte sie einen nervösen Eindruck gemacht; oder sie schien eingeschnappt; wenn sie einmal guter Laune war, dann schwang immer ein Anflug von Hysterie mit.

Aber er hatte angenommen, daß mit ihr alles mehr oder weniger in Ordnung wäre. Nun überfielen ihn Schuldgefühle. Ich hätte zusehen müssen, daß sie glücklich im Leben ist, dachte er bei sich; sicherstellen, daß sie glücklich, gefestigt und zufrieden ist. Doch das habe ich ihrer Mutter überlassen und dann ihrem Mann. Und die haben sie im Stich gelassen. Wie wir alle.

»Philippa«, sagte Lambert und beugte sich zu ihr. »Kannst du mich hören?«

Philippa öffnete die Augen und stöhnte lauter.

»Lambert«, meinte Gillian, »ich glaube, du solltest dich von ihr fernhalten.«

»Wieso?« fragte Lambert trotzig. »Ich bin ihr Mann!«

»Da war ein Brief«, erklärte Gillian. Sie gab ihn Richard; während er ihn überflog, verfärbte sich sein Gesicht. An seiner Schläfe begann eine Ader zu pochen.

»Gib ihn her«, drängte Lambert. »Ich habe jedes Recht …«

»Von wegen!« stieß Richard hervor. »Du hast überhaupt keine Rechte!«

»Der Notarztwagen ist da«, meldete Gillian, die aus dem Fenster gespäht hatte. »Wer fährt mit ihr mit?«

»Ich«, sagte Lambert.

»Nein«, sagte Richard sofort. »Du nicht! Ich mache das.«

Auf der Fahrt zum Krankenhaus starrte Richard in das Gesicht seiner Tochter; er hielt ihr den Kopf, als sie sich in eine Pappschüssel übergab, und strich ihr das Haar zurück.

»Ich wollte ihn nicht heiraten«, murmelte sie, während ihr die Tränen über das angeschwollene Gesicht strömten. »Er widert mich an.«

»Schon gut, Liebes«, sagte Richard sanft. »Wir sind bald da. Alles wird gut.«

»Mummy war's«, weinte Philippa. »Sie hat mich dazu gebracht, Lambert zu heiraten! Sie sagte, ich sei häßlich und ich sei keine …« Sie ließ den Satz unvollendet und blickte ihn mit rotgeweinten Augen an. »Hast du Jim wirklich gehaßt?«

»Wer soll das sein?« fragte Richard hilflos. Aber Philippa erbrach sich schon wieder. Richard schaute sie schweigend an. Eine tiefe Niedergeschlagenheit überfiel ihn; es kam ihm vor, als würde seine glückliche Familie aus funkelnden Edelsteinen einer nach dem anderen umgedreht, um einen Schwarm Maden zu enthüllen. Was wußte er sonst noch nicht? Was sonst wurde ihm noch verschwiegen?

»Wo ist Fleur?« wollte Philippa wissen, sobald sie wieder aufrecht sitzen konnte. »Weiß sie es?«

»Ich bin mir nicht sicher«, besänftigte Richard sie. »Wenn du es nicht willst, müssen wir ihr nichts sagen.«

»Aber ich will, daß sie es weiß!« schrie Philippa hysterisch. »Ich will sie bei mir haben!«

»Ja, Schatz.« Richard war plötzlich den Tränen nahe. »Das möchte ich auch.«

Viel später kehrte Richard müde und deprimiert nach Hause zurück und traf alle wartend in der Diele an.

»Was ist passiert?« fragte Fleur. Sie eilte zu ihm und nahm seine Hand. »Liebling, ich war so schockiert, als ich davon hörte.«

»Sie behalten sie über Nacht da«, erklärte Richard. »Die Ärzte glauben nicht, daß sie etwas davongetragen hat. Sie haben vor...« Er schluckte. »Sie haben vor, ihr irgendeine Beratung zukommen zu lassen.«

»Können wir... können wir sie dort besuchen?« fragte Antony unsicher. Richard sah ihn an, wie er da mit Zara auf der Treppe saß, und lächelte. »Morgen ist sie wieder zu Hause. Ehrlich, ihr braucht euch keine Sorgen zu machen. Das war einfach nur eine Kurzschlußhandlung.«

»Aber warum hat sie das gemacht?« wollte Antony wissen. »Ich meine, war's ihr denn nicht klar? Hat sie nicht daran gedacht, was für einen Schrecken sie uns damit einjagen würde?«

»Ich glaube nicht, daß sie sich überhaupt viel Gedanken gemacht hat«, erklärte Richard sanft. »Sie ist im Moment etwas durcheinander.« Unvermittelt blickte er sich um. »Wo ist Lambert?«

»Fort«, erwiderte Gillian. »Ich habe ihn für die Nacht in einem Hotel untergebracht.« Ihre Lippen wurden schmal. »Zum Autofahren war er zu betrunken.«

»Gut gemacht, Gillian.« Er sah sie an. »Und vielen Dank. Wenn du nicht nach Philippa geschaut hättest...«

»Ach, na ja.« Gillian wedelte verlegen mit der Hand. »Darüber denken wir lieber nicht nach.« Sie warf einen Blick auf ihre Uhr. »Es ist spät. Zeit, ins Bett zu gehen. Antony, Zara, ab mit euch!«

»Okay«, nickte Antony gehorsam. »Also dann, gute Nacht allerseits.«

»Gute Nacht«, sagte Zara.

»Antony, es tut mir leid, daß wir deinen Sieg jetzt gar nicht richtig gefeiert haben«, sagte Richard, der sich plötzlich erinnerte. »Aber das holen wir nach.«

»Klar, Dad. Gute Nacht!«

»Ich glaube, ich gehe jetzt auch ins Bett«, sagte Gillian müde. Sie wandte sich an Richard. »Hast du Hunger?«

»Nein«, antwortete Richard. »Hunger nicht.« Er sah zu Fleur. »Aber ich könnte ein Glas Whisky vertragen, denke ich.« Sie lächelte.

»Ich schenke dir einen ein«, sagte sie und verschwand im Salon. Richard schaute Gillian unglücklich an.

»Gillian«, sagte er leise. »Hattest du irgendeine Ahnung, daß so etwas zu erwarten stand? Wußtest du, daß Philippa so unglücklich war?«

»Nein«, erwiderte Gillian. »Ich hatte keine Ahnung.« Sie biß sich auf die Lippen. »Und doch, wenn ich jetzt nachdenke, da frage ich mich, ob es nicht die ganze Zeit offensichtlich war. Ob ich nicht etwas hätte merken müssen.«

»Stimmt. Genau das gleiche Gefühl habe ich auch.«

»Es kommt mir vor, als hätte ich sie im Stich gelassen«, seufzte Gillian.

»Du doch nicht!« erwiderte Richard in plötzlich grimmigem Ton. »Du hast sie nie im Stich gelassen. Wenn jemand sie im Stich gelassen hat, dann war das ihre Mutter!«

»Was?« Gillian blickte ihn mit kugelrunden Augen an.

»Emily hat sie im Stich gelassen! Emily war eine...« Schwer atmend brach er ab, und Gillian sah ihn entsetzt an. Eine Weile schwiegen beide.

»Ich war davon überzeugt, daß Emily unbekannte Seiten haben müsse«, sagte Richard schließlich. »Ich wollte unbedingt mehr über ihren Charakter erfahren.« Angewidert runzelte er die Augenbrauen. »Und nun scheint es so, als ob die süße, unschuldige Emily bloß eine... Fassade war! Die wahre Emily habe ich gar nicht gekannt! Und die wahre Emily hätte ich auch gar nicht kennen *wollen*!«

»Oh, Richard.« In Gillians Augen glitzerten Tränen. »Weißt du, durch und durch schlecht war Emily nicht.«

»Das weiß ich schon.« Richard rieb sich über die Nase. »Aber ich habe sie immer für vollkommen gehalten.«

»Niemand ist vollkommen«, sagte Gillian ruhig. »Niemand auf der Welt.«

»Ich weiß«, sagte Richard. »Ich war ein Narr. Ein einfältiger Narr.«

»Du bist kein Narr.« Gillian erhob sich. »Geh und trink deinen Whisky. Und vergiß Emily.« Sie schaute ihm gerade in die Augen. »Es ist an der Zeit, an die Zukunft zu denken.«

»Ja«, nickte Richard nachdenklich. »Das ist es, nicht wahr?«

Fleur saß auf dem Sofa im Salon, zwei Gläser Whisky an ihrer Seite.

»Du Armer«, murmelte sie mitleidig, als Richard den Raum betrat. »Was für ein entsetzlicher Abend.«

»Dabei weißt du noch nicht einmal die Hälfte«, stöhnte Richard. Er ergriff sein Glas und leerte es. »Fleur, manchmal frage ich mich, ob es auf der Welt überhaupt noch anständige Menschen gibt.«

»Wie meinst du das?« Fleur stand auf und füllte ihm sein Glas nach. »Ist heute abend noch etwas vorgefallen?«

»Man kann's fast nicht erzählen, so abscheulich ist es«, knurrte Richard. »Wenn du es hörst, packt dich der Ekel.«

»Was?« Sie setzte sich auf das Sofa zurück und sah Richard erwartungsvoll an. Er seufzte und streifte seine Schuhe ab.

»Ich habe heute am früheren Abend Lambert in meinem Arbeitszimmer ertappt, wie er einen Brief von mir an meinen Rechtsanwalt fälschen wollte. Er steckt in finanziellen Schwierigkeiten, und er hoffte, mein Name würde dabei helfen, ihm die Gläubiger vom Hals zu halten.« Richard trank noch einen Schluck Whisky und schüttelte den Kopf. »Das Ganze ist widerwärtig.«

»Steckt er in ernsthaften Geldproblemen?«

»Ich fürchte schon.« Richard runzelte die Stirn.

»Du brauchst nicht weiterzuerzählen, wenn du nicht möchtest«, sagte Fleur rasch. Richard ergriff ihre Hand und schenkte ihr ein mattes Lächeln.

»Danke, Schatz, daß du so einfühlsam bist. Aber ich habe keine Geheimnisse vor dir. Und es tut mir so gut, darüber überhaupt sprechen zu können.« Er seufzte. »Äh… jemand hatte Lambert den Eindruck vermittelt, daß Philippa bald zu einer Menge Geld käme. Aufgrund dessen hat er begonnen, über seine Verhältnisse zu leben.«

»O je!« sagte Fleur. Sie zog die Nase kraus. »Ist das der Grund, warum Philippa…«

»Nein. Philippa weiß nichts von dem Geld. Aber die beiden hatten einen Streit. Philippa hatte gedroht, Lambert zu verlassen, woraufhin die Situation wohl ziemlich ausartete.« Richard sah Fleur liebevoll an. »Offenbar habt ihr zwei euch in London lange darüber unterhalten.«

»Lange wohl kaum«, entgegnete Fleur und verzog nachdenklich das Gesicht.

»Trotzdem, Philippa empfand deinen Rat als sehr hilfreich. Sie will dich unbedingt sehen.« Richard streichelte Fleurs Haar. »Ich glaube, sie fängt an, in dir eine Mutterfigur zu sehen.«

»Na, ich weiß ja nicht.« Fleur lachte freudlos auf.

»Was Lambert anbelangt…« Richard zuckte die Achseln.

»Ich habe keine Ahnung, ob er und Philippa sich wieder aussöhnen können, oder ob sie ihn nicht besser an die frische Luft setzt.«

»Letzteres«, sagte Fleur schaudernd. »Er ist ekelhaft.«

»Und unehrlich«, sagte Richard. »Man kann sich kaum vorstellen, daß er Philippa nicht überhaupt nur des Geldes wegen geheiratet hat.«

»Sie ist also reich?« fragte Fleur beiläufig.

»Sie wird es sein«, sagte Richard. »Sobald sie dreißig ist.« Er trank noch einen Schluck Whisky. »Der Witz ist, daß ich die Unterlagen gerade heute vormittag unterschrieben habe.«

Einen Moment schwieg Fleur. Dann schaute sie Richard mäßig interessiert an und erkundigte sich: »Welche Unterlagen?«

»Heute vormittag habe ich einen sehr großen Geldbetrag in ein Treuhandvermögen für Philippa und Antony angelegt.« Er lächelte sie an. »Fünf Millionen für jeden, um genau zu sein.«

Fleur starrte Richard ein paar Sekunden sprachlos an.

»Fünf Millionen für jeden«, wiederholte sie andächtig. »Das macht zehn Millionen.« Sie hielt inne und schien den Worten nachzulauschen.

»Eine Menge Geld, ich weiß«, sagte Richard. »Aber ich wollte ihnen finanzielle Unabhängigkeit geben. Und ich habe selbst immer noch mehr als genug.«

»Du hast gerade all das Geld weggegeben!«

Fleur schluckte krampfhaft. »An deine Kinder.«

»Sie wissen noch nichts davon«, lenkte Richard ein. »Aber ich weiß, ich kann dir vertrauen, daß du es für dich behältst.«

»Natürlich«, murmelte Fleur schwach. Sie leerte ihr Glas und hielt es ihm bittend hin. »Könntest du … glaubst du, du könntest mir noch einen Whisky einschenken?«

Richard stand auf, schenkte von der bernsteinfarbigen

Flüssigkeit nach und kam zu ihr zurück. Plötzlich blieb er stehen.

»Fleur, worauf warte ich noch?« rief er. »Es gibt da etwas, das ich dich schon lange fragen wollte. Ich weiß, daß der heutige Abend sehr aufregend war, aber vielleicht... vielleicht habe ich dadurch noch mehr Grund dazu, das zu tun, was ich jetzt gleich tun werde.«

Das Whiskyglas noch immer in der Hand, kniete er sich auf den Teppich und sah hoffnungsvoll zu Fleur auf.

»Fleur«, brachte er mit bebender Stimme heraus. »Fleur, mein Liebling, willst du mich heiraten?«

18

Früh am nächsten Morgen parkte ein weißer Jeep vor dem Haus und hupte so laut, daß Richard wach wurde. Er rieb sich die Augen, stapfte zum Schlafzimmerfenster und sah hinaus.

»Das sind Antonys Freunde«, informierte er Fleur. »Sie scheinen ungeduldig darauf zu warten, nach Cornwall aufbrechen zu können.«

Kurz darauf klopfte es an der Tür, und sie vernahmen Antonys Stimme: »Dad? Wir fahren!«

Richard öffnete die Tür. Antony und Zara standen im Flur. Beide waren identisch gekleidet, in Jeans und mit Baseballkappen, und jeder hatte eine riesige Tasche geschultert.

»So«, nickte er. »Na, dann ab nach Cornwall mit euch. Ihr benehmt euch doch, oder?«

»Natürlich tun wir das«, versetzte Antony beleidigt. »Außerdem ist ja Xanthes Mutter dabei.«

»Ich weiß«, sagte Richard. »Ich habe gestern mit ihr gesprochen. Und ein paar Grundregeln erwähnt.«

»Dad! Was hast du ihr gesagt?«

»Nicht viel«, grinste Richard. »Bloß, daß ihr jeden Morgen kalt duschen sollt, anschließend eine Stunde Shakespeare …«

»Dad!«

»Bestimmt werdet ihr eine schöne Zeit haben«, lachte Richard. »Und wir sehen uns am Freitag wieder.«

Draußen hupte der Jeep erneut.

»Gut«, sagte Antony und drängte Zara: »Wir gehen jetzt lieber.«

»Ich hoffe, Philippa ist okay«, sagte Zara.

»Ja.« Antonys Blick zuckte zu Richard, und er biß sich auf die Lippen. »Ich hoffe, sie …«

»Das wird schon wieder«, beruhigte ihn Richard. »Keine Bange. Und jetzt ab mit euch, ehe Xanthe wieder diesen infernalischen Radau ertönen läßt.«

Er schaute zu, wie sie die Treppe hinunterpolterten. Zara wurde von der Last ihrer Tasche fast erdrückt, und er fragte sich flüchtig, was in aller Welt sie alles mitgenommen hatte. Dann, als er unten die Tür zuschlagen hörte, wandte er sich wieder zu Fleur um.

»Das waren Antony und Fleur«, erklärte er unnötigerweise. »Jetzt geht's los nach Cornwall.«

»Mhm.« Fleur drehte sich schläfrig um und knautschte die Decke um den Körper. Richard starrte sie ein paar Sekunden an, dann holte er tief Luft.

»Ich weiß nicht, wann du fahren möchtest«, sagte er. »Ich bringe dich zum Bahnhof. Mußt mir nur Bescheid geben, wann.«

»Mach' ich.« Sie öffnete die Augen. »Richard, dir macht das doch nichts aus, oder? Ich brauche nur etwas Zeit, um nachzudenken.«

»Das ist doch klar.« Richard versuchte, einen fröhlichen

Ton anzuschlagen. »Ich verstehe das vollkommen. Du sollst deine Entscheidung nicht überstürzen.«

Er setzte sich auf seine Bettseite und betrachtete Fleur. Sie hatte ihre Arme über den Kopf auf das Kissen gelegt; anmutige Arme, wie die einer Ballerina. Die Augen waren ihr wieder zugefallen, um noch etwas vom süßen Morgenschlaf einzufangen. Es schoß ihm durch den Kopf, daß sie ihn ablehnen könnte. Bei diesem Gedanken empfand er einen stechenden Schmerz, dessen Ausmaß ihn fast erschreckte.

Unten bereitete Gillian eine Kanne Tee zu. Als Richard die Küche betrat, sah sie auf.

»Ich habe sie gehen sehen. Dieser junge Mann, Mex, saß am Steuer. Ich hoffe, er ist verantwortungsbewußt.«

»Bestimmt.« Richard setzte sich an den Küchentisch und machte eine umfassende Handbewegung.

»Es wirkt so schrecklich still im Haus«, meinte er. »Ich vermisse die dröhnende Musik bereits.« Gillian lächelte und stellte ihm einen Becher Tee hin.

»Was geschieht mit Philippa?« erkundigte sie sich. »Kommt sie heute aus dem Krankenhaus?«

»Ja«, sagte Richard. »Außer, in der Nacht ist etwas vorgefallen. Ich hole sie heute vormittag ab.«

»Wenn's dir recht ist, komme ich mit«, sagte Gillian.

»Natürlich ist mir das recht«, entgegnete Richard. »Da wird sie sich bestimmt freuen.« Er trank einen Schluck Tee und sagte dann zögernd: »Da ist noch etwas, was ich dir sagen wollte. Fleur fährt für ein paar Tage nach London.«

»Ah ja«, meinte Gillian. Sie blickte in Richards angespanntes, blasses Gesicht. »Und du fährst nicht mit?« setzte sie leise hinzu.

»Nein«, erwiderte Richard. »Diesmal nicht. Fleur...« Er rieb sich das Gesicht. »Fleur braucht ein bißchen Zeit für sich allein. Um... um nachzudenken.«

»Ah, ja«, wiederholte Gillian.

»Am Samstag kommt sie zurück.«

»Na dann.« Gillian setzte ein fröhliches Gesicht auf. »Die Zeit ist ja im Nu um.« Richard lächelte matt und leerte seinen Becher. Gillian betrachtete ihn besorgt. »Was meinst du, hätte Fleur wohl gern einen Tee? Ich gehe sowieso nach oben.«

»Tee möchte sie nicht«, sagte Richard, der sich plötzlich erinnerte. »Aber sie fragte, ob ich ihr die *Times* bringen könnte.«

»Die *Times.*« Gillian blickte sich in der Küche um. »Ah, hier ist sie ja. Wenn du möchtest, bringe ich sie ihr hoch.« Sie nahm die druckfrische, zusammengefaltete Zeitung und musterte sie neugierig. »Normalerweise liest Fleur keine Zeitung«, sagte sie. »Ich frage mich, wofür sie sie möchte?«

»Keine Ahnung.« Richard schenkte sich noch eine Tasse Tee ein. »Ich habe sie nicht gefragt.«

Um zehn Uhr war Fleur reisefertig.

»Wir lassen dich am Bahnhof raus«, sagte Richard, der ihr den Koffer hinuntertrug, »und fahren dann zum Krankenhaus weiter.« Er machte eine Pause. »Philippa wird betrübt sein, daß du nicht mitkommst«, setzte er dann beiläufig hinzu.

»Ja, zu schade«, sagte Fleur. Sie erwiderte ruhig Richards Blick. »Aber ich fühle mich, glaube ich, wirklich nicht in der Lage...«

»Nein«, unterbrach Richard sie hastig. »Natürlich nicht. Ich hätte nichts sagen sollen.«

»Du bist ein lieber Mann«, sagte Fleur und streichelte Richards Arm. »Und ich hoffe sehr, daß Philippa alles gut übersteht.«

»Das wird sie schon«, sagte Gillian, die in die Diele kam. »Wir behalten sie ein bißchen hier; kümmern uns ordentlich um sie. Wenn du zurück bist, ist sie vermutlich wieder wohlauf.« Sie musterte Fleur. »Du siehst aber schick aus, so ganz in Schwarz.«

»Für London ist das eine enorm praktische Farbe«, murmelte Fleur. »Da sieht man den Schmutz nicht.«

»Wirst du bei deinem Freund Johnny wohnen?« fragte Gillian. »Könnten wir dich dort erreichen, falls irgend etwas mit Zara sein sollte?«

»Nein, wahrscheinlich nicht«, erwiderte Fleur. »Vermutlich steige ich in einem Hotel ab.« Sie runzelte leicht die Stirn. »Ich rufe euch an, wenn ich dort bin, und gebe euch eine Nummer durch.«

»Gut.« Richard schaute unsicher zu Gillian. »Nun, ich glaube, wir müssen los.«

Als sie zum Auto gingen, warf Fleur einen Blick zum Haus zurück.

»Ein einladendes Haus ist das«, sagte sie unvermittelt. »So freundlich.«

»Ja«, meinte Richard eifrig. »Sehr freundlich. Es ist ... nun, ich finde, es ist ein sehr schönes Heim.« Fleur sah ihm milde lächelnd in die Augen.

»Ja«, sagte sie freundlich und öffnete die Wagentür. »Ja, Richard, da hast du sicher recht.«

Bei Richards und Gillians Ankunft saß Philippa aufrecht im Bett. Sie beobachtete, wie die beiden durch das Krankenzimmer marschierten, und versuchte automatisch, ihnen ein strahlendes Lächeln zu schenken. Aber irgendwie klappte es nicht. Es kam ihr vor, als würde sie nie wieder lächeln können; als hätte die Schande sie in all ihren natürlichen Reaktionen gelähmt.

So hatte sie sich das nicht vorgestellt. Sie hatte gedacht, sie würde die ultimative romantische Geste begehen; bei ihrem

Aufwachen wären alle um ihr Bett versammelt, würden mit den Tränen kämpfen, ihr die Hand streicheln und ihr versprechen, daß von nun an alles besser werde. Statt dessen war sie aufgewacht und hatte eine Reihe von demütigenden Untersuchungen über sich ergehen lassen müssen, durchgeführt von Krankenschwestern mit höflichen Sätzen auf den Lippen und Verachtung in den Augen. Als sie in das niedergeschmetterte Gesicht ihres Vaters gesehen hatte, war etwas in ihr zusammengebrochen, und sie hätte am liebsten geweint. Bloß, daß sie plötzlich nicht mehr weinen konnte. Das stets einsatzbereite Tränenreservoir war versiegt; ihre Welt aus romantischen Phantasien war zusammengebrochen, und das, was übrigblieb, war kalt und trocken wie ein Stein.

Sie leckte sich die Lippen, als ihr Vater und Gillian näher kamen, holte tief Luft und krächzte: »Hallo.« Die eigene Stimme kam ihr fremd und blechern vor.

»Hallo, Liebes!«

»Hallo, Philippa.« Gillian lächelte sie fröhlich an. »Wie geht's dir?«

»Viel besser«, antwortete Philippa behutsam. Es war ihr, als spräche sie eine fremde Sprache.

»Du kannst heute nach Hause kommen«, meinte ihr Vater. »Die Entlassungspapiere sind fertig.«

»Das ist gut«, erwiderte Philippa. Von weit her kam ihr ein Gedanke. »Ist Fleur zu Hause?«

»Nein«, sagte ihr Vater. »Fleur ist für ein paar Tage nach London gefahren.«

»Aha.« Kurz verspürte sie eine dumpfe Enttäuschung, die aber fast umgehend wieder nachließ. »Kommt sie denn zurück?« fragte sie höflich.

»Ja«, sagte Gillian sofort, ehe Richard antworten konnte. »Ja, natürlich kommt sie zurück.«

Im Auto wurde nur sehr wenig gesprochen. Als sie zu

Hause waren, brachte Gillian Schüsseln mit Nudelsuppe in den Wintergarten, und Richard nahm gegenüber Philippa Platz.

»Wir müssen über Lambert reden«, fing er vorsichtig an.

»Ja«, erwiderte Philippa mit tonloser Stimme.

»Wirst du …«

»Ich möchte ihn nie wieder sehen.«

Richard sah Philippa lange an, dann warf er Gillian einen Blick zu.

»Gut«, sagte er. »Solange du dir da sicher bist.«

»Ich möchte die Scheidung«, erklärte Philippa. »Zwischen Lambert und mir ist alles aus.« Sie aß von der Hühnersuppe. »Mhm, die ist gut.«

»Echte Hühnerbrühe«, erklärte Gillian. »Sag bloß nicht, du benutzt Beutelsuppen!«

»Und du besinnst dich auch bestimmt nicht eines anderen?« hakte Richard nach.

»Bestimmt nicht«, erwiderte Philippa ruhig. »Da bin ich mir ziemlich sicher.« Sie fühlte sich mit einem Mal befreit; als wäre sie eine schwere Last losgeworden. Ihr Kopf war frisch und klar; sie war endlich frei; einem Neuanfang stand nichts mehr im Wege!

Später an diesem Tag traf Lambert mit dem Taxi ein, in der Hand einen Strauß rosafarbener Nelken. Richard öffnete ihm die Tür und führte ihn in den Salon.

»Philippa ist oben und ruht sich aus«, berichtete er. »Und sie möchte dich nicht sehen.«

»Wie schade«, sagte Lambert. »Ich habe ihr diese Blumen mitgebracht.« Er legte die Blumen auf einen Beistelltisch, setzte sich aufs Sofa und begann, mit seinem Ärmel das Glas seiner Uhr zu polieren. »Ich schätze, sie ist noch ein bißchen durcheinander.«

»Sie ist mehr als ein bißchen durcheinander.« Richard bemühte sich um einen ruhigen Ton. »Ich sollte dir wohl besser gleich sagen, daß sie die Scheidung einreichen wird.«

»Scheidung?« Ohne aufzusehen fuhr Lambert sich mit zittriger Hand durchs Haar. »Du scherzt, oder?«

»Durchaus nicht«, erwiderte Richard. »Über so etwas macht man keine Scherze.«

Lambert sah auf und war überrascht von Richards zusammengepreßtem Mund, seinem feindseligen Blick. Nun, Lambert, dachte er, das hast du dir aber gewaltig vermasselt, was? Was wirst du nun tun? Er überlegte einen Moment und stand dann abrupt auf.

»Richard, ich würde mich gern entschuldigen«, sagte er und blickte Richard so treu an, wie er es nur zustande brachte. »Ich weiß nicht, was gestern in mich gefahren ist. Zuviel getrunken wahrscheinlich.« Er riskierte ein kleines Lächeln. »Ich hatte nie vor, Ihr Vertrauen zu mißbrauchen, Sir.«

»Lambert«, begann Richard müde.

»Philippa ist ein äußerst nervöses Mädchen«, fuhr Lambert fort. »Wir hatten auch zuvor schon Streitigkeiten, aber die konnten wir immer wieder aus der Welt schaffen. Und ich bin mir sicher, das können wir diesmal auch, wenn du uns eine Chance gibst ...«

»Du hattest deine Chance!« stieß Richard hervor. »Du hattest deine Chance, als du dich in der Kirche erhoben und geschworen hast, meine Tochter zu lieben und zu ehren!« Seine Stimme wurde lauter. »Hast du sie geliebt? Hast du sie geehrt? Oder hast du sie immer nur als Geldquelle betrachtet?«

Schwer atmend hielt er inne, und Lambert starrte ihn in leichter Panik an, während er sich im stillen überlegte, was er am besten darauf antworten sollte. Würde Richard ihm glauben, wenn er behauptete, Philippa unsterblich zu lieben?

»Ich will ehrlich zu dir sein, Richard«, brachte er schließlich heraus. »Ich bin nur ein Mensch. Und der Mensch lebt nicht vom Brot allein.«

»Wie kannst du es wagen, vor mir die Bibel zu zitieren!« brüllte Richard. »Wie kannst du es wagen, meine Tochter auszunutzen?«

»Ich habe sie nicht ausgenutzt!« rief Lambert. »Wir haben eine sehr glückliche Ehe geführt!«

»Du hast sie erniedrigt, du hast sie ausgebeutet, du hast aus dem glücklichen Mädchen von einst ein seelisches Wrack gemacht.«

»Herrgott noch mal, ein seelisches Wrack war sie doch von Anfang an!« brauste Lambert auf, der wenigstens das nicht auf sich sitzen lassen wollte. »Philippa war schon lange bevor ich sie kennengelernt habe total verkorkst. Das brauchst du mir also nicht zusätzlich anzukreiden.«

Ein paar Sekunden lang sah Richard ihn sprachlos an. Dann wandte er sich unvermittelt ab.

»Ich möchte dich nie wiedersehen«, sagte er ruhig. »Gemäß den Vertragsbedingungen ist deine Tätigkeit in der Firma hiermit beendet.«

»Aus welchen Gründen?«

»Schwere Verfehlungen«, klärte Richard ihn kühl auf. »Vertrauensbruch und Fälschen.«

»Dagegen werde ich angehen!«

»Wenn du dagegen angehst, dann verlierst du garantiert. Aber das bleibt dir überlassen. Was die Scheidung anbelangt«, fuhr Richard fort, »so wirst du zur gegebenen Zeit von Philippas Rechtsanwalt hören.« Er machte eine Pause. »Und was das Geld betrifft...«

Einen Augenblick herrschte Stille. Lambert ertappte sich dabei, wie er sich, erfüllt von jäher Hoffnung, leicht vorbeugte.

»Zur Abtragung deiner Schulden gebe ich dir eine Summe

von insgesamt zweihundertfünfzigtausend Pfund. Keinen Penny mehr. Im Gegenzug wirst du mir eine unterzeichnete Garantie geben, daß du nicht versuchen wirst, Kontakt zu Philippa aufzunehmen, außer über deinen Rechtsanwalt, und daß du die Summe als einen endgültigen Scheidungsausgleich betrachtest.«

»Zweihundertfünfzig?« sagte Lambert. »Und was ist mit dem Rest meiner Kontoüberziehung?«

»Der Rest davon, Lambert«, sagte Richard mit ätzender Stimme, »ist dein Problem.«

»Zweihundertfünfundsiebzig«, meinte Lambert.

»Zweihundertfünfzig. Keinen Penny mehr.«

Es entstand eine lange Pause.

»Einverstanden«, rang Lambert sich schließlich durch. »Ich nehme es. Es ist ein Geschäft.« Er streckte die Hand aus und ließ sie, als Richard keine Anstalten machte, sie zu ergreifen, wieder fallen. Er sah Richard in widerwilliger Bewunderung an. »Du bist knallhart, stimmt's?«

»Ich habe den Taxifahrer gebeten, auf dich zu warten«, erwiderte Richard. Er warf einen Blick auf seine Uhr. »Um drei geht ein Zug.« Er langte in seine Hosentaschen. »Hier ist das Geld für deine Fahrkarte.« Er reichte Lambert einen Umschlag. Der zögerte, zuckte die Achseln und nahm ihn dann.

Schweigend gingen sie zur Haustür.

»Ich würde auch vorschlagen«, sagte Richard, während er die Tür öffnete, »daß du deine Mitgliedschaft in Greyworth aufgibst. Bevor man es dir nahelegt.«

»Du legst es darauf an, mein Leben zu zerstören!« klagte Lambert ihn zornig an. »Ich bin ruiniert!«

»Das bezweifle ich«, sagte Richard. »Menschen von deinem Schlag sind nie ruiniert. Die ruinieren andere. Die, die das Pech haben, sie kennenzulernen; die, die sie in ihr Leben einlassen; die töricht genug sind, ihnen zu vertrauen.«

Lambert sah ihn eine Minute wortlos an, dann stieg er ins Taxi und lehnte sich zurück. Der Taxifahrer ließ den Motor an. Richard hielt noch die Tür in der Hand.

»Sag mir noch eines«, sagte er abschließend. »Hast du dir je etwas aus Philippa gemacht? Oder war alles bloß Heuchelei?« Lambert verzog spöttisch das Gesicht.

»Manchmal habe ich sie ganz gern gemocht«, antwortete er. »Wenn sie sich ein bißchen aufgedonnert hat.«

»Ah so«, knurrte Richard. Er holte tief Luft. »Bitte fahr jetzt. Auf der Stelle.«

Er beobachtete, wie das Taxi um das Tor bog und verschwand.

»Ist er fort?« Richard wandte sich um und sah Gillian in der Haustür stehen. »Ich habe dich mit ihm reden hören«, fuhr sie fort. »Ich persönlich fand dich großartig.«

»Großartig wohl kaum.« Richard rieb sich müde das Gesicht. »Weißt du, ihm hat sein Benehmen nicht einmal leid getan.«

»Es bringt nichts, von solchen Leuten zu erwarten, daß ihnen etwas leid tut«, erwiderte Gillian überraschenderweise. »Man muß sie einfach loswerden, so schnell man kann, und sie aus dem Gedächtnis streichen. Bloß nicht ins Grübeln verfallen!«

»Bestimmt hast du recht«, meinte Richard. »Aber momentan komme ich nicht ums Grübeln herum. Ich fühle mich sehr verbittert.« Er schüttelte gramerfüllt den Kopf und kehrte langsam zum Haus zurück. »Wie geht's Philippa?«

»Oh, gut«, sagte Gillian und trat ein paar Schritte auf ihn zu. »Das wird schon wieder.« Sie legte eine Hand auf seinen Arm, und eine Weile schwiegen sie beide.

»Ich vermisse Fleur«, gestand Richard. »Ich vermisse Fleur.« Er seufzte. »Gerade erst ist sie fort, und schon vermisse ich sie.«

»Mir geht's genauso.« Gillian drückte ihm tröstend den Arm. »Aber sie ist bald zurück. Vielleicht ruft sie heute abend an.«

»Sie ruft nicht an.« Richard schluckte. »Ich habe ihr gestern abend einen Heiratsantrag gemacht. Deshalb ist sie auch nach London gefahren. Sie möchte darüber nachdenken.«

»Aha.«

»Nun wünschte ich, ich hätte den Mund gehalten«, stöhnte Richard. Er hob den Kopf. »Gillian, was, wenn sie nein sagt?«

»Das wird sie schon nicht«, beruhigte Gillian ihn. »Ganz bestimmt nicht.«

»Aber vielleicht doch?«

»Vielleicht sagt sie auch ja«, versetzte Gillian. »Denk doch lieber darüber nach. Sie könnte ja sagen.«

Später an diesem Abend, als Philippa zu Bett gegangen war und sie beide mit ihrem Kaffee im Salon saßen, sagte Gillian unvermittelt zu Richard:

»Richard, du darfst Fleur nicht in den Himmel heben!«

»Was?« Richard sah Gillian verwundert an, und sie errötete.

»Tut mir leid«, sagte sie.»Ich sollte so etwas nicht zu dir sagen.«

»Unsinn«, meinte Richard. »Du kannst mir ruhig offen deine Meinung sagen.« Er runzelte nachdenklich die Stirn. »Aber ich bin mir nicht sicher, was du meinst.«

»Ach, das ist auch egal.«

»Ist es nicht! Gillian, wir kennen uns lange genug, um ehrlich zueinander zu sein.« Er beugte sich vor und sah sie eindringlich an. »Sag mir, was du denkst. Was meinst du mit ›in den Himmel heben‹?«

»Du hast Emily für vollkommen gehalten«, sagte Gillian

geradeheraus. »Und jetzt machst du mit Fleur das gleiche.« Richard lachte.

»Ich halte Fleur nicht für vollkommen! Ich finde...« Er zögerte und errötete leicht.

»Und ob!« gab Gillian zurück. »Du glaubst, sie ist vollkommen! Aber niemand ist vollkommen.« Sie dachte kurz nach. »Eines Tages wirst du etwas über Fleur erfahren, was du nicht wußtest. Oder zuvor nicht bemerkt hattest. Genauso wie mit Emily.« Sie biß sich auf die Lippen. »Und unter Umständen ist das nichts Gutes. Aber deshalb heißt das noch lange nicht, daß Fleur kein guter Mensch ist.« Richard starrte sie verdutzt an.

»Gillian, willst du mir da etwas zu verstehen geben? Etwas über Fleur?«

»Nein«, sagte Gillian. »Sei nicht albern.« Sie musterte Richard ernst. »Ich möchte nur nicht wieder erleben, daß du enttäuscht wirst. Und wenn du das Ganze mit realistischen Erwartungen angehst, dann hast du vielleicht...« Sie räusperte sich verlegen. »Dann hast du vielleicht eine größere Chance, glücklich zu werden.«

»Du hältst mich also für einen Idealisten«, erwiderte Richard erstaunt.

»Nun, ja. Das tue ich wohl.« Verlegen rieb Gillian sich die Stirn. »Aber andererseits, was weiß ich schon davon?« Sie stellte ihre Kaffeetasse ab und erhob sich. »Es war ein langer Tag.«

»Du hast recht!« rief Richard plötzlich. »Gillian, du verstehst mich völlig!«

»Ich kenne dich ja auch schon lange.«

»Aber wir haben uns noch nie so miteinander unterhalten! Du hast mir noch nie einen Rat gegeben!«

»Ich hielt es nicht für angebracht.« Gillian errötete. Richard starrte ihr hinterher, wie sie zur Tür ging.

»Ich wünschte, du hättest es.«
»Damals standen die Dinge anders. Alles war anders.«
»Vor Fleur.« Gillian nickte und lächelte leicht.
»Genau.«

Am Freitag hatte Fleur noch immer nicht angerufen. Gillian und Richard liefen im Haus hin und her wie zwei nervöse Hunde. Am späten Vormittag begann es zu regnen; ein paar Minuten darauf fuhr der weiße Jeep die Einfahrt hinauf, und Antony und Zara entstiegen dem Wagen unter lautem Juhu.

»Jetzt erzählt mal, was ihr so alles unternommen habt«, bat Richard, der sich danach sehnte, auf andere Gedanken zu kommen. »Hattet ihr eine schöne Zeit?«

»Ausgezeichnet«, sagte Zara, »auch wenn Xanthe Forrester bestenfalls über eine Gehirnzelle verfügt.«

»Wir haben eine Wanderung gemacht«, erzählte Antony, »und haben uns total verlaufen...« Seine und Zaras Blicke trafen sich, und beide brachen in Gekicher aus.

»Und wir haben Cidre getrunken«, gluckste Zara, als sie sich wieder gefaßt hatte.

»Du hast Cidre getrunken«, schränkte Antony ein. »Wir anderen haben Bier getrunken.« Er fing erneut zu lachen an. »Komm, Zara, mach den kornischen Dialekt nach!«

»Ich kann nicht.«

»Doch, kannst du schon!«

»Ich habe keinen Zusammenhang«, sagte Zara. »Ich brauche einen Zusammenhang!«

Richard und Gillian sahen einander an.

»Nun, das klingt ja alles toll«, sagte Richard. »Ich denke, ich werde mich später mal mit Mrs. Forrester unterhalten.«

»Wo ist Fleur?» erkundigte sich Zara und ließ ihre Tasche mit einem Plumps auf den Boden fallen.

»Sie ist für ein paar Tage nach London gefahren«, erklärte Richard leichthin. »Aber morgen sollte sie eigentlich zurückkommen.«

»London?« fragte Zara scharf: »Was will sie denn in London?«

»Oh, nichts Besonderes. Ehrlich gesagt weiß ich das auch nicht so genau.«

»Sie hat's dir nicht gesagt?«

»Nicht so direkt.« Richard lächelte sie an. »So, wie wär's mit einer heißen Schokolade?«

»Okay«, meinte Zara in böser Vorahnung. »Ich muß bloß schnell was nachschauen.«

Ohne ein weiteres Wort eilte sie die Treppe hinauf und den Flur entlang in Fleurs Zimmer. Dort hielt sie inne, holte tief Luft und öffnete mit klopfendem Herzen die Türen des Kleiderschranks.

Sämtliche schwarzen Kostüme von Fleur fehlten.

»O nein«, jammerte Zara laut. »Oh, bitte nicht!« Wie ein Hammerschlag traf sie ein Schmerz in der Brust. »Bitte nicht!« Ihre Beine begannen zu zittern, und sie sank auf den Boden.

»Nein, bitte«, murmelte sie und vergrub das Gesicht in den Händen. »Tu's bitte nicht. Tu's bitte nicht. Dieses Mal nicht. Fleur, tu's bitte nicht. Bitte.«

Zur Abendessenszeit war die Spannung im Haus zum Zerreißen gespannt. Zara saß da und starrte, ohne etwas zu essen, auf ihren Teller. Richard versuchte, seine Nervosität mit einer Reihe von Witzen zu überspielen, über die keiner lachte. Gillian klapperte forsch mit dem Geschirr und raunzte Antony an, als er einen Löffel zu Boden warf. Philippa aß ein paar Bissen und verkündete dann, sie würde den Rest auf ihrem Zimmer zu sich nehmen.

Danach saßen die anderen im Salon und sahen sich einen Fernsehfilm an, den sie schon kannten. Als er zu Ende war, schwiegen alle. Keiner machte Anstalten, ins Bett zu gehen. Der nächste Film begann, und alle Augen blieben stumpf auf den Bildschirm gerichtet. Wir wollen einander nicht verlassen, dachte Zara. Wir wollen nicht ins Bett gehen; wir wollen nicht allein sein. Als Antony gähnte und auf seinem Sessel vorrutschte, verspürte sie leichte Panik.

»Ich geh' jetzt ins Bett«, sagte er schließlich. »Gute Nacht alle miteinander.«

»Ich auch«, sagte Zara und folgte ihm aus dem Zimmer.

Auf der Treppe zog sie ihn an sich.

»Laß mich heute nacht in deinem Bett schlafen«, flüsterte sie.

»Was, du willst tauschen?« fragte Antony verdutzt.

»Nein.« Zara schüttelte heftig den Kopf. »Ich will bei dir schlafen. Ich möchte ...« Sie schluckte. »Ich möchte einfach nicht allein schlafen, verstanden?«

»Na, okay«, stimmte Antony atemlos zu. »Okay!« Seine Augen begannen zu leuchten. »Und was, wenn uns jemand draufkommt?«

»Keine Bange«, erwiderte Zara. »Keiner kommt in unsere Nähe.«

19

»Zara! Zara!« zischte eine Stimme in Zaras Ohr, immer wieder. Schließlich dachte sie, sie müsse den Besitzer der Stimme auffordern, wegzugehen und jemand anderen zu nerven. Sie rieb sich schläfrig die Augen, öffnete sie und schnappte nach Luft.

»Ja, schnapp nur nach Luft!« Fleur stand neben dem Bett, schick gekleidet in einem roten Kostüm, das Zara nicht kannte, und funkelte mit einer Mischung aus Triumph und Zorn im Gesicht auf sie herab. »Was in Gottes Namen tust du hier?«

Im trüben Licht des Zimmers, dessen Vorhänge verschlossen waren, sah Zara sie mit großen Augen an. Plötzlich wurde ihr bewußt, daß sie neben Antony im Bett lag; daß er seinen bloßen Arm über ihre Brust gestreckt hatte.

»So, wie's aussieht, ist es nicht, okay?« beeilte sie sich zu versichern.

»Schatz, du liegst mit einem fünfzehnjährigen Jungen im Bett. Jetzt tu bitte nicht so, als wärst du da versehentlich reingestolpert.«

»Das war nicht versehentlich! Aber es war auch nicht, ich meine, er wollte nicht ...«

»Ich habe jetzt keine Zeit dafür«, unterbrach sie Fleur. »Steh auf und zieh dich an. Wir fahren.« Zara glotzte sie verständnislos an, und in ihrer Brust begann ein unheilvolles Hämmern.

»Wie meinst du das, wir fahren?« stammelte sie.

»Wir gehen fort, Schatz. Draußen wartet ein Wagen auf uns. Ich habe diese Woche einen sehr netten Mann kennengelernt. Ernest heißt er. Wir fahren zu ihm in seine Villa.«

»Wir können nicht fortgehen«, protestierte Zara. »Ich bleibe!«

»Zara, sei nicht albern.« Ein Anflug von Ungeduld schlich sich in Fleurs Stimme. »Wir gehen fort, und damit basta!«

»Ich schreie!« drohte Zara. »Ich wecke alle auf!«

»Und dann kommen sie hergerannt«, spottete Fleur. »Und dann entdecken sie, was du und der junge Master Favour hier getrieben habt. Was sein Vater wohl davon halten wird?«

»Wir haben überhaupt nichts getrieben!« zischte Zara. »Wir haben nicht *miteinander* geschlafen. Wir haben nur ... zusammen geschlafen.«

»Das zu glauben fällt mir sehr schwer«, entgegnete Fleur. »Und jetzt steh auf!«

Die Bettdecke hob sich, und Antony lugte verschlafen darunter hervor. Beim Anblick Fleurs erbleichte er.

»Fleur!« stotterte er. »O mein Gott! Es tut mir leid! Wir wollten nicht...« Er warf Zara einen ängstlichen Blick zu und sah dann wieder zu Fleur. »Ehrlich...«

»Schsch«, machte Fleur. »Du möchtest doch nicht, daß dein Vater hereinkommt, oder?«

»Bitte sag Dad nichts«, flehte Antony. »Er würde es nicht verstehen.«

»Nun, wenn du nicht möchtest, daß dein Vater etwas darüber herausfindet, dann schlage ich vor, du verhältst dich ganz ruhig«, sagte Fleur, und an Zara gewandt: »Und dir schlage ich vor, komm sofort mit mir mit.«

»Ich gehe nicht!« erwiderte Zara verzweifelt.

»Doch, das tust du besser«, drängte Antony besorgt. »Mein Vater kann jeden Moment etwas hören und hier reinplatzen.«

»Vernünftiger Junge«, lobte Fleur. »Komm, Zara!«

»Bis später«, sagte Antony und kuschelte sich wieder unter seine Bettdecke.

»Bis später«, flüsterte Zara. Zart streichelte sie ihm über den Kopf. »Bis später...« Doch inzwischen liefen ihr heiße Tränen die Wangen hinunter, und sie konnte nicht weitersprechen.

Der Wagen wartete diskret neben »The Maples«. Es war ein großer marineblauer Rolls-Royce mit Ledersitzen und einem uniformierten Chauffeur, der heraussprang und die Tür öffnete, sobald er Fleur und Zara kommen sah.

»Ich kann nicht gehen«, sagte Zara und blieb stehen. »Ich kann nicht fort. Ich möchte hier wohnen bleiben.«

»Nein, das willst du nicht«, sagte Fleur.

»Doch! Es ist schön hier! Und ich liebe Richard und Gillian und Antony …«

»Bald werden wir in einer Villa an der Algarve sein«, knirschte Fleur, »und unternehmen dort schrecklich aufregende Sachen; treffen interessante Leute. Und das Leben, das wir hier geführt haben, wird uns äußerst langweilig vorkommen.«

»Wird es nicht!« Zara stieß mit dem Fuß an die Seite des Rolls Royce, und der Chauffeur fuhr unmerklich zusammen.

»Laß das!« Fleur schubste Zara ärgerlich ins Auto. »Setz dich hin und benimm dich!«

»Warum müssen wir denn von hier weg? Nenne mir einen Grund dafür!«

»Liebes, du kennst die Gründe doch ganz genau.«

»Nenne mir einen einzigen!« schrie Zara, und sie sah Fleur aufgebracht an, in Erwartung einer Auseinandersetzung, einer Ohrfeige sogar. Doch Fleur starrte aus dem Fenster, ihr Gesicht zuckte leicht, und sie schien keine Antwort geben zu können.

Um acht Uhr hatten sie jeden Winkel abgesucht.

»Ich habe im Garten nachgesehen«, sagte Gillian, als sie in die Küche trat. »Aber dort ist keine Spur von ihr.« Wieder warf sie Antony einen Blick zu. »Hat sie dir auch ganz bestimmt nichts gesagt?«

»Nichts«, murmelte Antony und vermied es sie anzuschauen. »Ich habe keine Ahnung, was geschehen ist. Ich habe sie seit gestern abend nicht mehr gesehen.«

»Das sieht Zara aber gar nicht ähnlich«, sagte Richard. Er runzelte die Stirn. »Na, sie wird schon wieder auftauchen.«

»Meinst du nicht, wir sollten bei der Polizei anrufen?« fragte Gillian.

»Das hielte ich für übertrieben«, entgegnete Richard.

»Schließlich ist es erst acht Uhr früh. Sie könnte zu einem Morgenspaziergang aufgebrochen sein. Wahrscheinlich kehrt sie jede Minute zurück. Was, Antony?«

»Mhm«, machte Antony und sah wie gebannt auf seinen Teller.

Eine halbe Stunde darauf kam Gillian in die Küche gerannt.

»Da fährt ein Auto die Einfahrt herauf!« prustete sie atemlos. »Vielleicht ist es jemand mit Zara!«

»Na, siehst du«, sagte Richard befriedigt und lächelte sie an. »Ich wußte doch, daß wir uns ganz umsonst Sorgen machen.« Er erhob sich. »Antony, warum brühst du nicht einen frischen Kaffee auf? Und frühstückst etwas? Du siehst aus, als hättest du letzte Nacht kaum geschlafen.«

»Habe ich aber«, erwiderte Antony hastig. »Sehr gut sogar.«

»Gut«, meinte Richard und musterte ihn neugierig. »Nun, du machst den Kaffee, und ich schaue nach, ob es Zara ist.«

»Es ist nicht Zara«, verkündete Gillian, die schon wieder zurück in die Küche kam. »Es ist Fleurs Freund Johnny. Und ein fremder Mann.«

»Richard liebt dich«, sagte Zara vorwurfsvoll. »Und das weißt du auch.« Fleur schwieg. Sie hatten im ersten Städtchen haltgemacht, durch das sie fuhren, und warteten nun im Auto darauf, daß die Bank öffnete. Fleur hielt Richards Gold Card einsatzbereit in der Hand.

»Er möchte dich heiraten«, beharrte Zara. »Du könntest wirklich glücklich mit ihm sein!«

»Liebes, das sagst du jedesmal.«

»Aber diesmal stimmt es! Dieses Mal ist es anders!« Zara verzog die Augen zu Schlitzen. »Du bist anders, Fleur, du hast dich verändert.«

»Unsinn«, gab Fleur scharf zurück.

»Johnny findet das auch. Er sagte, er glaube, du wärst soweit, Wurzeln zu schlagen.«

»Wurzeln zu schlagen!« echote Fleur verächtlich. »Und zu heiraten! Ein geruhsames Leben zu führen!«

»Was ist denn daran so verkehrt?« begehrte Zara auf. »Ist immerhin besser als ein hektisches und unsicheres, oder? Dir hat's hier doch gefallen! Das habe ich genau gemerkt!« Sie schielte zu ihrer Mutter. »Fleur, warum gehen wir weg?«

»Oh, Schatz.« Fleur wandte sich ihr nun voll zu, und zu Zaras Bestürzung schimmerte es feucht in ihren Augen. »Stell dir mich doch mal als kleine, langweilige Surreyfrau vor. Unmöglich, oder?«

»Das wärst du doch gar nicht! Du wärst du selbst!«

»Ich selbst? Was ist das?«

»Ich weiß es nicht«, erwiderte Zara hilflos. »Das ist, wofür auch immer dich Richard hält.«

Fleur schnaubte.

»Richard hält mich für ein treues, liebendes Wesen, das sich keinen Pfifferling um Geld schert.« Sie umklammerte fest die Gold Card. »Wenn ich ihn heiraten würde, Schatz, dann würde das Ganze in einer Scheidung enden.«

»Vielleicht auch nicht!«

»Doch, Püppchen. Ich könnte gar nicht anders.« Fleur begutachtete ihre Fingernägel. »Ich kenne mich sehr gut. Und Richard verdient etwas Besseres als mich.«

»Er will aber gar nichts Besseres!« protestierte Zara. »Er will dich!«

»Du hast nicht den Schimmer einer Ahnung«, fertigte Fleur sie scharf ab und drehte sich zum Fenster um. »Laß uns das Geld holen und dann nichts wie los.«

Hal Winters war ein hochgewachsener, schmalschultriger Mann mit einem gebräunten Gesicht und einer Metallbrille. Er saß neben Johnny am Küchentisch und trank mit großen Schlucken seinen Kaffee, während Richard, Gillian und Antony ihn schweigend beobachteten.

»Verzeihen Sie bitte«, begann Richard schließlich. »Aber das ist alles ein bißchen viel für uns. Zuerst ist Zara verschwunden und nun ...«

»Ich kann verstehen, daß Sie überrascht sind«, meinte Hal Winters. Er sprach langsam, mit dem breiten amerikanischen Akzent des mittleren Westens, der Antony vor Wonne erschauern ließ. »Wo Fleur Ihnen erzählt hat, daß ich tot bin und das alles.«

»Nun, wenn ich so darüber nachdenke, bin ich mir ehrlich gesagt gar nicht mehr sicher, daß sie das tatsächlich gesagt hat«, sagte Richard mit gerunzelter Stirn. »Oder doch?«

»Ganz offensichtlich irgendein Mißverständnis«, beeilte Gillian sich zu sagen. »Wie schade, daß sie nicht hier ist!«

»Hört, hört«, sagte Johnny und beobachtete Hal genau. »Und Zara fehlt auch. Was für ein merkwürdiger Zufall!«

»Zara hat die vergangene Nacht hier verbracht«, wandte Richard ein, die Stirn in Falten gezogen. »Ich habe keine Ahnung, was passiert sein könnte.«

»Ich fliege heute nachmittag zurück in die Vereinigten Staaten«, erklärte Hal Winters. Traurig blickte er in die Runde. »Wenn ich meine Kleine verpassen würde ...«

»Sie wird ganz bestimmt bald da sein«, tröstete ihn Gillian.

»Meine Frau, Beth-Ann, hat mich gestern abend danach gefragt«, sagte Hal Winters verzweifelt. Er rieb sich das Gesicht. »Als ich ihr erzählte, daß ich ...« Er zögerte. »Nun, als ich ihr erzählte, daß ich noch ein Kind haben könnte – da war sie zuerst wirklich außer sich. Aber irgendwann hat sie sich an den Gedanken gewöhnt. Und nun möchte sie unbedingt, daß ich Zara mit heimbringe und sie der Familie präsentiere. Aber wie soll ich das anstellen, wenn sie nicht hier ist und ich sie nicht mal kennengelernt habe?«

Es entstand eine ungemütliche Pause.

»Noch etwas Kaffee?« fragte Richard verzweifelt.

»Das wäre nett«, erwiderte Hal Winters.

»Ich gehe und rufe bei der Polizei an«, sagte Gillian. »Ich finde, wir haben lange genug gewartet.«

»Endlich!« rief Fleur. Sie setzte sich auf, und der Stoff ihrer Jacke raschelte auf dem weichen Leder des Sitzes. »Schau! Die Bank macht auf.«

»Na, und wieviel wirst du abheben?« erkundigte sich Zara bissig und packte einen Kaugummi aus.

»Darüber bin ich mir noch nicht ganz im klaren.«

»Zehntausend? Zwanzigtausend?«

»Ich weiß es nicht!« knirschte Fleur ungeduldig.

»Du könntest mit Richard glücklich sein«, murrte Zara. »Aber du, du gibst all das für lumpige zwanzigtausend Dollars her!«

»Pfund.«

»Herrgott! Als ob das eine Rolle spielen würde! Als ob das irgendwas bedeuten würde! Das Geld kommt doch bloß auf die Bank, und da liegt es dann. Ich meine, du tust das doch alles bloß, damit du jeden Monat auf einen Haufen Zahlen gucken und dich sicher fühlen kannst!«

»Geld ist Sicherheit, Liebes.«

»Menschen vermitteln Sicherheit!« versetzte Zara. »Geld wird ausgegeben! Aber Menschen, die bleiben dir.«

»Von wegen!« meinte Fleur verächtlich. »Menschen bleiben einem überhaupt nicht!«

»Doch!« gab Zara zurück. »Nur du bleibst nicht! Du gibst ja keinem je eine Chance!«

»Liebes, du bist ein Kind; du weißt doch gar nicht, wovon du redest.« Fleurs Stimme zitterte leicht, und sie schnippte mit der Gold Card gegen ihre rotlackierten Fingernägel.

»Okay, ich bin also ein Kind«, sagte Zara. »Dann habe ich also auch keine Ansichten.« Sie schaute aus dem Fenster. »Die Bank ist offen. Also, geh doch! Hol das Geld. Wirf Richard zum Abfall. Wirf den nettesten Mann der Welt fort.« Sie drückte auf einen elektronischen Knopf, und das Fenster glitt langsam hinunter. »Geh schon!« brüllte sie. »Beeil dich, worauf wartest du noch? Geh und ruiniere sein Leben! Ruiniere unser aller Leben!«

»Halt den Mund!« schrie Fleur. »Halt einfach den Mund! Ich muß nachdenken.« Sie preßte eine bebende Hand an ihre Stirn. »Ich muß einfach nachdenken!«

»Und Sie, Hal«, fragte Gillian höflich, »arbeiten also in der Pharmazie?«

»Ich bin in der Schmerzmittelbranche tätig«, antwortete Hal Winters, und sein Gesicht hellte sich ein wenig auf. »Ich vertrete eine Firma, die ein hochwertiges Analgetikum in Pillenform herstellt, das in den Vereinigten Staaten gegenwärtig die Nummer Zwei auf dem Markt ist.«

»Du meine Güte!« staunte Gillian.

»Leiden Sie je an Kopfschmerzen, Ma'am?«

»Na ja«, überlegte Gillian. »Gelegentlich schon.« Hal griff in seine Tasche und holte eine kleine, nicht gekennzeichnete Klarsichtpackung mit Tabletten hervor.

»Ein wirksameres Mittel als dieses finden Sie nicht«, lobte er. »Sehen Sie, es dringt bis zur *Wurzel* des Schmerzes vor. Zum *Kern* des Schmerzes, wenn Sie so wollen.« Er schloß die Augen und deutete auf seinen Nacken. »Im allgemeinen beginnen Kopfschmerzen genau hier«, erklärte er. »Und dann breiten sie sich aus.« Er öffnete die Augen. »Na ja, da ist es wünschenswert, daß man sie in den Griff bekommt, bevor sie sich ausbreiten. Und genau das macht diese kleine Schönheit.«

»Verstehe«, nickte Gillian schwach.

»Hal, jedesmal, wenn Sie mir etwas über Kopfschmerzen erzählen, spüre ich förmlich, wie ich welche bekomme«, klagte Johnny. »Ist das die Methode, mit der Sie so viele von Ihren Pillen verkaufen?«

Richard kam in die Küche zurück. »Ich habe mit der Polizei gesprochen«, verkündete er. »Sehr hilfsbereit waren sie ja nicht gerade.«

»Dad«, sagte Antony leise. »Dad, ich muß mit dir sprechen.«

»Was gibt's?«

»Nicht hier.« Antony schluckte. »Laß uns rausgehen.«

Sie gingen durch die Diele, dann zur Haustür hinaus, die offenstand für den Fall, daß Zara ihren Schlüssel verloren hatte, und auf die Einfahrt; die Luft war frisch und feucht. Antony steuerte auf eine Holzbank zu, die sich außer Hörweite des Hauses befand. Er wischte sie sauber und setzte sich.

»So.« Richard plazierte sich neben ihn und schaute Antony aufmerksam an. »Worum geht's also?«

»Es geht um Zara.«

»Antony! Weißt du, wo sie ist?«

»Nein!« erwiderte Antony. »Ich habe keine Ahnung. Aber…« Er lief rot an. »Heute früh, da war etwas.«

»Heute früh?«

»Na ja, eigentlich letzte Nacht.«

»Antony, das hört sich aber gar nicht gut an.«

»Es ist nichts Schlimmes!« besänftigte ihn Antony. »Also nicht wirklich. Es klingt nur ein bißchen merkwürdig.« Er holte tief Luft. »Gestern abend fühlte Zara sich einsam. Sie wollte mit mir schlafen. Ich meine, bloß … du weißt schon. Mit in meinem Bett halt. Um nicht allein zu sein.«

Er blickte Richard flehend an, der scharf die Luft ausstieß.

»Ich verstehe«, sagte er ruhig. »Tja, nun beginnt alles mehr Sinn zu machen.«

»Wir haben überhaupt nichts Unrechtes getan! Ehrenwort! Du mußt mir glauben! Aber Fleur …«

Richard sah ihn gebannt an.

»Fleur?«

»Sie hat uns entdeckt. Zusammen im Bett. Sie war …« Antony leckte sich nervös die Lippen. »Sie war ziemlich sauer.«

»Fleur war hier?«

»Eigentlich war früher Morgen. Sie kam rein und sah uns, und dann zog sie Zara einfach fort.«

»Na, das glaube ich gern!« rief Richard zornig. »Antony, wie konntest du nur?«

»Ich hab' doch gar nichts verbrochen!«

»Wo hattest du denn deinen Verstand gelassen?«

»Ich hab'nicht nachgedacht … mir war nicht klar …« Antony sah seinen Vater an. »Dad, es tut mir so leid!« Seine Stimme brach. »Ehrlich, wir haben nicht … es war nicht …« Richard lenkte ein.

»Ich glaube dir«, sagte er. »Aber du mußt verstehen, wie das für Fleur ausgesehen haben muß. Sie hat ihre Tochter in unsere Obhut gegeben. Sie hat uns vertraut.« Er vergrub das Gesicht in den Händen. »Komisch, daß sie nicht zu mir gekommen ist«, sagte er dann nachdenklich.

»Sie ist einfach weggestürmt«, meinte Antony. »Meinst du, sie kommt zurück?«

»Ich weiß es nicht.« Richard schluckte. »Das würde ich mir natürlich sehr wünschen. Aber sie mag zu dem Entschluß kommen … zu dem Entschluß …« Er war nicht imstande, den Satz zu beenden.

»Wenn sie nicht zurückkommt, dann ist das alles meine Schuld!« klagte sich Antony selbst an. »Fleur kommt nicht zurück, und Zara lernt ihren Vater nicht kennen! Gott, ich hab' alles vermasselt!«

»Hast du nicht«, versetzte Richard, »sei nicht dumm. Da steckt noch viel mehr dahinter, als du weißt.«

Eine Weile saßen beide schweigend da, jeder mit den eigenen Gedanken beschäftigt.

»Du hast Fleur wirklich geliebt, oder?« wollte Antony unvermittelt wissen.

»Ja«, sagte Richard. »Das habe ich.« Er sah Antony fest an. »Ich tue es noch.«

»Was meinst du, wo sie hin ist?«

»Keine Ahnung.« Richard streckte die Beine aus und stand dann abrupt auf. »Wir müssen das Mr. Winters erzählen.«

»Dad! Das kann ich nicht!«

»Da kommst du aber nicht drumherum. Es wäre ihm gegenüber sonst nicht fair.« Richard schaute Antony streng an. »Er scheint mir ein sehr anständiger und ehrenwerter Mensch zu sein, und wir sind ihm die Wahrheit schuldig.«

»Aber er wird mich umbringen!«

»Das bezweifle ich.« Unwillkürlich mußte Richard lächeln. »Das Zeitalter der Mußheiraten ist vorbei, weiß du.«

»Der Mußheiraten?« Antony starrte ihn entgeistert an. »Aber wir haben ganz sicher nicht...«

»Das weiß ich doch. Das war nur ein Scherz!« Richard schüttelte den Kopf. »Ihr jungen Leute werdet einfach zu schnell groß. Zu trinken, zu rauchen und in den Betten der anderen zu schlafen mag ja ganz spaßig sein. Aber weißt du, diese Dinge bringen auch jede Menge Probleme mit sich.« Antony zuckte verlegen die Achseln. »Ich meine, schau dich doch nur an«, fuhr Richard fort. »Du bist erst fünfzehn. Und Zara ist gerade mal vierzehn!« Antonys Augenlider flatterten.

»Dad«, sagte er, »da ist noch was, das ich dir sagen sollte. Bezüglich Zaras Alter. Und über … andere Dinge.«

»Was ist denn mit Zaras Alter?«

»Es geht um ihren Geburtstag. Erinnerst du dich? Den, den sie vor ein paar Wochen gefeiert hat.«

»Natürlich erinnere ich mich!« entgegnete Richard ungeduldig. »Was ist damit?«

»Na ja.« Antony scharrte verlegen mit den Füßen. »Das ist ein bißchen schwierig zu erklären. Die Sache ist die …«

»Warte mal kurz«, unterbrach ihn Richard jäh. »Was ist …« Seine Stimme klang ungläubig. »Was ist denn das?«

Wie in einer Szene aus einem Traum fuhr langsam ein glänzender marineblauer Rolls Royce die Einfahrt herauf. Vor dem Haus hielt er an.

Richard und Antony sahen einander unsicher an und gingen dann darauf zu. »Ob die das falsche Haus erwischt haben?« meinte Antony. »Glaubst du, da sitzt ein Filmstar drin?« Richard schwieg. Seine Lippen waren zusammengepreßt, sein Hals steif vor Hoffnung und Nervosität.

Ein uniformierter Chauffeur stieg aus. Ohne sich um Richard und Antony zu kümmern, ging er um den Wagen herum zu der Hintertür, die dem Haus am nächsten war, und öffnete sie.

»Schau!« Vor Aufregung schnappte Antonys Stimme über. »Sie steigen aus!«

Ein Bein erschien. Ein langes, blasses Bein. Gefolgt von einem in roten Stoff gehüllten Arm.

»Das ist …« Antony warf seinem Vater einen Blick zu. »Ich glaub's einfach nicht!«

»Fleur!« vollendete Richard so ruhig wie möglich.

Beim Klang seiner Stimme wandte sie sich um, zögerte, machte dann ein paar Schritte auf ihn zu und sah ihn mit leicht bebendem Mund an. Einen Moment schwiegen beide.

»Siehst du, ich bin zurückgekommen«, eröffnete Fleur schließlich mit zittriger Stimme das Gespräch.

»Ja, das sehe ich«, sagte Richard. »Du bist zurückgekommen. Hast du...« Er warf einen Blick auf den Rolls Royce. »Hast du eine Antwort für mich?«

»Ja.« Fleur reckte ihr Kinn. »Richard, ich werde dich nicht heiraten.«

Richard verspürte einen Stich im Herzen. Schwach vernahm er, wie Antony enttäuscht nach Luft schnappte.

»Aha«, hörte er sich selbst sagen. »Nun, es ist sehr nett, daß du es mich wissen läßt.«

»Ich werde dich nicht heiraten«, wiederholte Fleur. »Aber ich... ich bleibe ein bißchen.« Ihre Augen schimmerten auf einmal verdächtig. »Ich bleibe, wenn du nichts dagegen hast.«

Richard starrte sie sprachlos an. Langsam verebbte der Schmerz in seiner Brust; langsam baute sich die Anspannung der letzten Woche ab. Ein behutsames, hoffnungsvolles Glücksgefühl begann sich in ihm auszubreiten.

»Das fände ich schön«, brachte er heraus. »Ich fände es schön, wenn du bleiben würdest.«

Er machte ein paar Schritte auf sie zu, bis er nahe genug war, um Fleurs Hände ergreifen zu können und seine Wangen an ihrer blassen, weichen Haut zu reiben. »Ich dachte, du hättest mich verlassen!« sagte er. Plötzlich fühlte er sich den Tränen nahe; fast zornig. »Ich dachte wirklich, du hättest mich für immer verlassen!« Fleur sah ihn offen an.

»So war es auch fast«, gestand sie.

»Und, was ist passiert? Warum hast du beschlossen...«

»Frag nicht, Richard«, unterbrach ihn Fleur. Sie legte ihm einen Finger auf den Mund. »Stell keine Fragen, außer du bist dir sicher, daß du die Antworten hören willst...« Sie senkte die Wimpern und sah zu Boden. »Die Antworten könnten dir vielleicht nicht gefallen.«

Richard musterte sie eine Weile schweigend.

»So etwas Ähnliches hat mir Gillian auch schon gesagt«, meinte er schließlich.

»Gillian«, sagte Fleur, »ist eine kluge Frau.«

»Wo ist Zara?« wollte Antony wissen, den das undurchsichtige Erwachsenengerede langweilte. Er blickte sich um. »Zara?«

»Zara, Süße«, befahl Fleur ungeduldig. »Komm aus dem Auto heraus.«

Langsam und vorsichtig kletterte Zara aus dem Rolls Royce. Ein paar Sekunden stand sie wie eine feindselige Katze da und blickte sich um, als sei sie sich ihrer Umgebung plötzlich nicht mehr sicher. Unwillkürlich erinnerte Antony sich daran, wie er sie zum erstenmal gesehen hatte.

»Okay«, sagte sie und fing seinen Blick auf. »Tja, wir sind wieder da.« Sie scharrte mit dem Fuß im Kies. »Ihr wißt schon. Wenn ihr uns wollt.«

»Natürlich wollen wir euch!« rief Antony. »Oder, Dad?«

»Ja, natürlich«, echote Richard.

Sanft ließ er Fleurs Hände los und ging zu Zara hinüber.

»Komm, Zara«, sagte er freundlich. »Drinnen ist jemand, der darauf brennt, dich kennenzulernen.«

»Wer?« wollte Fleur mißtrauisch wissen.

»Ich denke, du weißt es, Fleur«, erwiderte Richard und sah sie direkt an.

Einen kurzen Moment begegneten sich zwei herausfordernde Augenpaare. Dann zuckte Fleur, gleichsam ergeben, unmerklich die Achseln. Richard nickte zufrieden und wandte sich wieder Zara zu.

»Komm«, sagte er. »Komm, kleine Zara. Zuerst waren wir an der Reihe. Jetzt bist du dran.« Und dann führte er Zara, nachdem er ihr zärtlich den Arm um die schmalen, knochigen Schultern gelegt hatte, liebevoll ins Haus.